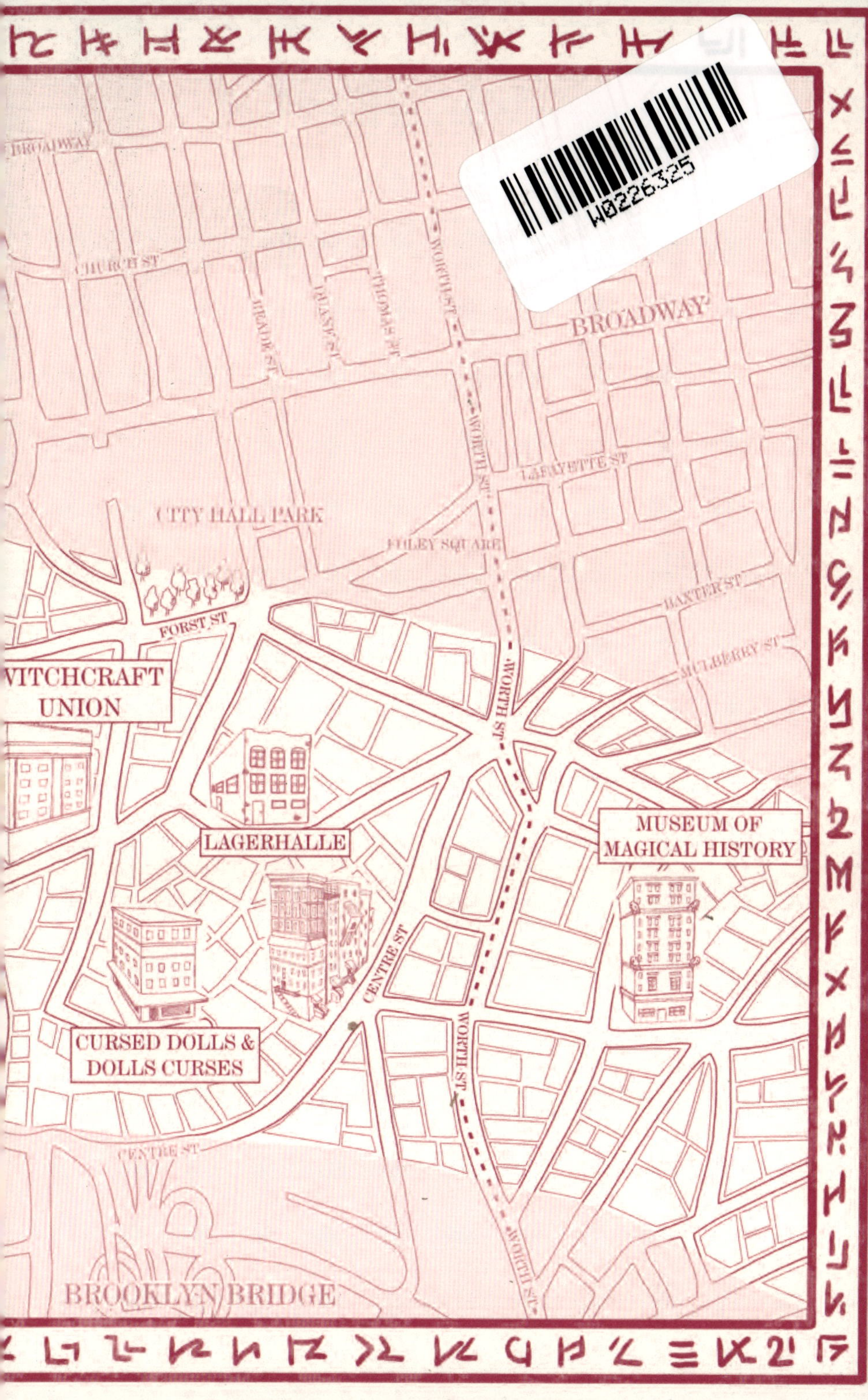
BROADWAY
CHURCH ST
READE ST
DUANE ST
THOMAS ST
WORTH ST
BROADWAY
LAFAYETTE ST
CITY HALL PARK
FOLEY SQUARE
BAXTER ST
MULBERRY ST
FORST ST
WITCHCRAFT UNION
LAGERHALLE
MUSEUM OF MAGICAL HISTORY
CENTRE ST
CURSED DOLLS & DOLLS CURSES
CENTRE ST
BROOKLYN BRIDGE

Jennifer Alice
Jager

Emily Seymour

Totenbeschwörung für Anfänger

Jennifer Alice Jager

Emily Seymour

Totenbeschwörung für Anfänger

Band 1

Ravensburger

1 3 5 4 2

Originalausgabe

Postfach 2460, D-88194 Ravensburg
Dieses Werk wurde vermittelt durch die
Michael Meller Literary Agency GmbH, München.

Die Autorin wurde unterstützt durch Fördermittel von

VG WORT

NEU START KULTUR

Die Beauftragte der Bundesregierung für Kultur und Medien

Lektorat: Franziska Jaekel
Vorsatzkarten und Illustration auf S. 144/145: Jennifer Alice Jager
Umschlaggestaltung und -illustration: © Isabelle Hirtz, Hamburg
Unter Verwendung des folgenden Bildmaterials von Shutterstock:
© Serg Zastavkin, © debra hughes, © PayPau, und © paranormal

Printed in Germany

ISBN 978-3-473-40222-9

ravensburger.com

Für euch, die ihr es mit mir aushaltet.
Ich weiß, ich bin oft unbequem – tut mir echt leid.
Ich würde ja etwas daran ändern,
aber ich ~~will~~ kann nicht.

1

Todfeinde zu haben ist so was von überholt

Es war viel zu früh am Morgen, als mich der Sturz aus meinem Bett unsanft weckte. Ich landete auf dem Rücken zwischen meiner Dreckwäsche, schlug mir den Ellbogen auf und blinzelte verschlafen.

»Autsch«, sagte ich, verzögert zu dem bereits abklingenden Schmerz.

Meine Zimmertür schwang knarzend auf, ich legte den Kopf in den Nacken und sah meine Cousine Mandy im Eingang stehen.

»Wie zur Hölle schaffst du es, jeden Morgen aus deinem eigenen Bett zu fallen?«, fragte sie.

Mandy war aufgestylt, als würden ein roter Teppich und jede Menge Paparazzi auf sie warten. Sie hatte sich Wellen in ihre blonde Mähne geföhnt, trug ein paillettenbesetztes Oberteil, viel zu viel Make-up und Fingernägel, mit denen sie Steaks hätte schneiden können. Sie sah also aus wie immer. Allerdings war die Perspektive, aus der ich sie vom Boden aus betrachtete, nicht gerade vorteilhaft.

»Mir fällt jetzt erst auf, dass du ein Doppelkinn hast«, stellte ich fest. »Eigentlich sogar zwei.«

»Tss«, zischte sie empört, warf sich das Haar schwungvoll über die Schulter und stolzierte davon.

Ich mühte mich aus meiner Bettdecke, die meine Beine wie eine Würgeschlange fest im Griff hielt, und stand auf. Wie es mir gelang, mich nachts so darin einzuwickeln, dass ich jedes Mal auf dem Fußboden landete, wusste ich wirklich nicht. Es gehörte wohl zu meinen geheimen Superkräften. Neben dem Stolpern über die eigenen Füße im Stehen und dem Verfehlen eines Stuhls beim Hinsetzen.

»Emily, kommst du zum Essen?« Mom streckte ihren Kopf ins Zimmer und schaute sich erschrocken um. »Oder du räumst erst mal auf. Wurdest du heute Nacht von einer Horde Vampire angegriffen oder wieso sieht es hier aus wie nach einem Kampf?«

»Klopfen ist in diesem Haus ein Fremdwort, oder?«, murrte ich.

Mom hob eine Braue. »Deine Tür stand offen. Räum auf und dann komm runter. Es gibt Neuigkeiten.«

Ich schaute zum Fenster. Die Sonne war gerade erst aufgegangen, was bedeutete, dass ich noch mindestens eine halbe Stunde hätte dösen können, bevor ich zur Schule musste. Neuigkeiten beim Frühstück mit der ganzen Familie? Das klang in meinen Ohren nicht sehr verlockend.

»Fangt doch einfach ohne mich an«, schlug ich vor.

»Das war keine Bitte«, betonte Mom.

Ich seufzte. In solchen Fällen ließ sie nicht locker. Wenn es um die Familie ging, musste jeder jederzeit parat stehen.

»Von mir aus … bin gleich da«, gab ich widerwillig nach und feuerte meine Decke aufs Bett. Um diese Uhrzeit hatte ich wirklich keine Lust, mich auf unnötige Diskussionen einzulassen.

In Moms Rücken tauchte Cedric auf. Mein älterer Bruder, der mir alles andere als ähnlich sah. Er hätte Mandys Zwillingsbruder sein können, denn auch sein Haar war – genau wie Moms – von einem kräftigen Blond und nicht kürbisrot wie meines. Ich hatte keinen Zweifel daran, dass er jeden Morgen mindestens eine Stunde investierte, um seine perfekt sitzende Gelfrisur hinzubekommen. Er trug einen seiner maßgeschneiderten Anzüge, der ihn wie einen edlen

Lord aus dem 18. Jahrhundert aussehen ließ, den Wappenring unserer Familie und polierte Lederslipper. Auf dem roten Teppich wäre er neben Mandy gut weggekommen.

»Na, da lebt aber jemand seinen Hang zum Chaos in vollen Zügen aus«, sagte er und schaute sich um.

»Hat man hier nicht mal ein paar Minuten Ruhe?!« Ich stapfte auf ihn zu, drängte ihn aus dem Zimmer und schloss die Tür. Von innen lehnte ich mich dagegen und atmete tief durch. Wahrscheinlich versuchte ich meiner Familie im Schlaf zu entkommen. Das wäre jedenfalls eine logische Erklärung für meine unruhigen Nächte.

»Zehn Minuten!«, hörte ich Mom rufen.

Ich verdrehte die Augen, stieß mich ab und schnappte mir aus dem Durcheinander auf meinem Fußboden einen knallroten Hoodie und eine Jeans. Bei der Gelegenheit warf ich alles, was muffig roch, auf einen mannshohen Wäschehaufen neben dem Kleiderschrank.

Das war in meinen Augen erst einmal genug aufgeräumt. Es ging auch niemanden etwas an, wie es in meinem Zimmer aussah. Das war mein Reich. Meine eigenen vier Wände. Alles andere in diesem Haus musste ich mir mit Mandy, ihren und meinen Eltern, Cedric und meiner Granny teilen. Unsere abrissreife Villa, so riesig sie auch war, hatte einfach nicht genug Platz. Zumindest sah ich das so, denn ich sehnte mich danach, auch mal meine Ruhe zu haben, einfach ein paar Stunden für mich zu sein und dabei ein gutes Buch zu lesen – was jedoch unmöglich war, wenn ständig gestritten wurde, Hektik ausbrach, irgendetwas explodierte oder Untote durch den Garten wanderten. Für fast jeden, den ich außerhalb meiner Familie kannte, hätte sich das total irre angehört, für mich war es Alltag. Untote und solche Sachen.

So war das nun mal, wenn man in eine Nekromantenfamilie geboren wurde, bei der es auf der Tagesordnung stand, mit Geistern in Kontakt zu treten, die Seelen Verstorbener herbeizurufen oder Zombies zu beschwören. Denn Nekromantie war nichts anderes als die Gabe der Totenbeschwörung, die man vererbt bekam, was bei mir nicht der Fall war. Ich kam in dieser Hinsicht nach meinem Vater, war also eine Normalsterbliche, ganz ohne magische Fähigkeiten und das Können, Armeen von Untoten auf die Welt loszulassen, sollte mir der Sinn danach stehen.

Trotzdem konnte ich die Berufung meiner Familie nicht einfach ignorieren. Wenn jede helfende Hand benötigt wurde, musste auch ich mit anpacken. Häufiger als es für die gesunde Entwicklung einer Sechzehnjährigen gut sein konnte, war ich gezwungen, meine Nächte auf Friedhöfen zu verbringen, mich mit Geistern herumzuschlagen und Särge auszubuddeln.

Mein einziger Hoffnungsschimmer, dem zu entkommen, war ein guter Highschoolabschluss, um danach auf eine weit entfernte Uni zu gehen. Bevorzugt am anderen Ende der Welt, wo ich mit dem ganzen Theater nichts mehr zu tun haben musste und niemand auch nur ahnte, dass Nekromanten, Hexen, Vampire und Geister wirklich existierten.

Nachdem ich in die Klamotten geschlüpft war, gönnte ich mir ein paar Minuten Zeit im Badezimmer, wusch mich, putzte mir die Zähne und knotete mein wirres Haar zu einem lockeren Zopf zusammen. Von unten drang bereits das Geräusch von klirrendem Geschirr und Besteck zu mir herauf. Mit Sicherheit wäre ich mal wieder die Letzte am Tisch und würde böse Blicke ernten. Aber wenigstens musste ich mir das Waschbecken mit niemandem teilen.

Mit meiner Schultasche über der Schulter eilte ich die geschwungene Treppe hinunter. Das alte, abgenutzte Holz knarzte unter meinen Füßen, und kurz bevor ich die imposante Eingangshalle erreicht hatte, rutschte ich ab. Mit den Armen rudernd fing ich mich am Geländer ab, knallte mit dem Hintern auf die unterste Stufe und sah dabei zu, wie meine Tasche quer über das polierte Parkett bis zur Eingangstür schlitterte.

»Autsch«, stieß ich nun schon zum zweiten Mal an diesem bescheidenen Morgen aus. Wenn man bedachte, dass ich ungefähr so geschickt war wie ein betrunkener Esel beim Inlineskaten, war es vielleicht ganz gut, dass mir die Befähigung fehlte, über Leben und Tod zu bestimmen. Ich würde von mir jedenfalls nicht wiederbelebt werden wollen.

Wie gerufen, tauchte Mandy vor mir auf und stemmte die Fäuste in die Seiten. »Du liebst es, am Boden zu lümmeln, was?«

Ich zog mich hoch und rieb mir das Steißbein. »Weißt du, Mandy, in so ziemlich jedem trashigen Horrorstreifen gibt es ein altes, gruseliges Geisterhaus. Eben noch scheint die Sonne, die Vögel zwitschern, alle sind glücklich und lecken Vanilleeis. Dann zieht plötzlich Nebel auf, Wolken verdüstern den Himmel, ein Hund bellt in der Ferne und eine kleine Gruppe total verblödeter Teenies schmiedet den Plan, die Nacht in ebendiesem Geisterhaus zu verbringen. Der perfekte Ort, um sich einer Mutprobe zu stellen und binnen neunzig Minuten Filmmaterial eine bescheuerte Entscheidung nach der anderen zu treffen, bis am Ende alle tot sind.«

»Und was willst du damit sagen? Dass wir in so einem Geisterhaus leben? So schrecklich kannst du unser Familienanwesen doch nicht finden.«

»Nein, ich will damit sagen, dass du perfekt zu diesen hirnamputierten Teenies passt. Und wahrscheinlich würdest du als Erste draufgehen.«

Mandy lachte und warf dabei den Kopf zurück. »Ich nehme das als Kompliment. Ich wäre eine überragende Schauspielerin. Außerdem habe ich keine Angst vor Geistern. Eher haben die Angst vor mir.«

»Wer nicht«, murmelte ich.

»Wie bitte?«

Ich winkte ab und durchquerte die getäfelte Eingangshalle. »Nichts, ich habe mich nur gewundert, warum noch kein Filmproduzent angefragt hat, ob wir unsere abgehalfterte Villa für die Neuverfilmung der Addams Family zur Verfügung stellen würden.«

Das Setting wäre tatsächlich perfekt. Das Anwesen war riesig, steinalt, es gab Räume, die einer Todesfalle glichen, und geheime Gänge, die selbst ich noch nicht erkundet hatte. Geister gab es gratis dazu. Uns fehlte eigentlich nur noch das eiskalte Händchen.

»Du bist verrückt Emily, weißt du das?«, rief Mandy und folgte mir.

Wie ich es vermutet hatte, saßen an der langen Tafel im Esszimmer bereits Granny, Mom, Dad, mein Bruder Cedric und auf der gegenüberliegenden Seite Tante Sophia mit Onkel Joseph. Zu ihnen gesellte sich Mandy.

Granny hockte wie immer tief versunken in ihrem Ohrensessel am Kopfende des Tisches, um ihren Hals trug sie eine abgenutzte Fuchsfellboa über einer unbezahlbar teuren Perlenkette. Sie klammerte sich an den goldbeschlagenen Gehstock, der in den letzten Jahren zu ihrem treuesten Weggefährten geworden war, und murmelte etwas vor sich hin.

Von links goss Tante Sophia ihr Tee ein. Genauso aufgetakelt wie ihre Tochter Mandy war die Familienähnlichkeit kaum abzustreiten. Warum sie Granny ständig umsorgte, nur um sich bei ihr einzuschmeicheln, würde ich wohl nie verstehen. Hinter ihrem Rücken nannte Sophia sie eine alte Schabracke und schielte schon auf ihr großes Schlafzimmer. Ich bezweifelte allerdings, dass Granny sie in ihrem Testament besonders bedachte. Dazu konnte sie ihre Schwiegertochter viel zu wenig ausstehen. Wahrscheinlich, weil Onkel Joseph durch diese Ehe eine Hexe ins Haus geholt hatte. Granny traute Hexen nicht über den Weg.

»Das reicht!« Granny wedelte energisch mit der Hand. »Willst du mich in dem Tee ersaufen oder warum füllst du die Tasse bis zum Rand?«

»Sie hat es nur gut gemeint«, versicherte Mom versöhnlich. Sie saß rechts von Granny, gleich neben meinem Dad, der dabei war, auf seinem Teller einen Berg Rührei unter Speckstreifen zu begraben.

»Halt dich zurück, Veland«, ermahnte ihn Mom. »Denk an dein Herz.«

»Glaub mir Odila, ich denke an mein Herz und was mein Herz will, ist knuspriger Speck bis zum Abwinken.«

Mom seufzte. »Das bringt dich noch mal ins Grab und ich hole dich dort nicht wieder raus. Nur dass du es weißt.«

»Das will ich dir auch geraten haben«, sagte Dad.

Ich nahm zwischen ihm und Cedric Platz.

Dad raufte mir durch die Haare. »Na schau mal einer an, wer sich zu uns gesellt.«

»Lass das«, murrte ich und strich meine abstehenden Strähnen glatt. Als ich sechs oder sieben Jahre alt gewesen war, fand ich es noch ganz süß, wenn Dad mein Haar verwuschelte. Mittlerweile war es nur ein Zeichen dafür, dass er mich noch immer für ein Kind hielt.

»Das kannst du gleich aufgeben«, sagte Mandy schnippisch und setzte sich an die andere Tischseite. »Bei der Frisur ist nichts mehr zu retten.«

»Haha«, höhnte ich trocken.

»Zeigt am Tisch etwas mehr Benehmen«, ermahnte uns Tante Sophia, ohne aufzuschauen. Sie zerteilte gerade ein Vollkorntoast mit Messer und Gabel. Neben ihr starrte Onkel Joseph schweigend auf seinen leeren Teller. Manchmal fragte ich mich, ob er überhaupt noch am Leben war. Er sah aus und benahm sich, als hätte ihm Sophia längst das letzte Fünkchen Lebenskraft ausgesaugt.

»Genau, benimm dich«, pflichtete Cedric unserer Tante bei und beugte sich breit grinsend zu mir vor. »Obwohl sie ja recht hat.«

»Idiot«, zischte ich und rammte ihm meinen Ellbogen in die Rippen.

Er lachte. »War doch nur Spaß!«

Ich verdrehte die Augen, klatsche mir eine Scheibe Brot auf den Teller, malträtierte sie mit Butter und streute Kakao darüber.

»Du weißt schon, dass wir auch Nugatcreme haben?«, fragte Mandy rechthaberisch.

Ich hatte mir das Brot bereits in den Mund geschoben, schnaufte als Reaktion auf ihre Bemerkung und pustete dabei versehentlich Kakaopulver quer über den Tisch – direkt in Onkel Josephs Gesicht. Er sah aus, als hätte er sich eine Gesichtsmaske aus Blumenerde gegönnt, und ich musste die Luft anhalten, um bei dem Anblick nicht vor Lachen loszuprusten.

»Pass doch auf!«, fluchte Tante Sophia, sprang auf und tupfte die Wange ihres Mannes mit einer Serviette ab. »Du bist so ungeschickt!«

Mandy und Cedric lachten herzhaft, während Onkel Joseph keine Miene verzog. »Es geht schon«, murmelte er und nahm Sophia die Serviette aus der Hand.

»Emily?«, sagte Mom in scharfem Ton.

»Es war ja wohl Mandy, die …«, begann ich, brach aber ab und seufzte resigniert. Ich musste mir unbedingt abgewöhnen, Diskussionen mit Mom loszutreten. Erfolgversprechender wäre es gewesen, Tomaten in der Wüste anzupflanzen oder Hunde mit Katzen zu kreuzen. »Kein Kakaobrot mehr beim Frühstück. Versprochen.«

»Ich will auch so ein Brot«, sagte Granny und schaute sich um. »Sophia, kümmere dich darum.«

»Ähm …«, stammelte sie. »Aber sicher. Emily, reich mir bitte den Kakao. Ohne ihn über dem Tisch zu verteilen, wenn möglich.«

Ich schaute verwundert zu Granny und sie zwinkerte mir zu. »Hopp, hopp«, drängte sie. »Ich werde auch nicht jünger.«

»Wenn wir dann alle unsere Kakaobrote haben, lasst uns besprechen, weshalb wir zusammengekommen sind«, verkündete Mom ungeduldig.

Ich ahnte bereits, dass es etwas mit Nekromantie zu tun hatte, und war froh, als mich die Türglocke erlöste, bevor Mom richtig loslegen konnte.

Ich sprang auf. »Das wird Santana sein«, sagte ich. »Sie holt mich zur Schule ab. Ihr könnt das gern auch ohne mich besprechen.«

Ohne eine Antwort abzuwarten, verließ ich das Esszimmer. Santana war meine beste Freundin und obendrein eine Hexe. Mit ihr konnte ich offen darüber reden, was mir an der Nekromantie und meiner Familie auf den Senkel ging, ohne befürchten zu müssen, für verrückt erklärt zu werden. Denn das würde unter Garantie passieren, wenn meine übrigen Mitschüler etwas von meinem Doppelleben mitbekämen. Nur Santana wusste als eingefleischte Hexe über alles Bescheid.

»Emily, wir sind noch beim Essen!«, rief Mom.

»Ich kann Santana aber schlecht draußen stehen lassen!«, gab ich zurück, durchquerte die Eingangshalle und riss die Tür auf.

Entgegen meiner Erwartung war es nicht Santanas Gesicht, in das ich blickte. Vor mir stand ein Fremder. Ein junger Mann, etwas größer als ich, mit schmalen moosgrünen Augen, pechschwarzem Haar, das ihm in Strähnen im Gesicht hing, und breiten Lippen. Ein undurchsichtiges Lächeln hing ihm in den gekräuselten Mundwinkeln, wodurch er einschüchternd selbstbewusst wirkte.

Der Postbote war er sicher nicht. Zwar hatte er eine Schultertasche bei sich, trug aber keine Uniform, sondern ein schwarzes, eng anliegendes Hemd zu einer lockeren Jeans. Und darin sah er verdammt gut aus. Ich überlegte, meiner Familie die Frage zuzuwerfen, ob jemand ein männliches Supermodell per Onlineversand bestellt hatte. Natürlich hätte ich das nur machen können, wenn es mir gelungen wäre, etwas anderes zu tun, als diesen überirdisch heißen Kerl debil anzuglotzen.

Ich konnte weder Schmuck mit magischen Symbolen entdecken, noch hatte er spitze Ohren oder Flügel auf dem Rücken. Er war lediglich etwas blass um die Nase, aber ihm fehlte der typische grausilbrige Teint eines Vampirs. Wie es schien, war er ein normaler Mensch – wenn man so gutes Aussehen noch als normal bezeichnen konnte.

»Du hast Schokolade im Gesicht«, sagte er.

Augenblicklich schoss mir die Hitze in die Wangen und ich fuhr mir mit beiden Händen über den Mund.

Er schmunzelte. »Gutes Frühstück gehabt?«

»Ja … ich … wer?«

»Ashton Goodwin«, stellte er sich vor und streckte mir die Hand entgegen.

Ich stand total neben mir und hätte beinahe zugegriffen, bevor mir einfiel, dass ich den Kakao jetzt an den Händen hatte. Eilig wischte ich sie an meiner Hose ab. »Sorry.«

»Schon gut.« Er trat an mir vorbei in die Eingangshalle und schaute sich interessiert um. »Sehr … imposant.«

»Ähm, warte mal! Hast du Goodwin gesagt?« Ich hielt mich zwar lieber aus den magischen Angelegenheiten meiner Familie heraus, aber der Name sagte selbst mir etwas. Die Goodwins waren Nekromanten, genau wie meine Familie. Und sie galten als unsere Todfeinde. Auch wenn ich es schon immer lächerlich fand, dass es so etwas im wahren Leben geben sollte.

Ashton wandte sich mir zu. »Und du bist Mandy Seymour?«

»Emily«, erwiderte ich.

Er verengte den Blick. »Ich bin positiv überrascht.«

»W-Was?«, stotterte ich. »Woher …?«

In dem Moment kam Mom herbeigeeilt und schob sich zwischen uns. »Mr Goodwin, Sie sind früh dran! Wir haben Sie erst in einer Stunde erwartet.«

»Ashton reicht völlig«, versicherte er.

»Ashton, sehr gern. Die holprige Begrüßung meiner Tochter tut mir leid. Emily, musst du nicht zur Schule?«

Ich schaute zur offenen Tür und wollte gerade sagen, dass Santana noch nicht da war, als mich Mom auch schon nach draußen schob. Nur mit Mühe schaffte ich es, mir noch meine Schultasche zu schnappen.

»Hab einen schönen Tag!«, wünschte sie mir und schlug mir die Tür vor der Nase zu.

»Aber …«, murmelte ich noch.

Ashton Goodwin … Wenn mir klar gewesen wäre, dass die Goodwins einen so gut aussehenden Sohn hatten, hätte ich längst dafür plädiert, mit ihnen Frieden zu schließen.

Ich torkelte beinahe von der Terrasse. Eigentlich war es ganz gut, dass die Begegnung zwischen ihm und mir so peinlich verlaufen war, denn andernfalls hätte ich mir nur Hoffnungen gemacht. Ashton spielte definitiv nicht in meiner Liga. Mal ganz abgesehen davon, dass so ziemlich jeder in meiner Familie lieber unsere Villa bis auf die Grundmauern niedergebrannt hätte, als eine Verbindung der Seymours mit den Goodwins zu dulden. Aber der Gedanke, zwischen uns könnte es funken, ließ mein Herz flattern. Ein breites Grinsen legte sich auf meine Lippen und ich machte mich auf den Weg.

2

Wer hätte gedacht, dass man mich mit einer Banane verführen kann?

Um Santana auf dem Weg zur Schule abzupassen, musste ich einen Tannenwald durchqueren, von dem behauptet wurde, er wäre verflucht. Das hing unter anderem mit den alten, borkigen Bäumen zusammen, deren Schatten an gruselige Hexen erinnerten. Sie wuchsen so dicht, dass kaum Licht auf den Trampelpfad fiel, der sich holprig wie ein ausgetrocknetes Flussbett durch ihre Reihen schlängelte. Nachts war es hier besonders unheimlich, und wenn man dann auch noch die falsche Abzweigung nahm, landete man auf dem alten Friedhof von Springdale.

Der hauptsächliche Grund, aus dem sich die Bewohner meiner Heimatstadt an diesem Ort gruselten, hing allerdings mit der Raumfalte zusammen, die sich quer durch den Wald zog.

Mein Bruder Cedric hätte bestimmt mit einer wirren Mischung aus Magie und Physik erklären können, was genau es mit einer Raumfalte auf sich hatte. Ich blickte nur weit genug durch, um zu verstehen, dass es im Grunde genau das war, wonach es klang: Das Raum-Zeit-Gefüge war auf magische Weise zusammengefaltet. So wie man Falten in einen Rock bügelte, bloß dass es sich eben nicht um einen Rock, sondern um die Welt handelte, die – unsichtbar für die Augen Unwissender – in Falten lag.

Im Inneren dieser Falten verbargen sich ganze Landstriche. Normalsterbliche hatten also keine Ahnung, dass sich überall auf der Welt direkt vor ihrer Nase Zugänge zu einem Ort befanden, an dem Hexen, Vampire und Geister zur Normalität gehörten. Ein Ort, der von jenen, die ihn kannten, Zwischenwelt genannt wurde.

Und durch ebendiese Zugänge – oder Raumfalten – schwappten gern mal irgendwelche Absonderlichkeiten in die Außenwelt. Wenn also irgendwo an einem klaren Sonnentag plötzlich Nebel aufzog oder man einen Wolf heulen hörte, obwohl es in der Gegend gar keine Wölfe gab, konnte man davon ausgehen, dass eine Raumfalte in der Nähe war. Und genau solche unerklärlichen Dinge sorgten für den Gruselfaktor, der ein unschuldiges Wäldchen, wie das nahe meiner Heimatstadt, so unheimlich machte.

Gedankenversunken folgte ich dem Pfad durch die knorpeligen Bäume und hatte schon fast vergessen, dass ich auf dem Weg zu Santana war. Ashton ging mir einfach nicht aus dem Kopf. Zweifelsohne wussten die Goodwins einiges über unsere Familie, genau wie umgekehrt. Mom hatte ihn offenbar erwartet und ich hätte darauf wetten können, dass er der Anlass für unser gemeinsames Frühstück gewesen war.

Vor mir tauchte eine Hand auf, schnipste und riss mich damit zurück in die Wirklichkeit.

»Erde an Emily«, flötete Santana.

Ich war zu versunken gewesen, um mitzubekommen, wie sie durch die Raumfalte getreten war. Dass sie das tagtäglich machte, als wäre nichts dabei, erstaunte mich immer wieder. Mir wurde jedes Mal speiübel, wenn ich auch nur daran dachte, die Zwischenwelt zu betreten. Santana hatte allerdings keine andere Wahl. Im Gegensatz zur Villa der Seymours lag das Haus, in dem sie mit ihrer Mom wohnte, im Inneren einer Raumfalte. Der Besuch von Mitschülern war also tabu.

Santana grinste breit, lief neben mir her und beugte sich dabei zu mir vor, sodass ihre dunkelbraunen Zöpfe in der Luft baumelten. »Schläfst du noch?«, fragte sie.

Ich seufzte ausgiebig. »Santana, mir ist eben der heißeste Typ begegnet, den die Welt je gesehen hat! Also … beide Welten.«

»Und der besteht aus Schokolade?«, fragte sie.

»Was?«

»Dein Mundwinkel.« Sie deutete auf mein Gesicht.

»O Mist, verdammter!« Ich fuhr mir mit den Fingern über die Lippen. »Weg?«

»Ja. Und jetzt erzähl!«

Ich holte tief Luft für einen langen Redeschwall. »Er heißt Ashton Goodwin, stand heute Morgen vor unserer Tür und –«

»Goodwin?«, fiel sie mir ins Wort. »Du meinst doch nicht etwa *die* Goodwins?!«

»O doch, genau die.«

Santana riss die Augen auf. »Nicht dein Ernst? Hat deine Familie ihn sofort zum Teufel gejagt?«

»Ganz im Gegenteil! Mom hat ihn mit offenen Armen empfangen. Wirklich verstehen kann ich das auch nicht. Der Streit zwischen unseren Familien herrscht schon seit Generationen. So was legt man nicht mal eben über Nacht ab.«

»Versteh ich nicht«, sagte Santana.

»Mom wollte beim Frühstück eine Neuigkeit verkünden, als Ashton plötzlich aufgetaucht ist. Daraufhin hat sie mich regelrecht aus dem Haus gejagt«, erklärte ich. »Und wenn ich Pech habe, ist er verschwunden, bevor ich wieder zurück bin.«

Wir hatten den Wald mittlerweile verlassen und folgten einer leeren Straße, vorbei an grasenden Kühen. Vor uns tauchten bereits die ersten Gebäude auf. Kleine, beschauliche Häuschen, mit gepflegten

Vorgärten und weißen Lattenzäunen. Springdale war ein richtiges Vorzeigestädtchen. Ganz im Gegenteil zu unserer gruftigen Villa.

In der Ferne sah ich andere Schüler auf dem Weg zum Unterricht. Sie fuhren in Grüppchen auf Fahrrädern oder waren zu Fuß unterwegs und begrüßten sich winkend, als wären sie Statisten in einem Werbevideo für das friedvolle Landleben.

»Dann geh doch einfach jetzt zurück«, riet mir Santana. »Sag, dir ist schlecht oder so. Ich kann dir Bauchschmerzen anhexen, wenn du willst.« Sie schnipste mit den Fingern und eine grünlich flackernde Lichtkugel erschien, die sie auf ihrer Handinnenfläche balancierte.

»Hey, ihr beiden!«, rief jemand in unserem Rücken.

Ich reagierte blitzschnell, packte Santanas Hand und drückte sie nach unten. In dem Moment sauste auch schon David Adler auf seinem neuen Mountainbike an uns vorbei.

»Hey, Dave!«, erwiderte ich seine Begrüßung und schirmte den Zauber in Santanas Hand vor seinen Blicken ab.

Zum Glück schenkte uns David kaum Aufmerksamkeit. Er radelte weiter, ohne sein Tempo zu verlangsamen, und war schon bald außer Hörweite.

Ich atmete erleichtert auf. »Puh, das war knapp.«

Santana schaute David noch einen Moment lang nach, dann hob sie die Hand. »*Contare*«, flüsterte sie und die Lichtkugel verschwand. »So knapp nun auch wieder nicht«, behauptete sie.

Wer Magie beherrschte, musste viele Regeln beachten. Die Wichtigste davon war, magische Fähigkeiten niemals vor den Augen Unwissender einzusetzen. Mom drohte immer, dass mich das Tribunal der Zwischenwelt für den Rest meines Lebens in ein dunkles Loch werfen würde, wenn ich so unvorsichtig war, Normalsterblichen etwas über Magie oder die Zwischenwelt zu offenbaren. Mit den Wächtern, die im Auftrag des Tribunals für die Einhaltung der

Gesetze der Zwischenwelt sorgten, würde sich niemand freiwillig anlegen. Da ich allerdings nicht einfach so mit den Fingern schnipsen konnte, um Magie zu wirken, drohte mir keine ernsthafte Gefahr.

»Dass mit der Übelkeit ist übrigens eine super Idee«, sagte ich in ironischem Ton. »Dann werde ich den Tag in meinem Zimmer verbringen und kriege genauso wenig mit. Außerdem darfst du keine Krankheiten anhexen.«

Santana winkte ab. »Das gilt nur für Normalsterbliche.«

»Jaaa?« Ich deutete auf mich. »Und was bin ich?«

»Alles, aber ganz bestimmt nicht normal.« Sie verpasste mir neckend einen Stoß.

»Oh, danke«, höhnte ich.

»Nein, im Ernst, du tust immer so, als hättest du mit dem Erbe deiner Familie nichts zu tun, aber du bist und bleibst die Tochter einer Nekromantin, das kannst du nicht abstreiten. Und Nekromantie ist eine wunderbare Gabe! Ich wünschte, ich könnte das. Deine Leute erschaffen ja nicht ständig nur irgendwelche Zombies. Sie können mit den Seelen Verstorbener in Kontakt treten, ihnen sogar ein paar letzte Tage gönnen, damit sie ihre Angelegenheiten klären. Sie können Leben schenken! Das beherrscht sonst niemand aus der Zwischenwelt. Jeder dort beneidet die Nekromanten.«

»Und du kannst ödes Käsebrot in Schokoladenkuchen verwandeln. Das Talent hätte ich gern!«

Wobei ich nicht wirklich scharf darauf war, mit Santana zu tauschen. Um sich eine echte Hexe nennen zu dürfen, musste man einem Zirkel angehören und dort wurden nur unverheiratete Frauen aufgenommen – nicht, dass ich vorgehabt hätte, in nächster Zeit zu heiraten.

Santana lachte. »Okay, ich gebe zu, das ist schon ziemlich genial. Aber ich musste dafür auch lange üben. Ich studiere fast jeden Tag die Zaubersprüche aus dem Grimoire meines Hexenzirkels und Mom bringt mir alles bei, was ich über die Zubereitung von Tränken wissen muss.«

»Ich habe früher auch viel geübt«, sagte ich. »Es hat nur nichts gebracht. Ich bin und bleibe normalsterblich, genau wie mein Vater.«

»Wenn du in Bio besser aufgepasst hättest, wüsstest du, dass das faktisch gar nicht möglich ist. Die Hälfte deines Erbguts kommt nun mal von deiner Mom, die Nekromantengene stecken also in dir.«

«Wenn das so ist, bin ich wohl die miserabelste Totenbeschwörerin der Welt.« »Wer weiß, vielleicht ist dieser Ashton gekommen, um dir Nachhilfe zu geben, damit du deine verborgenen Kräfte doch noch entdeckst! Ihr verbringt die nächsten Wochen jeden Nachmittag zusammen, kommt euch näher und dann *Bähm!*«

»Bähm, was?«

»Bähm, verliebt! Was dachtest du denn?« Sie grinste breit.

Ich zuckte mit den Schultern. »Bähm, Haus in die Luft gesprengt?« Das traute ich mir bei meinem Geschick eher zu.

Santana verdrehte die Augen.

»Auch wenn ich keine Ahnung habe, was ein Goodwin bei uns sucht, bin ich mir ziemlich sicher, dass meine Eltern mich lieber von einem Goldfisch unterrichten lassen würden als von jemandem aus seiner Familie.«

Santana zwinkerte mir unschuldig zu. »Wieso eigentlich nicht? Wenn der Goldfisch weiß, was er tut.«

»Haha.«

»Und jetzt erzähl, wie sieht er aus? Lass bloß kein Detail weg!«

Nachdem sich der Unterricht an diesem Tag wie Kaugummi gezogen hatte, war ich froh, als wir uns nachmittags wieder auf den Heimweg machen konnten. Am Wäldchen verabschiedete ich mich von Santana und sie verschwand zwischen den Bäumen. Diesmal sah ich die Raumfalte aufflackern, durch die sie in die Zwischenwelt trat. Es war bloß ein kurzer Lichtblitz, wie ein Riss, der wieder verschwunden war, bevor man ihn richtig wahrgenommen hatte. Ziemlich unspektakulär, wenn man nicht selbst in die Falte gezogen wurde. Wer keine Ahnung hatte, was dort gerade geschehen war, hätte es wohl damit abgetan, kurz von der Sonne geblendet worden zu sein.

Auf dem Weg nach Hause wurde ich immer nervöser. Ich wusste, dass das lächerlich war – Ashton war bestimmt schon weg –, aber ich konnte das Gefühl einfach nicht abschalten. Ich war mir sicher, dass ich unsere erste peinliche Begegnung toppen würde, sollte ich ihn doch noch antreffen. Vor der Eingangstür atmete ich erst einmal tief durch und nahm mir vor, cool zu bleiben und so zu tun, als würde mich Ashton kein bisschen interessieren.

»Hallo?«, rief ich, nachdem ich eingetreten war. Meine Stimme hallte von den getäfelten Wänden wider. Niemand reagierte, also nahm ich die Treppe nach oben. Entweder ignorierten sie mich, was häufig vorkam, oder sie konnten mich dort, wo sie waren, nicht hören.

Ich suchte die üblichen Plätze ab, warf einen flüchtigen Blick in die riesige Familienbibliothek, die der Bodleian Library in Oxford Konkurrenz machen könnte, schaute im alten Arbeitszimmer von Urgroßvater mit dem monströsen gusseisernen Kamin nach und ging schließlich im zweiten Stock durch den langen Korridor. Er endete an einer unscheinbaren Tür, die zum Ritualzimmer im Ostturm hinaufführte. Ich wusste, dass insbesondere Cedric dort viel Zeit verbrachte, und wollte nach der Türklinke greifen, doch meine

Finger stießen gegen einen Widerstand. Ein Siegelzauber flammte auf und verpasste mir einen leichten Schlag.

»Verdammter …«, stieß ich aus und streckte meine kribbelnden Finger.

Das Symbol aus alten Runen leuchtete noch einen Moment lang, als hätte jemand die Tür mit fluoreszierender Farbe bepinselt, dann erlosch es wieder. Es handelte sich quasi um das Betreten-verboten-Schild unter Magiebegabten, und da der Zauber von außen gewirkt werden musste, war wohl niemand hier.

Ich gab schließlich auf und verzog mich in mein Zimmer. Etwas verärgert war ich schon. Einmal in meinem Leben wollte ich wissen, was alle trieben, und genau dann war niemand aufzufinden. Dabei hatte man in diesem Haus normalerweise selten seine Ruhe.

Ich mühte mich eine Weile mit Mathe ab, bis sich mein Magen meldete. Das Mittagessen in der Schule war sehr mager ausgefallen und das Kakaobrot heute Morgen hatte ich kaum angerührt. Entsprechend wuchs mein Heißhunger darauf schnell an.

Ich ließ die Hausaufgaben unfertig zurück und machte mich auf den Weg in die Küche – den einzigen Raum des Hauses, der nicht aussah, als wäre die Zeit vor gut dreihundert Jahren stehen geblieben. Tante Sophia hatte hartnäckig darauf bestanden, zumindest in der Küche ein wenig Moderne einziehen zu lassen. Nach ihren Wünschen – und trotz Grannys Protesten – war vor ein paar Jahren eine Kochinsel mit Induktionsfeld, ein Einbaubackofen mit unzähligen Funktionen und eine Spülmaschine installiert worden. So konnte uns niemand nachsagen, wir wären nicht im 21. Jahrhundert angekommen. Nur die getrockneten, teils giftigen Kräuter, die von der Decke hingen, ließen darauf schließen, dass an diesem Ort nicht bloß leckere Speisen zubereitet wurden, sondern auch Zaubertränke für diverse Rituale und Beschwörungen. Spätestens ein Blick in die

Speisekammer hätte diesen Verdacht dann bestätigt. Dort lagerten nämlich die seltsamsten Zutaten und Utensilien. Hühnerfüße und Schlangenhaut gehörten dabei noch zu den harmloseren Dingen.

Als ich die Küche betrat, war gerade niemand damit beschäftigt, unseren Vorrat an magischen Elixieren aufzustocken, Eidechseninnereien einzukochen oder Rattenschwänze zu hacken. Erst jetzt kam mir in den Sinn, dass die anderen vielleicht gar nicht zu Hause waren, sondern mit irgendeinem superwichtigen Ritual beschäftigt, mit dessen Hilfe sie die Welt vor dem drohenden Untergang bewahrten. Und ich würde wieder mal erst davon erfahren, wenn im örtlichen Tagesblatt etwas von seltsamen Wetterphänomenen zu lesen war.

Ich legte die letzte Scheibe Brot auf einen Teller und stellte ihn zusammen mit Butter und Kakao auf die Küchentheke. Als ich gerade in der Besteckschublade nach einem Messer fischte, berührte mich etwas an der Schulter. Mein Unterbewusstsein hatte sofort eine fette Spinne parat, ich schrie vor Schreck auf und wirbelte herum.

Ashton wich vor mir zurück und hob verteidigend die Hände. »Sorry, ich wollte dich nicht erschrecken.«

»H-hast du auch nicht«, stolperte es aus mir heraus. Dass ich kurzatmig war und mir eine Hand auf die Brust drückte, in der mein Herz hektisch pochte, bewies allerdings das Gegenteil.

»Nimmst du das dann runter?«, fragte er. »Oder muss ich um mein Leben fürchten?«

Verwundert legte ich die Stirn in Falten.

Ashton deutete mit dem Zeigefinger nach unten, ohne dabei die Hände zu senken. Ich folgte seiner Geste und bemerkte, dass ich das Buttermesser auf ihn gerichtet hielt. Eilig drehte ich die Klinge von ihm weg.

»Wenn du dich noch mal so anschleichst, kann ich für nichts garantieren«, sagte ich.

»Das werde ich mir merken«, versprach er und schaute über meine Schulter. »Schmierst du mir auch ein Brot?«

»Ähm …« Ich wandte mich wieder dem Teller zu. Nach dem kurzen Schreck kehrte meine Nervosität zurück und ich suchte nach Worten. »Ich … weiß nicht«, stammelte ich. »Wir haben kein Brot mehr und … Wie lange wirst du denn bleiben?«

»Vielleicht ein oder zwei Tage«, sagte er und lehnte sich an die Theke.

Ich musste mich zusammenreißen, um ihn nicht dümmlich anzuglotzen. Menschen wie ihn dürfte es im wahren Leben gar nicht geben. Diese hohen Wangenknochen, die perfekt geschwungenen Lippen, die dunklen Augen, umrahmt von dichten Wimpern – viel zu langen Wimpern. Wie konnte er derart lange Wimpern haben? Jemand wie er gehörte in Filme oder Serien, wo man ihn aus der Ferne bewundern konnte – und nicht befürchten musste, neben ihm zusammenzuschrumpfen wie ein Speckstreifen in der Pfanne. Insbesondere dann, wenn er verstohlen lächelte, was er gerade tat. Und dabei beugte er sich auch noch zu mir vor. Unwillkürlich lehnte ich mich zurück, um den Abstand zwischen uns zu wahren.

»Wenn ich gewusst hätte, dass die Seymours ihr Essen mit Waffengewalt verteidigen, hätte ich mir etwas mitgebracht«, raunte er.

»Ich habe nicht gesagt, dass …«, begann ich, brach aber ab, als sich sein Gesichtsausdruck veränderte.

Er grinste schief und schaute erneut zu meiner Hand. Ich folgte seinem Blick. Beim Gestikulieren hatte ich das Buttermesser geschwungen und dadurch nun schon zum zweiten Mal auf ihn gerichtet.

Offenbar amüsierte ihn das.

»Du machst dich über mich lustig, oder?«, fragte ich argwöhnisch.

»Ein bisschen vielleicht.« Er hob vielsagend die Brauen.

Ich konnte es überhaupt nicht ausstehen, wenn jemand Scherze auf meine Kosten machte. Ruckartig wandte ich mich wieder dem Teller zu. »Bitte, dann teilen wir uns eben die letzte Scheibe«, entschied ich und strich Butter auf das Brot. »Wenn der Herr sonst vom Fleisch fällt«, schob ich ungewollt schnippisch nach und bereute es sofort.

»Schon gut«, räumte er ein. »Ich kann mir auch etwas anderes holen.«

»Nein, nein, kein Problem!«, versicherte ich ihm. »Ich wollte nur … das war ein Scherz. Wir teilen, okay?«

»Wie du magst«, sagte er.

Sein Blick war fest auf mich gerichtet, als hätte ihn irgendetwas an mir oder dem, was ich gesagt hatte, neugierig gemacht. Vielleicht lag es auch nur daran, dass sich unsere Familien schon lange aus dem Weg gingen und ich nicht dem Bild entsprach, das er sich von uns gemacht hatte. Vielleicht hatte ich aber auch noch Schokoflecke im Gesicht.

Ich wandte mich eilig von ihm ab, griff nach der Kakaodose, warf sie dabei fast um, und bestreute schließlich großzügig das Butterbrot. Dann fiel mir ein, dass ich Ashton gar nicht gefragt hatte, was er auf seinem Brot haben wollte.

»Tut mir leid, hättest du lieber Käse gewollt oder so?«

»Ich nehme, was du nimmst«, sagte er.

»Gut, dann …« Ich wagte es nicht, ihn noch einmal anzusehen. Zu sehr befürchtete ich, von seinem Anblick gefesselt zu werden und dabei rot anzulaufen wie ein blinkendes Warnlämpchen. Ich teilte das Brot in zwei Hälften und schob ihm den Teller hin.

»Magst du Bananen?«, fragte er aus heiterem Himmel. Das Brot schaute er nicht einmal an.

»Was?«

»Diese gelben, gebogenen Dinger.« Er deutete auf die Obstschale, die Tante Sophia dekorativ auf der Kochinsel platziert hatte. Sie war mit Birnen, schrumpeligen Äpfeln und überreifen Bananen gefüllt – ein deutliches Zeichen dafür, dass wir Seymours zu selten Obst aßen.

»Ich weiß, was Bananen sind«, grummelte ich.

Ashton stieß sich von der Theke ab und brach eine der Bananen ab. In seiner Hand begannen die braunen und schwarzen Flecken zu verblassen. Sie wichen einem kräftigen Gelbton und kurz darauf war die Banane um mehrere Tage verjüngt.

Ungläubig starrte ich sie an. »Wie hast du das angestellt?«

»Machst du dich jetzt über mich lustig?«, fragte er. »Du tust gerade so, als wärst du noch nie einem Nekromanten begegnet.«

»Aber das … von uns kann niemand …« Ich deutete von ihm auf die Banane und wieder zurück, und noch während ich das tat, kam Ashton einschüchternd nah auf mich zu. So nah, dass ich seinem Blick nicht mehr ausweichen konnte. Ich versank in seinen moosgrünen Augen und bemerkte erst, dass er nach dem Buttermesser in meiner Hand griff, als sich unsere Finger berührten. Mir fuhr ein Kribbeln durch den ganzen Körper.

»Ich bin mir sicher, dass ihr das auch könnt«, sagte er. »Ihr nutzt eure Fähigkeiten nur seltener für die kleinen Dinge. Die Seymours bevorzugen aufwendige Rituale.«

»Kann sein«, murmelte ich und schluckte schwer. Er war mir jetzt so nah, dass ich nicht umhinkam, seinen unheimlich guten Geruch wahrzunehmen. Ich war schon kurz davor, die Augen zu schließen und tief einzuatmen, konnte mich aber gerade noch zusammenreißen.

Es gelang mir, seinem Blick standzuhalten, bis er sich abwandte, um die Banane zu schälen. Erleichtert stieß ich die Luft aus. Es wäre wohl nicht so gut, wenn ich die Beine in die Hand nehmen und davonlaufen würde, aber genau der Drang wuchs gerade in mir. Mit diesem superheißen Typen allein zu sein, machte mich zu einem unsicheren, eingeschüchterten Nervenbündel. Und normalweise war ich weder unsicher noch schüchtern!

Ashton schnitt die Banane in dünne Scheiben und belegte das Brot damit. »Du gehst auf eine Schule hier in der Außenwelt, nicht wahr?«, fragte er.

»Du etwa nicht?« Meine Stimme klang ungewohnt piepsig. Ich räusperte mich, um sie wieder unter Kontrolle zu bringen.

Ashton ignorierte meine Gegenfrage. Sein Blick hing an den Bananenscheiben und er wirkte mit einem Mal abwesend. Als wäre er mit seinen Gedanken nicht mehr hier in der Küche, sondern an einem ganz anderen Ort – irgendwo weit entfernt, wo es ihm ganz und gar nicht gefiel. »Dein Bruder Cedric, hat er auch die örtliche Schule besucht?«

Er wandte sich mir zu, versteckte– was auch immer ihn tatsächlich beschäftigte – hinter einem gezwungenen Lächeln und hielt mir den Teller hin.

Zögernd nahm ich mir eine Hälfte des Brotes. Ich wusste nicht, was es mit seiner Frage über meinen Bruder auf sich hatte, aber ich war mir ziemlich sicher, dass es sich um mehr als nur harmlosen Small Talk handeln musste.

»Ja, hat er«, antwortete ich, denn es war kein wohlgehütetes Familiengeheimnis, das ich ihm damit offenbarte. Ich biss in das Brot und riss die Augen auf. »O mein Gott!«, nuschelte ich mit vollem Mund. »Das ist verdammt noch mal das Leckerste, was ich je gegessen habe!«

Ashton schmunzelte und stellte den Teller wieder ab. »Freut mich, dass es dir schmeckt. Meine Mom hat mir früher immer Kakao-Bananen-Brote gemacht. Das weckt Erinnerungen.«

»Früher?«, fragte ich schockiert. Meine Stimme klang dabei um einiges höher als gewöhnlich. »Habt ihr keinen Kakao, wo du herkommst, oder wieso isst du etwas so Leckeres nicht täglich?« Ich schob mir noch einen großen Bissen in den Mund und kaute genüsslich.

»Vielleicht hielt mich Mom irgendwann für zu alt«, meinte er.

»Zu alt?« Ich musste lachen. »Wie alt bist du? Fünfzig?«

Ashton antwortete nicht. Sein Blick ruhte unergründlich auf mir, ich starrte ihn an und wartete darauf, dass er mir widersprach, aber das tat er nicht.

Die Stille zwischen uns dehnte sich, während das Fragezeichen in meinem Kopf wuchs. »Du …?«, stammelte ich. Er war doch nicht etwa wirklich steinalt? Nachdem, was er mit der Banane angestellt hatte, kannte er vielleicht einen Trick, um ewig jung zu bleiben.

Der Gedanke, ich könnte in einen alten Knacker verschossen sein, sorgte dafür, dass mir heiß und kalt zugleich wurde. Als ich mich gerade an den Gedanken gewöhnen wollte, es mit einem Opi zu tun zu haben, kehrte das Schmunzeln auf Ashtons Lippen zurück – nur hatte es diesmal etwas Schelmisches an sich.

»Achtzehn«, sagte er.

Mir fiel eine Lastwagenladung Steine vom Herzen. Er war bloß zwei Jahre älter als ich.

»Mit achtzehn ist man also zu alt für Kakao-Bananen-Brot?«, höhnte ich. »Dann muss ich mich ja ranhalten!« Ich biss noch einmal ab, seufzte genießerisch beim Kauen und wischte mir mit dem Daumen über die Mundwinkel.

Ashton beobachtete mich, als hätte er noch nie zuvor jemanden beim Essen gesehen. »Na ja, ein paar Jahre hast du noch Zeit, oder?«

Meine Augen weiteten sich. Für wie jung hielt er mich? »Ein paar …?«, begann ich und hielt mir die Hand vor den Mund, weil ich ihm beinahe Kakao-Bananenpampe aufs Hemd gespuckt hätte. Peinlicher konnte es nun wirklich nicht mehr werden! Ich schluckte erst einmal, bevor ich ein verlegendes »Sorry …« hervorbrachte. »Ich bin sechzehn.«

Ashton musterte mich ausgiebig. »Ach ja? Dann iss mal lieber auf, damit du noch ein bisschen wächst.«

Blinzelnd starrte ich ihn an. Die Hitze war mir ins Gesicht geschossen. Okay, ich war nicht riesig, aber auch kein Zwerg. Es war wohl eher mein Benehmen, das ihn vermuten ließ, ich sei jünger. Ich hatte schon häufiger zu hören bekommen, dass ich mich nicht unbedingt meinem Alter entsprechend benahm. Wobei das hauptsächlich von Mandy kam, die jede Gelegenheit nutzte, sich über mich lustig zu machen.

So oder so fühlte ich mich nun veranlasst, älter rüberzukommen. Ich strich mir das Haar hinter die Ohren, stellte mich aufrechter hin und wollte mich ganz lässig an die Küchentheke hinter mir lehnen – die allerdings etwas weiter von mir entfernt war, als ich vermutet hatte. Ich taumelte ins Leere, mir entfuhr ein kurzer Aufschrei und hätte mich Ashton nicht in einer blitzschnellen Bewegung am Ellbogen gepackt, wäre ich mit ziemlich hoher Wahrscheinlichkeit auf dem Hintern gelandet.

Verlegen schaute ich zu ihm auf. »Rutschig«, behauptete ich.

Er legte die Stirn in Falten und löste die Hand von meinem Arm. »Der Boden?«

Ich nickte bloß. Eben noch hatte ich geglaubt, dass es nicht peinlicher werden konnte. Offenbar hatte ich mein Talent darin, mich selbst in Verlegenheit zu bringen, unterschätzt.

»Wolltest du nicht aufessen?«, fragte er.

»Äh … ja …« Ich stopfte mir das letzte Stück Brot in den Mund und schluckte es in einem Stück hinunter, was ich augenblicklich bereute. Der Klumpen war viel zu groß und drückte in meiner Kehle. Ich drehte mich von Ashton weg, kämpfte gegen den Drang an, zu würgen und zu husten, räusperte mich und klopfte mir auf die Brust.

Dabei fiel mir auf, dass Ashton kein einziges Mal von seiner Brothälfte abgebissen hatte. Sie lag noch immer unangerührt auf dem Teller. Scheinbar war er zu sehr damit beschäftigt, mir beim Essen zuzuschauen. Ich bot ihm ja auch eine fesselnde Show.

»Du hast die Banane doch nicht vergiftet, oder?«, fragte ich im Scherz. Weil ich aber immer noch gegen den Knoten in meinem Hals kämpfen musste, klangen meine Worte gepresst und ungewollt ernst.

Ich sah zu Ashton, der ebenso ernst wirkte. Wieder waberte diese unergründliche Stille zwischen uns, er kam näher, durchbohrte mich regelrecht mit seinem Blick und ich vergaß zu atmen.

»Keine Sorge«, sagte er, seine Stimme zu einem bedrohlichen Raunen gesenkt.

Sorgen? Ich? Nur weil er mich anschaute, als würde er mich genauso verschlingen wollen wie ich zuvor mein Brot?

»Du kannst dir sicher sein, dass ich der Letzte bin, der den wackeligen Frieden zwischen unseren Familien aufs Spiel setzt.«

»Dann … ist ja gut«, stammelte ich.

Und um mir das zu sagen, musste er mir so nah kommen, dass ich seine Wimpern hätte zählen können? Ich wollte ihn schon höflich von mir schieben, als er an mir vorbei nach dem Teller griff und wieder auf gebührenden Abstand ging.

»Ah, hier bist du!« Mom war in die Küche getreten und lächelte Ashton übertrieben freundlich an. »Wir sind jetzt so weit. Wenn du mich also begleiten würdest?«

»Sicher«, sagte er und drückte mir den Teller in die Hand. »Du kannst meine Hälfte gern haben. So wie du geschlungen hast, musst du immer noch am Verhungern sein.«

Ich suchte eilig nach Worten, während er schon zu Mom ging.

Sie trat beiseite, um ihn aus der Küche zu lassen. »Emily, hast du nicht noch Hausaufgaben zu erledigen?«

»Die können warten«, meinte ich, stellte den Teller auf den Küchentresen und wandte mich wieder der Tür zu. »Ich würde lieber …«

Mom und Ashton waren bereits verschwunden.

»… mitkommen.«

Frustriert ließ ich mich gegen die Theke plumpsen. Diesmal traf ich sie sogar. Unsichtbar zu sein konnte ich wohl auch auf die Liste meiner Superkräfte setzen. Dabei war es eigentlich nichts Neues für mich, als Normalsterbliche aus den wirklichen wichtigen und vor allem gefährlichen Angelegenheiten herausgehalten zu werden. Neu war diesmal nur, dass es mich störte.

3

Es geht doch nichts über einen Familienausflug zum Friedhof

Ich saß an meinem Schreibtisch und starrte schon eine halbe Ewigkeit auf die ungelösten Matheaufgaben. Es gelang mir einfach nicht, mich darauf zu konzentrieren. Dabei nahm ich meine schulischen Leistungen normalerweise sehr ernst. Schließlich wollte ich nicht ewig in diesem Haus festsitzen. Solange mir aber Ashton im Kopf herumschwirrte, war dort kein Platz für andere Dinge.

Mein Blick wanderte zu seiner Kakao-Bananen-Brothälfte. Ich hatte den Teller mit auf mein Zimmer genommen, bisher jedoch nichts davon angerührt.

Ob es total irre wäre, Santana zu bitten, einen Konservierungszauber über das Brot zu legen? Dann könnte ich es in meiner Andenkenkiste unter dem Bett verstauen. Verdammt, und wie irre das wäre! Dass ich überhaupt auf solche Gedanken kam, war schon ein Zeichen dafür, dass mich Ashton verrückt machte.

Ich warf mich frustriert gegen die Rückenlehne meines Stuhls und schlug mir die Hände vors Gesicht. Wieso musste er auch so unglaublich heiß sein? Wieso war er hier aufgetaucht und hatte mit seinem Bananenzauber und diesem durchdringenden Blick meine ganze Welt auf den Kopf gestellt?

Ich lehnte mich noch weiter zurück, starrte an die Decke und fasste den Entschluss, meine Hausaufgaben zusammenzupacken und zu Santana zu gehen. Ich brauchte jemanden, mit dem ich Reden konnte, und das ging nur bei ihr. Smartphones waren in diesem Haus verpönt und das einzige Telefon der Seymours war eine Antiquität aus den Dreißigerjahren, die in der Eingangshalle hing. Das Teil funktionierte zwar, aber wer stand schon gern in einem Durchgangszimmer, um Privatgespräche zu führen?

Ich wollte mich wieder an die Tischkante ziehen, als es an der Tür klopfte. Vor Schreck verlor ich den Halt, wäre beinahe rücklings vom Stuhl gekippt, schaffte es aber mit Mühe, mich zu fangen.

Cedric betrat mein Zimmer und schaute sich äußerst skeptisch um. Er hatte sein Jackett abgelegt, das Hemd aufgeknöpft und die Ärmel hochgekrempelt. Ich schloss daraus, dass er einen sehr arbeitsreichen Tag hinter sich hatte, denn normalerweise achtete er darauf, immer wie frisch gestriegelt auszusehen.

»Das Chaos in diesem Zimmer lässt tief blicken, Schwesterherz.«

»Was suchst du hier?«, fragte ich.

»Wie ich gehört habe, bist du in der Küche mit unserem Gast zusammengetroffen?«

»Ja und?«

»Darf ich?« Er deutete auf mein Bett.

Ich machte eine ausholende Geste. »Fühl dich wie zu Hause.«

Mit federndem Gang durchquerte Cedric mein Zimmer. Ich wusste nicht, wie er das tat, aber in jedem Raum, den er betrat, schien sich ab dem Moment alles nur noch um ihn zu drehen. Selbst meine eigenen vier Wände kamen mir in seiner Gegenwart nicht mehr wie mein Zimmer vor, sondern bloß wie die Kulisse für das Schauspiel seines Lebens.

An meinem Bett angekommen, strich er das Laken glatt, sank auf die Matratze und stützte sich mit den Ellbogen auf den Knien ab. Eine Strähne löste sich aus seinem zurückgegelten Haar und fiel ihm ins Gesicht. Das ließ ihn sympathischer wirken und ich glaubte, erahnen zu können, warum fast alle Mädchen während seiner Schulzeit in ihn verschossen waren und alle Jungs so sein wollten wie er. Sein Abschluss lag schon ein paar Jahre zurück, sodass ich in der Highschool nicht in die Verlegenheit gekommen war, bloß eine Statistin im Leben meines Bruders zu spielen – nicht, dass ich ohne seine Anwesenheit je eine Hauptrolle in irgendetwas gespielt hätte. Ich war schon immer eher die Bühnenassistentin gewesen.

»Ich weiß, du hältst nicht viel von unserer Zunft«, begann er ohne Umschweife.

»Es ist nicht so, dass …«

»Nein, nein!«, unterbrach er mich. »Du musst dich nicht verteidigen. Dir geht die Nekromantie gegen den Strich und du lässt auch keine Gelegenheit aus, uns das spüren zu lassen. Insofern ist es ganz gut, dass du nach Vater kommst. So musst du dich wenigstens nicht selbst verleugnen.«

Ich hätte ihm gern erklärt, dass es anders war. Insbesondere, weil ich das Gefühl hatte, dass er unser geheimes Familientalent, in dem er so außergewöhnlich gut war, gern mit seiner kleinen Schwester geteilt hätte. Mir ging es nicht anders. Ich hatte schon immer zu ihm aufgesehen, ihn als kleines Kind über alle Maßen bewundert, geradezu angehimmelt, aber die Nekromantie stand zwischen uns und sorgte dafür, dass wir uns im Laufe der Jahre immer weiter voneinander entfernt hatten. Natürlich tat mir das leid. Cedric war mir sehr wichtig und ich hätte ihm gern viel nähergestanden.

Dass ich zur Enttäuschung aller im Höchstfall eine Glühbirne zum Leben erwecken konnte – und das auch nur, wenn ich dafür den Schalter an der Wand betätigte –, ließ sich aber nun mal nicht leugnen.

»Und weiter?« Ich verschränkte die Arme vor der Brust.

»Ganz egal, wie du zur Nekromantie stehst, dir sollte die historische Bedeutung des Ereignisses bewusst sein, das gerade vonstattengeht.«

»Welches Ereignis denn?«, fragte ich.

»Die Seymours schließen Frieden mit den Goodwins«, erklärte er, als hätte mir das längst klar sein müssen. »Du weißt, was das heißt?«

Ich setzte eine nachdenkliche Miene auf und rieb mir mein Kinn. »Keine filmreifen Schlachten mehr zwischen untoten Armeen?«

»Das kam seit dem 14. Jahrhundert nicht mehr vor«, belehrte er mich lächelnd. »Unsere Familien stehen seit Ewigkeiten in Konkurrenzkampf zueinander. Den zu beenden, wird vieles zum Positiven wenden. Es wird künftig keine Rangeleien um Zuständigkeiten mehr geben. Keine Anfeindungen mehr, keine Befürchtung, von einem Goodwin in einen Hinterhalt gelockt zu werden. Was in diesen Tagen geschieht, wird Einfluss auf alle Bewohner der Zwischenwelt haben. Auch für dich wird sich einiges ändern, Emily. Du könntest zum Beispiel problemlos an einer Uni an der Westküste studieren. Keiner von uns würde befürchten müssen, die Goodwins könnten es auf dich abgesehen haben, solltest du nicht länger unter unserem Schutz stehen.«

Mir war gar nicht klar gewesen, dass diese Gefahr bestanden hatte. Auch nicht, dass ich in irgendeiner Weise unter dem Schutz meiner Familie stand. Was hätten die Goodwins auch mit mir anfangen sollen? Doch je länger ich darüber nachdachte, desto mehr wurde mir bewusst, dass ich eine Schwachstelle für meine Familie war. Ich beherrschte keine Zauber, um mich zu verteidigen, wusste aber einiges über die Seymours. Zum Beispiel, wo wir unser Grimoire aufbewahrten und wie man die Schrift darin las. Ich kannte Rituale, die nur unserer Familie vorbehalten waren, und hatte schon als Kind

Reime auswendig gelernt, die einem den Weg zu verborgenen Orten verrieten.

»Was erwartest du jetzt von mir?«, fragte ich.

»Wir haben den ganzen Tag verhandelt und eine gute Übereinkunft getroffen, was jedoch nicht einfach war. Wir dachten, dass wir mit dem jungen Goodwin leichtes Spiel hätten, aber er ist anders als die übrigen etwas schludrigen Mitglieder seiner Familie. Er hat Köpfchen und weiß sehr genau, worauf er achten muss. Das wird auch der Grund sein, warum sie ihn als Verhandlungspartner zu uns geschickt haben. Jedenfalls fehlen nur noch ein paar letzte Details, bevor wir die Siegel unserer Familien auf den Vertrag setzen. Bis es so weit ist, wird es deine Aufgabe sein, den jungen Goodwin zu beschäftigen. Er scheint Gefallen an dir gefunden zu haben. Wenn du ihn ablenkst, kann ich die letzten Einzelheiten zu unseren Gunsten ausformulieren.«

Ich war mir nicht sicher, ob ich Cedric richtig verstanden hatte. Ashton hatte Gefallen an mir gefunden? An mir? Wirklich glauben konnte ich das nicht. Immerhin hatte ich mich in seiner Gegenwart wie der letzte Trottel verhalten. Mal ganz abgesehen davon, dass er mich für viel jünger gehalten hatte. »Wie soll *ich* ihn denn ablenken?«

Cedric schaute an mir vorbei zu meinen Hausaufgaben. »Kommst du nicht voran? Normalerweise liegt dir Mathe doch.«

»Ich bin nur …«

»Unkonzentriert?« Er wackelte mit den Brauen und hob dabei die Mundwinkel zu einem hämischen Schmunzeln. »Ich weiß doch, wie das bei euch Teenies läuft. Durch die rosarote Brille sehen die Angebeteten übernatürlich gut aus, die Hormone spielen verrückt und es reicht ein Blick oder eine Berührung, damit ihr glaubt, die Liebe des Lebens gefunden zu haben. Keine Ahnung, ob Goodwin in dich verschossen ist, aber er ist höchstens ein oder zwei Jahre älter als du und er stellt Fragen über dich. Einen Versuch, ihn ein bisschen aus dem Konzept zu bringen, ist es allemal wert. Was haben wir schon zu verlieren?«

Ich stellte mir gerade vor, wie Mom, Dad, Tante Sophia – einfach alle – zusammengesessen und darüber gesprochen hatten, mich mit Ashton zu verkuppeln. Ich fragte mich, ob sie Streichhölzer gezogen hatten, um auszuknobeln, wer mir diese Botschaft überbringen sollte.

»Das ist ein hinterhältiger Plan«, sagte ich geradeheraus. »Wie soll das mit dem Frieden zwischen unseren Familien funktionieren, wenn ihr schon betrügt, bevor dieser Vertrag unterschrieben ist?«

»Ach komm schon, es spricht wohl kaum etwas dagegen, wenn man sich ein paar Vorteile verschaffen will. Und von dir wird auch nicht mehr erwartet, als ein bisschen Zeit mit ihm zu verbringen. Wenn du aber der Meinung bist, das sei zu viel verlangt, dann bitte«, er deutete auf die Tür, »geh zu ihm, erzähl ihm von unserem Gespräch und verbau dir deine Chance auf eine Zukunft außerhalb dieser vier Wände. Denn eines kannst du mir glauben: Wenn der Vertrag nicht zustande kommt, wirst du Springdale nie verlassen.«

»Das würdet ihr gar nicht verhindern können«, sagte ich.

»Wenn du …!« Mit erhobenem Zeigefinger brach er ab und atmete tief durch. Erst rieb er sich den Nasenrücken, dann kam er ganz versöhnlich auf mich zu und legte mir die Hände auf die Schultern. »Du hast recht. Wir Seymours sind gut darin, unsere Vorteile aus allem zu ziehen. Es ist die ewige Rivalität mit den Goodwins, die uns so hat werden lassen. Und jetzt haben wir die Möglichkeit, dem ein Ende zu setzen. Das verstehst du doch, oder?«

»Ist ja schon gut.« Ich schüttelte seine Hände ab. »Wenn es unbedingt sein muss, mach ich es. Ich lenke ihn ab, aber mehr auch nicht, verstanden? Ihr haltet mich aus eurer Intrige heraus.«

»Steckt also doch eine Seymour in dir, Schwesterherz! Vielleicht keine Nekromantin, aber zumindest eine Seymour.« Er lief zur Tür und hielt dort noch einmal inne. »Hey, Emily …«

»Was denn jetzt noch?«, fuhr ich ihn an.

»Vielleicht leiht dir Mandy ein sexy Top.«

Ich hechtete zu meinem Bett, schnappte mir ein Kissen und warf es nach ihm. »Hau bloß ab!«, zischte ich.

Cedric wich geschickt aus. »Zu langsam, Schwesterherz.« Er öffnete die Tür und glitt in einer eleganten Bewegung auf den Flur hinaus. »In zehn Minuten unten in der Eingangshalle. Mit festem Schuhwerk. Wir haben noch einen Auftrag reinbekommen. Es geht auf den Friedhof, eine Leiche ausgraben. Und Goodwin wird uns begleiten.« Er zwinkerte mir zu und schloss die Tür, bevor ich ein weiteres Kissen nach ihm werfen konnte.

Zehn Minuten hatten ausgereicht, um jedes Kleidungsstück aus meinem Schrank zweimal in die Hand zu nehmen. Viele waren es ja nicht, denn die meisten lagen muffig und verdreckt auf dem wachsenden Wäschehaufen. Ich spielte sogar mit dem Gedanken, Cedrics Rat zu befolgen und Mandy um Hilfe zu bitten. Den verwarf ich aber ganz schnell wieder. Schließlich wollte ich nicht aussehen wie eine Diskokugel. Außerdem war ich nicht die unscheinbare Hauptdarstellerin eines Teenie-Liebesfilms, die durch ein Umstyling vom grauen Mäuschen zum Supermodel mutierte und in einem eleganten Abendkleid die Treppe hinunterschwebte, wo ihr Abschlussballdate auf sie wartete. Lieber blieb ich bei meinem gewohnten Style – nämlich keinen zu haben. Dann fühlte ich mich wenigstens wie ich selbst.

Ich beließ es bei meinem roten Hoodie und nahm die Gummistiefel vom Schuhregal. Noch während ich aus der Tür stolperte, schlüpfte ich in die Stiefel hinein – und wäre beinahe gegen Tante Sophia geprallt. Passend zu ihrem Lidschatten trug sie ein bodenlanges Kleid in dunklem Lila und darüber einen Mantel, der erschreckende Ähnlichkeit mit den Vampirumhängen alter Schwarz-Weiß-Horrorstreifen hatte. Eigentlich fehlte nur noch der Besen, um ihr Halloween-Hexen-Outfit zu komplettieren.

Sie musterte mich von oben bis unten. »Dein Bruder hat mit dir geredet?«, fragte sie.

»Ja, hat er.«

»Und du willst wirklich so …?« Sie räusperte sich. »Nun ja, daran lässt sich jetzt auch nichts mehr ändern.« Mit einem unterkühlten Lächeln auf den Lippen griff sie nach meinem Arm und zog mich die Treppe nach unten.

Ich hätte gern behauptet, dass meine Tante der Paradiesvogel unter den Seymours war und alle anderen wussten, wie man sich im 21. Jahrhundert kleidete. Doch leider war dem nicht so.

In der Vorhalle warteten bereits Mom, Mandy und Cedric auf uns. Und auch sie sahen aus, als wären wir auf dem Weg zu einem historischen Kostümfest. Genau wie Tante Sophia war Mom in ein langes wallendes Kleid gehüllt. Wenigstens Mandy wirkte nicht wie aus dem vorigen Jahrhundert. Mit ihrem glitzernden Oberteil, dem Hüftgürtel, der Leggins und den hochhackigen Schuhen machte sie aber auch nicht gerade den Eindruck, als hätte sie vor, sich die Hände schmutzig zu machen. Cedric, der sein Jackett wieder angezogen und die Haare perfekt zurückgegelt hatte, zupfte am Einstecktuch in seiner Brusttasche und nickte mir verstohlen zu, als er mich sah.

»Ich habe das doch richtig verstanden, wir graben eine Leiche aus?«, fragte ich.

»Ganz so einfach wird es nicht werden, Schätzchen«, sagte Mom. Sie kam zu mir und fummelte an meinem Hoodie herum. »Hättest du nichts Schickeres gehabt? Was ist mit der blauen Bluse, die ich dir zu Weihnachten geschenkt habe?«

»Die Sache mit den Werwölfen, schon vergessen?« Das Teil bestand nur noch aus Löchern, nachdem sich meine Familie mit einem ganzen Rudel angelegt hatte und ich in diese Sache mit hineingezogen worden war. Der damalige Abend gehörte nicht gerade zu meinen Glanzmomenten, aber Mom neigte dazu, solche Dinge schnell zu verdrängen.

»Ach ja«, sagte sie nachdenklich.

In dem Moment betrat Dad die Eingangshalle. Er war schwer beladen mit drei Schaufeln und einem Zehn-Kilo-Sack Salz. Ashton folgte kurz darauf, unsere Blicke trafen sich und ich wandte mich eilig von ihm ab. Mich hatte plötzlich das Gefühl beschlichen, er könnte den Plan meiner Familie von meiner Stirn ablesen, wenn ich ihn zu lange anschaute.

»Wenn Joseph das nächste Mal wartet, bis das Salz im Kofferraum liegt, bevor er den Wagen aus der Garage fährt, muss ich den Sack nicht quer durchs Haus schleppen«, ächzte Dad und stolperte beinahe über die Schaufeln, die ihm unter dem Armen wegrutschten.

»Lass mich …«, bot ich an – und stieß gegen Ashtons Hand, der zeitgleich nach derselben Schaufel griff. Erschrocken zuckte ich zurück. Mein Herz klopfte wie wild, während Ashton nur freundlich lächelte.

Er nahm Dad die Schaufeln ab und reichte eine davon an mich weiter. »Nimm die hier, ich trage die anderen.«

Ich erwiderte sein Lächeln verlegen und griff zögernd zu. Wieder trafen sich unsere Blicke und mein Herz machte einen Satz. Das hätte einer jener Momente werden können, in denen alles um mich herum verstummte und ich mich völlig in Ashtons moosgrünen Augen verlor. Allerdings entging mir Moms verstohlenes Schmunzeln nicht.

Ich riss Ashton die Schaufel regelrecht aus der Hand, wirbelte herum und stapfte auf die Tür zu. Peinlich war das. Einfach. Nur. Peinlich.

Cedric holte mich auf halbem Weg ein. »Etwas Mühe musst du dir schon geben«, flüsterte er mir zu.

»Zisch ab«, knurrte ich.

Das konnte unmöglich gut gehen. Es fiel mir auch so schon schwer, mit Ashton in einem Raum zu sein. Wie sollte ich es in seiner Gegenwart aushalten, wenn mir die ganze Zeit mein geheimer Auftrag im Kopf herumschwirrte? Ich lief schneller, um Cedric abzuhängen, und verließ das Haus.

Unsere Familienkutsche war ein alter Ford Lincoln. Eine Limousine aus den Achtzigern, in der wir alle Platz fanden. Onkel Joseph stand damit bereits in der Einfahrt. Ich verstaute die Schaufel im Kofferraum und verzog mich auf die Rückbank. Links von mir stieg Mandy ein. Sie schob mich unsanft in die Mitte und schloss die Tür. Rechts folgte Ashton und ich schrumpfte in mich zusammen.

»Einen schönen Wagen habt ihr«, meinte er.

»Ja«, erwiderte ich und hielt die Luft an. Er saß so nah neben mir, dass sich unsere Schulten berührten.

Uns gegenüber nahmen Mom, Tante Sophia und Cedric Platz. Onkel Joseph gab wie immer den Chauffeur und Dad verstaute das Salz im Kofferraum, bevor er sich mit einem kurzen Blick in den Innenraum verabschiedete. Er blieb meistens zu Hause, wenn die Familie einen Auftrag zu erledigen hatte. Er nutzte es gern aus, die Villa so gut wie allein für sich zu haben, um in Ruhe arbeiten zu können. Als freischaffender Restaurator bekam er regelmäßig alte

Filme und Fotos zur Bearbeitung geschickt und bevorzugte es, nicht gestört zu werden, wenn er mit den empfindlichen Materialen und Chemikalien hantierte.

Wir fuhren vom Grundstück in Richtung Highway, ließen Springdale hinter uns und kurvten bald schon durch eine bewaldete Landschaft.

»Ihr beiden seit ungefähr im selben Alter«, sagte Mom und deutete auf Ashton und mich. »Sicher habt ihr viele Gemeinsamkeiten.«

»Außer das Alter, meinst du?«, fragte ich mit angehobener Braue und merkte an Moms Blick, dass ihr mein ironischer Unterton gar nicht gefiel.

»Wie wäre es, wenn du Ashton morgen die Umgebung zeigst? Springdale ist ein wirklich schönes Städtchen.« Ihre Mundwinkel zuckten, während sie versuchte, ihr Lächeln aufrechtzuerhalten.

»Klar, kann ich machen«, sagte ich widerwillig. Schließlich hatte ich es Cedric versprochen.

»Das ist ein freundliches Angebot«, bedankte sich Ashton. »Aber ich vermute, mir wird die Zeit dafür fehlen. Es gibt noch viel zu besprechen.«

»Ach, das kriegen wir schon hin«, versprach Mom abwinkend. »Nicht wahr, Cedric?«

»Die letzten Details sind schnell aufgearbeitet«, meinte er. »Du kannst dir ruhig die Zeit nehmen.«

Ashton schaute Cedric ungewöhnlich lange an. Was auch immer ihn schon in der Küche beschäftigt hatte, schien ihn wieder befallen zu haben. »Wenn das so ist …«, sagte er schließlich und wandte sich mir zu. Das kaum merkliche Lächeln auf seinen Lippen wirkte wie ein Vorhang, hinter dem sich Dinge verbargen, die er mir und meiner Familie gegenüber nicht enthüllen wollte. »Natürlich nur, wenn du wirklich willst.«

Ich suchte nach einer Antwort, bei der ich mich nicht wie eine Betrügerin fühlte, und die nicht danach klang, als hätte ich kaum eine andere Wahl. In dem Moment sah ich, wie wir in die Mirrorstreet abbogen – eine Straße, die schon lange nicht mehr als solche bezeichnet werden konnte. Nur noch ein holpriger Pfad, der links von uns das Dickicht teilte, wies darauf hin, dass dort einmal etwas gewesen war.

»Vorsicht!«, stieß ich aus, als Onkel Joseph auch schon ungebremst in den Straßengraben bretterte.

Wir gerieten in Schräglage, die Reifen verloren ihre Bodenhaftung, der Lincoln überschlug sich und wir wurden aus den Sitzen gehoben.

Ein gleißendes Licht erfasste das Auto. Nur verschwommen war zu erkennen, dass sich die gesamte Welt umzustülpen schien. Gleich darauf landeten wir wieder in unseren Sitzen.

Das Licht ebbte ab und wir fuhren auf einer breiten Straße weiter, als wäre nie etwas geschehen. Allerdings hatte sich die Umgebung völlig verändert. Wo zuvor noch dichte Wälder gewesen waren, sah man nun eine staubige Steppenlandschaft, niedriges Gestrüpp und rötliche Berge am Horizont.

Ich atmete mehrmals tief durch. Mir drehte sich schon beim Betreten der Zwischenwelt der Magen um, obwohl man dafür nichts weiter tun musste, als sich durch eine Raumfalte in ihr Inneres zu werfen – kopfüber, wohlgemerkt. Gerade eben waren wir jedoch am Rand einer Falte entlanggerast, um an einem völlig anderen Ort wieder herauszukommen. Wir hatten die Zwischenwelt also nicht betreten, sondern die Raumfalte wie eine Schnellstraße genutzt und in wenigen Sekunden ein paar Hundert Meilen hinter uns gebracht. Kein Wunder also, dass ich mich fühlte, als hätte ich einen Eimer Regenwürmer verspeist.

Erst nachdem ich mich etwas beruhigt hatte, bemerkte ich, dass ich mich die ganze Zeit an etwas festhielt. Ich hatte Ashtons Arm ergriffen und klammerte mich noch immer an ihn.

»Alles gut bei dir?«, fragte er.

»Ja!«, stieß ich aus und zog meine Hand von ihm weg. »Es ist nur …«

»Mir wird auch immer etwas schwindlig, wenn die Schwerkraft aussetzt.«

»Das geht uns allen so«, meinte Mom.

»Wir schreien dabei nur nicht wie am Spieß«, sagte Mandy überheblich.

Tante Sophia verpasste ihr dafür einen Tritt gegen das Schienbein.

»Aua!«, beschwerte sie sich.

Wie sehr solche Familienausflüge doch an meinen Nerven zerrten! Das zu ertragen, während Ashton neben mir saß, war beinahe unmöglich. Aber was hätte ich tun sollen? Ich konnte ja schlecht aus dem Fenster springen. Obwohl der Gedanke verlockend war.

Nach kurzer Zeit nahmen wir eine Abfahrt und durchquerten eine Kleinstadt. Es war schon recht spät, die Bewohner hatten Feierabend und überall sah man Passanten, die unserem Oldtimer neugierig hinterherschauten. Ich versank tiefer in meinem Sitz und hoffte, dass es zu dunkel war, um einen Blick ins Innere des Wagens werfen zu können. In Springdale kannte man meine Familie und ihren fragwürdigen Kleidungsstil bereits. Dort erregten wir kaum noch Interesse. Andernorts fielen wir auf wie bunte Hunde.

Ich schirmte meine Augen mit der Hand ab, hoffte das Beste und war froh, als wir die belebten Straßen endlich hinter uns ließen und auf dem Parkplatz eines abseits gelegenen Friedhofs anhielten.

»Auf dem Hinweg habe ich ein McDonald's gesehen«, meinte Mandy, während sie ausstieg.

»O bitte nicht«, murmelte ich. Es wäre nicht das erste Mal, dass ich mit meiner Familie in einem Fastfood-Restaurant saß, nachdem wir einen Job erledigt hatten – ich mit verdreckten Gummistiefeln und Erde im zerzausten Haar, die anderen in ihrer seltsamen Halloweenkluft und Dutzende Blicke auf uns gerichtet.

»Im Ofen wartet ein Braten«, sagte Tante Sophia zu meiner Erleichterung. Nach und nach waren alle ausgestiegen und ich war allein. Endlich wagte ich es, den Blick zu heben.

»Deine Familie ist dir peinlich, wie es aussieht«, meinte Ashton, der den Kopf wieder durch die Tür gestreckt hatte.

Ich schaute ihn erschrocken an. »Nein, ich … es …« Ich seufzte resigniert. »Ja, so ziemlich.«

»Das muss es nicht. Ich finde sie ganz lustig.« Er schmunzelte. »Genau wie dich.«

Lustig? Er fand mich also *lustig*? Na ja, ich hatte sowieso nicht geglaubt, dass er Gefallen an mir gefunden hatte, wie Cedric behauptete. Durch diese Aussage ergab sein Verhalten auch viel mehr Sinn. Er sah in mir und meiner Familie nichts weiter als einen schrägen Komödiantenhaufen.

»Zum Totlachen«, sagte ich trocken.

Ashton streckte mir die Hand entgegen.

»Danke, geht schon«, murmelte ich.

Er trat beiseite, ich schlüpfte an ihm vorbei aus dem Wagen und ging zum Kofferraum, den Onkel Joseph bereits geöffnet hatte. Wortlos nahm er die Schaufeln heraus und ließ mich mit dem schweren Salzsack allein.

»Ich bin gespannt auf den weiteren Ablauf«, hörte ich Ashton zu Mom sagen, während ich mir den Jutesack auf die Schulter lud, vom Gewicht ins Straucheln geriet und mehrere Schritte rückwärts stolperte.

»Im Fall von ruhelosen Seelen kommt bei uns ein bewährtes Ritual zum Einsatz«, erklärte sie. »Du wirst der erste Goodwin sein, der daran teilnehmen darf.«

»Den Grund für die Rastlosigkeit der Seele haben Sie bereits in Erfahrung gebracht?«

»Den Grund?«, fragte Mom verwundert.

Mandy lachte. »Wen interessiert das? Hauptsache, es spukt nicht länger, damit kein Normalsterblicher auf die Idee kommt, hier könnte etwas Übernatürliches am Werk sein.«

»Den Grund brauchen wir nicht zu wissen«, erklärte Cedric. »Geht uns auch nichts an. Wir sind keine Seelsorger oder so. Wir erhalten den Auftrag, einen Geist zu beseitigen, und kümmern uns schnell und unkompliziert darum.«

»Genauso ist es«, bestätigte Mom. »In diesem Fall hat uns das Tribunal der Zwischenwelt sogar höchstpersönlich beauftragt. Schon seit geraumer Zeit häufen sich unter den Normalsterblichen in der Gegend Gerüchte, dass es auf dem Friedhof spuken soll. Damit das Geheimnis um die Existenz der Zwischenwelt gewahrt wird, nehmen wir uns dem Problem heute an. Aber wem erzähle ich das? Als Goodwin warst du mit Sicherheit schon in ähnliche Fälle involviert, nicht wahr? Auch wenn ich vermute, dass sich deine Familie mehr mit privaten Aufträgen beschäftigt. Hält deine Mutter nicht bevorzugt Séancen mit Geistern ab, legt Karten und solche Dinge?«

Das war ein eindeutiger Seitenhieb gegen die Goodwins. Mom prahlte damit, dass wir für das Tribunal arbeiteten und Friedhöfe von spukenden Geistern befreiten, während sie den Goodwins im selben Atemzug unterstellte, sich nur mit Kleinkram abzugeben. An Ashtons Stelle wären mir die Gesichtszüge entgleist. Er schaffte es jedoch, völlig unbeeindruckt zu bleiben.

Ich räusperte mich. »Ich hätte nichts dagegen, wenn das hier schnell ginge. Der Sack ist nämlich irre schwer, also wohin damit?«

»Hier entlang«, sagte Mom und lief voraus.

Ich folgte ihr.

Ashton holte mich ein und griff nach dem Jutesack. »Ich übernehme das.« Er wartete meine Reaktion gar nicht erst ab und packte sich das schwere Ding mühelos auf die Schulter.

Cedric tauchte neben mir auf. »Siehst du. Er mag dich.«

»Er ist einfach nur nett«, widersprach ich. »Was man von dir nicht gerade behaupten kann.«

Mein Bruder hob verteidigend die Hände und grinste verstohlen. »Meine Talente liegen nun mal nicht in der körperlichen Arbeit.«

Ich verdrehte die Augen. Cedric wollte sich einfach nicht die Hände schmutzig machen. Genau wie Mandy und Tante Sophia. Die Drecksarbeit überließen sie lieber anderen. Und mit anderen meinte ich mich.

4

Bei einem Brettspiel wäre das nicht passiert

Es gibt Familien, die verbringen ihre Freitagabende mit Brettspielen oder sie sitzen vor dem Fernseher, teilen sich eine Tüte Chips und streiten sich um die Fernbedienung. Ich stand an diesem Abend zusammen mit Onkel Joseph bis zum Schaft meiner Stiefel in der aufgewühlten Erde eines fast zwei Meter tiefen Lochs und war dabei, eine Leiche freizulegen. Allmählich bekam ich Zweifel, dass in diesem Grab überhaupt jemand beerdigt worden war. Noch fehlte jede Spur eines Sargs und mir taten bereits alle Knochen weh.

Mom hielt Ashton in Beschlag. Vielleicht hatte sie das Gefühl, ich würde meiner zugeteilten Rolle nicht gerecht werden, weshalb sie sich offenbar genötigt sah, ihn zuzuquatschen, bis ihm der Schädel rauchte. Tante Sophia und Mandy gingen derweil den Friedhof ab und woben einen Zauber, der unsere nächtlichen Aktivitäten vor den Augen unerwünschter Zuschauer abschirmte.

Cedric streute einen aufwendigen Ritualkreis aus Salz um das Grab. Er war ein wahrer Künstler darin. Würden Nekromanten ihre Fähigkeiten nicht vor den Normalsterblichen verbergen müssen, hätte man Fotoprints seiner Salzkunst in Galerien ausstellen können.

Ich richtete mich auf, reckte meinen schmerzenden Rücken und strich mir den Schweiß von der Stirn. Dass ich im Sport keine Einserschülerin war, lag sicher nicht daran, dass ich in meiner Freizeit zu wenig für meine Fitness tat. Schließlich war das nicht das erste Grab, das ich ausheben musste.

Zugegebenermaßen war es Onkel Joseph, der den Löwenanteil der Arbeit übernahm. Er schaufelte, als würde es um sein Leben gehen, und schien dabei nicht einmal müde zu werden.

»Darf ich?«, hörte ich Ashton über mir fragen und schon landete er mit einem Satz direkt vor mir im Erdloch. Er richtete sich auf und kam mir dabei so nah, dass sich unsere Nasen beinahe berührten. Ich wäre zurückgewichen, doch dazu fehlte der Platz.

»Etwas eng hier«, meinte er und lächelte mich freundlich an.

Im Silberlicht des vollen Mondes wirkte der Kontrast zwischen seiner eher blassen Haut und dem kohlrabenschwarzen Haar, das ihm in Strähnen vor der Stirn hing, noch stärker. Seine moosgrünen Augen schimmerten wie Jade und hatten dabei eine beinahe hypnotisierende Wirkung auf mich.

Ich versuchte, daran zu denken, was Cedric gesagt hatte: Es waren bloß meine Hormone, die verrücktspielten. Ich war in Ashton verschossen, ohne ihn wirklich zu kennen. Wenn ich mir das nur oft genug vorpredigte, gelang es mir vielleicht, einen klaren Kopf zu bewahren.

»So ein Grab ist normalerweise auch nur für eine Person ausgelegt«, meinte ich mit belegter Stimme und schaute an ihm vorbei zu Onkel Joseph, der ohne Pause weiterschaufelte. Dabei beanspruchte er den Großteil des Platzes für sich.

Ashton fing meinen Blick wieder auf. »Ich wollte euch die ganze Arbeit nicht allein machen lassen, aber deine Mom hatte viel zu erzählen. Wenn du willst, übernehme ich ab hier.«

Er griff nach meiner Schaufel, unsere Hände berührten sich und ein wohliger Schauer durchfuhr meinen Körper. Die Erde begann zu beben.

Ich brauchte einen Moment, um zu begreifen, dass es der Sarg war, der zu zittern begonnen hatte, und nicht bloß meine eigene, innere Welt, die von Ashtons Nähe erschüttert wurde.

»Jetzt muss es schnell gehen!«, rief Mom von oben und reichte uns die dritte Schaufel.

Ashton nahm sie entgegen und wandte sich an mich. »Da scheint jemand gar nicht begeistert zu sein, ausgegraben zu werden. Überlass den Rest mir.«

Wieder gab es eine heftige Erschütterung, als würde eine unsichtbare Macht am Sarg zerren und versuchen, ihn mit aller Kraft aus dem Erdreich zu befreien. Ich musste mich am Rand der Grube festhalten. Mom hatte recht. Es kam jetzt auf jede Sekunde an. Niemand von uns wollte sich mit einem wütenden Geist anlegen.

»Keine Zeit zum Ausruhen«, sagte ich. »Wir müssen uns beeilen, sonst wird es gefährlich. Joseph?«

Mein Onkel nickte und hörte auf, die Erde aus dem Loch zu hieven. Stattdessen schaufelte er sie nur noch so schnell es ging in unsere Richtung, um zumindest den Kopfteil des Sargs freizulegen. Das musste genügen. Es würde nicht unsere sauberste Arbeit werden, aber damit konnte ich leben. Hauptsache, wir beendeten das Ganze, bevor es dem Geist gelang, sich zu manifestieren.

Ich schob mich neben Ashton und begann, die Erde von Onkel Joseph in die hinterste Ecke des Lochs zu befördern. Dabei landete einiges davon in meinen Stiefeln.

Ashton scheute sich nicht, tatkräftig mit anzupacken. Spätestens als von allen Seiten zäher Nebel in das Erdloch schwappte, musste auch ihm klar sein, dass wir keine Zeit zu verlieren hatten.

»Und genau deswegen legt man sich nicht mit wütenden Geistern an, ohne zu wissen, worauf sie es abgesehen haben«, murmelte Ashton grimmig.

»Das gehört eben zum Job«, murrte ich, auch wenn ich bezweifelte, dass seine Worte für meine Ohren bestimmt waren. Denn bisher hatte er sich bemüht, immer freundlich zu klingen.

Ich wusste nicht, wie es bei den Goodwins ablief, aber meine Familie hatte bei ihren Aufträgen in erschreckender Regelmäßigkeit mit genau solchen Fällen zu kämpfen. Ab und zu bekam ich mit, dass Cedric loszog, um für einen Auftraggeber mit einem Verstorbenen in Kontakt zu treten, aber meistens tobte irgendwo ein wild gewordener Geist, und da jeder in der Zwischenwelt wusste, dass die Seymours auf Fälle wie diese spezialisiert waren, wandte man sich an uns. Im weitesten Sinne waren wir also so etwas wie die Ghostbusters – nur ohne coole laserschießende Waffen, mit denen mir mein Familienerbe weitaus mehr Spaß gemacht hätte.

Der Nebel, der kurz zuvor noch nach einem natürlichen Phänomen ausgesehen hatte, begann tentakelartige Formen zu bilden. Wie sich windende, von blauen Blitzen durchzuckte Schlangen erhoben sie sich aus dem wabernden Dunst und suchten einen Weg durch die Erde in den Sarg.

Graberde war gesegnet und erlaubte es den Toten normalerweise nicht, in ihre Körper zurückzukehren. Da wir jedoch gezwungen waren, die Leiche freizulegen, bevor wir ihre Seele ins Jenseits befördern konnten, eröffneten wir ihnen einen Weg dorthin. Und genau das wollte der wütende Geist nun für sich nutzen.

Ashton versuchte, sein Eindringen in den verstorbenen Körper abzuwenden, indem er die Nebeltentakeln abhackte. Der gehärtete Stahl der Schaufel erzielte dabei große Wirkung, zerteilte den Nebel mühelos und entlockte dem Geist wehleidige Schreie, die mir durch Mark und Bein gingen. Trotzdem wäre eine geistervernichtende Laserwaffe weitaus effektiver gewesen, denn für jeden Tentakel, den Ashton durchstieß, wuchsen mindestens ein oder zwei neue.

»Das bringt nichts«, sagte ich. »Die Erde ist jetzt wichtiger.«

»Dir ist schon klar, dass wir gerade knöcheltief in der Präsenz eines Toten stehen?«

Über solche Dinge machte ich mir schon lange keine Gedanken mehr. »Die Erde«, erinnerte ich ihn.

Ashton richtete sich auf. »Weiß irgendjemand, worauf es dieser Geist abgesehen hat?«, fragte er. »Niemand?«, fügte er nach einer kurzen Pause hinzu.

»Im Moment auf seinen Körper«, antwortete ich leicht gereizt. »Also lass uns –« Ich brach ab, als etwas an meinem Bein zerrte. Erst war es nur ein kurzer Ruck, ich schaute nach unten und plötzlich schien sich die Erde unter meinem rechten Fuß aufzutun. Ich schrie erschrocken auf und versackte knietief im Nebel.

»Shit!«, stieß Ashton aus und rammte seine Schaufel blind in den Boden. Wieder zerschnitt ein nervenzerfetzender Schrei die Luft, gefolgt von einem weiteren Ruck, der mich noch tiefer nach unten zog. Ich griff um mich, fand jedoch keinen Halt.

Ein kalter Schauer durchfuhr mich und mir wurde klar, dass dieser Geist nicht einfach nur vorhatte, mich unter die Erde zu ziehen. Er wollte Besitz von mir ergreifen, nachdem er wohl eingesehen hatte, dass sein eigener Körper unerreichbar blieb.

Ashton packte meinen Arm. »Halt dich fest!«, forderte er mich auf, aber das nutzte nichts. Mit bloßer Körperkraft kam niemand gegen den Willen eines wütenden Geistes an. Ich spürte bereits, wie meine Gegenwehr abebbte, meine Gedanken trübe wurden und mich fremde Gefühle überschwemmten. Angst, Wut und Verzweiflung. Fetzen von Erinnerungen, die ich nicht zuordnen konnte, verpackt in grausige Schreie, die nicht länger über den Friedhof hallten, sondern direkt in meinen Ohren dröhnten. Es tat schrecklich weh und alles um mich herum rückte in die Ferne.

Verschwommen sah ich, wie Ashton seine freie Hand zur Faust ballte und sich an die Stirn legte. Er flüsterte etwas und zwischen seinen Fingern begann es zu flimmern. Erst war es nur ein zaghaftes Leuchten, dann flammte das Licht auf, strömte ihm durch die Adern bis hin zum Ellbogen und vertrieb mit seiner Wärme die Kälte, die meinen Körper steif und wehrlos hatte werden lassen. Auch die Schreie in meinen Ohren klangen ab und wurden zu einem fernen Wispern.

Ashton ließ sich auf ein Knie fallen, spreizte die Finger und schlug seine flache Hand mit voller Wucht auf die Erde. Das Licht, das er heraufbeschworen hatte, explodierte regelrecht, löste eine Erschütterung aus und der Nebel wich von uns zurück. Als hätte ihn eine Flamme versengt, färbte er sich schwarz, wo er mit Ashtons Zauber in Berührung gekommen war, und zerfiel zu lebloser Asche.

Ashton zögerte nicht lange, packte mich mit beiden Händen und wollte mich befreien, doch mein Fuß saß weiterhin wie einbetoniert fest.

»Mist, ich komme nicht los«, stieß ich aus, meine Stimme überschlug sich fast.

Der Nebel kehrte bereits zurück. Ashtons Angriff auf den Geist hatte uns nur Sekunden verschafft und ich war mir ziemlich sicher, dass er jetzt noch wütender war.

»Komm schon!«, knurrte Ashton und ließ sich schließlich auf die Knie sinken, um mich mit bloßen Händen freizuschaufeln.

Von allen Seiten schwappte der Nebel auf uns zu. Die Kälte kehrte in meine Glieder zurück, mein Herz klopfte schneller und das Flüstern wurde wieder zu unerträglich lauten Schreien. Als mich plötzlich etwas von oben traf, verstummten die Stimmen jedoch von einer Sekunde auf die andere.

Ein ganzer Schwall Salz ergoss sich über Ashton und mich, rieselte mir über den Hals und die Schultern, brannte beim Einatmen in meiner Nase und verklebte mir die Augen. Ich hustete.

»Gern geschehen«, hörte ich Cedric über uns flöten.

Genervt, frustriert und erschöpft, wie ich war, schüttelte ich so viel Salz wie möglich von mir ab und klopfte es mir vom Pullover. Auch Ashton war von Kopf bis Fuß damit bedeckt. Er hustete ebenfalls und versuchte, das Zeug aus seinen Haaren zu bekommen.

Es war wieder still geworden. Der Nebel war verschwunden und mit ihm der wütende Geist. Cedric hatte die Gefahr von uns abgewendet – wenn auch nicht gerade auf elegante Art und Weise.

»Du hättest uns ruhig helfen können«, warf ich Onkel Joseph vor, der ungerührt weiterschaufelte.

»Beschäftigt«, sagte er bloß, hob seine Schaufel und rammte sie kraftvoll nach unten. Holz krachte und ich hoffte, dass der Sarg alles war, was bei seiner rabiaten Art zu Bruch ging.

Ich gab mir noch einmal Mühe, mein Bein zu befreien, und diesmal gelang es mir. Es war einfacher, aus nassfeuchter Graberde zu kommen, wenn kein wütender Geist seine Tentakelfinger im Spiel hatte.

»Nichts wie raus hier«, sagte ich, stand auf und reichte meinem Bruder die Hand.

Cedric starrte sie bloß an, ohne zu reagieren, also streckte ich sie ihm noch einmal mit Nachdruck entgegen. Schließlich seufzte er und ließ sich dazu herab, mir zu helfen, obwohl ich total verdreckt war und er es nicht leiden konnte, mit Erde beschmiert zu werden.

»Nur weil du es bist, Schwesterherz.«

Neben mir stieg auch Ashton aus dem Grab. Er zog sich mühelos hoch und wurde sofort von Mom in Beschlag genommen.

»Das wurde nun aber doch brenzliger als vorgesehen«, meinte sie entschuldigend und strich ihm etwas Salz von der Schulter. »Eine

Prise hätte es auch getan«, sagte sie dann mit erhobener Braue an Cedric gewandt.

»Sicher ist sicher«, erwiderte er.

Ich richtete mich gerade auf und schüttelte mein gesalztes Haar.

»Vorsicht mit dem Ritualkreis«, ermahnte mich Mom. »Eine kleine Ungenauigkeit und wir alle müssen den Preis dafür zahlen.«

»Ich passe schon auf«, knurrte ich.

Cedric hatte ganze Arbeit geleistet. Um uns herum war ein wahres Kunstwerk aus Salz entstanden, das an ein filigranes Mandala in Übergröße erinnerte. Mehrere kleine Kreise waren darin eingearbeitet und boten jeweils genug Platz für eine Person, die ihre Kräfte in das Ritual fließen lassen würde. Unzählige Runen sollten dafür Sorge tragen, dass die Seele des Verstorbenen angelockt und festgehalten wurde, sodass ihr der Weg ins Jenseits gewiesen werden konnte. Zumindest das mit dem Anlocken hatte ja bereits geklappt.

Auch Onkel Joseph stieg nun aus dem Grab und von Weitem sah ich Mandy und Tante Sophia zurückkehren.

»Wir sind ungestört«, verkündete Sophia.

Mandy musterte mich von oben bis unten. Ein hämisches Grinsen flog über ihre Lippen. »Wie schaffst du es bloß immer, dich so einzusauen?«

»Das nächste Mal können wir die Aufgaben gern anders verteilen«, schlug ich vor. »Du gräbst die Leiche aus und ich …«

»Und du willst was tun?«, fragte sie herausfordernd.

»Schluss jetzt«, unterbrach uns Mom. »Wir haben einen Auftrag zu erfüllen und die Zeit läuft uns davon. Ashton, es wäre uns eine Ehre, wenn du an unserem Ritual teilnehmen würdest. Der kleine Zwischenfall von vorhin hat dich hoffentlich nicht abgeschreckt?«

Ashton lächelte freundlich, aber ich durchschaute ihn mittlerweile. Während der wütende Geist als neblige Substanz in das Grab geschwappt war, hatte ich kurz hinter seine Fassade blicken können, die er in Gegenwart meiner Familie aufrechterhielt. Die Art, wie wir die Nekromantie ausübten, schien ihm gar nicht zu gefallen.

Dennoch erwiderte er: »Aber nein, ich beteilige mich gern.«

»Dann stell dich hier hin«, bat Tante Sophia und wies ihm den Weg zu einem der Kreise.

»Emily?«, sprach Cedric mich an.

Mit einem Mal war ich nervös. Üblicherweise wurde ich bei der endgültigen Ausführung solcher Rituale außen vor gelassen. Als Normalsterbliche konnte ich nun mal nichts ausrichten. Es musste Ashtons Gegenwart sein, die in mir den Wunsch weckte, diesmal einen Beitrag zu leisten – oder zumindest so zu tun, als wäre ich dazu fähig. Schließlich hatte er gerade heldenhaft gegen einen Geist gekämpft, um mich zu retten, und noch ahnte er nicht, wie es um meine Begabung bestellt war.

»Ja?«, fragte ich erwartungsvoll.

»Da hinten steht noch der Salzsack«, erklärte er und deutete auf den Grabstein, an dem der Sack lehnte. »Schaff ihn fort, okay? Und vergiss die Schaufeln nicht.«

Ich seufzte und ließ die Schultern hängen. »Betrachte es als erledigt«, sagte ich und schlürfte auf den Grabstein zu. Beinahe hätte ich vergessen, wo mein Platz in dieser Familie war.

»Emily, heb die Füße an!«, rief mir Mom zu. »Wir müssen es ausbaden, wenn du etwas verwischst.«

»Ich werd schon nichts verwischen!«, warf ich ihr ungehalten zu, ging in die Hocke und zog die Schaufeln aus dem Grab. Durch den aufgebrochenen Sarg blieb mir ein Blick auf das Skelett nicht erspart. Es grinste mich hämisch an.

»Guck nicht so blöd«, sagte ich. »Dir wird das Lachen auch noch vergehen.«

Natürlich grinste das Skelett nicht wirklich. Ohne Fleisch auf den Knochen zeigte jeder seine Zähne. Da konnte es im Leben noch so dumm gelaufen sein, wenn man abdankte, grinste man, bis man endgültig zu Staub zerfiel.

Ich packte den halb geleerten Jutesack, hievte ihn über meine Schultern und schleppte ihn und die Schaufeln aus dem Ritualzirkel. An einer steinernen Bank stellte ich alles ab und setzte mich.

Aus sicherer Entfernung beobachtete ich das Geschehen. Jeder nahm seine Position ein. Mom führte an diesem Abend durch das Ritual und begann damit, den Zauber zu wirken. Ihre melodische Stimme hallte über den Friedhof – mystisch klingende Worte einer toten Sprache, getragen von Mächten, die die Luft um mich herum flirren ließen. Wind kam auf, heulte durch das Geäst der Bäume und ließ trockenes Laub tanzen. Die Böen griffen auch nach den Runen und Kreisen aus Salz, die jedoch – getränkt von der Magie – dem Aufbegehren der Natur standhielten.

Doch der Zirkel blieb nicht nur intakt, er brannte sich auch durch das Gras. Das Salz begann zu glühen, färbte sich von weiß zu schwarz und versenkte die Erde, die schließlich zu beben begann. Bis dahin hatten sich bereits überall dort, wo Cedric gestreut hatte, tiefe Furchen gebildet.

Alle Beteiligten waren in höchster Konzentration, ließen ihre Kräfte in den Zirkel fließen, stärkten ihn mit ihrer Magie und verliehen ihm dadurch die Macht, über die Seelen der Toten zu befehligen.

Es dauerte nicht lange, bis erneut Nebel aufzog. Ich tauchte meine Hand zur Sicherheit in den Jutesack, nahm mir etwas Salz und stand auf. Obwohl mir klar war, dass sich der Geist, den meine Familie zu sich gerufen hatte, wie hypnotisiert auf den Zirkel zubewegen würde, ohne dabei Notiz von mir zu nehmen, wollte ich kein unnötiges Risiko eingehen.

Wie vermutet, zog der Nebel an mir vorbei. Er bewegte sich von allen Seiten auf das Ritual zu und begann einen Strudel zu bilden. Mom hob ihre Stimme und die Arme, auch Cedric, Onkel Joseph und Mandy begannen, die Worte der Macht zu murmeln. Nur Tante Sophia ließ ihre Kraft in den Zirkel fließen, ohne den Zauber laut auszusprechen. Da sie keine Nekromantin war, hätten die magischen Worte aus ihrem Mund auch keine Wirkung erzielt.

Ob es Ashton genauso hielt wie sie, konnte ich nicht erkennen. Er stand mit dem Rücken zu mir und ich war zu weit weg, um seine Stimme zu hören.

Wie zuvor bei Ashtons Angriff auf den wütenden Geist begann sich der Nebel allmählich in Asche zu verwandeln. Es wirkte, als hätte jemand schwarze Tinte in ein Glas Milch geträufelt. Dunkle Strömungen zogen sich durch den wabernden Dunst, der sich in immer schnelleren Kreisen um den Zirkel drehte.

Den letzten, alles entscheidenden Satz schrie Mom in die Nacht hinein. »*Symasia edra extana!*« Mit ihren Worten flammte die glühende Asche auf.

»Stopp!«, rief Cedric, doch es war bereits zu spät.

Verwirrt sah ich nur noch Abertausende Funken, die vom wirbelnden schwarzen Dunst mitgerissen wurden und den Nebel zischend verbrannten. Erst als ich den Schrei hörte, wusste ich, wohin ich schauen musste.

Ashton!

Ich riss den Kopf herum und mein Inneres verkrampfte sich. Die Funken hatten auf ihn übergegriffen. Sie umhüllten seinen gekrümmten Körper und ehe ich wirklich begriff, was geschah, begann er sich darin aufzulösen. Ein heftiger Sog zerrte an den Funken und dem schwarzen Nebel. Der Zauber tat seine Wirkung, alles stürzte in sich zusammen, wurde auf die Mitte des Ritualkreises und in die Tiefe gerissen. Ein Schwall aus Asche und Funken verschwand so schnell im Erdreich, dass es nur einen Atemzug dauerte, bis Ruhe einkehrte. Das rote Flimmern war verschwunden und wo Cedric zuvor das Salz gestreut hatte, war nur verbrannte Erde zurückblieben.

Die Seele des Verstorbenen war ins Jenseits gesogen worden. Genau wie Ashton.

Erstarrt stand ich da. Mein Herz pochte laut in meiner Brust, meine Gedanken überschlugen sich.

»Was zur Hölle …?«, stieß Tante Sophia aus und unterbrach damit das betretene Schweigen, das sich über den Friedhof gelegt hatte.

»Das darf nicht wahr sein!« Mom schaute sich hilfesuchend um.

Cedric begann auf und ab zu laufen. »Verdammt, das war … das kann doch nicht …«

»Wir haben gerade einen Goodwin umgebracht, oder?«, fragte Mandy. »Heißt das, wir müssen uns jetzt auf Rache einstellen?«

»Ich kann es nicht fassen«, sagte Mom.

Mir ging es nicht anders. Das konnte unmöglich geschehen sein! Es musste sich um eine Illusion handeln, einen Trick. Was, wenn wir die Goodwins völlig falsch eingeschätzt hatten? Wenn es von Anfang an ihr Ziel gewesen war, uns glauben zu lassen, wir hätten einen von ihnen getötet? Konnte es sein, dass sie genauso falsch und verlogen waren wie die Seymours?

Ich taumelte auf die anderen zu. Unzählige Möglichkeiten gingen mir durch den Kopf. Unzählige Erklärungen, eine absurder als die andere.

Cedric schlug sich mehrmals die Faust gegen die Stirn. »Ich habe alles genau kalkuliert«, sagte er. »Das hätte nicht passieren dürfen!«

Mom trat an den Grabstein und suchte den Boden ab. »Schau«, sagte sie und deutete nach unten.

Cedric lief zu ihr, folgte ihrer Geste und ließ den Blick über den Boden wandern, bis die Spur endete. Direkt vor meinen Füßen.

Ich blieb stehen und starrte ihn mit weit aufgerissenen Augen an – unfähig, den Blick zu senken und mir anzusehen, was er und Mom entdeckt hatten.

»O Emily«, hauchte Mom in einem Anflug von bitterer Enttäuschung.

Mein Atem ging schneller. Alle Blicke waren auf mich gerichtet, niemand sagte etwas.

Wie in Trance schaute ich nach unten und sah die verbrannte Salzspur zu meinen Füßen. Sie führte wie eine Zündschnur von mir in den Zirkel, durchkreuzte einige Runen und endete genau dort, wo der Jutesack gestanden hatte. Er musste ein Loch gehabt haben. Ich war zu abgelenkt gewesen, um das zu bemerken, und hatte unwissentlich das Ritual zerstört.

»Nein«, entfuhr es mir. Das durfte nicht wahr sein. Ich durfte nicht dafür verantwortlich sein! »Nein, das … Wir müssen ihn zurückholen! Wir müssen ihn wiederbeleben!« Verzweiflung ergriff Besitz von mir und ich schaute mich gehetzt um.

Niemand reagierte, niemand schien auch nur die geringste Hoffnung zu haben, das Geschehene ungeschehen machen zu können.

»Was sollen wir wiederbeleben?«, fragte Tante Sophia unterkühlt. »Hier ist nichts mehr. Kein Körper, keine Seele. Du hast ganze Arbeit geleistet.«

Dann war es das gewesen? Es gab kein Zurück? Ich schüttelte den Kopf und taumelte ein paar Schritte rückwärts. Ihre vorwurfsvollen Blicke waren kaum zu ertragen.

Ashton war tot? Endgültig? Und ich hatte ihn umgebracht? Träne füllten meine Augen und ließen alles um mich herum verschwimmen.

»Wir hätten dieses Trampeltier nicht mitnehmen sollen«, hörte ich Mandy sagen, doch ihre Stimme drang kaum zu mir vor.

Ich fiel auf die Knie, vergrub mein Gesicht in den Händen und schluchzte.

5

Florida hört sich doch gar nicht so schlecht an

Die Stille auf der Rückfahrt war erdrückend. Ich starrte aus dem Fenster und wagte es kaum, an das zu denken, was geschehen war. Wirklich verhindern konnte ich aber nicht, dass sich die Szene wieder und wieder vor meinem inneren Auge abspielte. Ich sah Ashtons gekrümmten Körper, wie er sich in Funken auflöste, ich hörte ihn schreien – so schmerzerfüllt, dass sich der Klang in meinem Kopf eingenistet hatte und mich von innen heraus aufzufressen drohte.

Mir liefen Tränen über die Wangen und ich wischte sie wortlos weg. Ich wollte nicht schon wieder weinen. Nicht vor den anderen, die so wütend auf mich waren wie nie zuvor. Und das aus gutem Grund.

Dabei machte ich mir schon genug Vorwürfe. Zusätzlich ihre Blicke in meinem Nacken zu spüren, zog mich in ein tiefes, dunkles Loch. Ich hatte mir schon viele dumme Fehler geleistet, aber was an diesem Abend passiert war, stellte alles Vorangegangene in den Schatten. Deswegen erwartete ich auch nicht, dass mir einer von ihnen gut zusprach und mir versicherte, dass so ein Missgeschick jedem hätte passieren können. So etwas passierte nicht jedem. Es passierte immer nur mir.

»Was tun wir jetzt?«, fragte Mandy und unterbrach damit die Stille, die sich wie eine zähe Masse zwischen uns ausgebreitet hatte, mir schwer auf der Brust lag und das Atmen zur Qual machte.

Widerwillig löste ich meinen Blick von der Landschaft, die in nächtlichem Grau vor dem Autofenster vorbeijagte, und wandte mich Mandy zu.

Niemand antwortete ihr, also schaute sie sich fragend um. »Wir können ihn nicht einfach zurückholen, okay, das ist ziemlich blöd gelaufen«, meinte sie, als wäre sein Tod mit einem auf der Marmeladenseite gelandeten Toast vergleichbar. »Aber wir können den Goodwins auch nicht erzählen, dass wir einen von ihnen gekillt haben. Was, wenn sie uns deswegen die Wächter des Tribunals auf den Hals hetzen? Ich habe null Bock, den Rest meines Lebens auf der Flucht zu verbringen. Und was wird jetzt eigentlich aus dem Friedenspakt?«

»Aus dem wird gar nichts«, zischte Sophia angefressen. »Der Goodwinjunge hat ihn nicht unterschrieben und selbst wenn, wäre das seinen Leuten völlig egal, nachdem wir ihn auf dem Gewissen haben.«

»Was heißt eigentlich *wir*?« Mandy deutete auf mich. »Sie war es doch. Sie ganz allein. Ich bin dafür, dass wir Emily an die Wächter ausliefern. Oder an die Goodwins. Sollen die mit ihr anstellen, was sie wollen. Hauptsache, sie stellt klar, dass das alles ihre Schuld ist.«

Das war so typisch Mandy. Von Familienzusammenhalt hielt sie rein gar nichts. Dabei konnte ich ihr nicht einmal böse sein. Sie hatte recht, es war meine Schuld und ich sollte dafür geradestehen. Nur wusste ich nicht, wie.

»Es spielt keine Rolle, wer von uns den Fehler begangen hat«, sagte Mom.

Sophia schnaubte verächtlich. »Natürlich musst du das sagen. Sie ist ja auch deine Tochter.«

»Damit hat das nichts zu tun«, entgegnete Mom in scharfem Ton. »Wir hatten die Verantwortung für den jungen Goodwin. Es wird seinen Leuten nicht genügen, wenn wir ihnen einen Sündenbock liefern.«

»Wir hätten sie tatsächlich nicht mitnehmen dürfen«, sagte Cedric mit dem Blick nachdenklich zu Boden gerichtet. Er schaute zu mir auf. »Tut mir leid, Schwesterherz, aber so ist es. Du bist nun mal keine von uns. Und dass du lustlos und unkonzentriert bist, wenn du immer nur am Rand des Geschehens stehst und zuschauen musst, ist nachvollziehbar. Es ist nun mal frustrierend, wenn man nicht mithalten kann. Das führt unweigerlich zu Fehlern.«

Es tat weh, das zu hören, und ich spürte den Drang, ihm zu widersprechen. Ich war nicht frustriert, ich wollte gar nicht so sein wie sie! Mich auf Friedhöfen herumtreiben und tagtäglich mit dem Tod beschäftigen … Aber ich widersprach ihm nicht. Wieso auch? Ashtons Tod bewies, dass er recht hatte. Ich schlug die Augen nieder und wandte mich wieder dem Fenster zu.

»Das ist alles schön und gut, aber jetzt geht es darum, den Schaden so gering wie möglich zu halten«, sagte Sophia. »Es gibt keinen anerkannten Zauber, um den Vorfall ungeschehen zu machen. Niemand von uns will sich mit dem Tribunal anlegen, wir können aber auch keine offene Auseinandersetzung mit den Goodwins riskieren.«

»Und wenn wir behaupten, dass er nie bei uns angekommen ist?«, fragte Mandy.

»Das werden sie uns nicht glauben«, meinte Mom.

»Ich bin aber nicht bereit, den Mist von dieser Versagerin auszubaden!«, beschwerte sich Mandy lauthals.

»Hüte deine Zunge«, warnte Sophia sie.

»Vergiss nicht, wir sind eine Familie«, wies Mom sie zurecht.

»Da bin ich mir nicht so sicher«, erwiderte Mandy schnippisch. »Soll mal jemand beweisen, dass sie bei der Geburt nicht vertauscht wurde. Wahrscheinlich haben uns die Goodwins diese Niete untergeschoben, um uns das Leben schwer zu machen.«

»Wir könnten es so aussehen lassen, als wäre es sein Fehler gewesen«, schlug Cedric vor. »Die Goodwins sind für ihre schlampige Arbeit bekannt. Nimmt man noch dazu, dass dieser Junge erst wie alt war? Siebzehn? Achtzehn? Selbst ich habe mich in diesem Alter oft überschätzt. Es wäre glaubhaft, zu unterstellen, dass er sich im Übermut selbst ins Jenseits befördert hat.«

»Das wäre eine Möglichkeit. Es ist jedoch fraglich, ob uns die Goodwins das abkaufen würden«, meinte Sophia. Sie überlegte. »Dennoch könnte sich diese missliche Lage noch zu unserem Vorteil wenden, wenn wir es richtig angehen. Betrachten wir es nüchtern: Der Goodwinjunge ist tot und damit ist auch der Vertrag gestorben, der uns viele Nachteile eingebracht hätte. Ich schlage vor, dass wir einen neuen Vertrag aufsetzen. Anschließend erschaffen wir nach dem Abbild des Jungen einen Golem, der alles unterschreibt und an seiner Stelle zu den Goodwins zurückkehrt.«

Ein Golem? Ich hatte schon davon gelesen. Man formte einen Körper aus Lehm und belebte ihn mit Magie. Auf den Bildern, die ich gesehen hatte, wurden diese Dinger allerdings ausnahmslos als riesige Kolosse dargestellt, die Felsen mit den bloßen Händen zertrümmern konnten.

»Ein Golem wird die Goodwins nicht lange täuschen«, meinte Mom.

Ich stellte mir so einen Riesen in Ashtons Kleidung vor. Den kleinen, aber feinen Unterschied hätte wohl auch ein Baby erkannt. Wobei ich davon ausgehen konnte, dass der Golem, über den meine Familie sprach, nichts mit den Abbildungen zu tun hatte, die mir in den Sinn gekommen waren.

»Aber lange genug«, sagte Sophia. »Wir geben ihm den Auftrag, sich nur kurz bei der Familie zu zeigen und dann ein Unglück zu inszenieren. Es würde nicht auf uns zurückfallen, wenn der Goodwinjunge kurz nach seiner Rückkehr zum Beispiel bei einem Brand ums Leben kommt.«

»Er hatte einen Namen«, sagte ich mehr zu mir selbst als zu den anderen.

»Was sagst du?«, fragte Sophia.

Ich wandte mich ihr zu. »Er hatte einen Namen«, wiederholte ich mit lauter krächzender Stimme. Ein Kloß hatte sich in meinem Hals gebildet. »Er hieß Ashton. Du nennst ihn immer nur Goodwinjunge, als wäre er kein echter, fühlender Mensch gewesen. Als wäre sein Tod nur irgendein blöder Fehler, den ihr jetzt für euch nutzen könnt. Aber das könnt ihr nicht tun! Wenn wir ihn schon nicht wiederbeleben können, dann dürfen wir ihm nicht auch noch die Schuld für etwas geben, das er nicht getan hat. Oder seiner Familie eine Puppe schicken, die sich dann selbst vernichtet. Das ist nicht richtig. Ich habe Mist gebaut und ich werde dafür geradestehen. Ich gehe zu seiner Familie und stelle mich meiner Verantwortung. Aber belügen werde ich sie nicht!«

»Du wirst nicht zu den Goodwins gehen«, sagte Mom. »Im Gegenteil. Du hältst dich von ihnen fern und lässt uns das regeln. Verstanden?«

»Nicht auszudenken, welche wohlgehüteten Familiengeheimnisse sie aus dir herausholen könnten, wenn sie dich in die Finger bekämen«, meinte Sophia.

»Das hätte uns gerade noch gefehlt«, pflichtete ihr Mandy bei und warf mir einen vorwurfsvollen Blick zu. Dabei war es doch ihr Vorschlag gewesen, mich den Goodwins zum Fraß vorzuwerfen.

Mom legte eine Hand auf mein Knie. »Wir bedauern alle, was

passiert ist. Aber es ist nun mal nicht zu ändern. Wichtig ist, dass du eine Lehre aus dieser Sache ziehst.«

Ich legte die Stirn in Falten. Das war ihrer Meinung nach wichtig? Wen interessierte es, was ich daraus lernte? Ashton war tot und nichts auf der Welt konnte an dieser Tatsache rütteln. Es gab nichts Gutes, was ich daraus lernen oder machen konnte. Ich hatte ihn umgebracht und ich würde damit leben müssen.

Ich nickte stumm, weil ich die Diskussion nicht neu entfachen wollte. Mein Blick glitt wieder aus dem Fenster und was um mich herum geschah, verschwand hinter der Erinnerung, die sich in Dauerschleife vor meinem geistigen Auge abspielte. Ich hätte alles getan, um seinen Tod ungeschehen zu machen.

Kaum zu Hause angekommen, eilte ich die Treppe zu meinem Zimmer hinauf. Ich kam an Dad vorbei, der mir verwundert hinterherschaute. Auch wenn es mir gelang, seinem Blick auszuweichen, konnte er wohl kaum übersehen, dass etwas gehörig schiefgelaufen war. Sicher würde ihm Mom gleich alles erzählen und mit der Wahrheit seine schlimmsten Befürchtungen übertreffen.

Ich schlug meine Zimmertür zu, warf mich von innen dagegen und rutschte zu Boden. Die Hände vergrub ich in meinem Haar und stützte damit meinem Kopf ab, der mir plötzlich unendlich schwer vorkam. In meinen Ohren rauschte es und ich fühlte mich wie betäubt. Als würde ich neben mir stehen und nur von außen beobachten, wie die Schuldgefühle mich allmählich zersetzten, bis nichts mehr von mir übrig blieb.

Von unten drangen die Stimmen der anderen zu mir hinauf. Sie waren zu weit entfernt, um verstehen zu können, was sie sagten, aber es war nicht zu überhören, dass hitzig diskutiert wurde. Sicher plante meine Familie bereits das Ritual, um einen lebensechten Golem zu erschaffen. Eine Möglichkeit zu finden, Ashton wiederzubeleben, kam ihnen gar nicht erst in den Sinn. Dabei waren wir doch Nekromanten. Es musste einen Weg geben!

Ich stand auf und entfernte mich von der Tür, weil ich nicht mehr mit anhören konnte, wie die Stimmen von unten immer lauter und enthusiastischer wurden. Mein Blick fiel auf den Teller, der immer noch auf meinem Schreibtisch stand, und ich erstarrte. Die Bananenscheiben waren nur noch eine braunschwarze glibberige Masse auf dem Brot. Binnen weniger Stunden waren sie verdorben und ungenießbar geworden. Mir schnürte sich die Kehle zu. Durch Ashtons Tod hatte sich das Leben verflüchtigt, das er der Banane zurückgegeben hatte, und sie war in ihren alten Zustand zurückgekehrt. Dieser Anblick machte die Geschehnisse so real, dass ich ihn nicht ertragen konnte. Ich bekam kaum noch Luft. Wut über mein Versagen vermischte sich mit Verzweiflung und Schmerz. Ich raufte mir die Haare, schüttelte den Kopf und fegte schließlich mit einer Bewegung und einem verzweifelten Schrei alles von meinem Schreibtisch – mein Matheheft, die Stifte, den ganzen zahllosen Kleinkram und den Teller mit dem Kakao-Bananen-Brot, der gegen die Wand krachte und zerbrach. Mein Atem ging schwer, meine Augen schwammen vor Tränen.

»Emily?« Es war Dad, der in mein Zimmer getreten war. Die Besorgnis, die in seiner Stimme mitschwang, ließ keinen Zweifel daran, dass er bereits alles wusste.

Ich wirbelte zu ihm herum, lief zu ihm und fiel in seine Arme. Er drückte mich an sich und es fühlte sich an, als würde mich nur sein fester Griff zusammenhalten und verhindern, dass ich in den Tränen zerfloss, die mir ungehemmt über die Wangen liefen.

»Schon gut«, redete er beruhigend auf mich ein.

»Ich wollte das nicht«, schluchzte ich. »Ich hätte doch nie … ich verstehe nicht, wie …«

»Ich weiß«, sagte er. »Es war ein Unfall.« Er schob mich leicht von sich, presste die Lippen zu einem schmalen Lächeln zusammen und strich mir das Haar aus dem tränenfeuchten Gesicht. »Du darfst dir dafür nicht die Schuld geben.«

»Aber es ist meine Schuld!«, entgegnete ich. »Ich hätte besser aufpassen müssen. Mom hat mich gewarnt, den Ritualkreis nicht zu beschädigen, und ich habe trotzdem nichts gemerkt. Wieso ist mir nicht aufgefallen, dass der Sack ein Loch hatte? Wieso habe ich es nicht gesehen?«

»Das hat niemand gesehen.«

»Aber *ich* hätte es sehen müssen!«, presste ich mit erstickter Stimme hervor. »Ich hätte mitbekommen sollen, dass der Sack leichter wird, oder zumindest das Rieseln hören müssen. Aber das habe ich nicht und jetzt ist er tot, Dad! Er ist tot und diesmal kann niemand meine Unfähigkeit wiedergutmachen.«

»Du bist nicht unfähig«, widersprach er und zog mich wieder an sich heran. »Du hast so viele Talente, und dass die Nekromantie nicht dazugehört, ist nicht schlimm.«

»Ich denke, Mom sieht das anders …«

»Dann irrst du dich. Sie liebt dich, so wie du bist. Als eine wunderschöne, kluge und liebenswerte junge Frau. Und wie ich schon sagte, der Tod dieses Jungen war ein Unfall. Niemand kann dich dafür verurteilen.«

Ich wünschte mir so sehr, dass Dads Worte mich trösten könnten – dass sie es irgendwie erträglicher machen und mir etwas von dem Schmerz und der Schuld nehmen würden. Aber so war es nicht, weil ich es drehen und wenden konnte, wie ich wollte: Ich hatte Ashton umgebracht. An der Tatsache ließ sich nichts ändern.

»Hör zu, Emily«, begann Dad und führte mich zum Bett. Wir setzten uns und er legte einen Arm um meine Schultern. »Die anderen arbeiten gerade an einem Plan, um uns alle zu schützen. Die Goodwins dürfen nicht erfahren, dass ihr Sohn in unserer Obhut ums Leben kam. Ich muss dir bestimmt nicht erklären, wie gefährlich das wäre.

Deine Mom und ich haben geredet und wir halten es für das Beste, wenn du vorerst … sagen wir mal, untertauchst. Nur bis wir sicher sind, dass Sophias Plan aufgegangen ist.«

Ich löste mich ein Stück weit von ihm. »Untertauchen? Was soll das heißen?«

»Also wir dachten, dass es für dich am besten wäre, wenn du eine Weile zu Freunden nach Florida gehst.«

»Nach Florida?« Ich war verwirrt und starrte ihn ungläubig an. *Für mich* sollte das am besten sein? Wohl eher für die Familiengeheimnisse, die sie hüten wollten. Es wunderte mich, dass Tante Sophia nicht vorgeschlagen hatte, mich in den Keller zu sperren, bis sie sicher waren, dass ihr Golem seinen Zweck erfüllt hatte – wobei ich nicht ausschließen konnte, dass genau das ihr erster Vorschlag gewesen war. Dad würde es mir sicher nicht brühwarm erzählen.

Florida. Ich versuchte, mich mit dem Gedanken anzufreunden. Schließlich sehnte ich mich schon eine ganze Weile danach, dieses Haus und alles, was mit Nekromantie zu tun hatte, hinter mir zu lassen. Ich hatte nur nicht damit gerechnet, dass es so plötzlich geschehen würde. Ich vermisste Santana allein schon bei dem Gedanken, sie nicht jeden Tag zu sehen. Wie könnte ich da einfach weggehen?

»Was sind das für Freunde? Und was ist mit der Schule?«, fragte ich.

Dad lächelte sanft. »Man mag es kaum glauben, aber auch in Florida gibt es Schulen.«

»Ich weiß nicht … ich kenne die Leute doch gar nicht.«

»Es ist das Beste so«, versicherte er mir. »Und es soll ja nicht für immer sein.«

»Cedric hat gesagt, dass ich den Einflussbereich der Seymours nicht verlassen sollte. Liegt Florida denn in unserem Einflussbereich?«

»Deine Tante hat vorgeschlagen, dass wir einen Vergessenszauber über dich legen und dich als Nichte von Josh und Dorothy ausgeben. Mit einem neuen Namen und einer ganz neuen Identität. Niemand wird eine Verbindung zwischen dir und der Familie Seymour herstellen können. Du bist dort also sicher, keine Sorge.«

Ich schnaubte verächtlich. »Und selbst wenn mich die Goodwins aufspüren, hat Sophia ja alles aus meinem Gedächtnis gelöscht, was unserer Familie schaden könnte, nicht wahr?«

Ich wusste nicht, warum mich das wütend machte. Gab es denn eine bessere Lösung? Hatte ich mir nicht genau das gewünscht? Keine Nekromantie, keine Geister. Abends Brettspiele anstatt Gräber ausheben. Netflix, ein Handy. Einfach ein ganz normales Leben. Dad bot mir genau das an und dennoch sträubte sich alles in mir dagegen.

»Denk darüber nach«, sagte er. »Du kannst dir den Abend und auch den ganzen Samstag dafür Zeit nehmen. Und wenn du bereit bist, machen du und ich uns am Sonntag gemeinsam auf den Weg.«

»Bringt es denn etwas, darüber nachzudenken?«, fragte ich. »Wenn ich nicht will, darf ich dann hierbleiben?«

»Niemand möchte dich gegen deinen Willen fortschicken, am allerwenigsten ich«, sagte er. »Aber wir müssen dich in Sicherheit bringen, bis keine Gefahr mehr droht.«

Ich starrte zu Boden. »Also habe ich keine Wahl.«

Dad sagte nichts, aber das war Antwort genug.

»Dann fange ich wohl gleich an zu packen.«

»Es ist nur vorübergehend«, versicherte er mir. »Josh und Dorothy sind gute Menschen. Du wirst dich bei ihnen wohlfühlen.«

Diesmal war ich es, die schwieg. Dad wartete eine Weile ab, dann hob er die Hand, um mir wie immer durch die Haare zu raufen. Ich schob seinen Arm weg.

»Bitte, lass das«, bat ich.

»Okay«, sagte er und stand auf. »Nimm dir so viel Zeit, wie du brauchst. Wir essen jetzt zu Abend. Du kannst runterkommen, wenn du möchtest, aber niemand nimmt es dir übel, wenn du lieber auf deinem Zimmer bleiben willst. Ich stelle dir etwas in den Ofen.«

Er ging zur Tür und blieb kurz stehen. Als ihm klar wurde, dass ich nicht vorhatte, noch etwas zu sagen, verließ er mein Zimmer.

6

Andere begnügen sich mit einem Zahlenschloss am Tagebuch

Das Abendessen fand ohne mich statt, was sicher niemanden aus meiner Familie wunderte. Ich konnte ihnen einfach nicht unter die Augen treten. Nicht nach allem, was geschehen war. Nicht, nachdem sie gemeinschaftlich beschlossen hatten, mich fortzuschicken.

Es ärgerte mich, wenn ich daran dachte. Sie konnten es noch so gut mit mir meinen, es war nicht fair, so eine Entscheidung ohne mich zu treffen.

Da ich keinen Hunger hatte und ebenso wenig Schlafen konnte, beschloss ich, tatsächlich schon zu packen, um mich abzulenken.

Die Klamotten waren schnell zusammengesucht. Dreckwäsche wollte ich nicht mitnehmen, also leerte ich einfach meinen Kleiderschrank und stopfte alles in den Koffer, den ich auf mein Bett gelegt hatte. Danach wurde es schwieriger. Ich kramte durch die Schubladen, wobei mir immer wieder Dinge in die Hand fielen, von denen ich glaubte, dass ich sie vermissen würde – bis mir klar wurde, wie wenig ich etwas vermissen konnte, an das ich mich nicht mehr erinnerte. Also überwand ich mich und verzichtete darauf, den Teddy mitzunehmen, den Dad für mich auf dem Jahrmarkt gewonnen hatte. Ich ließ meine Fotowand unberührt und suchte auch keines der vielen Freundschaftsarmbänder aus, die mir Santana Jahr für Jahr zum Geburtstag geschenkt hatte. Sie war unglaublich stolz darauf, weil sie jedes Band ganz ohne Zauber von Hand geknüpft hatte. Handarbeit war nämlich nie ihr Ding gewesen.

Es tat unheimlich weh, dass ich schon bald nichts mehr davon wissen würde. Es gab so viele kleine Erinnerungen, die ich verlieren würde, und erst dadurch wurde mir bewusst, wie wichtig sie mir waren.

Gedankenversunken betrachtete ich eines der Armbänder. Die anderen hatte ich schweren Herzens beiseitegelegt, von diesem konnte ich mich einfach nicht trennen. Allein der Gedanke gab mir das Gefühl, meine Freundschaft zu Santana zu verraten.

Ich drehte das Armand in der Hand. Es bestand aus mehreren Lederbändern, an denen kleine Anhänger baumelten. Eine Katze, ein Baum und ein Pentakel standen für Santana, ein Totenkopf, ein Buch und ein Herbstblatt für mich. Dazwischen befand sich eine liegende Acht. Das Infinity-Zeichen als Symbol unserer ewigen Freundschaft.

Ich schloss meine Faust um das Armband und beschloss, es trotz allem mitzunehmen, auch wenn ich mich nicht an seine Bedeutung erinnern würde. Ich war einfach nicht bereit, Santana aufzugeben. Also legte ich das Armband an und klappte meinen Koffer zu.

Draußen war es bereits stockdunkel. Sicher waren die anderen bereits zu Bett gegangen, sodass ich mein Zimmer verlassen konnte, ohne jemandem in die Arme zu laufen. Ich ging zur Tür und lauschte. Es war totenstill. Sachte zog ich sie ganz auf und schlüpfte hindurch. Mein Plan war, in die Küche zu gehen, doch noch eine Kleinigkeit zu essen, mir Handfeger und Schaufel zu schnappen und damit den zerbrochenen Teller aufzukehren.

An der Treppe nach unten hielt ich jedoch inne. Mir war noch gar nicht in den Sinn gekommen, Bücher einzupacken.

Eigentlich hatte ich ja schon alles gelesen, was unsere Bibliothek an spannender Lektüre hergab, aber ich würde mein Gedächtnis aufgeben und damit die Erinnerung daran. Ich konnte mir meine liebsten Bücher einpacken und genau das tun, was ich mir schon immer gewünscht hatte: Sie ein zweites Mal zum allerersten Mal lesen.

Bei dem Gedanken legte sich mir ein schmales Lächeln auf die Lippen. Wenigstens konnte ich dem Ganzen etwas Gutes abgewinnen. Erfüllt von neu gewonnener Energie, wirbelte ich herum und lief los.

Schon nach wenigen Schritten knarzten die alten Dielen unter meinen Füßen. Ich fuhr innerlich zusammen, blieb wie angewurzelt stehen und hielt die Luft an. Einen Moment lang wartete ich ab und atmete schließlich erleichtert aus, als es ruhig blieb – so ruhig es denn in einem derart alten Gebäude sein konnte.

Ich schlich auf Zehenspitzen weiter. Nachts war die Villa ganz besonders schaurig und erfüllte mich mit einem mulmigen Gefühl.

An den Fenstern kratzten die Äste knochiger Bäume und warfen Schatten auf den Boden, die an gruselige Monsterhände erinnerten. Es war kalt, selbst im Sommer, meine Schritte hallten durch die endlosen Gänge und aus den Wänden drangen seltsame Geräusche zu mir vor. Manchmal ein Pochen, als würde jemand von innen gegen die Vertäfelung schlagen, manchmal ein Gurgeln und Tropfen, das auch ein Flüstern sein könnte.

Ich rief mir ins Gedächtnis, dass es bloß die alten Wasserleitungen und Heizungsrohre waren. Nichts Übernatürliches.

Zumindest war das in den meisten Fällen so, denn man sagte Nekromanten nicht umsonst nach, dass ihnen der Tod anhaftete. Böse Zungen behaupteten sogar, sie würden danach riechen. Das stimmte natürlich nicht, aber wir hatten es oft mit Geistern zu tun und die Restpräsenz verlorener Seelen folgte uns nach einem missglückten Ritual gelegentlich bis nach Hause.

Daher war nicht jedes Geräusch, nicht jeder wehende Vorhang oder seltsame Schatten mit rostigen Rohren, dem Wind oder einem alten Baum zu erklären. Manchmal steckte wirklich ein Geist dahinter und so war das Gefühl, nicht allein zu sein, in der Villa meiner Familie allgegenwärtig.

An diesem Abend erreichte ich die Bibliothek jedoch ohne weitere Vorkommnisse. Der Gedanke, meine Erinnerung an die Gruselvilla von Springdale zu verlieren, störte mich nicht weiter. Die Bibliothek allerdings hätte ich am liebsten im Ganzen in meinen Koffer gepackt.

Sie war einfach gigantisch. Vor mir stand ein halbes Dutzend Tische, ausgestattet mit antiken Schirmlampen und gepolsterten Stühlen. Dahinter befand sich eine gemütliche Sitzecke mit zwei kuscheligen Ohrensesseln, die zum Lesen einluden. Sie standen vor einem goldgerahmten Ölgemälde meiner Großeltern in jungen Jahren. Über die restlichen Wände verteilten sich unzählige Bücherregale. Sie erstreckten sich über zwei Stockwerke und reichten hinauf zu einer gläsernen Kuppeldecke, durch die silbriges Mondlicht fiel. Wäre die rankenähnliche Metallfassung nicht gewesen, die die Glasscheiben dort oben zusammenhielt, hätte man meinen können, unter freiem Himmel zu stehen. Wie die Triebe einer Kletterpflanze mit Blättern und Verästelungen schlängelten sich die eisernen Ranken von allen Seiten über die Kuppel bis zur Mitte. Dort ließen sie einen Kreis frei, in dem nur zu einer bestimmten Zeit im Jahr der volle Mond stand.

Ich trat unter die Kuppel und schaute mich um. Es gab keine Wand, die nicht hinter Büchern verschwand. Sogar die vielen Säulen zu beiden Seiten des tanzsaalgroßen Raumes waren mit gefüllten Regalbrettern bestückt. Zwischen den Säulen führten Wendeltreppen zu einer Galerie hinauf. Großvater hatte die Stufen bemalt, sodass sie wie weitere Regalbretter aussahen, auf denen er seine liebsten Werke dargestellt hatte. Von *Der Name der Rose* über *1984* bis hin zu *Ulysses* war alles dabei. Aber auch *Stolz und Vorurteil*, *Der Herr der Ringe* und *Die Farben der Magie* durften seiner Meinung nach in keiner guten Sammlung fehlen.

Ich hatte sie alle gelesen. Manche mit Begeisterung, andere eher aus Pflichtgefühl meinem Großvater gegenüber. Schließlich hatte er nur für mich und meine Lieblingsbücher die letzten Stufen der hintersten Treppe freigelassen. Zumindest behauptete Granny das, denn ich konnte mich kaum noch an ihn erinnern. Aber ich wusste, dass er mir mit sechs Jahren das Lesen beigebacht hatte und fest davon überzeugt gewesen war, dass ich zu einem waschechten Bücherwurm heranwachsen würde – genau wie er einer gewesen war. Er hatte auch geglaubt, dass eine herausragende Nekromantin aus mir werden würde. Wenigstens hatte er sich in einer Sache nicht geirrt.

Es machte mich traurig, dass ich nicht wusste, ob ich je dazu kommen würde, mich auf seiner Treppe zu verewigen. Auch wenn meine Erinnerungen nur auf Zeit ausradiert werden würden, gab es keine Garantie, dass ich zurückkehren konnte. Schließlich hatte ich einen Goodwin auf dem Gewissen und niemand wusste, ob sich Ashtons Familie wirklich von einem Golem täuschen lassen würde. Ich würde vielleicht wie in einem Zeugenschutzprogramm den Rest meines Lebens unter falschem Namen in Florida leben müssen, auch wenn mir Dad etwas anderes versprochen hatte.

Mein Blick wanderte über die vielen gemalten Bücher. Etwas von Jane Austen musste ich auf jeden Fall einstecken. Und von Terry Pratchett. Ich lief von einem Regal zum nächsten, suchte die Bücher heraus und stapelte sie auf einem der Tische. Bald hatte ich genug zusammen, um allein damit meinen Koffer zu füllen. Dabei hatte ich mich bisher nur auf die Klassiker konzentriert, die Großvater auf den Treppen verewigt hatte. Zu meinen eigenen Lieblingen war ich noch nicht gekommen.

Es würde mir nichts anderes übrig bleiben, als eine kleine Auswahl zu treffen. Schwer seufzend begann ich damit, die Bücher ein zweites Mal in die Hand zu nehmen, als ich in meinem Rücken etwas hörte. Ein dumpfes Pochen auf den Holzdielen, unterbrochen von Schleifgeräuschen.

»Geisterstunde«, sagte eine leise, krächzende Stimme und jagte mir damit einen riesigen Schrecken ein. Ich zuckte zusammen, zählte aber schnell eins und eins zusammen und drehte mich um.

»Was machst du hier, Granny?«, fragte ich.

Granny schlurfte in die Bibliothek und stützte sich dabei schwer auf ihren Gehstock, dessen Aufschlag auf dem alten Holzboden ein gruseliges Echo hervorrief. Sie zog die Füße schwerfällig hinterher, blieb schließlich stehen, richtete sich ein Stück weit auf und schaute sich um. »Wenn ich deinen Großvater gesucht habe, dann hier. Er verbrachte manchmal viele Tage zwischen seinen Büchern und wäre wahrscheinlich verhungert, hätte ich ihm nicht etwas zu essen gebracht.«

Sie kam zu mir und schaute sich die Bücher an, die ich ausgesucht hatte. Ihr Blick wirkte fern und etwas Wehmütiges lag in ihren Augen.

»Das waren seine Schätze«, murmelte sie und strich über einen Einband.

»Wieso bist du denn noch wach?«, fragte ich.

Sie winkte ab. »Ach, in meinem Alter braucht man nicht viel Schlaf, um das Klappergestell am Laufen zu halten.«

Ihre Hand begann zu zittern und ich schob ihr eilig einen Stuhl zurecht. Schwerfällig ließ sie sich darauf nieder. »Wo waren wir stehen geblieben?«, fragte sie.

»Du hast davon erzählt, dass Großvater viel Zeit in der Bibliothek verbracht hat.«

»Ach papperlapapp! Ums Schlafen ging es.« Sie hob ihren Stock und schlug mir den Knauf schmerzhaft fest gegen die Stirn.

»Aua!«, beschwerte ich mich und rieb über die Stelle.

»Haben sie dir dein Gedächtnis schon durchlöchert, oder was?«

»Du weißt davon?«

»Aber sicher. In diesem Haus geschieht nichts, von dem ich nicht weiß. Noch bin ich das Oberhaupt dieser Familie. Vergiss das nicht! Obwohl … du wirst es wohl vergessen müssen, wenn du ein gehorsames Mädchen bist. Bist du ein gehorsames Mädchen?«

»Ähm … nein … ich … ja …« Ich sank vor ihr auf ein Knie. »Mir bleibt keine andere Wahl. Es war mein Fehler. Ich habe ihn umgebracht und vielleicht ist es das Beste, wenn ich mich nicht mehr daran erinnern kann. Ich weiß nämlich nicht, wie ich damit weiterleben soll.«

Granny strich mir mit ihrer rauen Hand über die Wange. »Ach, mein kleiner Wirbelwind … wie erwachsen du geworden bist.« Gedankenverloren schaute sie mich an und es war, als würde sie etwas in mir erkennen, das längst verblasste Erinnerungen zu neuem Leben erweckte. Dann wurde ihr Blick ernst. »Erwachsener, aber nicht klüger.« Sie klopfte mir gegen die ohnehin schon schmerzende Stirn. »So funktioniert das nicht, du Dummkopf.«

»Was funktioniert so nicht?« Zu meiner eigenen Sicherheit rückte ich ein Stück von ihr weg. Wenn ich nicht aufpasste, würde sie mir noch eine Gehirnerschütterung verpassen und damit auf ganz konventionellem Weg einen Gedächtnisschwund auslösen.

»Wenn diese Hexe in deinem Kopf herumpfuscht, nimmt sie dir vielleicht deine Erinnerungen, aber nicht deine Gefühle. Deine Seele und alles, was dich geprägt hat, bleibt gleich. Du wirst also weiterhin mit dem Schmerz und der Schuld leben müssen. Du wirst dich nur nicht mehr an den Ursprung erinnern. Das ist ein trauriges Leben, Kind. Du solltest etwas dagegen unternehmen.«

»Ich habe doch keine Wahl«, sagte ich. Den Schmerz weiter in mir tragen zu müssen, ohne ihn zuordnen zu können, gefiel mir ganz und gar nicht. Aber was blieb mir anderes übrig? »Außerdem muss ich dabei auch an die Familie denken«, fuhr ich fort. »Du bist das Oberhaupt der Seymours, du verstehst das doch.«

»Man hat immer eine Wahl«, sagte sie. »Zumindest dann, wenn man sich nicht an jede lausige Regel hält.«

»Was meinst du?« Fragend schaute ich sie an, doch sie wirkte wieder ganz abwesend und ließ den Blick durch die Bibliothek schweifen. Ich war mir nicht sicher, ob sie sich noch erinnerte, worüber wie gerade gesprochen hatten.

»Das hier ist falsch«, sagte sie und deutete unwirsch auf die Bücherstapel. »Das alles hier. Die falschen Bücher, Kind. Wie willst du so das Richtige finden?«

»Ich habe nur herausgesucht, was ich mitnehmen möchte«, erklärte ich, ohne zu verstehen, worauf sie hinauswollte.

»Mitnehmen? Wo willst du denn bitte schön hin? Du hast doch wohl genug zu tun! Tote kehren nicht von allein zurück.«

Sie hatte wohl wirklich den Faden verloren und völlig vergessen, dass mich meine Familie fortschicken wollte. Ich lächelte sanft und nahm ihre Hand. »Ich bin keine Nekromantin, Granny. Das mit der Totenbeschwörung überlasse ich lieber Cedric.«

»Such du erst mal nach den richtigen Büchern«, riet sie mir. »Achte auf die Goldschrift. Und wenn du die Aufzeichnungen gefunden hast, lies Seite vierundachtzig. Dann wirst du verstehen.«

»Goldschrift?« Ich schaute mich um. Es gab hier unzählige Bücher mit goldener Schrift.

»Hast du noch so ein Kakaobrot bei dir?«, fragte sie wie aus heiterem Himmel.

Ich war mir ziemlich sicher, dass es überhaupt keinen Sinn ergab, was sie über die angeblich richtigen Bücher gesagt hatte. Wahrscheinlich vermischten sich in ihrem Kopf alte Erinnerungen.

»Nein, aber ich kann dir gern eines machen, wenn du möchtest. Ich weiß nur nicht, ob wir wieder Brot haben. Wollen wir in die Küche gehen und ich koche dir einen Kamillentee? Du liebst doch Kamillentee.«

»Pah!« Sie spuckte aus. »Ekliges Zeug. Schreckliche Küche. Willst du mich vergiften?«

Ich runzelte die Stirn. »Ähm, nein, ich dachte …«

Granny stand auf und schlurfte Schritt für Schritt zurück zur Tür. »Das Denken überlass mal lieber anderen, Kind. Kamillentee … widerlich.«

Ich schaute ihr nach, bis sie murmelnd und fluchend um die Ecke verschwunden war, dann seufzte ich schwer und widmete mich wieder den Büchern. Schließlich musste ich noch immer eine Auswahl treffen und ich hatte keine Ahnung, wie mir das gelingen sollte. Ich nahm eines von Großvaters Schätzen in die Hand. *Mary Poppins.* Vielleicht sollte ich das Buch aussortieren. Die Disneyversion hatte mir ohnehin besser gefallen. Meine Finger wanderten über den verschnörkelten Titel und mir fiel auf, dass die Buchstaben nicht nur in Gold gehalten waren, wie Granny vorhin erwähnt hatte, sondern auch ungewöhnlich funkelten, wenn man sie berührte.

Was, wenn doch etwas an ihren Worten dran war? Wenn die alte Bibliothek ein Geheimnis hütete? Überraschen würde es mich nicht. Die Villa der Seymours steckte voller Geheimnisse und dieses eine könnte meinen Großvater betreffen. Wenn nur die geringste Chance darauf bestand, wollte ich es unbedingt herausfinden, bevor ich diesen Ort vielleicht nie wiedersehen würde.

Ich schaute mich noch einmal um. Es war unmöglich, alle infrage kommenden Bücher zu prüfen. Mein Blick blieb an der Stelle hängen, an der *Mary Poppins* gestanden hatte. Auf gut Glück lief ich dorthin und schaute mir das Regal genauer an. Eigentlich sah es genauso aus wie alle anderen – bis auf eine Kleinigkeit. In der Lücke, die *Mary Poppins* hinterlassen hatte, war an der Rückwand des Regals eine winzige Erhebung zu erkennen. Ein unscheinbarer Schalter mit einer Rune. Ich wurde ganz aufgeregt. Es gab also wirklich etwas, das auf die *richtigen* Bücher hinwies. Nur was?

Neugierig, wie ich war, betätigte ich den Schalter, trat einen Schritt zurück und wartete. Nichts geschah. Ich dachte noch einmal nach und mir kam eine Idee. Statt den Schalter zu drücken, schob ich das Buch zurück an seinen Platz und gleich noch ein Stück weiter nach hinten, um den Schalter zu aktivieren.

Die goldene Schrift flammte kurz auf, es klickte und hinter den Wänden begann es zu rattern. Mein Herz schlug schneller, ich erwartete etwas Wundersames zu sehen, doch die Geräusche verstummten und nichts hatte sich verändert. Es gab keine Konfettikanonen, keine Ballons, die von der Decke fielen, und auch kein Gratulationsbanner. Was ich auch nicht ernsthaft erwartet hätte.

Es wäre auch zu einfach gewesen, mit dem Zurückschieben eines Buches ein wohlgehütetes Geheimnis zu lüften. Sicher gab es noch weitere Bücher – und ich kam auch schnell darauf, wie ich sie in der Menge aus goldbeschrifteten Einbänden finden konnte: Es mussten die Bücher sein, die Großvater auf der Treppe verewigt hatte. Und zwar nur die mit goldener Schrift.

Eilig suchte ich die Stufen ab. Tatsächlich waren es nur dreizehn Stück, die Großvater mit Goldlettern gemalt hatte. Dennoch dauerte es eine Weile, bis ich alle in der großen Bibliothek gefunden hatte. Einige standen auf der Galerie, für andere musste ich die Regale an den Säulen absuchen. Bei jedem Titel flammte die Schrift kurz auf und der Mechanismus hinter den Wänden begann zu rattern. Es war aufregend, sie alle aufzuspüren, und ich vergaß ganz und gar, was mich in die Bibliothek geführt hatte.

Für das dreizehnte und letzte Buch stieg ich eine Leiter bis fast zur Decke hinauf. Ich schob es hinein, wieder ratterte es, doch diesmal hörte es nicht wieder auf. Die Geräusche hinter den Wänden wurden lauter, der Boden wackelte und ich musste mich an die Leiter klammern, um nicht zu stürzen.

Vorsichtig kletterte ich nach unten, hielt immer wieder inne und sprang das letzte Stück ab. Dann erst erkannte ich, warum der Boden wackelte. Er bewegte sich tatsächlich. Die Dielen verschoben sich. Ein paar von ihnen tauschten die Plätze, andere drehten sich um sich selbst oder klappten übereinander. Um zu verhindern, dass meine Zehen zwischen die Dielen gerieten, sprang ich von einem Fuß auf den anderen. Es war, wie auf Treibholz zu laufen, denn mir wurde immer wieder im wahrsten Sinne des Wortes der Boden unter den Füßen weggezogen.

Ich hechtete auf einen der Tische zu und taumelte dabei wie eine Betrunkene. Zwar bewegten sich auch die Tische wie auf hoher See, aber zumindest standen sie auf ihren vier Beinen fester als ich auf meinen zwei.

Nachdem ich mich in Sicherheit gebracht hatte, klammerte ich mich an der Tischplatte fest und beobachtete das Schauspiel von oben. Als ich auf einer sich drehenden Diele ein Buch entdeckte, machte mein Herz einen Satz. Es war unter dem Boden versteckt gewesen und mit der Drehung zum Vorschein gekommen. Schnell sprang ich vom Tisch und stolperte dem Buch hinterher, das schon wieder verschwand und ein Stück weiter vorn erneut zum Vorschein kam.

Ich fühlte mich wie eine Katze, die dem roten Punkt eines Laserpointers nachhetzte. Immer wenn ich nah dran war, tauchte das Buch wieder ab. Erst kurz vor der Sitzgruppe am hinteren Ende der Bibliothek merkte ich, dass es sich um mehr als nur ein Buch handelte. Es waren Dutzende derselben Machart. Und alle bewegten sich auf dasselbe Ziel zu: auf die Wand, an der das Ölgemälde meiner Großeltern hing. Davor baute sich wie durch Zauberhand ein Bücherregal aus Dielenbrettern zusammen. Wobei das nicht ganz richtig war, denn es handelte sich tatsächlich um einen Zauber, der hinter den Wänden Zahnräder und Kolben betrieb, in Runen gebannte magische Mechanismen auslöste und Stück für Stück ein Regal hochzog, in das sich schwebend die Bücher einsortierten, die unter dem Boden versteckt gewesen waren.

Von den Geschehnissen gefesselt schaute ich dabei zu. Jede Diele wusste genau, wo sie hingehörte, jedes Buch fand seinen vorgeschriebenen Platz. Es waren schmale, in Leder gebundene Bände, auf deren Rücken lediglich goldene Nummern eingeprägt waren. Ich duckte mich, als eines davon dicht an meinem Kopf vorbeisauste und sich auf dem dritten Regalbrett zwischen den Nummern 61 und 63 einsortierte. Ein weiteres Buch knallte mir unsanft in den Rücken, nahm Anlauf und rammte mich noch einmal, anstatt sich einen Weg an mir vorbei zu suchen.

»Aua«, beschwerte ich mich. Wieder schubste mich das Buch. »Ist ja schon gut!« Ich trat einen Schritt beiseite und es schwebte auf das zweite Regalbrett zu.

Binnen kürzester Zeit war das Gemälde hinter einem hohen, schmalen Regal verschwunden, das mit durchnummerierten Büchern von 1 bis 126 gefüllt war.

Ich zögerte nicht, zog das erste Buch aus dem Regal und schlug es auf.

13. April 1951

Regen. Den ganzen Tag nur Regen. Ich hasse Regen.

Es waren also Tagebücher. Und die Signatur auf der Rückseite des Deckblattes verriet mir auch, wer sie geschrieben hatte. Dort stand *Aelfric Seymour.* Der Name meines Großvaters. Bei seinem ersten Eintrag musste er ungefähr elf Jahre alt gewesen sein.

Ich betrachtete noch einmal das Regal. Unglaublich, welchen Aufwand er betrieben hatte, um seine Memoiren zu verstecken. Das erklärte jedenfalls, warum er so viel Zeit in der Bibliothek verbracht hatte. Es musste ihn Jahre gekostet haben, die Magie und die Mechanismen in die Wände und den Boden einzubauen.

Mir fiel wieder ein, dass Granny von Seite vierundachtzig geredet hatte. Ich blätterte also dorthin und las den ersten Absatz. Er handelte von einem Streit mit seinem Vater. Nichts Wichtiges also. Ich seufzte und schlug das Buch wieder zu. Einhundertsechsundzwanzig Bände. Das würde eine Weile dauern. Ich nahm die ersten zehn aus dem Regal und machte es mir auf einem der kuscheligen Ohrensessel gemütlich.

7

Mit Ghuls ist nicht zu spaßen

Ich hatte mich meinem Großvater noch nie so nah gefühlt wie in dieser Nacht. Wie spät es war, wusste ich längst nicht mehr. Noch war es dunkel, meine Augen brannten bereits, aber ich dachte nicht daran, eine Pause einzulegen.

Gerade war ich bei Band 23 angekommen und schlug Seite vierundachtzig auf. Ich bereute schon ein wenig, nicht auch alles andere lesen zu können, aber dazu hätte wohl kaum eine einzige Nacht gereicht. Ich begann zu lesen.

2. Oktober 1969

Wir haben die Spuren des Ghuls bis zu einem abgelegenen Bestattungsunternehmen zurückverfolgt. Ich habe schon viel gesehen, aber dieser Anblick übertraf alles. Die Tür stand offen, Blut klebte daran und das Scharnier quietschte im Wind.

Ich wollte mir nichts anmerken lassen, aber ich hatte echt die Hosen voll. Warum soll es auch unsere Aufgabe sein, einen wild gewordenen Ghul einzufangen? Die fallen wohl kaum in den Aufgabenbereich von Nekromanten. Die Viecher fressen Leichen, sie sind weder tot, noch haben sie eine Seele, die man ins Jenseits verbannen könnte.

Ich habe also die Tür aufgeschoben. Es war stockdunkel, von drinnen drang ein schmatzendes Geräusch zu mir vor und ich war fest davon überzeugt, dass das Scheißvieh gerade auf einem Toten saß und sich genüsslich daran labte. Konnte ich ahnen, dass es mehr als nur ein Ghul war?
Ich war kaum eingetreten, da springt mich eines dieser Biester mit weit aufgerissenem Maul an und reißt mich zu Boden. Widerlich! Ich habe mich mit Händen und Füßen gewehrt. Blut, Rotz und Speichel tropften ihm aus dem Maul auf mein Gesicht. Ich hätte mein Abendessen hochgewürgt, wenn ich nicht damit beschäftigt gewesen wäre, um mein Leben zu kämpfen. Lange rede, kurzer Sinn: Wir haben die Guhls erlegt und wurden gut dafür bezahlt.

Ich schlug das Buch zu. Großvater hatte einiges erlebt, aber noch wusste ich nicht, wonach ich suchen musste. Ich nahm mir das nächste Buch vor und ein paar Bände später stieß ich auf einen Satz, der mich zum Lächeln brachte. *Ich glaube, ich bin verliebt.* Es war das Ende eines Eintrags, den ich unbedingt von vorn lesen wollte, auch wenn er nicht auf Seite vierundachtzig begann.

18. Februar 1971

Es schneit. Eigentlich ist Schnee nichts weiter als gefrorener Regen und doch liebe ich ihn. Alles verschwindet unter einer weißen Decke. Alles glitzert. Schnee sorgt dafür, dass auch die schmuddeligsten Orte sauber und rein wirken und sich die ärmsten Viertel einer Stadt kaum noch von den reichsten unterscheiden. Unter einer Schneedecke ist alles gleich. Und das, obwohl nichts einzigartiger ist als eine Schneeflocke. Liebes Tagebuch, du merkst, ich bin heute ganz poetisch, und das aus einem guten Grund. Denn heute bin ich der menschgewordenen Poesie begegnet – einem Mädchen, so schön, dass ich erst glaubte, es mit einer Sirene zu tun zu haben. Ihr Haar ist wie Seide und ihr Blick so hell und wach, dass es nur die Augen einer Kämpferin sein können. Wir sind uns in New York begegnet. Ihr Haar war von einer weißen Haube aus glitzernden Schneeflocken bedeckt und sie schien nicht einmal zu frieren, während ich mit Mantel, Schal und Hut ausgerüstet war und trotzdem gezittert habe.

Ich war in Vaters Auftrag unterwegs. Zutaten für eines seiner elenden Rituale besorgen. Gerade wollte ich den Laden betreten, da stürmte sie an mir vorbei und drängte mich zur Seite. „Aus dem Weg", hat sie mich angepflaumt. Ich war so perplex, dass ich sie nur entgeistert anstarren konnte. Sie starrte zurück und sagte: „Was guckst du so, du Ochse!"

Ich weiß, ich weiß. Das klingt nicht nach Poesie. Aber genau das ist es. Ihre Stimme, ihr Charakter, alles an ihr ist wie Musik. Laut, intensiv, aufwühlend. Chaotisch und doch voller Harmonie. Sie ist keine Ballade, kein klassisches Klavierstück. Sie ist Jazz. Und ich liebe es.

Hätte ich doch bloß den Mut gehabt, sie nach ihrem Namen zu fragen. Aber ich bin feige. Ich nehme es mit Geistern, Vampiren und Werwölfen auf. Sogar mit verdammten Ghuls. Aber dieses Mädchen hatte so eine Macht über mich wie nichts anderes zuvor. Ich glaube, ich bin verliebt.

Ich schlug das Buch zu, seufzte und drückte es an meine Brust. Es musste Granny sein, von der er geschrieben hatte, denn ich wusste, dass sie sich beim Einkaufen zufällig über den Weg gelaufen waren. Er war zu diesem Zeitpunkt ungefähr einundzwanzig gewesen, sie rund vier Jahre älter. Das Datum passte perfekt.

In seinen Worten zu lesen, welchen Eindruck Granny vom ersten Moment an bei ihm hinterlassen hatte, berührte mich sehr. Ich wollte unbedingt weiterlesen und schlug das Buch wieder auf, auch wenn ich mir sicher war, noch immer nicht die richtige Stelle gefunden zu haben.

Ich erfuhr, wie er zu dem Geschäft zurückgekehrt war, um den Verkäufer über sie auszufragen. Ohne Erfolg. Er hatte jede Gelegenheit genutzt, dorthin zu gehen, in der Hoffnung, sie wiederzutreffen. Jeden in der Umgebung hatte er nach ihr gefragt, und als er schließlich fast aufgeben wollte, stand sie plötzlich vor ihm – mit den Händen in die Hüfte gestemmt und dem Vorwurf, er habe ihr nachspioniert.

Es kostete mich viel Überwindung, irgendwann abzubrechen und mir das nächste Tagebuch vorzunehmen. Eigentlich wollte ich unbedingt erfahren, wie er sie meinen Urgroßeltern vorgestellt hatte und wie Grannys Hochzeitsantrag gewesen war. Denn ich wusste, dass sie ihn gefragt hatte und nicht umgekehrt. Für die damalige Zeit war das mehr als ungewöhnlich gewesen. Aber die Nacht rann mir durch die Finger, also überwand ich mich und suchte weiter.

Nicht viel später nahm ich ein Tagebuch in die Hand, bei dem Seite vierundachtzig schnell gefunden war, denn sie war nass geworden und hatte sich gewellt. Als ich sie aufschlug, die zerlaufene Tinte und die kreisrunden Flecken sah, wusste ich sofort, dass Großvater beim Verfassen dieses Eintrags geweint hatte. Ich war ganz nervös und zitterte sogar ein wenig, als ich die Seite glatt strich und zu lesen begann.

13. Juni 1974

Ich weiß nicht, wo ich anfangen soll. Keine Ahnung. Wir waren so dumm.
Und jetzt ist sie fort. Für immer. Ich habe meine Imogen verloren, die Liebe meines Lebens, meinen Augenstern. Und Vater behauptet, ich kann sie nicht zurückholen. Wie kann er es wagen, mir direkt ins Gesicht zu lügen? Ich bin ein Nekromant. Natürlich kann ich sie zurückholen!
Aber ich muss von vorn beginnen. Gestern hat Imogen zum ersten Mal an einem Ritual meiner Familie teilgenommen und sie hat sich so gut geschlagen! Mutter hat sie sogar gelobt. Alles war perfekt. Nach dem Ritual haben wir die ganze Nacht zusammen verbracht, haben geredet, gelacht. Es war alles so, wie es hätte sein sollen.
Dann ist die Sonne aufgegangen. Es war warm, der Himmel war blau. Vielleicht habe ich mich von diesem schönen Tag zu sehr einlullen lassen, denn ich habe geglaubt, es wäre der perfekte Moment, um Mutter und Vater unsere Verlobung zu verkünden. Wir sind zu ihnen gegangen, haben ihnen gesagt, dass wir heiraten wollen ... und sie sind ausgerastet.
Wie können sie mir meine große Liebe nur so missgönnen? Aber es bringt nichts, ihnen die Schuld zu geben. Ich war es, der wütend wurde. Ich habe Imogen vorgeschlagen abzuhauen.
Wir haben unsere Sachen gepackt, sind in Vaters Wagen gestiegen und einfach losgefahren. Ich hatte nicht vor, je wieder zurückzukehren, und doch sitze ich jetzt hier, in der Bibliothek der Seymours, und schreibe diese Zeilen.
Der Tag, der so schön angefangen hatte, wurde zum

Albtraum. Es begann zu regnen und wir sind plötzlich ins Schleudern geraten. Ich konnte nichts mehr sehen und dann kam der Knall. Ich muss aus dem Auto geschleudert worden sein, weil ich neben der Straße aufgewacht bin. Im ersten Moment dachte ich, dass die Sonne wieder scheint, weil es so warm war. Aber es war das Feuer. Das Auto hat lichterloh gebrannt und Imogen ... Imogen ist ...
Ich wollte sie rausholen und habe mir dabei die Hände verbrannt. Sie sind jetzt bandagiert und es tut weh, das hier zu schreiben. Trotzdem muss ich es loswerden. Ich muss aufschreiben, was passiert ist, weil ich es sonst nicht glauben kann.
Imogen ist tot.
Aber ich akzeptiere das nicht. Vater kann sagen, was er will. Ich werde sie zurückholen. Es ist mir egal, dass es verboten ist. Soll mir das Tribunal doch seine Wächter auf den Hals hetzen, ich werde es dennoch tun. Was interessieren mich Regeln, die vor Ewigkeiten aufgestellt wurden? Ich liebe sie und ich würde alles für sie opfern. Noch heute Nacht werde ich den Restutio wirken, und wenn ich selbst dabei draufgehe.
Das schwarze Grimoire mit den verbotenen Ritualen war nicht schwer zu finden. Das Ritual habe ich nachgeschlagen und es ist gar nicht so kompliziert. Ich stelle Imogens Körper wieder her und hole sie zurück ins Reich der Lebenden. Schon morgen wird alles wieder so sein, wie es sein soll. Morgen werden wir heiraten.

Wie vom Blitz getroffen starrte ich die tränenverwischten Zeilen meines Großvaters an. *Restutio? Schwarzes Grimoire?* Das sagte mir nichts. Ich kannte nur das Grimoire, in dem alle Rituale und Zauber standen, die über viele Generationen hinweg von den Seymours gesammelt worden waren. Von einem zweiten war nie die Rede gewesen.

Eilig schlug ich den nächsten Eintrag nach, auch wenn ich wusste, dass Großvaters Vorhaben geglückt war. Schließlich war Granny am Leben. Ich überblätterte die Seiten, fand aber kein Wort über das Ritual oder die Reaktion seiner Eltern darauf. Nichts. Er schrieb von Granny und sich, als hätte der Autounfall nie stattgefunden.

Aber er hatte es geschafft. Er hatte sie zurückgeholt, obwohl ihr Körper vom Feuer zerstört worden war. Dabei fiel mir wieder ein, dass Tante Sophia auf der Heimfahrt davon gesprochen hatte, dass es keinen *anerkannten* Zauber gab, um Ashton wiederzubeleben. Zu dem Zeitpunkt war ich zu aufgelöst gewesen, um darüber nachzudenken. Jetzt wurde mir klar, dass sie und wahrscheinlich auch alle anderen aus meiner Familie von einem verbotenen Ritual wussten.

Mein Herz schlug schneller bei dem Gedanken. Es gab also einen Weg, ungeschehen zu machen, was ich angerichtet hatte. Nur wie sollte ich meine Familie davon überzeugen, den Plan mit dem Golem zu verwerfen und stattdessen ein verbotenes Ritual abzuhalten? Ich war viel zu aufgewühlt, um einen klaren Gedanken zu fassen, aber ich wusste, dass es eine Person gab, die mir in solchen Momenten immer half, das Chaos in meinem Kopf zu ordnen. Und das war Santana.

Ich verließ die Bibliothek, und kaum war ich über die Schwelle getreten, hörte ich es hinter mir rattern. Ohne mein Zutun baute sich das geheime Regal wieder ab. Die Tagebücher verschwanden unter den Dielen, die zurückgeschobenen Bücher rückten wieder nach vorn. Kurze Zeit später wies nichts mehr auf das Geheimnis meines Großvaters hin.

8

Hat mal jemand eine Taschenlampe parat?

Ich konnte gut nachvollziehen, warum sich die Bewohner Springdales vor dem kleinen Tannenwäldchen in der Nähe ihrer Heimatstadt fürchteten. Es war eine Sache, es tagsüber zu durchqueren, während die Vögel zwitscherten und die Sonne hier und dort Lichtflecken auf den dunklen Waldboden malte. Ganz anders sah es aus, wenn man spät in der Nacht unterwegs war und die Stille nur vom Rascheln im Unterholz oder dem Flattern und Knacksen in den Baumkronen durchbrochen wurde.

Ich versuchte, dem Pfad zu folgen, den ich schon viele Male genommen hatte, doch was bei Tageslicht fast wie im Schlaf vonstattenging, war bei Mondschein gar nicht so einfach. Mir blieb nichts anderes übrig, als mich mit Händen und Füßen voranzutasten. Dennoch stolperte ich immer wieder über Wurzeln und Erdlöcher. Eine Taschenlampe wäre superpraktisch gewesen, aber natürlich fiel mir so etwas erst ein, wenn es schon zu spät war.

Ein Geräusch in meinem Rücken sorgte dafür, dass mein Herz einen Satz machte. Ich wirbelte herum, sah noch, wie sich im Dickicht ein paar Äste bewegten, und erkannte ein Tier mit grauem Fell, das durch die Schatten huschte. Im nächsten Moment verschwand es auch schon wieder.

Es konnte eine fette Ratte oder eine Katze gewesen sein, ganz genau hatte ich es nicht erkannt. Zumindest konnte es nichts Gefährliches gewesen sein, da war ich mir ziemlich sicher. Ich atmete erleichtert durch und wandte mich wieder nach vorn, als ich wie aus dem Nichts angegriffen wurde.

Instinktiv riss ich die Arme hoch und stolperte rückwärts, doch die Angreifer attackierten mich von mehreren Seiten und zerkratzten mir die Unterarme und Hände. Schrille Geräusche durchpflügten die Nacht.

Cedric hätte bestimmt einen Zauber parat gehabt, um sich zu verteidigen. Ich hingegen konnte nur panisch um mich schlagen und musste an seine Warnung denken, den Schutz meiner Familie nicht zu verlassen. Was, wenn die Goodwins bereits von Ashtons Tod erfahren hatten und irgendwelche Bestien auf mich hetzten?

Mit einem meiner Schläge landete ich einen Volltreffer. Ich hörte ein Quieken, gefolgt von einem dumpfen Aufprall. Erst dadurch wurde mir klar, womit ich es zu tun hatte. Es waren keine monströsen Ungetüme, die mir die Seele rauben oder mein Blut aussagen wollten, sondern bloß ein paar Fledermäuse, die sich in meinen Haaren verfangen hatten und sich wahrscheinlich mehr vor mir fürchteten, als ich vor ihnen Angst haben musste. Eine davon hatte ich erwischt, die anderen ließen kurz darauf von mir ab und flatterten davon.

Ich richtete mich zögernd auf und schaute ihnen nach. Dann begutachtete ich meine zerkratzten Arme. Diese kleinen Biester hatten nicht zu unterschätzende Krallen und scheuten sich offenbar nicht davor, sie einzusetzen. Auch meine Stirn war in Mitleidenschaft gezogen worden. Als hätte sie an diesem Abend nicht schon genug abbekommen. Ich tastete vorsichtig nach der schmerzenden Stelle und sog die Luft ein, als ich an den blutigen Kratzer fasste.

Vielleicht war es doch nicht die beste Idee gewesen, mich mitten in der Nacht auf den Weg zu Santana zu machen. Allerdings war es auch nicht die schlechteste, die ich in letzter Zeit gehabt hatte.

Es war nicht mehr weit bis zur Raumfalte, also setzte ich meinen Weg fort und erreichte schließlich den gegabelten Baum, der den Übergang markierte.

Wenn man wusste, worauf man zu achten hatte, waren die Eingänge in die Zwischenwelt gar nicht so schwer zu finden. Man brauchte nur nach einer Art Spiegelung Ausschau halten. Mal war es ein Fels, der gespiegelt wirkte, mal ein abgeknickter Weg und in diesem Fall eine Tanne. Sie sah aus, als wäre sie die Mutter aller Bäume dieses Waldes. Ihr Stamm war nicht nur ungewöhnlich breit, sie war auch ein gutes Stück höher als die Bäume in unmittelbarer Nähe. Aber das deutlichste Zeichen dafür, dass ich mich direkt vor einer Falte im Raum-Zeit-Gefüge befand, war die Tatsache, dass es sich nicht nur um eine Tanne handelte, sondern um zwei. Sie waren an den Wurzeln und ungefähr bis zur Höhe meiner Hüfte zusammengewachsen. Dann teilten sie sich in zwei Stämme. Einer bog sich nach links, der andere nach rechts, und wenn man genau hinschaute, konnte man erkennen, dass jeder Ast, jeder knochige Zentimeter der Rinde und jeder Tannenzapfen auf beiden Seiten identisch aussah. Es wirkte, als würde man vor einem gigantischen Spiegel stehen.

Um in die Zwischenwelt zu gelangen, war nicht einmal ein Zauberspruch nötig. Man musste keinen Funken Magie besitzen, nur mutig genug sein – und auch ein bisschen verrückt –, um zu tun, was nötig war.

In Vorbereitung auf die Übelkeit, unter der ich gleich leiden würde, atmete ich tief durch. Dann erklomm ich tapfer den zusammengewachsenen Teil der Tanne. Oben drehte ich mich mühsam um, ohne den Halt verlieren zu wollen, und riskierte schließlich den waghalsigen Sprung. Mit Schwung ließ ich mich rücklings und kopfüber zwischen die Stämmen fallen.

Kaum hatte ich mich abgestoßen, erfasste mich ein gleißendes Licht. Alles schien sich zu drehen, mir wurde schlecht und ich hätte beinahe vergessen, mit den Füßen nach dem Boden zu tasten, die augenscheinlich noch in Richtung Himmel zeigten.

Dem war allerdings nicht so. Mein Körper war beim Herumdrehen nur etwas schneller als der Rest der Welt. Ich sah verschwommene Farbflecke, als hätte jemand die Erdkugel wie einen Kreisel angeschubst, und spürte kaum den Bruchteil einer Sekunde später, wie meine Füße den Kontakt zum Boden fanden, bevor ich ihn richtig erkennen konnte.

Ich ruderte mit den Armen, um nicht zu fallen, bis das grelle Licht abgeklungen war und alles seinen Platz gefunden hatte. Würde ich jetzt nicht fest auf dem Boden stehen, könnte ich einfach am Rand der Raumfalte entlangsausen und sonst wo auf der Welt herauskommen – wie ein paar Stunden zuvor, als wir mit dem Lincoln auf dem Rand einer Falte gesurft und quer durch das Land gerast waren. Der Gedanke daran, im schlimmsten Fall auf einem Vulkan im Kongo zu enden, schenkte mir genug Selbstkontrolle, um die Bodenhaftung beizubehalten.

Ich stand mit der Zwillingstanne im Rücken auf einem offenen Feld. Dichtes Gras neigte sich im Wind und strich mir um die Beine, der Duft nach wilden Kräutern betörte meine Sinne.

Der Teil der Zwischenwelt, in dem Santana wohnte, war nicht besonders groß. Er umfasste tatsächlich nur eine Lichtung, inmitten des Waldes, in deren Zentrum ein uriges Häuschen stand. Vom hohen Giebeldach mit den zwei Schornsteinen, einem Türmchen über den kleinen runden Fenstern bis hin zu der verwinkelten Bauweise und den schiefen Wänden erinnerte alles an *Hänsel und Gretel.* Allerdings war ich mir sicher, dass Santanas Haus nicht aus Lebkuchen bestand. Wobei ich zugeben musste, noch nie davon gekostet zu haben.

Der Gedanke an Essen verstärkte das flaue Gefühl in meinem Magen. Ich fasste mir an den Bauch und lief los.

Ein wackeliger Zaun aus krummen, teils blühenden Ästen, die von Kapuzinerkresse überwuchert waren, umschloss das Haus. Dahinter lag ein bunter Kräutergarten, der bei Tageslicht von unzähligen Bienen und Hummeln umschwirrt wurde. Im bläulichen Mondschein hatten ihn nur ein paar Mäuse besucht, die eilig davonhuschten, als ich das Tor aufschob und den Garten betrat.

Der Kräuterduft, der bereits am anderen Ende der Lichtung eine berauschende Wirkung auf mich gehabt hatte, umhüllte mich wie ein nebliger Vorhang und weckte ein paar Phantomsymptome in mir. Ich hatte das Gefühl, meine Finger würden kribbeln und meine Knie weich werden.

Santanas Mutter schwor Stein und Bein darauf, dass die Kräuter ihre Wirkung erst entfalteten, wenn sie zu Tinkturen, Salben und Tränken verarbeitet worden waren. Trotzdem kam ich mir immer seltsam benebelt vor, wenn ich ihren Garten durchquerte.

Es dauerte einen Moment, bis sich meine Benommenheit gelegt hatte. Bis dahin war ich am Haus angelangt und schlich gebückt am Wohnzimmerfenster vorbei. Auch wenn kein Licht brannte, wollte ich ganz sichergehen, unbemerkt zu bleiben.

Gleich um die Ecke befand sich Santanas Fenster und ich klopfte leise an. Im Inneren blieb es still.

»Santana!«, zischte ich und klopfte erneut.

Endlich ging Licht an. Durch die zugezogenen Vorhänge konnte ich nichts sehen, hörte aber ein Grummeln und Knurren, als hätte ich es nicht mit meiner besten Freundin zu tun, sondern mit einem Bären, der gerade aus dem Winterschlaf erwacht war.

Nach einer gefühlten Ewigkeit zog Santana die Vorhänge mit einem Ruck zur Seite. Sie trug ein weißes, bodenlanges Nachthemd, ihr offenes Haar stand zu allen Seiten weg und sie blinzelte mehrmals mit verschlafenen Augen, während sie mich von oben bis unten musterte.

»Emily?«, fragte sie ungläubig. »Was machst du hier mitten in der Nacht? Und wieso siehst du aus, als hätte dich ein Lastwagen überfahren?«

»Eine lange Geschichte«, sagte ich. »Lässt du mich rein?«

Sie warf einen Blick zur Zimmertür. »Okay, aber sei leise. Mom mischt mal wieder ihre Tränke. Wenn sie dich erwischt, zieht sie uns beiden das Fell über die Ohren.«

»Dann lassen wir uns nicht erwischen«, erwiderte ich und stieg durchs Fenster. Doch leider hatte ich die Vorhänge unterschätzt. Ich verhedderte mich darin, ruderte mit den Armen, hüpfte auf einem Bein und landete schließlich mit lautem Gerumpel auf dem harten Fußboden. Gleich darauf fiel die Gardinenstange quer über meine Beine und klapperte noch zusätzlich. Der Krach hätte genügt, um ganz Springdale aufzuwecken.

Santana war mir ausgewichen und hatte sich die Hände vor den Mund geschlagen. Ich grummelte angefressen. So eine Slapstick-Einlage war mal wieder typisch für mich. Es kam mir vor, als würde das Schicksal nur darauf warten, mich in Situationen zu bringen, in denen mir genau das Gegenteil von dem passierte, was ich eigentlich wollte.

Und wie Santana es geahnt hatte, waren im Gang vor ihrem Zimmer auch schon Geräusche zu hören.

»Santana, alles gut?«, rief ihre Mom.

»Psst«, zischte sie mir zu und wandte sich zur Tür. »Alles in Ordnung! Ich bin nur aus dem Bett gefallen.«

Licht fiel durch den Türschlitz und Schritte näherten sich. Santana schaute sich gehetzt um, packte kurzerhand den Vorhang und warf ihn mir über den Kopf. Ich zog noch schnell die Arme ein. Ob das viel nutzte, wusste ich allerdings nicht. Zwar war es recht dunkel, aber eine menschengroße Beule unter einem heruntergekrachten Vorhang konnte man kaum übersehen.

Ich lugte unter dem Stoff hervor und sah Santanas nackte Füße auf dem Weg zur Tür, die sie einen Spaltbreit aufzog, bevor ihre Mom sie öffnen konnte.

»Es ist alles in Ordnung, Mom«, versicherte sie ihr.

»Wirklich? Du hattest doch nicht etwa einen Albtraum, oder? Albträume sind schlechte Omen. Besonders für Hexen. Sie sind Vorboten auf schlimme Zeiten und sollten gedeutet werden, damit wir das Unheil abwenden können, bevor es zu spät ist.«

»Kein Albtraum, ganz sicher.«

»Nur weil du dich nicht erinnerst …«

»Ich habe gar nicht geschlafen«, wiegelte Santana ab.

»Du fällst um drei Uhr morgens wach aus dem Bett?«

»Ähm, ich … ich wollte nach dem Wasserglas greifen und habe es im Dunkeln nicht gefunden. Dabei muss ich mich zu weit vorgebeugt haben.«

Es folgte eine kurze Pause und meine Nervosität wuchs.

»Gut, dann geh jetzt wieder ins Bett«, sagte ihre Mom zu meiner Erleichterung.

Ich hätte beinahe laut aufgeatmet. Santana schloss die Tür und ich wühlte mich unter dem schweren Stoff hervor.

»Puh, das war knapp!« Sie kam zu mir und reichte mir die Hand.

In diesem Moment flog die Tür auf und Santanas Mom stand vor uns. Mirabell Audley war eine hochgewachsene Frau mit kantigen Zügen, dünnem graublondem Haar, aus dem überall Strähnen abstanden, und giftgrünen Augen. Würde ihre Garderobe nicht aus einem wild zusammengewürfelten Haufen quietschbunter Klamotten bestehen, hätte sie weitaus bedrohlicher gewirkt.

In einem blau karierten Rüschenhemd zu einem rosa-gelb-gepunkteten Rock hatte sie sich im Türrahmen aufgebaut, die Arme in die Seiten gestemmt und musterte uns mit scharfem Blick. »Für wie naiv haltet ihr mich eigentlich? Ab in die Küche mit euch. Und zwar schnell.«

»Mom, es ist nicht ...«, begann Santana, doch Mirabell fiel ihr ins Wort.

»Das will ich gar nicht hören.«

Mit hängenden Schultern befolgten wir die Anweisung und schlurften aus dem Zimmer. Die Küche lag am anderen Ende des Ganges, der sich schief und krumm wie eine gewundene Höhle durch das Haus schlängelte und dabei immer enger zu werden schien. Es gab nicht eine gerade Wand, überall hingen Bilder verstorbener Familienmitglieder und berühmter Hexen, die mich mit ihren strafenden Blicken regelrecht verfolgten, während ich an ihnen vorbeilief.

Durch einen Rundbogen gelangten wir in die Küche – dem einzigen Raum des Hauses, in dem man nicht das Gefühl hatte, sich ducken zu müssen. Man konnte direkt hinauf ins Dachgebälk blicken. Die Balken zogen sich kreuz und quer über unsere Köpfe hinweg, als würden wir unter einem gigantischen Mikado-Spiel stehen. Wie um zu unterstreichen, dass ich mich tatsächlich im Haus einer Hexe befand, saß auf einem der Balken eine Eule. Sie flatterte aufgebracht, als wir eintraten, und hopste zu einer kleinen Dachluke, durch die sie in die Nacht davonsegelte.

An den Balken und Wänden hingen zahllose Bündel aus getrockneten Kräutern. Weitaus mehr, als Tante Sophia in unserer Küche aufbewahrte. Der Duft war ebenso benebelnd wie im Garten und hatte eine beruhigende Wirkung auf mich. Auf dem Weg in die Küche hatte sich die Angst in mir breitgemacht, dass mein Vorhaben gescheitert war. Meine Familie würde von Mirabell erfahren, dass ich Großvaters Aufzeichnungen gefunden hatte, und mir verbieten, Ashton zurückzuholen. Ihr Plan mit dem Golem war schließlich viel gewinnbringender und beinhaltete zudem keinen verbotenen Zauber aus dem schwarzen Grimoire. Jetzt war ich einfach nur noch müde und froh, als mir Santanas Mom einen Stuhl zurechtschob, auf den ich sinken konnte.

Anschließend ging sie zum Herd, drehte das Gas auf und stellte eine Teekanne auf die Flamme. »Ich bin gespannt zu erfahren, was dich dazu getrieben hat, mitten in der Nacht hier aufzutauchen.«

Ich schaute zu Santana, die sich auf den Stuhl mir gegenüber gesetzt hatte. Sie wirkte ebenso müde und verunsichert wie ich. Wir trauten uns beide nicht, etwas zu sagen.

Es dauerte nicht lange, bis eine dampfende Tasse Tee vor mir stand. Ich schloss meine Hände darum und eine wohlige Wärme kroch mir unter die Haut. Der Duft nach ätherischen Ölen und Honig stieg mir in die Nase und gab mir das Gefühl von Geborgenheit.

»Trink«, forderte mich Mirabell auf und setzte sich ebenfalls.

Ich schaute wieder zu Santana und hoffte, an ihrem Blick ablesen zu können, ob es sich bei dem Tee um einen Zaubertrank handelte. Ein Wahrheitsserum vielleicht, das mich zwang, alles auszuplaudern, was ich lieber für mich behalten wollte? Doch Santanas Blick lag auch nur skeptisch auf ihrer Tasse.

»Das ist bloß Pfefferminztee«, versprach Mirabell.

Ob ich ihr glaubte oder nicht, ich hatte nicht das Gefühl, eine große Wahl zu haben. Also nahm ich einen Schluck und fühlte mich gleich besser. Die Wärme, die ich zuvor nur an meinen Fingern gespürt hatte, kroch mir unter die Haut und brannte an den Kratzern auf meiner Stirn und den Armen. Sie begannen sachte zu leuchten und heilten zusehends zu roten Linien ab, die eine nach der anderen verschwand. Ich war mir ziemlich sicher, dass Pfefferminztee für gewöhnlich nicht diese Wirkung hatte.

»Ein paar Heilkräuter habe ich auch noch untergemischt«, erklärte Mirabell. »Und jetzt erzählt. Was hat es mit diesem geheimen Treffen bei Nacht und Nebel auf sich?«

Ich setzte die Tasse wieder ab und verlor mich gedankenversunken im Dunst, der davon aufstieg. Ob ich unter dem Einfluss eines Zaubers stand oder nicht, konnte ich noch immer nicht sagen, aber ich öffnete ganz ungezwungen den Mund und begann zu erzählen.

Santana und ihre Mom lauschten gebannt, während ich von dem Vorfall auf dem Friedhof berichtete und schließlich gestand, die Schuld an Ashtons Tod zu tragen.

Ein Kloß bildete sich bei den letzten Worten in meinem Hals. Ich schaute zu meiner Tasse. Der Tee darin war mittlerweile abgekühlt und seine Wirkung, die meine Zunge gelöst hatte, ließ nach. Wäre dem nicht so gewesen, hätte ich wohl ohne Punkt und Komma weitergesprochen und auch noch die Sache mit dem schwarzen Grimoire verraten.

Mirabell legte ihre Hand auf meinen Arm. »Du hast viel durchgemacht, aber es war ein Unfall. Ich verstehe, warum du Santana unbedingt davon erzählen wolltest. Dennoch hätte das bis morgen warten müssen.«

Ich schüttelte den Kopf. »Meine Familie will mich am Sonntag fortschicken. Ich weiß nicht, ob sie mir erlaubt hätten, mich vorher zu verabschieden.«

»Was?«, fragte Santana. »Wieso? Es war doch gar nicht deine Schuld! Auch wenn du das vielleicht denkst.«

Mirabell stand auf und räumte unsere Tassen ab. »Ich vermute, sie wollen dich nur in Sicherheit bringen. Du solltest darauf vertrauen, dass sie wissen, was sie tun. Wenn herauskommt, was geschehen ist, stehen im besten Fall bald schon die Wächter des Tribunals vor eurer Tür. Im schlimmsten Fall erklären euch die Goodwins den Krieg und darin werden wir dann alle verwickelt. Stellt euch vor, die Goodwins würden die Seymours offen angreifen. Was würde das für die Zwischenwelt bedeuten? Immerhin liegt euer Haus außerhalb der Raumfalten. Ein Kampf zwischen Nekromanten könnte von Normalsterblichen beobachtet werden, was die Tarnung von uns allen gefährdet. Doch selbst wenn sie euch nur in der Zwischenwelt angreifen, stürzt uns das bereits ins Chaos. Immerhin ist die Welt innerhalb der Raumfalten ein friedlicher Ort. Fronten würden sich bilden. Einige Nekromanten würden sich auf die Seite der Goodwins stellen, andere auf eure. Und nicht nur Nekromanten würden Stellung beziehen. Es tut mir leid, aber ich werde meinen Hexenzirkel über die Geschehnisse in Kenntnis setzen. Wir müssen auf das Schlimmste vorbereitet sein.«

»Aber …«, begann ich.

»Keine Sorge, von meinem Hexenzirkel werden weder die Seymours noch die Goodwins etwas erfahren. Verschwiegenheit ist unser Geschäft«, versicherte sie mir. »Und jetzt geht ihr beide zu Bett. Du kannst heute Nacht hierbleiben, Emily. Ihr habt Glück, dass morgen Samstag ist. Trotzdem braucht ihr euren Schlaf und ich habe noch viel zu tun.«

»Aber wenn sie Emily fortschicken …«, murmelte Santana.

»Ins Bett, habe ich gesagt!«

Mit Mirabell legte sich niemand gerne an. Wenn sie sich etwas in den Kopf gesetzt hatte, rückte sie so schnell nicht davon ab, und ich ging lieber freiwillig ins Bett, als von einem Schlafzauber eingelullt zu werden und am nächsten Morgen mit Kopfschmerzen aufzuwachen. Also standen wir widerwillig auf und verließen die Küche.

Als wir außer Hörweite waren, warf ich einen flüchtigen Blick zurück. »Was passiert wohl, wenn die Wächter des Tribunals vor meiner Tür stehen?«, fragte ich.

»Weiß nicht«, gestand Santana. »Aber es war ein Unfall. Dafür können sie dich nicht bestrafen, oder?«

»Es sei denn, die Goodwins unterstellen mir, Ashton mit Absicht umgebracht zu haben. Das klingt jedenfalls plausibler als die Wahrheit. Ein Loch im Salzsack … Das ist doch einfach nur lächerlich.«

Ich war noch nie zuvor mit den Gesetzen der Zwischenwelt in Berührung gekommen. Geschweige denn mit dem Tribunal und seinen Wächtern. Was sie mit Mördern anstellten, wusste ich nicht. Ich war mir aber sicher, dass die Strafe dafür höher ausfiel als die für das Wirken eines verbotenen Wiederbelebungszaubers.

Nachdem ich die Tür zu Santanas Zimmer geschlossen hatte, wandte ich mich ihr zu. »Ich habe eine Möglichkeit entdeckt, wie man Ashton wiederbeleben könnte«, flüsterte ich.

»Und damit rückst du erst jetzt raus?«, beschwerte sie sich. »Ich habe mir schon vorgestellt, wie ich dich wöchentlich im Knast besuche.«

»Deine Mom darf nichts davon wissen«, fuhr ich mit gesenkter Stimme fort. »Es handelt sich um ein verbotenes Ritual. Wie ich meiner Familie beibringen soll, es zu wirken, weiß ich noch nicht. Ihn zurückzuholen passt nämlich nicht zu ihrem Vorhaben, einen Golem zu erschaffen, um ihn zu ersetzen.«

»Einen Golem? Sind die irre? Das sind seelenlose Puppen, die täuschen doch niemanden.«

»Das muss er auch nicht lange«, sagte ich niedergeschlagen. Der Gedanke, dass sie dieses Vorhaben wirklich umsetzen würden, war beinahe unerträglich. »Er soll gleich nach seiner Ankunft bei den Goodwins einen tödlichen Unfall haben, bei einem Brand sterben oder etwas in der Art.«

»O mein Gott, das ist ja grausam!«

Damit hatte sie völlig recht. Es war mehr als grausam, den Goodwins vorzumachen, ihr Sohn würde quasi vor ihren Augen ums Leben kommen. Aber das passte zu meiner Familie.

»So weit darf es nicht kommen«, sagte ich. »Hast du schon mal etwas von einem schwarzen Grimoire gehört?«

»Ja«, bestätigte sie, ohne lange darüber nachdenken zu müssen. »Meine Mom hat sich vor einer Weile verplappert. Eigentlich wird das Wissen darüber nicht an Nachwuchshexen weitergegeben. Jedenfalls führt der Hexenzirkel meiner Mom so ein Buch. Es kommt vor, dass das Tribunal einen Zauber verbietet. Dann wird er in ein schwarzes Grimoire eingetragen und versiegelt. Nur für den Fall, dass man ihn irgendwann wieder braucht.«

»Meine Familie hat auch so eins«, fuhr ich fort. »Darin steht ein Ritual, mit dem man Ashton zurückholen kann.«

Santana zog mich von der Tür weg, um sicherzugehen, dass uns ihre Mom nicht hörte. »Aber der Zauber ist bestimmt nicht ohne Grund verboten, oder?«

»Keine Ahnung, ich kenne keine Details«, gab ich zu. »Ich weiß nur, dass Ashton meiner Familie völlig egal ist. Die wollen bloß keinen Ärger bekommen und am besten noch ihre Vorteile aus der Sache ziehen. Ich könnte meiner Mom von dem Ritual erzählen, aber ich vermute mal, dass sie es längst kennt. Tante Sophia hat so etwas angedeutet. Wenn ich jetzt zu ihnen gehe, verbieten sie mir mit Sicherheit, weiter nachzuforschen. Wahrscheinlich löschen sie direkt mein Gedächtnis und schicken mich nach Florida.«

»Dann also auf eigene Faust?«, fragte Santana.

»Du meinst, das schwarze Grimoire finden und das Ritual wirken? Kannst du das denn?« Ungläubig schaute ich sie an.

»Ich mache das bestimmt nicht!« Sie hob abwehrend die Hände. »Das ist ein verbotenes Ritual deiner Familie, da musst du leider selbst durch. Aber ich unterstütze dich natürlich, wenn du das wirklich machen willst.«

»Ähm …« Perplex starrte ich sie an. »Und wie soll ich das anstellen?« Ich deutete auf mich. »Normalsterblich. Schon vergessen?«

Sie winkte ab. »Wenn das Ritual einen Boosterzauber beinhaltet, ist keine Magie von außen nötig. Dann brauchst du nur die passenden Zutaten und Runen, die sich durch die richtigen Worte selbst verstärken. Stell dir das wie einen Waldbrand vor.«

Ich blinzelte. »Was?«

»Na ja, du brauchst keinen Flammenwerfer, wenn die Umstände stimmen«, erklärte sie. »Also, wenn der Wald trocken ist und Laub auf dem Boden liegt, reicht auch ein kleiner Funke. Was glaubst du, wie es irgendwelchen Volltrotteln in der Außenwelt ab und zu gelingt, mit einem zufällig auf dem Dachboden gefundenen Grimoire einen Dämon zu beschwören, obwohl sie kein bisschen Magie beherrschen? Es gibt Zauber, für die du unheimlich viel Macht besitzen musst, und andere, die nur einen kleinen Schubs brauchen, um ins Rollen gebracht zu werden.«

»Und du meinst, ich könnte zu diesen Volltrotteln gehören?«, fragte ich mit hochgezogenen Brauen.

»Wenn du dich richtig doll anstrengst …« Ein schelmisches Grinsen legte sich auf ihre Lippen.

»Auf jeden Fall können wir nach dem schwarzen Grimoire suchen und das Ritual nachschlagen«, sagte ich. »Wenn der Zauber zu kompliziert ist, kann ich immer noch zu meiner Familie gehen. Zumindest Granny steht auf meiner Seite.«

Santana nickte knapp. »Das klingt doch nach einem Plan.«

»Also gut«, stimmte ich zu. »Gleich morgen früh fangen wir mit der Suche an.«

9

Hatte ich schon erwähnt, dass die Seymours verrückt sind?

Ich hatte befürchtet, dass mich Mirabell nach Hause begleiten würde, wo ich mir eine Standpauke von meiner Mom anhören müsste. Dass ich ausgeplaudert hatte, was auf dem Friedhof passiert war, käme mit Sicherheit nicht gut bei ihr an.

Mirabell dachte aber nicht daran, die Seymours aufzusuchen. Eigentlich hatte sie noch nie auch nur einen Fuß in die Nähe unseres Anwesens gesetzt. Vielleicht lag es an Granny, die kein gutes Haar an der Hexenzunft ließ, oder auch an Tante Sophia, die ihresgleichen den Rücken gekehrt hatte, um eine Seymour zu werden. Was auch immer der Grund war, am nächsten Morgen machten sich Santana und ich allein auf den Weg zu mir nach Hause.

»Wo fangen wir mit der Suche an?«, fragte Santana, als wir die Stufen zur Eingangstür nahmen.

»Im Ritualraum vielleicht«, überlegte ich. »Am besten rede ich erst einmal mit Granny. Immerhin hat sie mich auf die Idee gebracht. Aber kein Wort zum Rest meiner Familie!«

»Schon klar.«

Ich öffnete die Tür und sogleich schlug mir Tante Sophias zornige Stimme entgegen: »Ich sage dir, der Zauber wäre perfekt!«

»Und ich wiederhole, dass der Golem dadurch nicht realistischer wird«, erwiderte Mom.

Die beiden waren im Esszimmer damit beschäftigt, den Frühstückstisch abzuräumen und bemerkten mich und Santana gar nicht.

»Dann landen wir wieder bei dem Vorschlag mit dem Wechselbalg. Vergessen wir den Golem.«

Mom seufzte. »Wechselbälger können nur lebende Person imitieren. Das weißt du genau. Der Plan mit dem Golem steht. Daran wird nicht mehr gerüttelt. Es ist schon grenzwertig genug, dass wir so weit gehen müssen, nachdem dieser arme Junge … Wir werden keine weiteren Grenzen überschreiten.«

»Ach, Odila, wir könnten so viel mehr für uns herausholen, wenn wir uns nur ein paar Freiheiten erlauben«, beharrte Sophia. »Zur Not ziehen wir das schwarze …«

»Ganz bestimmt nicht!«, fiel Mom ihr ins Wort.

»Du führst dich auf, als wärst du das Oberhaupt dieser Familie.«

Santana und ich schlichen zur Treppe. Ich setzte den Fuß auf die erste Stufe und zuckte zusammen, als sie unter meinem Gewicht knarzte. Ein Blick zum Esszimmer verriet mir, dass Mom das Geräusch nicht entgangen war. Sie schaute von den Tellern auf, die sie vor sich gestapelt hatte, und als sie mich sah, legte sich sogleich ein Anflug bitterer Enttäuschung auf ihre Züge.

Ich erwartete, dass sie mich zu sich zitieren würde, um zu erfahren, wo ich mich herumgetrieben hatte. Aber das passierte nicht. Stattdessen wandte sie sich wieder dem Tisch zu und sammelte die restlichen Teller ein. Es kam mir vor, als hätte sie mich nun endgültig aufgegeben.

»Wir halten uns an den Plan«, sagte sie.

Sophia schnaubte abfällig. »Von mir aus.«

»Komm«, forderte ich Santana auf und eilte die Treppe nach oben.

In meinem Zimmer schüttelte sich Santana. »Brrr, das war aber ein eisiger Blick von deiner Mom.«

»Sie ist enttäuscht«, murmelte ich. »Und sie hat ja auch gute Gründe dafür.«

Santana verpasste mir einen sanften Stoß mit der Schulter. »Mach es dir nicht unnötig schwer. Wir suchen jetzt das Grimoire und biegen alles wieder hin. Du wirst schon sehen.«

Ich hätte gern etwas von Santanas Zuversicht gehabt. Es würde schon schwer genug werden, das Buch zu finden. Weiter wollte ich noch gar nicht denken, denn ein Ritual zu kennen, das Ashton retten konnte, brachte ihn noch lange nicht zurück. Boosterzauber hin oder her.

»Und wo finden wir jetzt deine Granny?«, fragte Santana.

»Hier entlang.« Ich führte sie zu Grannys Eckzimmer, das am Ende des Korridors lag und über ein paar Stufen zu erreichen war. Davor stand ein Schaukelstuhl, in dem sie gern saß und beobachtete, wie ihre Familie in den angrenzenden Zimmern ein und aus ging. An diesem Morgen war der Stuhl jedoch leer.

Ich klopfte bei ihr an. »Granny?«

Vorsichtig schob ich die Tür auf. Es war mir unangenehm, ihr Reich zu betreten. Nicht nur, weil sie Eindringlingen gern mit ihrem Gehstock auflauerte. Es kam mir immer vor wie eine Reise in die Vergangenheit, an einen Ort lange vor meiner Zeit, an dem ich nichts zu suchen hatte.

»Ich warte hier«, flüsterte Santana, während ich hineinging.

Das rüschenverzierte Himmelbett, die Spitzenvorhänge, die alten Möbel mit den verschnörkelten Goldbeschlägen und nicht zuletzt der schwere Geruch nach Parfüm – das alles wirkte, als wäre die Zeit in Grannys Zimmer vor vielen Jahrzehnten stehen geblieben. Auf der Kommode zog eine seltsam wirkende Taschenuhr meine Aufmerksamkeit auf sich. Die Verkleidung fehlte, sodass die Zahnräder zu sehen waren. Sie hatte keine Ziffern und nur einen Sekundenzeiger. Offenbar lag sie schon seit Jahren unangerührt neben den vergilbten Fotos von Granny und Großvater, denn sie war mit Staub bedeckt, genau wie der vertrocknete Blumenstrauß in der Vase daneben.

Auf einem der Fotos sah ich meine Großeltern in den Straßen einer Großstadt und musste an den Tagebucheintrag über ihre Begegnung in New York denken. Ein Lächeln schlich sich auf meine Lippen und ich nahm das Foto in die Hand, um es mir genauer anzuschauen. Dabei fiel mir auf, dass die Aufnahme nicht wirkte, als wäre sie in den Siebzigerjahren entstanden. Die Frauen im Hintergrund trugen lange Kleider und Hüte, auf den Straßen fuhren keine Autos, sondern Kutschen. Es hatte den Anschein, als wäre das Bild keine fünfzig, sondern mindestens hundert Jahre alt.

»Das ist lange her«, krächzte Granny in meinem Rücken.

Vor Schreck hätte ich beinahe das Bild fallen lassen. »Gott, Granny, irgendwann kriege ich wegen dir noch mal einen Herzinfarkt.« Ich stellte das Bild wieder hin und wandte mich ihr zu.

»Das wollen wir doch nicht hoffen«, sagte sie. »Und jetzt raus damit. Was willst du hier? Hat dir mein Hinweis nicht genügt?«

»Doch ich … ich habe die Tagebücher gefunden. Warum hast du mir nicht gleich davon erzählt?«

»Was wäre das Leben ohne Rätsel, Kind? Es wäre ein ödes, trauriges Dasein. Aber wem erzähle ich das?«

»Ich …« Hatte sie mir gerade durch die Blume gesagt, dass mein Leben öde war? Es hatte ganz danach geklungen. »Ich verstehe nicht, warum du mich darauf gestoßen hast. Wieso erzählst du nicht Mom oder Cedric von diesem Ritual? Sie könnten damit ungeschehen machen, was passiert ist. Der Golem kann nicht die richtige Lösung sein.«

»Denkst du etwa, sie wüssten nichts von dem Restutio? Sie kennen das Ritual und sie kennen den Preis, den man zahlt, um es zu wirken. Niemals würde einer von diesen weichgespülten Paragrafenreitern auch nur in Betracht ziehen, bis zum Äußersten zu gehen, um zu tun, was getan werden muss. Du, meine Liebe, bist anders.«

»Aber ich bin keine Nekromantin. Cedric könnte …«

»Du weißt doch gar nicht, was es bedeutet, eine Nekromantin zu sein«, fiel sie mir ins Wort. »Du hast deinem vorherbestimmten Schicksal den Rücken gekehrt, nur weil dir nicht alles gleich in den Schoss fällt wie deinem Bruder. Also sprich nicht von Dingen, von denen du keine Ahnung hast.«

Ich glaubte eigentlich schon, ein ganz gutes Gefühl dafür zu haben, was mein Familienerbe bedeutete, und ich hatte oft genug bewiesen, dass mir das Talent dazu fehlte. Aber es brachte nichts, darüber mit ihr zu streiten. Morgen würde sie sich wahrscheinlich nicht einmal mehr an unser Gespräch erinnern.

»Wenn ich dieses Ritual abhalten will, hilfst du mir?«

»Du wirst meine Hilfe nicht brauchen.« Sie presste die Lippen zu einem schmalen Lächeln zusammen und strich mir mit zittriger, rauer Hand über die Wange. »So eine begabte, junge Frau wie du. Mein kleines Mädchen.«

Es konnte gut sein, dass sie mich mit meiner Mom verwechselte. Das war schon öfter vorgekommen. Ich erwiderte ihr Lächeln und ersparte es uns beiden, sie darüber aufzuklären, dass nicht ihre Tochter in jungen Jahren, sondern ihr Enkelkind vor ihr stand.

»In meinem Alter könnte ich ohnehin nicht viel beitragen«, setzte sie nach. Ihr Blick wurde ernst und sie durchbohrte mich regelrecht damit. »Der Restutio verlangt Jugend. Und davon hast du genug.«

»Mag sein, aber eine Nekromantin bin ich trotzdem nicht.«

Granny ergriff meine Hand und drückte sie fest. »Aber natürlich bist du das, Kleine. Lass dir nichts anderes einreden.«

Auch wenn es offensichtlich war, dass sie mich für Mom hielt, fiel es mir schwer, ihre Worte nicht an mich heranzulassen. Wenn Granny wüsste, wie oft ich als Kind unter Tränen darum gekämpft hatte, die einfachsten Zauber zu wirken, hätte sie so etwas nicht gesagt.

Ich hatte mich damals mehr als einmal nachts im Schlafanzug in die Bibliothek geschlichen und bis in die Morgenstunden geübt. Doch selbst die Dinge, die Cedric mit nur einem Gedanken zustande brachte, gelangen mir nicht. Noch bevor er sprechen und laufen konnte, waren seine beste Freunde Geister gewesen. Im Alter von vier Jahren war er meiner Mom einmal davongelaufen und von einem Zombie heimgebracht worden, den er eigens auf dem Friedhof von Springdale erweckt hatte. Mit vier Jahren. Einen Zombie. Das war genauso gruselig wie Ehrfurcht einflößend. Meine größte Leistung mit vier Jahren war es gewesen, den richtigen Knopf auf der Fernbedienung zu finden.

Von dem Moment an, als meine Familie eingesehen hatte, dass ich keine Nekromantin war, war mein Leben um so viel leichter geworden.

»Wo finde ich das Buch?«, fragte ich mit belegter Stimme und ignorierte einfach, dass sie glaubte, mit ihrer Tochter zu sprechen. »Wo verstecken wir das schwarze Grimoire?«

»Als ob du das nicht wüsstest.« Granny zwinkerte mir zu, dann nahm sie das Bild in die Hand, das ich eben noch betrachtet hatte. Beim Anblick ihres geliebten Ehemanns in jungen Jahren an ihrer Seite funkelte ein Glanz in ihren sonst so trüben Augen. Gleich darauf wurde sie wieder ernst. »Das stimmt hinten und vorne nicht«, sagte sie. »Diesen alten Aufnahmen ist einfach nicht zu trauen. Was schwarz ist, sieht weiß aus und was weiß ist, ist schwarz. Als würde alles kopfstehen.«

»Kannst du mir sagen, wo ich das schwarze Grimoire finde?«, fragte ich noch einmal.

Granny stellte das Bild ab. »Deine Mutter mag in einigen Punkten versagt haben, was deine Erziehung und Ausbildung angeht, aber wenigstens hat sie dafür gesorgt, dass dir alle Informationen in den Kopf getrichtert wurden, die du brauchst, um dich eine Seymour nennen zu dürfen. Ich kann dir gern etwas auf die Sprünge helfen.« Offenbar wusste sie wieder, wer vor ihr stand. Sie hob ihren Gehstock und ich wich instinktiv zurück.

»Nicht nötig«, wehrte ich ab. »Ich komme bestimmt von selbst drauf.«

»Das will ich dir auch geraten haben«, sagte sie und senkte den Stock wieder. »Und jetzt husch, husch, raus aus meinem Zimmer und nimm deine kleine Hexenfreundin mit. Ich mag es gar nicht, belauscht zu werden.«

Sie scheuchte mich zurück auf den Flur.

»Sag mir nur ...«, bat ich noch, da schlug sie mir schon die Tür vor der Nase zu.

»Ich will dich ja nicht beunruhigen«, sagte Santana mit gesenkter Stimme und deutete mit dem Daumen auf Grannys Zimmer. »Aber deine Omi hat einen ziemlichen Schaden.«

»Das habe ich gehört!«, krächzte Granny hinter der Tür.

Wir zuckten beide zusammen.

Etwas verrückt war sie wirklich, und dass ihr Gedächtnis ihr immer wieder Streiche spielte, machte es auch nicht besser. Dennoch war ich mir sicher, dass sie das alles im Glauben tat, mir zu helfen.

»Und was machen wir jetzt?«, fragte Santana.

Ich überlegte. »Granny meinte, dass mir Mom alles Nötige eingetrichtert hat, aber ich weiß nichts von einem geheimen Grimoire.«

Plötzlich traf es mich wie ein Schlag. »Die Farben stehen kopf!«, stieß ich aus und stürmte los.

»Was meinst du damit?«, rief mir Santana nach und folgte mir. Ich bog um die Ecke und nahm die Treppe hinauf in den zweiten Stock.

»Du weißt doch, dass ich ziemlich viel Kram lernen musste, um mir das Wissen der Seymours anzueignen.«

»Gedichte und solchen Quatsch, ich weiß. Seien wir mal ehrlich, deine ganze Familie ist verrückt.«

»Genau!«, bestätigte ich. »Ich meine nein, sind sie nicht. Obwohl … Wie dem auch sei, mit den meisten dieser Gedichte kann ich nichts anfangen, aber Mom hat mir versichert, dass ich sie verstehen werde, wenn ich sie brauche.«

»Und jetzt ist es so weit?«

Ich blieb vor Großvaters Arbeitszimmer stehen, drehte mich zu Santana um und grinste von einem Ohr zum anderen. »So ist es!«, verkündete ich und stieß die Tür auf.

Santana warf einen skeptischen Blick ins Innere.

Seit Großvaters Tod hatte sich dort kaum etwas verändert. Der blaue Teppichboden war ausgeblichen und hatte abgewetzte Tretspuren, die von den halbhohen Bücherregalen bis zum Mahagonischreibtisch und einem Ohrensessel reichten, der vor dem monströsen Kamin stand. Von der Decke hing ein achtflammiger Kronleuchter, dessen Licht von der goldgemusterten Tapete reflektiert wurde. An den Wänden befanden sich zahllose Gemälde in prunkvoll verzierten Rahmen.

Wahrscheinlich bildete ich mir das nur ein, aber ich hatte auch nach all den Jahren noch das Gefühl, das Arbeitszimmer würde nach Großvater riechen. Als hätte er vor wenigen Minuten noch im Sessel vor dem Kamin gesessen und in einem der Bücher über Magiekunde geschmökert, die fast sämtliche Regale in diesem Raum füllten. Es war diese unverwechselbare Mischung aus Kaminasche, Tabakgeruch und dem Duft alter Wälzer, die meine Kindheitserinnerungen an ihn greifbar nah werden ließen.

»Ja und weiter?«, hakte Santana nach, nachdem sie sich erfolglos umgeschaut hatte.

Ich holte tief Luft:

»*Schwarz ist der Duft verbotener Speise,*
trinke das Licht der düsteren Nacht,
begib dich ins Feuer, stehend auf Reise,
wo Asche regnet in tiefsten Schacht.«

Santana schaute mich an, als hätte ich mich vor ihren Augen in eine sprechende rosa Ziege mit Partyhut verwandelt.

»Das ergibt überhaupt keinen Sinn«, sagte sie trocken.

»Doch, jetzt schon«, widersprach ich ziemlich stolz auf meine Entdeckung. Bis vor wenigen Minuten wäre ich ihrer Meinung gewesen, aber Grannys Bemerkung über das Bild, bei dem die Farben nicht stimmten, hatte mir die Augen geöffnet. Ich betrat das Arbeitszimmer und steuerte direkt auf den Kamin zu.

Der riesige Koloss war kaum zu übersehen. Er war gusseisern, breit wie eine Kühlerhaube und so überladen verziert, dass man gar nicht wusste, wohin man zuerst schauen sollte. Auf jedem Zentimeter tummelten sich Schnörkel, Vignetten und kleine Feuerteufel, die sich hinter stilisierten Blumen und Blättern versteckten. Über dem Kamin war ein Gemälde angebracht, das mir schon immer Rätsel aufgegeben hatte. Es zeigte einen Mann, der an einem Tisch saß und ein Buch mit Messer und Gabel aß. Neben ihm war ein Weinglas so vor dem Fenster drapiert, dass es aussah, als würde die Sonne nicht am Himmel hängen, sondern im Wein versinken.

»Verstehst du es jetzt?«, fragte ich und nickte in Richtung des Gemäldes.

Santana zog die Augenbrauen zusammen. »Nein, nicht wirklich.«

»Granny hat gesagt, dass auf dem Foto alles verkehrt ist. Das hat mich an das Gedicht denken lassen. Weil Schwarz kein Geruch ist und man Speisen nicht trinkt. Dabei ist mir klar geworden, dass in dem Gedicht die Rede von diesem Bild sein muss. Und jetzt schau mal, was der Mann isst.«

»Ein Buch?«

»Genau! Denk an die erste Zeile: *Schwarz ist der Duft verbotener Speise.* Dabei ist die Rede vom schwarzen Grimoire. Weil die Zauber darin verboten sind. Und wie im Gedicht trinkt der Mann das Licht. Siehst du? Die Sonne ist in seinem Glas.«

»Aber was soll der Rest bedeuten?«

»Das ist noch einfacher«, sagte ich. »Komm mit!«

Ich lief geradewegs auf die Feuerstelle zu. Um hineinzugelangen, musste ich mich bücken, konnte dann aber bequem stehen. Santana folgte mir. Ich richtete den Blick nach vorn und straffte meine Haltung.

Es folgten ein paar Sekunden Schweigen.

»Und jetzt?«, fragte Santana.

»Keine Ahnung«, gestand ich. Ich hatte erwartet, dass irgendetwas passieren würde. Schließlich hieß es im Gedicht, dass man ins Feuer treten und stehend auf die Reise durch einen Schacht gehen soll. Ich war mir sicher gewesen, dass damit der Kaminschacht gemeint war.

»Vielleicht muss das Feuer brennen?«, mutmaßte Santana im Scherz.

»Willst du vorschlagen, dass wir uns auf einen Verdacht hin in Brand setzen?« Ich schaute mich im Inneren des Kamins um und hoffte auf einen Hinweis. »Warte mal!«

Ich konnte mich irren, aber es wirkte, als wären Buchstaben in die Schamottesteine geritzt. Sie waren klein, von Ruß bedeckt und im Dunkeln schwer zu erkennen, aber hatte man sie erst einmal bemerkt, waren sie kaum zu übersehen. Insbesondere, da vier von ihnen abgenutzt waren. Ich drückte auf den Buchstaben S. Der Stein gab nach und versank mit einem Knirschen in der Wand.

»*Schwarz ist der Duft ...*«, murmelte ich und drückte den Buchstaben T. »*Trinke das Licht ...*« Dann B. »*Begib dich ins Feuer ...*«

»Wo Asche regnet«, ergänzte Santana, als ich das W drückte.

Nichts geschah. Die Steine verharrten einen Moment in der Wand, dann kehrten sie an ihren Ursprungsplatz zurück.

Santana wandte sich mir zu. »Was genau ist eigentlich mit Ascheregen gemeint?«

Plötzlich gab es einen heftigen Ruck, der Boden unter uns gab nach, ich ruderte mit den Armen und griff an die Wand, um nicht zu stürzen. Die gesamte Feuerstelle bewegte sich wie ein schlecht gewarteter Aufzug im Schritttempo abwärts. Durch das starke Ruckeln lösten sich Asche und Ruß und rieselten uns auf den Kopf.

Santana musste husten. »Okay, Ascheregen, ich verstehe«, krächzte sie. »Hatte ich schon erwähnt, dass deine Familie total verrückt ist?«

»Hattest du«, sagte ich.

10

Die »Leichen im Keller« hätte man nicht wörtlich nehmen müssen

Mir war immer klar gewesen, dass mein Elternhaus viele Geheimnisse hütete. Dass ich aber gleich zwei davon in so kurzer Zeit lüften würde, hätte ich nie gedacht. Ich war auch mehr von Geheimtüren ausgegangen, hinter denen sich verstaubte Gläser mit Ritualzubehör verbargen. Mein Interesse daran, Mäuseinnereien in gelblicher Flüssigkeit schwimmend vorzufinden, hielt sich in Grenzen, weswegen ich nie weiter nachgeforscht hatte. Im Leben hätte ich nicht erwartet, mit einem Kamin als Fahrstuhl in ein verborgenes Untergeschoss zu fahren, um nach einem verbotenen Buch zu suchen. Aber genau das geschah und ich war noch aufgeregter als beim Fund von Großvaters Tagebüchern.

Die Fahrt dauerte nicht länger als eine Minute und endete mit einem Ruck, der erneut Asche auf uns rieseln ließ. Diesmal husteten wir beide.

»Hier ist es ja stockfinster«, beschwerte sich Santana.

»Wir hätten vielleicht eine Taschenlampe mitnehmen sollen.« Nach dem Fledermausangriff sollte die eigentlich zu meiner Grundausstattung gehören.

»Nicht nötig.« Ich hörte ein Schnipsen und in Santanas Hand flackerte eine Leuchtkugel auf.

Der Kamin hatte uns in einen schmalen, höhlenähnlichen Gang

gebracht. Spinnweben hingen von der Decke, es gab weder einen Lichtschalter noch Laternen oder Fackelhalter an den unverputzten Steinwänden.

Das Licht offenbarte mindestens ein Dutzend Nischen zu beiden Seiten des Ganges, ein Stück weiter voraus war eine Abzweigung zu erkennen. Ich hatte gehofft, direkt auf den Raum zu stoßen, in dem meine Familie das Grimoire aufbewahrte, aber es sah ganz danach aus, als wären wir in einem unterirdischen Tunnelsystem gelandet, das sich wer weiß wie weit unter dem Anwesen erstreckte.

Wir machten uns auf den Weg und ich blieb mit dem Blick an der ersten Nische hängen. Es handelte sich nicht nur um eine Vertiefung in der Wand. Die Ausbuchtung war von aufwendig verzierten Säulen umrahmt, die direkt aus dem Stein gehauen worden waren und als Träger eines ebenso aufwendig gearbeiteten Querbalkens dienten. In dessen Mitte war auf einer Steintafel eine Inschrift eingemeißelt, die über viele Jahrzehnte, wenn nicht Jahrhunderte, stark gelitten hatte und kaum noch zu lesen war. Das Innere der Nische ließ jedoch Rückschlüsse darauf zu, womit wir es zu tun hatten. Denn dort stand ein Sarg. Ebenso aus Stein, halb in die Wand eingelassen und mit einer schweren Marmorplatte verschlossen.

»Das ist eine verdammte Gruft«, stellte Santana schockiert fest.

»Ich würde ja gern behaupten, dass ich überrascht bin, auf einem unterirdischen Friedhof zu wohnen, aber das wäre gelogen«, gab ich zu.

Auf der nächsten Wandtafel konnte ich noch immer nicht viel erkennen, jedoch den Namen Seymour und ein Datum erahnen.

»Santana, sag Hallo zu meiner Verwandtschaft. Ich schätze mal, das hier sind alles meine Vorfahren.«

»Dann weiß ich ja, wo ich dich hinschaffen muss, wenn deine

Mom herausfindet, was wir vorhaben, und dir den Kopf abreißt. Ob es hier schon einen leeren Sarg gibt, auf dem dein Name steht?«

»Sag so was nicht!« Ich wollte mir gar nicht erst ausmalen, an diesem Ort zu enden. Erst recht nicht, dass man mir bereits einen Platz reserviert hatte.

Wir bogen um eine Ecke und mussten feststellen, dass es nicht bei einer Abzweigung blieb. Vor uns lag ein weiterer langer Tunnel, der sich mehrmals gabelte und links von uns zu einer Treppe führte.

»Na super«, murrte ich.

»Warte! Ich habe eine Idee!«, meinte Santana. »So ein Buch besteht doch aus Wörtern.«

»Ähm, ja. Im Normalfall schon.« Fragend schaute ich sie an.

»Ich kenne einen passenden Zauber dafür. Eigentlich ist er gedacht, um im Dunkeln zu lesen, aber in diesem Fall sollte er auch seinen Zweck erfüllen.« Sie umschloss ihr magisches Licht mit beiden Händen, hob es an und flüsterte ihm etwas zu. *»Lingu e lumina.«*

Das Licht in ihren Händen flammte auf, wurde ganz unruhig, als könnte es kaum erwarten, seine Aufgabe zu erfüllen, und als Santana ihre Hände öffnete, huschte es eilig davon.

Wir blieben im Dunkeln zurück.

»Schnell, hinterher!«, sagte Santana.

Wir folgten dem Licht, doch es flog gar nicht weit. Nur ein paar Meter vor uns knallte es gegen die Wand, flammte dabei auf und blendete mich. Ich hob schützend den Arm vor die Augen.

»Duck dich!«, rief Santana.

Ich zog den Kopf ein, das Licht raste über uns hinweg und schlug auch in unserem Rücken gegen eine Wand. Es prallte von einer Wandtafel ab, sprang von ihr zu nächsten und ließ alle noch lesbaren

Wörter darauf bläulich aufleuchten. Wir mussten uns erneut ducken, als es zurückkehrte und wie ein wild gewordener Gummiball auf der anderen Seite von Wandtafel zu Wandtafel hüpfte.

»Der Plan war vielleicht nicht ganz ausgereift«, gab Santana zu.

»Ach, meinst du?« Ich hob die Brauen.

»Wenigstens ist hier unten jetzt alles beleuchtet.«

Wenn es nur das gewesen wäre, aber ich hatte das Gefühl, dass ihr Zauber weitaus mehr angerichtet hatte, als nur die Namen meiner Vorfahren aufflammen zu lassen und die ohnehin schon gruselige Gruft in ein schaurig blaues Licht zu tauchen. Mir war, als wären wir plötzlich nicht mehr allein. Ich hatte das Gefühl, eine fremde Gegenwart in meinem Rücken zu spüren und Stimmen zu hören, wo eigentlich keine sein sollten.

Wieder schoss das Licht über uns hinweg, wir duckten uns und sahen ihm nach, wie es schnurstracks dem Gang folgte.

»Irgendwann muss es das Buch finden«, meinte Santana.

»Dann nichts wie hinterher.«

Wir eilten an den Särgen vorbei, das Flüstern wurde jedes Mal lauter, wenn wir uns einem davon näherten, und mein Herz schlug schneller. Ich wollte gar nicht wissen, was meine Vorfahren dazu sagen würden, wenn sie wüssten, dass ich ausgerechnet einen Goodwin wiederbeleben wollte. Wahrscheinlich würden sie aus ihren Särgen steigen und mich direkt in den für mich vorgesehenen hineinstecken.

Wir folgten dem Licht eine Treppe nach unten. Dort gab es nur leere Nischen ohne Steintafeln. Der düstere Gang verlief eine Weile geradeaus und endete in einer Sackgasse.

Ich schaute mich um, in der Hoffnung, doch noch etwas zu entdecken, blieb jedoch erfolglos.

»Hier ist überhaupt nichts«, gestand ich mir schließlich laut ein.

Wahrscheinlich war dieser Bereich für kommende Generationen vorgesehen.

Santana seufzte. »Na super, alles umsonst.«

Das Licht flog bis zum Ende des Ganges, knallte dort gegen die Wand und verpuffte in einem gleißenden Strahl, der mich erneut zwang, meine Augen abzuschirmen.

Gleich darauf war es stockfinster, jemand griff nach meinem Arm und ich zuckte unwillkürlich zusammen – erst dann wurde mir klar, dass es lediglich Santana war, die sich an mir festklammerte.

»Erschreck mich doch nicht so«, beschwerte ich mich mit gesenkter Stimme.

»Sorry«, flüsterte sie.

»Kannst du noch so ein Licht heraufbeschwören, damit wir nicht im Stockdunkeln die Treppe hochgehen müssen?«

»Ich verstehe überhaupt nicht, warum das Licht zerplatzt ist. Es hätte zu mir zurückkommen müssen.«

Das war wirklich merkwürdig und ich fragte mich, ob dieser Gang doch nicht so leer war, wie es den Anschein hatte. »Komm mit.«

Ich streckte meine Hand vor und lief langsam in die Sackgasse hinein, bis ich mit den Fingerspitzen gegen die Wand stieß.

»Autsch!« Ein heftiger Schmerz schoss mir durch den Arm, ebbte jedoch gleich wieder ab. Ich hatte einen Schlag bekommen. »Ein magisches Siegel«, stellte ich fest.

»Deswegen ist das Licht also verpufft.«

Ich ging in die Hocke und zog mit dem Zeigefinger einen Kreis auf den Boden. Auch wenn ich keine Nekromantin war, beherrschte ich dennoch ein paar Grundlagen der Magie. Ein Schutzsiegel der Seymours zu lösen, verlangte eine Kombination verschiedener Runen, die ich mit verbundenen Augen zeichnen konnte. Ich malte sie in den Kreis und sie glommen glühend rot auf. Das brachte endlich etwas Licht in den finsteren Gang – auch wenn mir die Gruft in Rot getaucht kein bisschen besser gefiel als im kalten Blau der Lichtkugel.

Als ich meine flache Hand auf den Gegenzauber legte, leuchtete das Siegel vor uns auf. Es wirke wie eine senkrecht stehende, schimmernde Wasseroberfläche, die sich allmählich in Luft auflöste. Der Boden vibrierte, als sich die Wand dahinter in Bewegung setzte. Im nachlassenden Licht meines Gegenzaubers sah man erst feinen Staub und kleinere Steinchen davon abbröseln, dann krachte sie mit einem so lauten Poltern nach unten, dass ich vor Schreck zurückwich und gegen Santana stieß.

Hinter der Wand kam ein kleiner, beinahe leerer Raum zum Vorschein. Ringsherum hingen Fackeln, die eine nach der anderen aufflammten und mit ihrem flackernden Schein ein steinernes Lesepult beleuchteten, auf dem ein uraltes schwarzes Buch lag.

»Verdammte Scheiße«, murmelte Santana. »Deine Familie hat echt einen Sinn für Theatralik. Ich glaube, wir bewahren das schwarze Grimoire vom Hexenzirkel meiner Mom im Küchenschrank neben den Salatschüsseln auf.«

»Ihr könnt damit wahrscheinlich auch keine Untotenarmee heraufbeschwören«, spekulierte ich.

»Wenn du wüsstest, was wir damit alles anstellen können.«

Ich betrat den Raum und schaute mich zur Sicherheit noch einmal um. Das Buch war gut versteckt gewesen und durch Zauber geschützt, die nur ein Mitglied der Seymours brechen konnte, dennoch war ich nicht sicher, ob noch weitere Überraschungen auf uns warteten. Aber meine Sorge war unbegründet, denn ich erreichte das Buch, ohne dass sich eine Falltür unter meinen Füßen öffnete oder vergiftete Pfeile aus den Wänden hervorschossen. Ich hob zögernd die Hand, legte sie auf den tiefschwarzen schmucklosen Ledereinband und spürte ein Kribbeln in den Fingerspitzen – nichts Schmerzhaftes, kein warnender Schlag wie bei der Berührung des Siegelzaubers. Ganz im Gegenteil. Mich durchströmte ein Gefühl von Macht. Es war, als würde ich spüren können, welch überwältigend starke Zauber seit unzähligen Jahren in diesem Buch schlummerten und nur darauf warteten, dass jemand kam und sie entfesselte. Sie verlangten regelrecht danach, ausgesprochen zu werden, sie gierten danach, und diese Gier ging auf mich über.

Allmählich begann ich zu begreifen, warum diese Zauber verboten waren.

Als Santana neben mich trat, riss mich das aus dem Bann des Buches und mir wurde schlagartig bewusst, wie schnell mein Atem ging.

»Emily? Alles okay bei dir?«, fragte sie unsicher.

»J-ja … denke schon.«

»Mir ist das echt nicht geheuer. Am besten, wir nehmen uns das Buch und verschwinden von hier.«

Ich nickte und wandte mich wieder dem Grimoire zu. Es in meiner Tasche verschwinden zu lassen, konnte ich mir abschminken. Immerhin hatte es die Länge meines Unterarms und war fast genauso dick. Wenn ich Pech hatte, würde mich meine Familie dabei erwischen, wie ich es mühselig in mein Zimmer schleppte. Aber das Risiko musste ich eingehen. Ich packte es mit beiden Händen, doch es rührte sich nicht, sosehr ich auch daran zog. Verwundert ließ ich davon ab.

»Stimmt etwas nicht?«, fragte Santana.

»Entweder ist das Teil irre schwer oder es ist festgeschraubt.« Ich griff erneut zu. Mit aller Kraft zerrte ich an dem Buch, biss die Zähne fest zusammen und knurrte vor Anstrengung und Frust. Nichts geschah. Rein gar nichts.

»Vielleicht musst du es schieben?«, schlug Santana vor.

Das bezweifelte ich zwar, dennoch versuchte ich mein Glück. Als auch diesmal alle Bemühungen vergebens blieben, wollte ich mich erst einmal davon überzeugen, dass es sich um ein echtes Buch handelte und nicht etwa um eine Attrappe aus angemaltem Stein. Ich wollte es aufschlagen, zuckte aber mit der Hand wieder zurück.

»Autsch!«, stieß ich aus.

»Was ist passiert?«

»Ich habe mich am Papier geschnitten.« Ich leckte mir das Blut vom Zeigefinger. Während ich das tat, setzte sich der Einband von ganz allein in Bewegung. Ich riss die Augen auf und Santana wich schaudernd zurück.

»Das ist mit Sicherheit ein Blutzauber«, mutmaßte sie.

»Es braucht das Blut eines Seymours.« Ich trat näher heran. Anscheinend spürte das Buch, wonach ich suchte, denn es reagierte auf meine Hand, die ich über die Seiten hielt. Völlig verblüfft schaute ich dabei zu, wie sie sich ganz von allein umblätterten. Auch wenn es zu schnell ging, um etwas lesen zu können, verrieten mir die Zeichnungen und Runen, dass es sich bei den meisten Eintragungen um ziemlich übles Zeug handelte. Ich sah Totenköpfe, Knochen, Zeichnungen von Innereien und Kadavern. Es war nicht schwer zu erraten, warum diese Rituale und Zaubersprüche unter Verschluss gehalten wurden. Ich hielt es sogar für fragwürdig, sie überhaupt aufzubewahren. Was musste Schlimmes passieren, damit ein Seymour es in Betracht zog, menschliche Herzen in eine Opferschale zu legen? Ich war aber eher nicht in der Position, darüber zu urteilen. Schließlich wusste ich noch nicht, welches Opfer auf mich zukam, um Ashton wiederzubeleben.

Als das Buch nicht weiterblätterte, traute ich mich gar nicht, genauer hinzuschauen. Zuerst las ich nur die Überschrift: *Restutio im-*

pertes. Das Buch hatte meine Gedanken also richtig interpretiert und die passende Seite aufgeschlagen.

»Sieht ziemlich komplex aus«, meinte Santana.

»Aber ist es ein Boosterzauber?«

»Ja, auf jeden Fall«, behauptete sie, ohne richtig hingesehen zu haben. Sie wirkte nervös, was zugegebenermaßen auch auf mich zutraf. Trotzdem konnte ich das nicht so stehen lassen.

»Du musst ihn dir schon durchlesen«, forderte ich sie auf.

Widerwillig betrachtete Santana die Beschreibung genauer. Sie war über zwei Seiten in einer Geheimschrift verfasst, die ich kaum entziffern konnte. Zumindest sah ich keine Zeichnungen von Menschenopfern oder dergleichen.

»Ich kann das nicht lesen, aber die Runen lassen keinen Zweifel zu«, meinte Santana schließlich. »Das kriegst du hin.«

»Du hast gut reden. Hast du dein Handy dabei? Dann mache ich ein Foto.«

Santana tastete ihre Hosentaschen ab. »Sorry, nein, das liegt mal wieder zu Hause.«

Wenigstens an Stift und Papier hätten ich denken können, aber wer konnte schon ahnen, dass das Buch unmöglich anzuheben war?

»Scheiß drauf!«, sagte ich kurz entschlossen, packte die Seiten und riss sie einfach heraus.

»Warte!«, rief Santana noch, aber da war es schon zu spät.

Ich hielt inne, wartete ab, aber nichts geschah.

»Puh, das hätte auch schiefgehen können«, meinte sie.

Ein heftiger Stoß, der durch den Boden ging, begleitet von einem bedrohlich klingenden Rumoren in den Wänden, zeugte davon, dass wir die Folgen meiner Tat doch noch zu spüren bekämen. Das Buch klappte mit einem lauten Knall zu und ich wich zurück.

Mein Atem zeichnete sich mit einem Mal neblig vor mir ab, die

Umgebungstemperatur stürzte in den Keller und die Kälte kroch mir bis in die Knochen. An den Wänden bildete sich Eis, das schnell wuchs und drohte, den Eingang zu versperren.

»Komm!« Ich packte Santana am Arm und wir stürzten los, während das Eis immer näher kam. In letzter Sekunde schafften wir es hinaus. Gerade noch rechtzeitig, um herumzuwirbeln und zu sehen, wie der Raum durch eine frostige Wand versiegelt wurde.

»Verdammt, das hätte uns beinahe zum Eis am Stiel gemacht.« Santanas Blick lag auf der Eiswand.

In der Kälte erloschen um uns herum die Fackeln. Eine nach der anderen. Ein Geräusch, als hätten wir ein Monster hinter den Wänden geweckt, ging mir durch Mark und Bein und brachte den Boden zum Wanken.

»Weg hier!«, drängte ich. Wir rannten den Gang entlang. Noch immer bebte es unter unseren Füßen, sodass es fast unmöglich war, geradeaus zu laufen. Zudem rieselte Staub von der Decke und die Kälte folgte uns bis zur Treppe.

Von oben drang noch immer das Licht der aufgeflammten Grabtafeln zu uns. Aber nicht nur das. Die bisher wispernden Stimmen waren zu einem lauten Rauschen geworden. Es waren zu viele, um sie zu verstehen, aber ich konnte nicht überhören, wie wütend sie waren.

»Deine Vorfahren sind ziemlich angepisst«, meinte Santana.

Wir eilten die Treppe nach oben, rannten an der ersten Nische vorbei und schraken zurück, weil die Abdeckplatte auf dem Sarg polterte, als würde sie jeden Moment weggestoßen werden.

Bei den anderen Särgen war es nicht anders. Ich konnte den Kamin bereits sehen, da knallte es in der Nische gleich neben uns und ich schlug mir schreiend die Hände auf die Ohren. Ein Sprung zog sich durch den Sarg, nebliger Dunst trat daraus hervor.

Diesmal war es Santana, die mich am Arm packte und mit sich zog. Wir hechteten in den Kamin, ich suchte eilig die Wand ab, doch es war zu dunkel, um die eingeritzten Zeichen erkennen zu können. Ich versuchte, sie zu ertasten, was sich als noch schwieriger herausstellte.

Erneut krachte es, als ein weiterer Sarg zersprang. Der neblige Dunst kroch über den Boden direkt auf uns zu und war kaum noch zwei Meter entfernt.

»Mach doch was!«

»Was denn?« Ich musste an Ashtons Zauber denken, mit dem er den Geist auf dem Friedhof bekämpft hatte. So etwas in der Art wäre jetzt bestimmt hilfreich. »Ich brauche Licht!«

Santana schnipste und ließ eine neue Lichtkugel aufleuchten. Endlich erkannte ich die Symbole und schob die Steine in die Wand. Ein Ruck ließ meine Knie einknicken, dann setzte sich der Kamin beängstigend langsam in Bewegung.

Ich starrte gebannt in den Korridor und hoffte, dass wir schnell genug nach oben fuhren, um dem Nebel und der Kälte zu entkommen. Das Rauschen der vielen Stimmen war noch immer bedrohlich laut, die Wände bebten und ein weiteres Geräusch drang an mein Ohr, das ich bisher noch nicht wahrgenommen hatte. Ein Pochen. Als würde einer der Toten von innen gegen seinen Sarg schlagen. Und zwar in einem bestimmten Rhythmus. Dreimal kurz, dreimal lang, dreimal kurz. SOS? Riefen meine Vorfahren um Hilfe? Wenn dem so war, wollte ich gar nicht wissen, nach wem sie riefen. Nicht auszudenken, was sich noch alles in diesem Keller verbarg und nach Rache für mein Vergehen dürstete.

Santana atmete erleichtert auf, als der Kamin vollkommen in den Schacht eingetaucht war. Dann aber schaute sie alarmiert zu mir. »Die können uns doch nicht folgen, oder?«

»Ich glaube nicht.«

Normalerweise waren Geister an einen Ort gebunden und ich war mir sicher, dass für meine Vorfahren die Gruft dieser Ort war. Sonst wäre ich ihnen wohl schon öfter im Obergeschoss begegnet. Dennoch haftete mein Blick gebannt auf dem Boden, bis der Kamin endlich im Arbeitszimmer ankam und mit einem letzten Rattern einrastete. Ich war unheimlich erleichtert und nahm mir fest vor, diese Gruft erst wieder aufzusuchen, wenn ich eines Morgens tot aufwachte.

11

Wird das jetzt ein Kräutertee oder holen wir einen Toten zurück?

In der Küche musste es schnell gehen, denn das Letzte, was wir gebrauchen konnten, waren Fragen über die ganzen Ritualutensilien, die wir zusammensuchten.

Während Santana die Speisekammer auf den Kopf stellte, stand ich an der Theke und studierte die Anleitung. Die alte Geheimsprache, in der sie verfasst war, beherrschte ich mehr schlecht als recht, sodass die Übersetzung etwas Zeit brauchte.

»Rosmarin«, sagte ich und rückte mit dem Finger eine Zeile weiter nach unten. Wenn der Text des Restutio impertes wenigstens eine übersichtliche Liste der Zutaten enthalten würde. Stattdessen war alles in Reimform gehalten und rund um die Zeichnung des Ritualkreises platziert. Die diversen Abbildungen der notwendigen Kräuter und ihrer Verarbeitung waren aber zugegebenermaßen hilfreich.

»Hab ich!«, rief Santana aus der Speisekammer.

Ich strich Rosmarin mit Bleistift durch. Das war vielleicht etwas unschön, aber wenigstens ließ es sich wegradieren. Die Tatsache, dass ich die Anleitung aus dem Buch gerissen hatte, konnte hingegen kein Radiergummi ungeschehen machen.

»Und weiter?«, drängte Santana.

»Einen Moment.« Die Abbildung ließ eigentlich keinen Zweifel zu, aber noch hatte ich den dazugehörigen Text nicht komplett verstanden. »Salbei«, sagte ich schließlich und überflog die Zeilen noch einmal. »Aber frischen, nicht getrocknet.«

Santana streckte den Kopf aus der Speisekammer. »Wenn es hier keinen geheimen Zugang zu einem Gewächshaus gibt, kannst du das mit dem frischen Salbei knicken.«

»Warte, ich hole ihn, such du in der Zeit nach einer Ingwerknolle.«

»Und du bist dir sicher, dass wir die richtige Anleitung haben? Klingt nämlich eher nach einem Kräutertee.«

Ich lief zur Fensterbank und pflückte ein paar Blätter vom Salbei, der dort neben weiteren Küchenkräutern in diversen Töpfen wuchs.

»Was wird hier gespielt?«, hallte Mandys Stimme durch die Küche.

Ich wirbelte erschrocken herum, mein Blick fiel sofort auf die Seiten aus dem schwarzen Grimoire, die unbewacht auf der Theke lagen. Mandy stand in der Küchentür, hatte die Arme in die Hüfte gestemmt und ließ ihren Blick skeptisch durch den Raum schweifen. Noch hatte sie die Seiten nicht entdeckt.

»Wir machen uns einen Tee«, behauptete ich.

»Wer's glaubt … Ihr heckt doch irgendeine Dummheit aus, während sich hier alle ein Bein ausreißen, um deinen Fehler auszubügeln.« Sie schaute zu den Zutaten, die wir bereits zusammengesucht hatten. Zum Glück verdeckten sie den direkten Blick auf die Anleitung. Würde Mandy genauer hinsehen, wäre ihr schnell klar, dass sich zwar Wermut und Misteln gut im Tee machten, Tollkirsche und Eisenhut aber weniger.

Santana kam aus der Vorratskammer und lud wie beiläufig die Gläser mit den getrockneten Rosmarinzweigen und einem Pulver aus Ingwerwurzeln vor den anderen Zutaten ab. Dann verstellte sie Mandy den Weg.

»Sag mal, Mandy, wie ist das eigentlich, eine Hexe ohne Hexenzirkel zu sein?« Sie verschränkte die Arme vor der Brust. »Offiziell darfst du dich ja nicht mal Hexe nennen. Schon blöd, oder?«

Ich huschte zur Theke, faltete die Anleitung zusammen und ließ sie in meiner Hosentasche verschwinden.

»So was Abgedroschenes wie einen Hexenzirkel brauche ich nicht. Ich bin eine Seymour. Außerdem könnte meine Mom jede einzelne Hexe aus deinem erbärmlichen Zirkel zu Kleinholz verarbeiten, wenn sie wollte.«

»Du meinst die Frau, die aus ihrem Zirkel geschmissen wurde, weil sie einen Nekromanten geheiratet hat? Eine Hexe ohne Zirkel ist keine Hexe und wird nie eine sein.«

»*Ich bin* eine echte Hexe!«, knurrte Mandy wutentbrannt. Sie trat einen Schritt auf Santana zu, bemerkte dann aber, wie ich in ihrem Rücken die Zutaten in einen Stoffbeutel steckte. »Was zum Teufel veranstaltet ihr hier?«

»Das würdest du nicht einmal verstehen, wenn du tatsächlich eine Hexe wärst«, sagte Santana spitz.

»Ach ja? Du hast doch gar keine Ahnung, was ich alles weiß! So ein Hexenzirkel könnte mir nichts beibringen, was ich nicht schon von meiner Mom gelernt habe, und im Gegensatz zu dir werde ich nicht als vertrocknete alte Jungfer enden, nur um mich offiziell Hexe nennen zu dürfen. Dieser blöde Titel ändert nämlich rein gar nichts daran, dass du in deinem ganzen Leben nicht so viel Magie aufbringen kannst, wie in meinem kleinen Finger steckt!«

»Willst du es auf ein Kräftemessen anlegen?«, fragte Santana. »Ich bin jederzeit bereit, es mit dir aufzunehmen.«

»Das kannst du gern haben!«, fauchte Mandy und straffte sich.

Ich räusperte mich. »Könnt ihr das auch auf später verschieben? Wir haben es nämlich eilig.«

Mandy hob misstrauisch eine Braue. »Um was zu machen?«

»Das geht dich nichts an.« Ich gab Santana mit einem Kopfnicken zu verstehen, dass wir jetzt verschwinden sollten. Wir schoben uns an Mandy vorbei und liefen zur Tür.

»Hey, ich rede mit euch!«, zischte sie. »Was habt ihr vor?«

»Hexenkram. Davon verstehst du nichts«, sagte Santana.

»Na warte!«, knurrte Mandy und kam auf uns zu.

Santana hob die Hände. »*Pede da tenus!*«, rief sie.

Mandy stockte in ihrer Bewegung. »Was … was hast du gemacht?« Sie zerrte an ihren Füßen, doch die waren wie am Boden festgeklebt.

»Nichts wie weg!«, sagte Santana und wir eilten zur Eingangshalle, verfolgt von Mandys wütendem Geschrei.

»Die wird das ganze Haus alarmieren!«, sagte ich.

»Bis dahin sind wir längst über alle Berge. Wohin jetzt?«

Ich überlegte kurz. »Zur Garage, wir brauchen noch das Salz. Du hast ihr doch nichts getan, oder? Sie ist doch nicht gelähmt, oder so?«

»Ach Quatsch!« Santana winkte ab. »Der Zauber löst sich nach ein paar Sekunden von selbst auf.«

Wir nahmen den Seiteneingang, durch den wir in die Garage gelangten. Der Ford Lincoln stand dort quer über zwei Parkplätze. In einer Ecke, neben einem Regal mit angebrochenen Farbdosen und Kisten voller Werkzeug, stapelten sich mehrere Salzsäcke.

Vom Haus drangen Geräusche zu uns vor. Schritte waren zu hören. »Ich sage dir, die beiden hecken etwas aus«, hörte ich Mandys Stimme gedämpft durch die Tür.

Mandy an der Nase herumzuführen, war eine Sache, und Dad würde ich vielleicht noch davon überzeugen können, dass die Zutaten in meiner Tasche für einen Tee gedacht waren, aber alle anderen aus meiner Familie kämen schnell darauf, dass Santana und ich etwas ganz anderes im Schilde führten.

Santana packte einen halb gefüllten Salzsack, der etwas abseits stand.

»Nicht den!« Mir lief es kalt den Rücken hinunter, wenn ich den Sack auch nur anschaute. Ashton ausgerechnet mit dem Salz wiederzubeleben, das für seinen Tod verantwortlich war, kam mir falsch vor. »Der hat ein Loch.«

»Okay …« Santana griff nach einem anderen Sack, stockte aber, als jemand an der Tür rüttelte.

Zum Glück war ich geistesgegenwärtig genug gewesen, hinter uns abzuschließen. Ich eilte zum Lincoln und öffnete den Kofferraum. »Schnell, hier rein damit.«

»Ist das dein Ernst?«, fragte Santana.

»Hast du eine bessere Idee?«

Wir konnten wohl kaum auf Besen zum Friedhof fliegen. Selbst wenn Hexen tatsächlich kein besseres Fortbewegungsmittel gekannt hätten, als sich einen dünnen Stock zwischen die Beine zu klemmen, hätten wir zu zweit mit einem zehn Kilo schweren Salzsack Mühe gehabt, vom Boden abzuheben.

Santana hatte offenbar keine bessere Idee, denn sie zerrte den Sack zum Kofferraum, ich packte mit an und wir hievten ihn hinein.

Wieder rüttelte es an der Tür. »Emily, mach sofort auf!«, rief Mom. Ausgerechnet meine Mutter hatte Mandy geholt. Bei ihr würde die beste Ausrede nicht ziehen.

»Schnell jetzt!«, drängte ich, lief zur Beifahrertür und stieg ein. Santana nahm auf dem Fahrersitz Platz und schaute sich gehetzt um. Ich klappte die Sonnenblende über ihr ein Stück nach unten, sodass ihr der Schlüssel in den Schoß fiel.

»Lenker, Blinker, Licht«, zählte sie auf, als wollte sie sichergehen, dass alles am richtigen Platz war. »Dir ist schon klar, dass ich erst ein paar Theoriestunden hatte?«

»Du schaffst das schon«, sprach ich ihr Mut zu.

»Schaltknüppel!?!«, fragte sie panisch. »Das Ding hat keine Automatik?«

»Das ist die Handbremse«, sagte ich. Allmählich bekam ich Zweifel an meinem Plan. »Vielleicht ist es doch besser, wenn ich –«

In dem Moment sprang die Tür auf und Mom stürmte mit schnellen Schritten in die Garage. »Emily Imogen Seymour!«, brüllte sie wutentbrannt.

»Los jetzt«, forderte ich Santana auf.

Sie warf einen Blick zurück. »Das Garagentor ist noch zu!«

»Das lehnen wir immer nur an, fahr einfach. Schnell!«

»Ich mach ja schon!« Sie wollte den Schlüssel in die Zündung stecken, war aber so aufgebracht, dass er ihr immer wieder aus der Hand rutschte.

Mom hatte derweil die Kühlerhaube erreicht. »Aussteigen, sofort!«

Mandy folgte ihr und grinste dabei selbstzufrieden von einem Ohr zum anderen. »Jetzt bekommst du Ärger!«, höhnte sie.

Mir fiel nichts Besseres ein, als meine Tür zu verriegeln. Blöd nur, dass der Wagen noch drei weitere hatte, durch die mich meine Mom an den Ohren herausziehen könnte, wenn sie es drauf anlegte.

»Anschnallen«, forderte mich Santana auf.

»Tut mir leid, Mom!«, rief ich und legte den Gurt an.

Dann trat Santana auch schon aufs Gas. Das Auto ruckte nach vorn, Santana bremste sofort wieder ab und Mandy wich schreiend aus. Mom hatte sich keinen Millimeter gerührt. Durch schmale Augen starrte sie mich an und ging vermutlich davon aus, dass das genügen würde, um mich zum Aufgeben zu bewegen. Ganz falsch lag sie damit nicht. Ihr Blick war so einschüchternd, dass ich in jeder anderen Situation das Handtuch geworfen hätte – nicht aber in dieser.

»Diese Verrückte wollte uns überfahren!«, schrie Mandy hysterisch.

»Rückwärtsgang!« Ich legte den Hebel um.

Santana gab noch einmal Gas, die Reifen quietschten und wir bretterten geradewegs durch das Garagentor, das beim Aufprall aufsprang und krachend gegen die Hauswand schlug.

»Ihr habt es nicht anders gewollt!« Mom breitete die Arme aus und hob sie an, woraufhin sich krachend Risse durch den betonierten Garagenboden zogen und über die Einfahrt krochen, direkt auf uns zu. Wo Gras und Unkraut wuchsen, verwelkte alles im Zeitraffer, die Bäume rechts von uns verloren ihr Laub und mein Außenspiegel begann zu rosten, als uns Moms zerstörerischer Zauber erreichte.

»Dreh um!«, schrie ich.

»Ich versuch's ja! Das ist eine meterlange Limousine, verdammt!« Santana drehte das Lenkrad bis zum Anschlag und trat das Gaspedal voll durch. Ich wurde in den Sitz gepresst, während wir die Auffahrt hinunterpreschten, den Wendekreis streiften und Grasbüschel in hohem Bogen um den Wagen flogen.

An der Auffahrt zur Straße bremste Santana ab, weil sie in die andere Richtung lenken musste, und ich warf rasch einen Blick zurück.

Mom war aus der Garage getreten. Ihr Zauber hatte eine ziemliche Verwüstung hinterlassen, aber ich sah, dass der Baum bereits neue Knospen austrieb. Wären wir nur etwas langsamer gewesen, säßen wir nicht in einem Ford Lincoln auf dem Weg zur Mirrorstreet, sondern vor der Garage auf einem rostigen Haufen Schrott.

Ich hatte Mom noch nie so wütend erlebt. Was würde sie erst sagen, wenn sie von meinem Plan wüsste?

Santana atmete tief durch. »Okay, Mirrorstreet hast du gesagt. Du weißt ungefähr, wie viele Sekunden ihr durch die Falte gereist seid? Das ist nämlich wichtig, damit wir möglichst an derselben Stelle herauskommen. Und den Eintrittswinkel, kennst du den?«

»Ähm, ich denke schon ...«

»Das wird echt Ärger geben, das ist dir hoffentlich klar? Was meinst du, wie viel Vorsprung wir rausholen können? Wird es für das Ritual reichen?«

»Keine Ahnung. Dad hat noch einen alten Pick-up hinterm Haus stehen. Damit könnten sie uns folgen, falls sie herausfinden, wohin wir wollen.«

»Das sollte für deine Tante Sophia kein Problem sein. Ich habe Mandy zwar vorhin aufgezogen, aber jeder weiß, dass ihre Mutter es faustdick hinter den Ohren hat. Bevor sie aus ihrem Hexenzirkel geworfen wurde, war sie Anwärterin auf die Position der obersten Hexe. Sie hätte Mitglied im Tribunal werden können. Ein Suchzauber kostet sie höchstens eine Stunde, länger nicht.«

Eine Stunde. Ob das reichte, um Ashton zurückzuholen? Ich faltete die Blätter auf und begann, die Anleitung genau zu studieren. Das Komplizierteste an einem Ritual wie diesem war meist das Zeichnen der Runen und Symbole. Dafür würden wir eine Weile brauchen. Die Zutaten mussten der Reihe nach verbrannt werden. Auch das brauchte Zeit. Zum Glück gab es keine Vorgaben, wann das Ganze durchgezogen werden musste. Oft waren solche Rituale an den Mondzyklus oder die Position bestimmter Sterne gebunden. In unserem Fall war der Ort das Entscheidende. Der Verstorbene musste dort beschworen werden, wo er ums Leben gekommen war.

An einer Randnotiz über einem Totenschädel, an dem eine Taschenuhr mit gesprungenem Glas lehnte, blieb ich hängen. Ich musste die Zeilen mehrmals lesen, um sicher zu sein, nichts falsch verstanden zu haben.

»Alles in Ordnung?«, fragte Santana. »Du bist gerade kreidebleich geworden. Wir haben doch keine Zutat vergessen, oder?«

»Nein«, murmelte ich. »Alles gut.«

Dass ein Preis zu zahlen war, wusste ich bereits. Granny hatte es erwähnt. Nun kannte ich auch seine genaue Höhe. Um Ashton das Leben zurückzugeben, musste ich die Hälfte meiner eigenen verbliebenen Lebenszeit opfern. Der Gedanke schnürte sich wie Ketten um meine Kehle. Wie alt würde ich normalerweise werden? Achtzig vielleicht? Ich war nie gut im Kopfrechnen gewesen, aber ich musste kein Genie sein, um darauf zu kommen, dass ich nach dem Wirken des Zaubers nur noch eine Lebenserwartung von höchstens fünfzig Jahren haben würde.

Noch einmal las ich die Zeilen. Geirrt hatte ich mich nicht. Dort stand ganz deutlich: *Bindest du einen Toten an dich und das Leben, obwohl seine Tage längst gezählt, verlangt es das Opfer deiner eigenen Zeit, die dir auf Erden vom Tag seiner Wiederkehr noch bleibt.*

Und so etwas stand in einer Randnotiz … Wer auch immer das Ritual verfasst hatte, besaß wirklich einen ganz eigenen Humor.

»Alles gut …«, wiederholte ich noch einmal. Dabei fühlte es sich ganz und gar nicht so an. Dennoch blieb ich bei der Überzeugung, das Richtige zu tun. Ashton hatte es verdient zu leben, und um wiedergutzumachen, was ich angerichtet hatte, musste ich den Preis zahlen. Egal wie hoch er auch war.

Vor uns tauchte das Straßenschild der Mirrorstreet auf.

»Bereit?«, fragte Santana.

Ich ging im Kopf noch einmal die Fahrt zum Friedhof durch, wiederholte im Geiste alles, was gesagt wurde und jede meiner Bewegungen. »Bieg scharf nach rechts ab, genau auf die Raumfalte zu, dann drei Sekunden geradeaus.«

»Sicher?«

Ich nickte, schüttelte dann aber den Kopf. »Nicht wirklich«, gestand ich, klammerte mich am Sitz fest und schrie, als sich das Auto überschlug.

Restutio i
Tollkirsche
Wermut
Salbei
Frisch
Rosmarin
Tollkirsche
Mistel

ertes

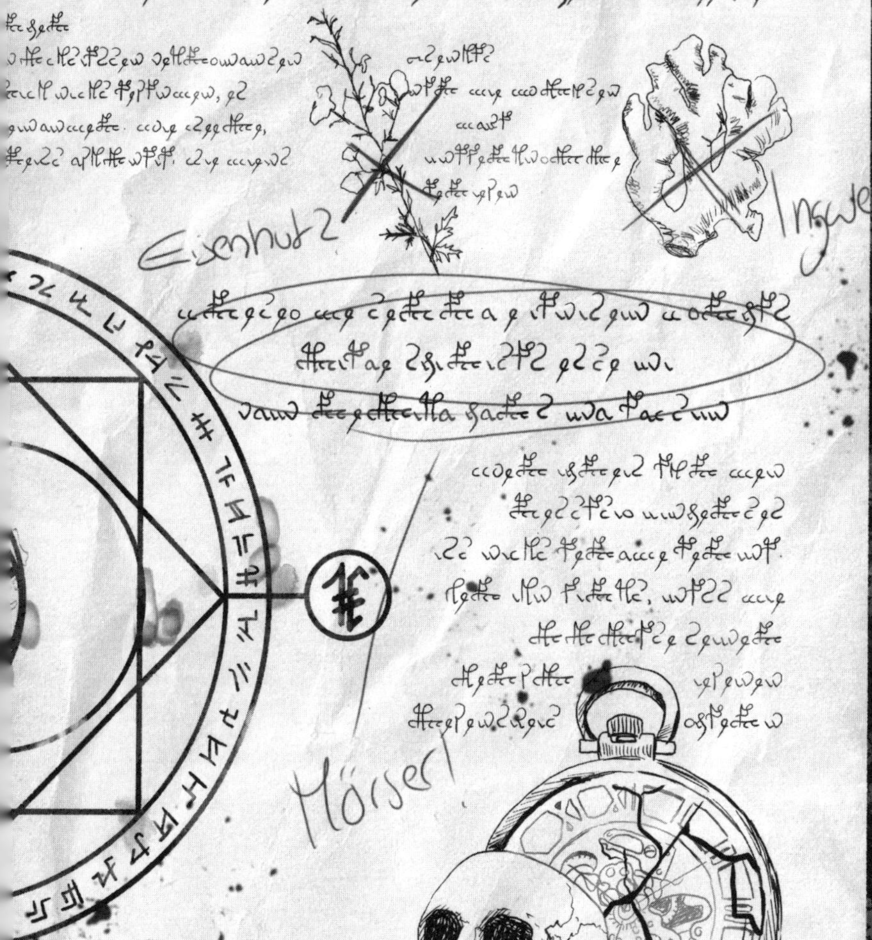

12

Der Tod ist dir offenbar zu Kopf gestiegen

Auf dem Parkplatz vor dem Friedhof blieben wir erst einmal im Wagen sitzen und starrten schweigend auf das gusseiserne Eingangstor.

Mein Herz pochte noch immer hektisch. Bevor ich fähig war, irgendetwas zu sagen oder zu tun, musste ich Santanas lebensgefährlichen Fahrstil verdauen.

»Ich hatte mir das schwieriger vorgestellt«, meinte sie nach einer Weile.

»Schwieriger?!?«, stieß ich fassungslos aus.

»Ehrlich gesagt hatte ich geglaubt, dass wir an einem ganz anderen Ort herauskommen würden und unser Plan damit gescheitert wäre«, erklärte sie. »Ich hatte mir schon ausgemalt, wie ich Mom von einem Münztelefon in Hongkong aus anrufe und bitte, uns abzuholen. Wieso heißt es denn, dass Reisen durch Raumfalten superkompliziert sind? Das war doch ganz easy, oder?«

Mit weit aufgerissenen Augen starrte ich sie an. Es hatte nicht viel gefehlt, dann hätte ich Wechselklamotten gebraucht, und Santana behauptete, es wäre *ganz easy* gewesen? Sie grinste sogar zufrieden, was trotz allem bald auf mich abfärbte. Ich musste schmunzeln und fing an zu lachen, während mir Tränen in die Augen stiegen. Ich wusste nicht einmal wieso. Schließlich lachten wir beide laut und ausgiebig. Wahrscheinlich war uns die Aufregung zu Kopf gestiegen.

Nachdem wir uns wieder beruhigt hatten, wischte ich mir die Tränen aus den Augenwinkeln.

Santana schaute zum Friedhof. »Ich habe das Gefühl, dass wir etwas nicht bedacht haben.«

Ich folgte ihrem Blick und wusste sofort, was sie meinte.

Das Ritual war zwar an keine bestimmte Zeit gebunden, sodass wir es auch mittags durchziehen konnten. Zumindest in der Theorie. In der Praxis war der Friedhof um diese Tageszeit gut besucht. Unter den Augen so vieler Normalsterblicher konnten wir unmöglich einen Toten ins Leben zurückholen.

»Tante Sophia schirmt unsere Rituale immer ab«, meinte ich.

»Wenn das so ist. Das mache ich doch mit links … haha.«

Ich konnte nicht glauben, dass wir so weit gekommen waren, um dann an der Uhrzeit zu scheitern. Aufgeben wollte ich aber auf keinen Fall. »Der Friedhof ist bestimmt riesig«, spekulierte ich. »Vielleicht bemerkt uns niemand.«

»Dann lass uns mal ganz unauffällig einen schweren Sack Salz quer über den Friedhof schleppen«, sagte Santana mit ironischem Unterton und öffnete die Fahrertür.

Wir stiegen aus und warteten ab, bis eine alte Dame mit Gießkanne an uns vorbeigelaufen war. Sie musterte uns skeptisch, wir grinsten sie freundlich an und Santana winkte übertrieben, bis die Alte endlich das Weite suchte. Dann öffnete ich den Kofferraum und lud mir den Salzsack auf die Schulter.

So bepackt gingen wir los.

Auf unserem Weg begegneten wir zum Glück nicht vielen Menschen. Wenn niemand eines der Gräber in unmittelbarer Nähe zu unserem Ritualkreis besuchen würde, hätten wir vielleicht das Glück, Ashton unbeobachtet zurückholen zu können.

»Was ist das?«, fragte Santana, kurz bevor wir das Grab erreicht hatten. Der schmale Pfad, den wir vorbei an ein paar Familiengräbern und einer Krypta genommen hatten, endete an einem gelben Flatterband, an dem ein Schild hing.

Ich setzte den Salzsack ab und rieb meine schmerzende Schulter, während ich laut vorlas: »Wegen Vandalismus vorübergehend gesperrt.«

»Ist das auf eurem Mist gewachsen?«, fragte Santana.

»Ich schätze schon.« Nach dem missglückten Ritual hatte ich völlig neben mir gestanden, sodass mir auch entgangen wäre, wenn meine Familie versehentlich einen rosa Elefanten zurückgelassen hätte.

Santana hob eine Braue. »Ich dachte, ihr Seymours seid so überpingelig, was das Beseitigen von Spuren angeht. Hätten die Wächter des Tribunals Wind davon bekommen, müsstet ihr euch jetzt alle verantworten. Ihr habt echt Schwein gehabt.«

»Wäre das bekannt geworden, wüsste auch jeder, dass Ashton tot ist, und wir hätten ein Riesenproblem mit den Goodwins.«

»Also doppelt Schwein gehabt.«

»Dreifach, denn dank der Absperrung sind wir ungestört.«

»Stimmt!« Santana lächelte zufrieden, drückte mir die Tasche mit den Ritualutensilien in die Hand und griff nach dem Salzsack. Ich hob das Flatterband an, damit sie hindurchschlüpfen konnte, und schaute mich sicherheitshalber nach allen Seiten um. Niemand beobachtete uns.

Als wir uns dem Ort des Geschehens näherten, wurde mir ganz mulmig. Man konnte noch erkennen, wo die Erde verbrannt war, das Grab war nicht komplett zugeschaufelt und an mehreren Stellen waren kleine gelbe Schilder mit Nummern aufgestellt worden. Sie markierten offenbar Fußabdrücke und andere Spuren.

Ich blieb stehen und ließ die Tasche auf den Boden sinken. Diesen Ort noch einmal zu sehen, rief alle Gefühle in mir wach, die mich an diesem Abend in die Knie gezwungen hatten. Vor meinem inneren Auge sah ich, wie sich Ashton in Funken auflöste. Ich hörte ihn schreien und spürte eine Enge in meiner Brust, die meinen Atem stocken ließ.

»Lass uns sofort loslegen«, schlug Santana vor.

»Ja …«, stimmte ich abwesend zu und schüttelte mich, um wieder zur Besinnung zu kommen.

Ich ging zu der Stelle, an der Ashton ums Leben gekommen war. Der Brandfleck war noch deutlich zu erkennen. Ein Schauer fuhr mir durch den Körper und ich war wie erstarrt. Unfähig, etwas anderes zu tun, als den schwarzen Fleck anzustarren.

»Alles okay?«, fragte Santana.

»Bald schon.« Ich hockte mich auf ein Knie und breitete die Buchseiten auf dem Boden aus. Mit ein paar Steinen beschwerte ich sie, damit sie nicht wegflogen.

»Wir brauchen den Mörser«, sagte ich. »Zuerst müssen zwei Rosmarinzweige mit der Tollkirsche zermahlen werden.«

»Das übernehme ich«, schlug Santana vor. »Zieh du den Ritualkreis.«

Nicht ohne Grund war das normalerweise Cedrics Job. Ich bekam nicht einmal einen runden Kreis mit Bleistift auf Papier zustande, geschweige denn aus Salz mit vier Metern Durchmesser. Aber ich wollte mein Bestens geben. Erst verwischte ich alle Spuren des alten Zaubers – nur um ganz sicherzugehen, dass er keinen Einfluss auf die Wiederbelebung hatte. Dann zog ich penibel die Salzlinien, malte die Runen und streute feine Verbindungslinien. Immer wieder musste ich unterbrechen, um Santana weitere Anweisungen zu geben. Bei diesen Gelegenheiten warf ich auch gleich einen Blick auf die Anleitung und überprüfte meine bisherige Arbeit. Mir durfte kein Fehler unterlaufen.

»Stopp!«, rief Santana plötzlich.

Ich war gerade dabei, die letzte Linie zu ziehen, und kraxelte dafür auf allen vieren rückwärts über den Boden.

»Hinter dir«, sagte Santana. »Du hättest beinahe den Salzsack umgestoßen.«

Ich warf einen Blick zurück. Mein Fuß hatte den Sack schon berührt. Noch ein kleines Stück und meine ganze Arbeit wäre zerstört gewesen.

»Danke, das war knapp«, stieß ich erleichtert aus.

Ich stand auf, klopfte mir den Dreck von den Knien und brachte den Sack auf sichere Distanz. Nicht auszudenken, wenn mir wieder irgendein dummer Fehler unterlief. So wie ich mich kannte, brachte ich es am Ende noch fertig, nur Ashtons Beine wiederkehren zu lassen, die dann panisch über den Friedhof stolpern und seinen Oberkörper suchen würden.

»Ich bin fertig«, verkündete Santana schließlich. »Sieht echt eklig aus, die Pampe.«

»Stinkt bestimmt auch, wenn wir sie gleich anzünden.«

Santana kam zu mir und zeigte mir die blubbernde blutrote Masse, die sie im Mörser zusammengerührt hatte. Dann wandten wir uns dem fertigen Ritualkreis zu.

»Ist klasse geworden«, sagte sie anerkennend.

»Ja, der ist mir wirklich gelungen.« Der Kreis war sogar rund und nicht oval, wie ich befürchtet hatte. Die Runen waren alle einwandfrei zu erkennen und die Linien kreuzten sich an genau den richtigen Stellen.

»Dann musst du jetzt ja nur noch …« Santana hielt mir auffordernd den Mörser hin.

»Du hast gut reden«, sagte ich. »Jetzt kommt erst der schwierige Teil. Was, wenn ich nicht stark genug bin?«

»Boosterzauber, schon vergessen? Du schaffst das schon«, versicherte sie mir. Noch einmal hielt sie mir den Mörser hin und diesmal griff ich zu.

Mein Herz schlug mir bis zum Hals. Nie im Leben hätte mir meine Familie erlaubt, so ein aufwendiges Ritual zu leiten. Boosterzauber hin oder her. Ich schaffte es ja schon, ein Ritual zu sprengen, wenn ich nur am Rand stand und zusah. Was konnte da alles schiefgehen, wenn ich es eigenhändig abhielt?

»Wie wäre es, wenn wir die Anleitung zu den Goodwins bringen?«, schlug ich vor, den Blick fest auf den Mörser gerichtet.

»Dein Ernst?«, fragte Santana.

»Nicht wirklich«, gab ich zu. Ich klammerte mich bloß an jeden Strohhalm. Da ich die Schuld an Ashtons Tod trug, war es nur fair, wenn ich auch die Konsequenzen seiner Wiederbelebung auf mich lud. Und das bedeutete, dass es in meiner Verantwortung lag, das Ritual abzuhalten. Es jemand anderem zu überlassen – und mir damit auch den hohen Preis zu ersparen, den es verlangte –, hörte sich zwar verlockend an, kam aber nicht infrage.

»Du kannst das«, versicherte mir Santana. »Und jetzt schalte deinen Kopf ab und zieh es einfach durch.«

Sie deutete auf das vorbereitete Ritual.

Ich kämpfte noch einen Moment mit meinen Füßen, die wie festgeklebt am Boden hafteten, dann überwand ich mich und machte den ersten Schritt. Langsam lief ich bis in die Mitte des Ritualkreises, wo neben der verbrannten Erde, die Ashton zurückgelassen hatte, die Anleitung des Zaubers unter den Steinen eingeklemmt lag.

Solange ich mich beim Ablesen nicht in den Worten verhedderte, wie es mir gern mal passierte, wenn ich nervös war, konnte nichts schiefgehen. Damit versuchte ich, mich zu beruhigen, was mir nicht wirklich gelang.

Ich schüttelte alle überflüssigen Gedanken ab, konzentrierte mich auf meine Aufgabe und las die ersten Worte der Macht vor: »*Dicama ani mortu vitadem!*« Ein Kribbeln zog sich durch meinen ganzen Körper und ich wich unweigerlich einen Schritt zurück, als die Salzzeichen um mich herum zu leuchten begannen. Blauschimmernd schoss das Licht in die Höhe und breitete sich rasch bis zu den äußersten Runen und Linien aus. Ich spürte, wie unsichtbare Kräfte an mir zogen. Sie zerrten an meinem Geist, meinem Leben, an etwas Verborgenem, das tief in mir verwurzelt lag, und ich ließ es geschehen.

Ich atmete tief durch, befreite mich von allen Zweifeln, und es war, als würde ich mit dem Ritualkreis verschmelzen. Mit einem Mal spürte ich alles Leben und Sterben um mich herum, jeden Wurm in der Erde, jede noch so winzige Blumenknospe, die darum kämpfte, die Oberfläche zu durchstoßen. Ich war eins mit der Sterblichkeit, konnte fühlen, wie sie mir durch die Finger rann, und ich wusste bis in die letzte Faser meines Seins, dass ich und nur ich allein in dieser Sekunde die Macht hatte, Leben zu nehmen und zu geben.

Dieses Gefühl war seltsam vertraut. Ich wusste nicht, woher ich es kannte, nur dass ich es nicht zum ersten Mal spürte und dass es mir damals genauso viel Angst gemacht hatte wie in diesem Moment. Ich hatte Angst davor, die Entscheidung über Leben und Tod zu fällen – Angst zu kontrollieren, was nicht kontrolliert werden sollte.

Aber gewinnen durfte diese Angst nicht. Wenn ich Ashton retten wollte, musste ich stärker sein.

Boosterzauber, betete ich mir vor. Ich musste keine Angst haben, weil ich bloß den Anstoß gab. Es war nichts anderes, als den richtigen Knopf auf der Fernbedingung zu drücken. Ich aktivierte nur die Runen, die dann den Rest übernehmen würden.

Noch einmal atmete ich tief durch und ließ meine Gedanken in den Ritualkreis fließen. Entschlossen fasste ich in die rote Pampe und verrieb sie großzügig in meinen Handinnenflächen. »*Creteo de terra e ignisem corpus!*«, las ich von der Anleitung ab.

Ein Beben zog sich durch den Boden unter meinen Füßen. Ich sank auf die Knie, spreizte die Finger und schlug eine Hand genau auf die Stelle, an der Ashton verbrannt war. Augenblicklich kroch schier unbändige Hitze meinen Arm hinauf.

Ich schrie erschrocken auf und zog meine Hand gerade noch rechtzeitig zurück, um sie nicht an die Flammensäule zu verlieren, die aus der Erde brach und gen Himmel schoss. Von einer Druckwelle wurde ich zurückgeworfen, meine von Erde und roter Paste verklebte Hand landete auf der Anleitung, die ebenfalls in Flammen aufging.

»Nein! Scheiße!« Ich versuchte, das Feuer auszuklopfen, machte es damit aber nur noch schlimmer. Panik stieg in mir auf. Ich stand doch so kurz davor, Ashton zurückzuholen, und nun lösten sich die Worte der Macht vor meinen Augen in Asche auf!

Gehetzt suchte ich nach den letzten Zeilen. »*Ligae spiritus este mi!*«, las ich eilig vor, musste jedoch abbrechen, als die Flammen drohten, meine Hände zu verbrennen, und ließ das kokelnde Papier fallen.

Vor mir wirbelte die Feuersäule im Kreis, die Flammen griffen auf die leuchtenden Salzlinien über und fraßen sich bis in den äußeren Ring. Mein Herz machte einen Satz, als ich eine schattenhafte Gestalt im Inneren der Feuersäule erahnen konnte.

Ein Mensch. Ashton.

Er stand direkt vor mir, nur eine Armlänge entfernt. Zuerst schaute er zu mir, dann zu seinen Händen. Sein Bewusstsein war bereits dabei, sich zu manifestieren. Wenn ich den Zauber nicht beenden konnte, würde er erneut verbrennen, sobald die Magie abebbte und nur noch alles verschlingendes Feuer zurückblieb.

Hastig versuchte ich, die letzten Worte auf dem verkohlten Stück Papier zu erkennen. »*Nam... reli... ka pars ma... factim!*«

Eine erneute Druckwelle traf mich, schleuderte mich gegen den Grabstein in meinem Rücken und ließ das Feuer zu allen Seiten davonstieben. Ich hob schützend die Arme vor mein Gesicht und schrie vor Schmerzen, als die Hitze auf meiner Haut brannte.

Nicht weit entfernt hörte ich auch Santana schreien.

Ich schaute mich nach ihr um. Durch das Feuer war der Ritualkreis komplett zerstört. Von der Mitte gingen nur noch Schmauchspuren aus, die sich wie ein explodierter Stern über den Boden ausgebreitet hatten. Santana war genauso weggeschleudert worden wie ich. Sie kämpfte sich gerade auf die Beine zurück, wandte sich mir zu und riss erschrocken die Augen auf.

Ich folgte ihrem Blick und sah zwei rußverschmierte Füße im Zentrum des Kreises. Zögernd schaute ich weiter hinauf, bis mir klar wurde, dass nicht nur die Füße nackt vor mir standen.

Eilig hielt ich mir die Augen zu. »O Gott!«, stieß ich schrill aus. Ich hätte mit allem gerechnet – sogar mit panisch herumlaufenden Beinen ohne Oberkörper –, aber nicht damit, dass er ... *Er war völlig nackt!*

Ich linste vorsichtig durch meine Finger und schirmte alles ab, was nicht jugendfrei war. Am liebsten hätte ich die Augen fest zusammengekniffen und wäre weggerannt, aber ich musste mich davon überzeugen, dass der Zauber funktioniert hatte und nicht etwa der Teufel höchstpersönlich, sondern wirklich Ashton vor mir stand. Und er war es tatsächlich. Er atmete gehetzt und schaute sich verwirrt um. Auch sein Gesicht war von Ruß bedeckt. Vielleicht wirkte er dadurch blasser, als ich ihn in Erinnerung hatte, vielleicht war es für einen Wiederbelebten aber auch nicht ungewöhnlich, etwas an Farbe eingebüßt zu haben. Sein mattschwarzes Haar hing ihm ins Gesicht und bildete einen deutlichen Kontrast zum Schimmern seiner Augen, die wie zwei Jadesteine hinter den Strähnen hervorblitzten.

Mein Blick wanderte unwillkürlich weiter nach unten. Heilige Scheiße, er hatte den Oberkörper eines Unterwäschemodels! Ich war echt froh, ihn am Stück zurückgeholt zu haben, und insgeheim bereute ich auch nicht, dass seine Klamotten im Jenseits verloren gegangen waren. Nicht, dass ich mehr von ihm hätte sehen wollen als dieses perfekt gestählte Sixpack. Allein bei dem Gedanken schoss mir schon die Hitze in die Wangen.

»Was … was habt ihr …«, stammelte er mit erstickter Stimme und sackte vor mir auf die Knie.

Ich wollte ihm sofort alles erklären, aber so konnte ich das nicht. In der Anleitung des Restutio impertes hätte ruhig stehen können, dass Kleidung nicht im Zauber inbegriffen war. Wie sollte ich mich auf irgendetwas konzentrieren können, wenn dieser atemberaubend gut aussehende Typ nackt, rußverschmiert und schwer atmend vor mir kniete?

Ich kniff die Augen fest zusammen, schlüpfte aus meinem Hoodie und warf ihn Ashton zu. »Leg dir den über, okay?«

Ashton reagierte nicht, also öffnete ich zögernd erst einmal ein Auge und blinzelte, um zu erkennen, ob der Pullover alles verdeckte, was ich nicht sehen wollte – oder zumindest nicht sehen sollte. Erleichtert stellte ich fest, dass ich beim blinden Werfen die richtige Stelle getroffen hatte.

Ashton starrte auf seine verrußten Hände. Sein Körper bebte und jeder Atemzug, den er tat, wirkte wie ein Kampf. »Was habt ihr mir angetan?«, presste er mit zittriger Stimme hervor und schaute zu mir auf. In seinen Augen funkelte ein unverkennbarer Vorwurf.

»Ich …« Weiter als bis zu diesem Moment hatte ich nicht gedacht. Insgeheim war ich nicht einmal davon ausgegangen, ihn wirklich zurückholen zu können. Wie sollte ich ihm erklären, dass er tot gewesen war?

Unsicher schaute ich mich um. Das Ritual hatte nichts als Verwüstung hinterlassen. Der Mörser war zerbrochen, die Anleitung verbrannt und das Salz in alle Winde verweht. Aber es war mir wirklich gelungen. Mit Santanas Unterstützung hatte ich es tatsächlich geschafft. Ashton war wieder am Leben.

Santana kam zögernd näher und schaute sich dabei ebenfalls um. Sie wirkte genauso überrascht über das Ergebnis wie ich.

»Ich habe dich zurückgeholt«, erklärte ich schließlich. »Du warst tot, aber jetzt ist alles wieder gut. Du lebst.«

»Ihr … ihr habt mich getötet«, sagte er. Diese Erkenntnis traf ihn wie ein Schlag. »Ihr habt mich wirklich umgebracht. Wozu? Um das hier aus mir zu machen?« Er starrte erneut auf seine Hände, als wären es nicht seine eigenen, und krümmte dabei die Finger.

»W-was?«, stammelte ich. »Nein, es war ein Unfall!«

Ashton schüttelte benommen den Kopf. »Alle haben mich vor den Seymours gewarnt, aber ich wollte nicht hören. Ich war so naiv, zu glauben, dass ihr wirklich Frieden schließen wollt.«

Ich warf Santana einen flüchtigen Blick zu, in der Hoffnung, sie hätte einen Vorschlag, wie ich ihm erklären konnte, was passiert war. Sie hob jedoch nur die Schultern.

»Es war allein meine Schuld«, gestand ich. »Das Ritual ging schief und du bist gestorben. Es war ein Unfall. Wirklich.«

Sein Blick landete wieder auf mir. Die Mischung aus Verwirrung und Vorwürfen, die bisher darin geruht hatte, war unverhohlener Wut gewichen. »Was hast du aus mir gemacht?«, verlangte er eine Erklärung. »Bin ich untot? Ein Zombie? Was bin ich?«

»Nein, ich …« Fühlte er sich denn nicht wie vorher? Freute er sich gar nicht, wieder am Leben zu sein? Es war wahrscheinlich bloß der Schreck, der ihm noch in den Knochen saß. Er brauchte bestimmt nur etwas Zeit, um das zu verarbeiten.

»Du bist weder ein Geist noch ein Untoter oder ein Zombie«, versicherte ich ihm mit möglichst ruhiger Stimme. »Ich bin mir sicher, dass dein Herz schlägt.« Ich streckte die Hand aus, um nach seinem Puls zu fühlen, weil ich glaubte, ihn damit überzeugen zu können, doch Ashton schlug sie grob von sich.

»Fass mich ja nicht an!«, knurrte er.

»Autsch, verdammt. Das tat weh!« Ich rieb mir die schmerzenden Finger. »Ich habe dir gerade das Leben gerettet! Ich will dir nichts Böses.«

»*Du* hast mich doch erst umgebracht!« Er stand auf und ich vermied es, ihn anzusehen, bis er sich meinen Pullover um die Hüfte gebunden hatte. Dann zog ich mich ebenfalls auf die Füße.

»Es war ein Unfall«, beharrte ich.

»Sie hat es wirklich nicht absichtlich getan«, pflichtete mir Santana bei.

Ashton wich vor uns zurück. Er war ganz wackelig auf den Beinen und ich hätte ihn gern gestützt oder gebeten, sich noch einen Moment lang hinzusetzen und auszuruhen, wenn er nicht so tun würde, als wären wir zwei wilde Bestien, die drohten ihn in Fetzen zu reißen.

»Bleibt mir vom Leib!«, verlangte er mit bebender Stimme. »Kommt mir ja nicht zu nah. Ich will nichts mit euch und dem hier zu tun haben, verstanden? Lasst mich bloß in Ruhe. Ihr Seymours seid doch krank! Was ist euer Plan? Versteckt sich deine Familie hier irgendwo und wartet darauf, dass du mich von dieser absurden Geschichte mit dem Unfall überzeugst? Ich glaube einer Seymour kein einziges Wort!«

Es war verletzend, mir das anhören zu müssen. Ich hatte ihm das nicht absichtlich angetan und alles darangesetzt, meinen Fehler wiedergutzumachen. Immerhin hatte ich nebenbei auch meine halbe Lebenszeit geopfert! Aber er gab mir nicht mal die Chance, ihm das zu erklären. Ein Kloß bildete sich in meinem Hals und ich kämpfte gegen die Tränen an. Ich war schon immer zu nah am Wasser gebaut gewesen und natürlich waren es die unpassendsten Momente, in denen sich ein Heulkrampf ankündigte.

Ich schluckte schwer. »Hast du eine Ahnung, was es mich gekostet hat, dich zurückzuholen?«, warf ich ihm mit erstickter Stimme vor.

»Fang jetzt ja nicht an zu heulen«, warnte er mich mit erhobener Hand. »Das kaufe ich dir genauso wenig ab wie alles andere hier.«

»Es ist die Wahrheit!«, schrie ich. Er hatte keine Ahnung, wie weh es tat, mich so von ihm behandeln zu lassen, obwohl ich wirklich alles riskiert hatte.

Ashton schnaubte abfällig. »Ihr Seymours könnt die Wahrheit doch gar nicht von einer Lüge unterscheiden.«

»Ach ja? Und ihr Goodwins seid ein Pack unfähiger Schwachköpfe!«, stolperte es aus mir heraus, bevor ich zu Ende gedacht hatte.

»Dann haben wir die Fronten ja geklärt«, sagte er. Sein Blick wurde trüb und schwer, als hätte er keine Kraft mehr, wütend auf mich zu sein. Als hätte er seine ganze Wut herausgelassen und es war nichts als Leere übrig. Wenn er mir nur zuhören würde, könnte ich ihm alles erklären. Aber er trat einen weiteren Schritt nach hinten und wandte sich zum Gehen.

»Jetzt bleib stehen!«, schrie ich.

Ashton erstarrte mitten in der Bewegung, riss die Augen auf und schaute auf seine Füße.

»So ist das also«, sagte er mit tonloser Stimme. »Ich wusste es doch …«

Ich verstand nicht, welche Erkenntnis ihn gerade getroffen hatte, aber wenigstens wich er nicht länger vor mir zurück.

»Lass es mich wenigstens erklären«, bat ich.

»Ich habe wohl kaum eine andere Wahl«, knurrte er.

Ich legte die Stirn in Falten. »Was soll das jetzt schon wieder heißen?«

»Tu nicht so dumm!«, fuhr er mich an.

»Dumm? Wie kannst du nur so ein Arschloch sein, nachdem ich dich gerade ins Leben zurückgeholt habe?«

Ashton verengte den Blick. Die Wut darin war längst zurückgekehrt. »Das hier war doch von Anfang an euer Plan gewesen, oder etwa nicht? Und ihr Seymours glaubt, dass ich das nicht durchschaue? Denkst du, ich lasse mich von dir täuschen, nur weil du ganz niedlich aussiehst, unschuldig tust und nett zu mir warst? Entweder bist du dumm oder genauso hinterlistig wie deine gesamte Familie.«

»Nenn mich noch einmal dumm!«, zischte ich.

Ashton schloss die Augen. »Du bist dumm«, sagte er leise.

»Wie kannst du …« Ich stürmte auf ihn zu, doch Santana stellte sich mir in den Weg. In der Hand hielt sie den leeren Salzsack.

»Schluss jetzt, ihr Streithähne«, schimpfte sie. »Habt ihr vergessen, wo wir sind?«

»Im Grunde hat er recht«, murrte ich. »Ich muss echt dumm gewesen sein, so viel zu riskieren, um einen wie ihn zurückzuholen. Es gibt keine Verschwörung, verstanden? Meine Familie weiß nicht einmal, wo ich bin. Wenn es nach ihnen ginge, wärst du jetzt immer noch tot.«

Santana warf Ashton den Sack zu. »Hier, zieh das an. Einfach über den Kopf.«

Ashton hatte scheinbar nicht vor, ihrer Aufforderung nachzukommen. Es war kein warmer Tag. Ich fror in meinem Shirt und er stand nur mit meinem Hoodie um die Hüfte gewickelt vor uns. Dennoch blieb er stur. Es war wohl egal, was ich zu ihm sagte. Er hatte sich seine Meinung bereits gebildet und rückte nicht davon ab.

»Jetzt mach schon!«, forderte ich ihn auf.

Widerwillig drehte er den Sack in seinen Händen. Santana hatte bereits Löcher für Kopf und Arme hineingerissen. »Zu Befehl«, zischte er und schlüpfte hinein.

Als er fertig war, hob Santana die Hände und richtete sie auf Ashton.

»Was habt ihr jetzt schon wieder vor?«, fragte er angespannt.

»*Vertes in vestes fabirieka!*«, sprach Santana.

Sowohl der Sack als auch mein Pullover lösten sich augenblicklich in Fäden auf, die sich ineinander zu weben begannen und neue Formen bildeten. Es dauerte nicht lange, bis Ashton in schlichter Hose und Shirt vor uns stand.

»Besser«, stellte Santana zufrieden fest.

»Das war mein Lieblingspulli …«, beschwerte ich mich.

Ashton musterte Santana. »Eine Hexe also.«

Sie nickte knapp. »Ich würde ja sagen, freut mich, dich kennenzulernen, aber Emily hat dich irgendwie netter beschrieben.«

Ashton wollte etwas erwidern und ich machte mich auf die nächsten Vorwürfe und Unterstellungen gefasst, doch dazu kam es nicht.

»Hey, ihr da!«, rief jemand.

Ich schaute mich erschrocken um. Nicht weit von uns näherte sich ein Mann in Uniform. Der ganze Krach und die Feuersäule waren – wenig überraschend – von den Besuchern des Friedhofs bemerkt worden und irgendjemand hatte offenbar die Polizei alarmiert.

»So ein Mist, wenn wir festgenommen werden, kriegen die Wächter das mit!«, sagte Santana.

»Schnell weg hier!«, stieß ich aus.

Wir rannten los. Nur Ashton blieb regungslos stehen.

»Willst du da Wurzeln schlagen, oder was? Komm mit!«

Endlich setzte er sich in Bewegung.

13

War ja klar, dass die Sache einen Haken hat

Hinter einer Krypta waren wir vorerst in Sicherheit. Der Polizist hatte uns quer über den Friedhof gejagt, doch nun hatten er unsere Spur verloren.

Ich lugte vorsichtig um die Ecke und sah, wie er die Umgebung absuchte.

»Gehörte das auch zu eurem Plan?«, fragte Ashton in einem so abfälligen Tonfall, dass ich nicht anders konnte, als die Augen zu verdrehen.

»Es gibt keinen Plan«, zischte ich, zog meinen Kopf wieder zurück und lehnte mich gegen die Rückwand der Krypta.

Mein halbes Leben hatte ich für Ashton geopfert, meine Haut schmerzte überall dort, wo mir das Feuer des Rituals zu nahe gekommen war, ich hatte meine Familie bestohlen, einen verbotenen Zauber gewirkt und versteckte mich gerade vor der Polizei. Und wozu das alles? Um mich beschimpfen zu lassen. Ich konnte es nicht fassen.

Santana warf ebenfalls einen vorsichtigen Blick auf den Polizisten. »Hoffentlich hat er nicht gesehen, wie ich gezaubert habe. Die sperren mich lebenslänglich weg, wenn das rauskommt.«

»Das glaube ich nicht«, versuchte ich, sie zu beruhigen.

»Wenn die Wächter auf euch angesetzt werden, ist dieser eine

Zauber eure geringste Sorge«, drohte Ashton. »Was glaubt ihr, passiert mit Leuten, die verbotene Rituale abhalten?«

Ich schaute ihn verständnislos an. »Du vergisst wohl, dass wir dir damit das Leben gerettet haben! Wie wäre es mit etwas Dankbarkeit?«

Er schnaubte abfällig. Ein verächtliches Grinsen huschte über seine Lippen. »Hättest du mich nicht umgebracht, wäre es auch nicht nötig gewesen, mich zurückzuholen.«

»Idiot«, knurrte ich.

Das war also sein wahres Ich? Wie hatte ich mich nur so in ihm täuschen können? Er war freundlich und hilfsbereit gewesen, hatte mich zum Lachen gebracht, mich angeschaut, als würde etwas zwischen uns entstehen können, und nun stellte sich heraus, dass er sich damit nur hatte einschleimen wollen. Ich musste auf ihn wie ein leicht zu manipulierendes Opfer gewirkt haben, das sich mit ein paar netten Worten um den Finger wickeln ließ.

Ashton seufzte genervt und drängte mich grob zur Seite, um selbst nach dem Polizisten schauen zu können.

»Hey!«, beschwerte ich mich.

»Schrei nicht so rum«, schimpfte er.

»Ich schreie, wann ich es will!«, erwiderte ich.

Er warf mir einen abschätzigen Blick zu. Seine Augen funkelten dabei bedrohlich, aber das Schlimmste war, dass er nur noch heißer aussah, wenn er sich nicht bemühte, nett zu sein. »Du legst es wohl darauf an, erwischt zu werden, was?«

Ich grummelte wütend, verschränkte die Arme vor der Brust und warf mich wieder rücklings gegen die Wand. Es kam mir vor, als hätte ich den falschen Ashton zurückgeholt. Alles an ihm, was mein Herz hatte höherschlagen lassen, war nur eine Fassade gewesen.

Wie schon am Vorabend im Grab, als es der Geist auf mich abgesehen hatte und Ashton mir helfen wollte, ballte er eine Hand zur Faust, legte sie an seine Stirn und sprach leise einen Zauber. Als er die Augen wieder öffnete, hockte er sich auf ein Knie und schlug die Hand auf den Boden. Sofort spürte ich ein kaum merkliches Beben unter meinen Füßen. Kurz darauf krachte und knackste es in einer Baumreihe ein Stück weit von uns entfernt. Ashton hatte ein paar Äste morsch werden lassen, sodass sie zu Boden stürzten.

»Jetzt habe ich euch!«, rief der Polizist und rannte zu den Bäumen.

Ashton stand auf. »Kommt ihr?«, drängte er. »Oder wollt ihr hier Wurzeln schlagen?«

Ich verdrehte erneut die Augen. Er hielt sich wohl für besonders lustig. Ich schob ihn genauso grob beiseite, wie er es mit mir getan hatte, und lief voraus. Santana und er folgten mir. Wir schlichen von Hecke zu Hecke, versteckten uns hinter großen Grabsteinen und Baumstämmen und erreichten so ungesehen den Ausgang.

Ich wollte sofort zur Limousine eilen, doch Ashton packte mich am Arm. Ich erschrak und hätte beinahe aufgeschrien. Mit einem Ruck zog er mich so nah an sich heran, dass ich die Hitze seines Körpers spüren konnte. Der Geruch nach kalter Asche und seinem süßlichen Schweiß stieg mir in die Nase. Meine Knie wurden weich und ich fühlte mich ihm wehrlos ausgeliefert, während er mich gegen die Friedhofsmauer drängte. Wie konnte er eine so betäubende Wirkung auf mich haben, nach allem, was er mir an den Kopf geworfen hatte? Wieso versagte meine Stimme und verweigerte mir mein Körper seinen Dienst?

Ich konnte nichts weiter tun, als Ashton fragend anzuschauen. Seine Miene war zu Stein erstarrt, in seinen Augen war nichts mehr von der Wärme zu erkennen, die ich bisher für einen Teil von ihm gehalten hatte. Da war nur noch Wut und dahinter Leere. Er deutete mit dem Kinn zum Parkplatz, wo gerade ein zweiter Polizeiwagen vorfuhr.

Deswegen hatte er mich aufgehalten.

Es gelang mir endlich, die Gewalt über mein Handeln zurückzugewinnen. »Kein Grund, mich so grob anzupacken.« Ich drängte ihn von mir.

»Und jetzt?«, fragte Santana.

»Vielleicht können wir sie ablenken«, überlegte ich.

In dem Moment waren auch schon Schritte zu hören. Ich schaute mich um und sah hinter einer Baumreihe die Schuhe des Polizisten auftauchen, der uns immer noch auf den Fersen war. Noch ein kleines Stück und er hätte Sichtkontakt zu uns.

»Verdammt«, fluchte ich.

Wir waren umzingelt. Ich schaute mich um, fand aber keine Fluchtmöglichkeit. Wir konnten nur drauflosstürmen und hoffen, dass wir schneller an der Limousine waren, als uns die Männer erreichen konnten. Auf eine Verfolgungsjagd mit Polizeisirenen, Straßensperren und hinzugerufenen Helikoptern, wie man es aus den Nachrichten kannte, war ich zwar nicht gerade scharf, eine Alternative fiel mir aber nicht ein.

Plötzlich presste mir Ashton seine Hand auf die Lippen. »Pst«, zischte er.

Kurz darauf traten die Polizisten vom Parkplatz neben uns durch das Eingangstor. Santana drückte sich fest gegen die Wand, was uns jedoch nicht lange retten würde. Die Männer brauchten nur einen Blick zur Seite zu werfen, um uns zu sehen. Und selbst wenn sie das nicht täten, war da immer noch ihr Kollege, der jeden Moment an den Bäumen vorbei sein müsste.

Ich hielt die Luft an, um kein verräterisches Geräusch zu machen, rutschte jedoch auf dem groben Schotterboden aus und brachte ein paar Steine ins Rollen. Das Geräusch war nicht sehr laut, aber laut genug. Die Männer wandten sich uns zu und mein Herz machte einen Satz.

Das war's also. Wir waren aufgeflogen. In Gedanken plante ich schon die Einrichtung meiner Gefängniszelle.

»Hierher!«, rief der Polizist von den Bäumen aus. Er war hervorgetreten und hob die Hand, um seine Kollegen auf sich aufmerksam zu machen. Einer erwiderte die Geste, der andere musterte uns noch einen Moment lang skeptisch, dann ließ er uns links liegen. Ashton löste die Hand von meinem Mund.

Verwirrt schaute ich den Männern nach. Selbst wenn sie uns nicht für die gesuchten Jugendlichen hielten – und das trotz Ashton, der aussah, als wäre er durch einen Kamin gerutscht –, hätten sie uns doch zumindest fragen müssen, was wir an der Mauer kauernd zu suchen hatten. Stattdessen hatten sie uns vollkommen ignoriert, obwohl zumindest einer von ihnen uns garantiert gesehen hatte.

»Ich habe sie an der großen Krypta verloren«, erklärte er. »Sie müssen Richtung Osten gelaufen sein. Ich schlage vor, wir teilen uns auf.«

»So machen wir es«, stimmte einer der beiden anderen zu.

»Was zum Teufel …?«, flüsterte Santana.

Wir beobachteten, wie die Polizisten verschiedene Wege einschlugen und verschwanden.

»Gehen wir«, sagte ich, bog um die Ecke durch das Tor und stockte.

Unmittelbar vor mir stand meine Mom. Mit den Armen vor der Brust verschränkt durchbohrte sie mich mit einem Blick, der so finster war, dass selbst ein Werwolf winselnd weggelaufen wäre. Wenn Mom hier aufgetaucht war, dann sicher auch Tante Sophia. Vermutlich verdankten wir ihr die selektive Blindheit der Polizisten. Allmählich ergab alles einen Sinn.

»Du hast dir viel Ärger eingehandelt, Emily«, sagte Mom.

Wie erwartet, war sie nicht allein. Tante Sophia, Cedric und Mandy begleiteten sie. Insbesondere Mandy wirkte selbstzufriedener denn je. Sie sah aus, als könnte sie es kaum erwarten, sich die Strafe anzuhören, die mir Mom für den Diebstahl des Wagens aufbrummen würde. Und das war noch mein geringstes Vergehen in den letzten Stunden.

»Ich kann das erklären!«, schwor ich.

»Das will ich auch sehr hoff–« Mom brach ab, als ihr Blick auf Ashton fiel.

Sophia sprach schließlich aus, was Mom ins Gesicht geschrieben stand: »Das kann unmöglich wahr sein!«

Ashton verengte den Blick und ich konnte mir denken, dass er sich in seinem Verdacht bestätigt fühlte. Er war davon ausgegangen, dass sich meine Familie irgendwo versteckt hielt, und nun waren sie tatsächlich aufgetaucht.

Er wich einen Schritt vor Mom und Sophia zurück, doch Cedric packte ihn am Arm. »Schön hiergeblieben.«

Ashton wehrte sich verbissen, kam aber nicht frei. Zumindest in seinem geschwächten Zustand war er meinem Bruder körperlich unterlegen.

»Was hast du bloß getan, Emily?«, fragte Mom bestürzt. »*Wie* hast du das getan? Er ist doch kein Untoter, oder? Du hast keinen Zombie beschworen?«

»Nein, natürlich nicht!«, wehrte ich ab. »Wieso unterstellt mir das jeder?«

Cedric fasste Ashton an die Kehle, der sich abermals wehrte, als befürchtete er, mein Bruder würde ihn kaltblütig erwürgen wollen.

»Lass mich los!«, zischte er durch zusammengebissene Zähne.

»Er hat einen Puls«, stellte Cedric so überrascht fest, dass er von ihm abließ.

Ashton stolperte rückwärts, griff sich an den Hals und nahm ein paar tiefe Atemzüge.

»Tu nicht so, ich habe dich kaum angefasst«, sagte Cedric.

»Emily?«, sagte Mom. »Warst du das? Hast du … Nekromantie gewirkt?«

»Ja … also …« Ich schaute zu Santana. »Nicht wirklich. Es lag nur am Boosterzauber, sonst hätte es nicht geklappt.«

»Booster-was?«, fragte Cedric.

»Boosterzauber?«, wiederholte ich verwirrt. Er müsste wissen, was das ist. Schließlich war er Cedric Seymour, er wusste einfach alles!

»Sorry«, druckste Santana schuldbewusst herum. »Das war eine Notlüge. Es gibt keinen Boosterzauber.«

»Was?«, stieß ich mit schriller Stimme aus. In meinen Ohren begann es zu rauschen und unzählige Gedanken spielten Flipper in meinem Hirn. »Aber wie …?«

»Das warst du«, sagte sie und zuckte mit den Schultern. »Ich dachte, entweder bist du doch eine Nekromantin und brauchst nur einen Anstoß, damit der Knoten endlich platzt, oder es funktioniert nicht. Und es hat funktioniert.«

Ich hörte ihre Worte, war aber nicht fähig, sie zu begreifen. Nekromantin? Ich? Das konnte unmöglich sein. Das war ich nicht, das war kein Teil von mir, war es noch nie gewesen. Und doch … ich schaute ungläubig auf meine Hände. Während des Rituals hatte ich sie gespürt, die Macht über Leben und Tod. Ich hatte gefühlt, wie etwas durch meine Adern floss, es aber nicht als das wahrhaben wollen, was es war.

»Das ist ja alles schön und gut«, maulte Mandy, die von den neuesten Enthüllungen wenig begeistert zu sein schien. »Aber wie hat sie ihn jetzt zurückgeholt, so ganz ohne Körper?«

»Es gibt nur eine Erklärung …«, murmelte Sophia abwesend. Sie starrte Ashton an, als wäre er ein Geist.

»Der Restutio impertes?«, fragte Mom ungläubig. »Emily, sag mir, dass das nicht wahr ist!«

»I-ich hatte keine andere Wahl«, stammelte ich unbeholfen. Ich war noch zu sehr damit beschäftigt, die erschlagende Erkenntnis über meine Fähigkeiten in meinen Kopf zu kriegen.

Mom wirkte fast schon verzweifelt. »Nein, das … du kannst doch nicht so viel opfern! Wieso bist du nicht zu mir gekommen?«

Das bedurfte eigentlich keiner Erklärung. Ich antwortete ihr dennoch. »Weil du es mir verboten hättest.«

»Aber natürlich hätte ich das! Hast du eine Ahnung, welche Folgen es hätte, wenn jemand herausfindet, dass du ein Ritual aus dem schwarzen Grimoire benutzt hast?«

»Und wenn jemand herausfindet, dass ihr einen Golem erschaffen wolltet?«, entgegnete ich.

»Tss«, zischte Tante Sophia. »Wir bewegen uns in Grauzonen, Kind. Du dümpelst im tiefsten Schwarz.«

»Was fangen wir jetzt mit dieser Verbrecherin an?«, fragte Mandy, verschränkte die Arme vor der Brust und schaute mich mit einem überheblichen Grinsen an. Sie konnte es wohl kaum erwarten, mich meiner verdienten Strafe zuzuführen.

»Wir sollten ihr einen Orden verleihen«, schlug Cedric vor und alle starrten ihn an, als hätte er den Verstand verloren. »Mal ganz abgesehen davon, dass wir eine neue Nekromantin in unseren Reihen begrüßen dürfen, hat sie den Restutio impertes gewirkt, Leute! Besser hätten wir es nicht treffen können.«

Mom schüttelte den Kopf. »Im Leben hätte ich nicht gedacht, dass diese Macht in dir schlummert, Emily. Wo hast du sie die ganze Zeit über versteckt?« Auch wenn sie noch immer wütend auf mich war, hatte ich nie so viel Stolz in ihrem Blick gesehen. Ein Lächeln legte sich auf ihre Lippen. »Du hast einen Zauber gewirkt, an dem viele andere vor dir gescheitert sind. Aber Liebes, du hättest dabei sterben können, ist dir das klar?«

Nein, das war es nicht. Ich hatte fest an die Sache mit dem Boosterzauber geglaubt und deswegen alle Zurückhaltung in den Wind geschlagen. So betroffen, wie Santana aussah, hatte sie wohl auch nicht damit gerechnet, dass das Ritual so gefährlich für mich sein könnte.

Ich schaute zu Ashton, der auf ein Knie gesunken war, sich noch immer die Kehle hielt und schwer atmete.

»Ich dachte, es wäre das Risiko wert …«, sagte ich gedankenschwer. Mittlerweile war ich mir nicht mehr so sicher. Obwohl es doch eigentlich keine Rolle spielte, ob er nun der war, für den er sich ausgegeben hatte oder in Wahrheit ein arrogantes Arschloch. Ich trug die Schuld an seinem Tod und es fühlte sich nicht falsch an, diesen Fehler wiedergutgemacht zu haben. Er hatte es nicht verdient, auf diese Weise ums Leben zu kommen. Niemand hatte das.

»Du bist noch viel zu jung, um die Konsequenzen eines solchen Zaubers abschätzen zu können«, warf mir Sophia vor. »Aber nicht zu jung, um zu wissen, dass er aus gutem Grund verboten ist. Wie konntest du das schwarze Grimoire überhaupt in die Finger bekommen?«

»Das spielt doch jetzt keine Rolle.« Mom kam zu mir und ergriff meine Arme. »Du weißt, was dieser Zauber bewirkt hat?«

Ich nickte.

Plötzlich bebte die Erde und ließ mich straucheln. Risse zogen sich durch den Boden, Staub schoss in die Höhe und nahm mir die Sicht. Ich hustete und versuchte zu erkennen, was passiert war.

»Er haut ab!«, rief Mandy.

Ashton hatte sich wohl nur auf die Knie sinken lassen und ganz kurzatmig getan, um unbemerkt einen Zauber zu wirken und davonzustürmen.

»Sag ihm, dass er stehen bleiben soll!«, befahl mir Mom.

Verwirrt schaute ich sie an.

»Jetzt!«, drängte sie.

Ich wusste nicht, was das sollte, aber ich hatte mir schon genug Ärger eingehandelt, also widersprach ich nicht. »Bleib sofort stehen!«, rief ich Ashton nach.

Er hatte den Parkplatz bereits halb überquert und stoppte nun so abrupt, dass er auf dem Schotter ins Rutschen kam, stürzte und ein Stück über den Boden schlitterte.

Zeitgleich spürte ich einen heftigen Schmerz an meinem Ellbogen. Erschrocken griff ich danach. »Aua!«, stieß ich aus. »Was zum Teufel …?« Ich presste meinen Arm fest an mich.

Cedric war der Erste, der Ashton eingeholt hatte, und Mom gab mir mit einem Nicken zu verstehen, ihr zu folgen, während sie ebenfalls auf den Parkplatz lief.

»Alles okay bei dir?«, fragte Santana, die zu mir aufschloss. »Wegen der Notlüge …«

Ich wollte etwas erwidern, aber als ich Ashton sah, der gerade von Cedric auf die Füße gezogen wurde, blieben mir die Worte im Hals stecken. Genau wie ich presste er sich den Arm an den Körper. Beim Sturz hatte er sich eine üble Schürfwunde zugezogen. Das Blut rann ihm durch die Finger.

»Sorry, Kleiner«, entschuldigte sich Cedric. »Aber wir können dich nicht gehen lassen, solange die Gefahr besteht, dass du meine Schwester an das Tribunal verrätst.«

Ich starrte noch immer auf Ashtons Arm. Er hatte mir gehorcht. Einfach so. Und bestimmt nicht freiwillig. Irgendwie waren wir verbunden. Ich spürte seinen Schmerz, als wäre es mein eigener. Zumindest hatte er kurz aufgeflammt. Mittlerweile ging es meinem Arm wieder gut.

Ich erinnerte mich, dass in der Beschreibung des Restutio mehrmals die Rede davon war, eine Seele an sich zu binden. Nie im Leben hätte ich gedacht, dass das wortwörtlich zu nehmen war. Doch ganz offensichtlich belebte man mit diesem Ritual nicht nur einen Toten, man zwang ihm auch den eigenen Willen auf. Ashton war mir ausgeliefert und sein verbissener Blick, der vorwurfsvoll auf mir ruhte, ließ keinen Zweifel daran, dass er mich dafür hasste. In meinem Inneren schraubte sich ein Klumpen aus Schuldgefühlen zusammen.

Mom schaute sich Ashtons Schürfwunde an. »Das sieht übel aus«, meinte sie. »Kannst du den Arm bewegen?«

Ashton antwortete nicht. Er würdigte sie nicht mal eines Blickes, während sie seinen Ellbogen streckte und beugte, den Arm vorsichtig drehte und seine Finger abtastete. Wenn ihm das Schmerzen bereitete, ließ er es sich nicht anmerken. Auch ich merkte nichts. Unsere Verbindung war wohl nicht so stark, dass ich alles fühlte, was er fühlte. Wahrscheinlich beschränkte sie sich nur auf plötzlich auftretende, starke Schmerzen.

»Das wird schon wieder«, versicherte ihm Mom. »Ich kenne eine gute Salbe, die bringt das in Ordnung.«

»Du hast meinen Respekt«, sagte Tante Sophia, die neben mich getreten war. Ein süffisantes Lächeln lag auf ihren Lippen. »Dass du so weit gehen würdest, um dich als Seymour zu beweisen, hätte ich nicht gedacht. Es war lediglich deine Aufgabe, den Goodwinjungen abzulenken. Stattdessen zwingst du ihn unter unsere Kontrolle. Dein Bruder hat recht: Besser hätten wir es nicht treffen können.«

Ich schaute erschrocken zu Ashton, der wenig überrascht darüber wirkte, dass es meine Aufgabe gewesen war, ihn abzulenken. Er hatte ja bereits spekuliert, dass ich genauso durchtrieben war wie der Rest meiner Familie, und Sophias Aussage bestätigte ihn darin. Wenn es möglich war, dass er mir noch mehr Hass entgegenbrachte als ohnehin schon, war das in diesem Moment der Fall.

»Aber so –«, begann ich verteidigend.

»Das mit Florida hat sich dann wohl erledigt, oder?«, fiel mir Mandy ins Wort. »Dabei hätte ich ein zweites Zimmer gut gebrauchen können.«

»Du hättest mein Zimmer sowieso nicht bekommen«, knurrte ich. »Und das mit …«, ich deutete auf Ashton, kam aber nicht dazu weiterzusprechen. Ein Auto fuhr auf den Parkplatz und zog die volle Aufmerksamkeit auf sich.

Ich warf einen flüchtigen Blick zu Ashton. Ihm stand ins Gesicht geschrieben, was er vorhatte, und ich handelte, ohne nachzudenken: »Du wirst jetzt nicht um Hilfe rufen«, warnte ich ihn.

Kaum hatte ich die Worte ausgesprochen, erlosch der hoffnungsvolle Funke, der kurzzeitig in seinen Augen aufgeflammt war. Zurück blieb wieder diese tiefe Leere und nun wusste ich, dass ich sie verursacht hatte. Ich und dieser verfluchte Restutio, der einfach zu perfekt gewesen war, um wahr sein zu können.

»Gut gemacht, Emily«, lobte mich Sophia.

»Verdammt, das war doch nur …«, stieß ich frustriert aus, bis mir klar wurde, dass mir niemand zuhörte. Mom schob Ashton bereits zur Limousine, Mandy folgte ihr und Sophia warf Cedric den Schlüssel von Dads Pick-up zu. »Ich kümmere mich um die Beseitigung der Spuren. Bring du schon mal die kleine Hexe nach Hause.«

»Wird gemacht.« Er gab Santana mit einem Kopfnicken zu verstehen, ihm zu folgen.

»Hallo? Leute?« Ich winkte mit den Armen und fühlte mich wieder genauso unsichtbar wie in Gegenwart der Polizisten. Dachten sie wirklich, mir wäre es so wichtig, eine Seymour zu sein, dass ich das mit den Nebenwirkungen des Restutio impertes beabsichtigt hatte? Ich schaute zu Santana und stellte mit Schrecken fest, dass selbst sie an mir zu zweifeln schien.

»Ich wusste das nicht«, beteuerte ich.

Santana wirkte verunsichert.

»Kommst du?«, drängte Cedric.

Sie warf ihm einen kurzen Blick zu.

»Wirklich, ich hatte keine Ahnung!«, schwor ich.

»Ich glaube dir«, sagte sie bereits im Gehen. Sie klang nicht ganz so überzeugt, wie ich es gehofft hätte. »Aber ich schätze, Ashton wird das anders sehen.«

Tante Sophia legte mir ihre Hand auf die Schulter. »Glaub ja nicht, dass du ohne Strafe davonkommst. Bis deine Mutter darüber entschieden hat, beginnen wir damit, dass du mir hilfst, den Friedhof in Ordnung zu bringen.«

»Wie sollen wir denn nach Hause kommen, wenn die anderen mit beiden Wagen fahren?«, fragte ich.

Jetzt legte sie mir ihren Arm um die Schultern. »Ach, Emily, du musst noch so viel lernen, jetzt, da du eine von uns bist.«

Ich wusste gar nicht, ob ich das sein wollte. Früher ja, da hätte ich alles dafür gegeben, Kräfte wie Cedric zu besitzen, aber mittlerweile fühlte ich mich ganz wohl in meiner normalsterblichen Haut.

»Hast du schon mal etwas von Schattenmagie gehört?«, fragte Sophia, während wir zurück zum Friedhof gingen.

Ich schüttelte den Kopf, woraufhin sie mir ihre Hand zeigte, auf der ein schwarzer Punkt in der Größe einer Münze zu sehen war. »Du nimmst einen kleinen Teil eines Schattens in dir auf. Dieser strebt an seinen Ursprungsort zurück, was du natürlich zu verhindern weißt. Wenn es so weit ist, verschmilzt du mit dem Schatten und lässt ihn frei. So kehrst du zum ausgewählten Ort zurück. Der Zauber ist nicht unbedingt gern gesehen, aber sehr praktisch. Ich bringe ihn dir auf jeden Fall bei, wenn du das möchtest. Nur kein Wort zu deiner Mom. Das bleibt unser Geheimnis. Im Gegenzug verrätst du mir alles über den Restutio impertes. Ich kann ihn zwar nicht wirken, aber ich bin zu neugierig. Wie hat es sich angefühlt, das Leben dieses Jungen an dich zu binden?«

Ich warf einen Blick zurück. Die Limousine fuhr gerade vom Parkplatz und ich konnte Ashtons Silhouette hinter der getönten Scheibe erahnen.

Was hatte ich bloß getan?

14

Geteiltes Leid verursacht doppelte Kopfschmerzen

Es dämmerte bereits, als wir zu Hause ankamen. Mithilfe der Schattenmagie zu reisen, war nur halb so schlimm wie das Durchschreiten einer Raumfalte. Eigentlich wurde es nur kurz dunkel und schon im nächsten Augenblick stolperte man an einem anderen Ort zurück ins Licht. In meinem Fall landeten wir vor den Stufen, die zu unserer Haustür führten.

Den ganzen Nachmittag hatte ich auf Knien verbracht, um auch wirklich jede noch so kleine Spur des Restutio impertes auf dem Friedhof zu verwischen. Mir knurrte der Magen, ich war erschöpft und verspannt und trotzdem wäre mir eine Nacht zwischen den Gräbern lieber gewesen, als in die Villa meiner Familie zurückzukehren.

Tante Sophia hatte während der Aufräumarbeiten mehrmals davon gesprochen, wie sehr sie meinen Mut bewunderte. Bis ins letzte Detail wollte sie wissen, wie ich an das schwarze Grimoire gelangt war und was es mit dem Restutio auf sich hatte. So gut es ging, war ich ihren Fragen ausgewichen, um nicht erzählen zu müssen, dass ich das Buch beschädigt hatte und der Zauber versehentlich in Flammen aufgegangen war. Ich konnte mir aber vorstellen, dass das Verhör jetzt, wo ich wieder zu Hause war, erst richtig losging.

»Heute Abend gibt es ein Festessen«, versprach mir Sophia und ging die Stufen zum Haupteingang hinauf.

Nach ihr betrat ich die Eingangshalle. Ein mulmiges Gefühl ergriff mich und ich rechnete fest damit, dass Mom bereits auf uns wartete, um mich auf mein Zimmer zu schicken, wo sie mich bis zu meinem dreißigsten Lebensjahr einsperren würde. Doch ich hatte mich geirrt. Stattdessen kam Dad die Treppe nach unten gelaufen, als ich gerade die Tür hinter mir schloss.

»Da seid ihr ja endlich!« Er durchquerte die Vorhalle, zog mich an sich und drückte mich so fest, dass mir die Luft wegblieb. »Hast du eine Ahnung, wie viel Sorgen wir uns gemacht haben, nachdem du einfach abgehauen warst? Und dann auch noch ohne Führerschein mit der Limousine! Du und Santana, ihr hättet im Straßengraben enden können.«

»Uns ist ja nichts passiert«, versuchte ich, ihn zu beruhigen. Ich löste mich aus seiner Umarmung.

Er nahm mein Gesicht in beide Hände und presste meine Wangen so fest zusammen, dass ich gezwungenermaßen einen Fischmund machte. »Es hätte aber etwas passieren können, Emily! Und das alles wegen Florida. Dabei wollten wir doch nur das Beste für dich.«

»Es ging nicht um Florida, Dad!«, nuschelte ich.

Er ließ mich endlich wieder los und ich brachte erst mal meine Gesichtszüge in Ordnung, indem ich meinen Kiefer hin und her bewegte.

»Hey, Schwesterherz!«, rief mir Cedric von der Treppe aus zu, bevor er auf dem Weg zum Speisesaal neben mir und Dad anhielt. »Ich bin momentan dabei, einen Zauber zu schreiben, mit dem man Restpräsenzen von Geistern aufspürt. Möchtest du mir zur Hand gehen? Ist auch garantiert nichts Verbotenes dabei.« Er zwinkerte mir zu. »Du hast noch nie einen Zauber geschrieben, oder?«

»N-nein, ich …« Bisher hätte er mich nicht einmal in die Nähe gelassen, wenn er so etwas plante.

»Dann steht die Sache«, sagte er zufrieden, setzte seinen Weg fort und reckte dabei die Faust in die Höhe. »Jetzt bricht das Zeitalter der Seymour-Geschwister an. Das wird grandios!«

Seine Freude darüber, dass ich meine Fähigkeiten entdeckt hatte, war beinahe ansteckend. Mir legte sich sogar ein Schmunzeln auf die Lippen. Dabei wusste ich selbst noch nicht, was ich von der ganzen Sache halten sollte.

Ich schaute Cedric nach und sah, dass Mandy und Mom den Tisch im Speisezimmer deckten. Mom schaute zu mir auf und lächelte freundlich. Ich konnte mich nicht erinnern, wann sie mich das letzte Mal so angeschaute hatte. So zufrieden und – wenn mich nicht alles täuschte – stolz. Beinahe hätte ich mich umgedreht, um nachzusehen, ob jemand hinter mir stand, für den dieses Lächeln in Wahrheit gedacht war.

»Ah, da ist ja die Heldin des Tages«, stellte Mandy in ironischem Ton fest und verdrehte die Augen.

Tante Sophia beugte sich zu mir. »Es fühlt sich anders an, wenn man dazugehört, nicht wahr? Du solltest dich daran gewöhnen, schließlich wissen wir jetzt, was in dir steckt.«

Ich hatte also nur zur Verbrecherin werden müssen, um nicht mehr wie das schwarze Schaf der Familie behandelt zu werden? Wirklich glücklich war ich damit nicht.

»Wo ist Ashton?«, fragte ich an Dad gerichtet.

»Im Gästezimmer«, sagte er und deutete nach oben.

Ich schaute hinauf. Die Treppe kam mir mit einem Mal endlos lang vor. Jede Stufe wirkte wie eine unüberwindbare Hürde.

Nur zu gern wäre ich Ashton aus dem Weg gegangen, aber ich konnte seine Wut auf mich mittlerweile gut verstehen und wollte nicht, dass er weiterhin glaubte, was meine Familie von mir dachte: dass ich den Restutio gewirkt hatte, um ihm den Willen der Seymours aufzuzwingen.

»Bin gleich zurück«, murmelte ich und ging hinauf. Kurz darauf klopfte ich an die Tür des Gästezimmers. »Ashton?«

Er reagierte nicht. Wahrscheinlich ignorierte er mich, was auch verständlich war, aber so leicht wollte ich mich nicht abschrecken lassen. Es würde uns beiden besser gehen, wenn ich ihm alles erklärt hatte. Entschlossen stieß ich die Tür auf und knallte sie geradewegs gegen etwas Hartes. Gleichzeitig zuckte ein heftiger Schmerz durch meinen Kopf.

»Autsch«, stieß ich aus.

Ashton stolperte zurück. »Verdammt, was soll das?«, knurrte er und griff sich an die Stirn. »Kannst du nicht warten, bis man dir aufmacht?«

Ich rieb mir meine Stirn. Zum Glück war mein Dickschädel dank Grannys Gehstock abgehärtet. »Konnte ich ahnen, dass du direkt hinter der Tür bist?«

»Nachdem du geklopft hast? Ja, irgendwie schon.«

Ashton war frisch geduscht und stand mit offenem Hemd vor mir. Der süßliche Duft der Vanilleseife, die wir in den Bädern der Gästezimmer liegen hatten, hing in der Luft. Sein Haar klebte ihm nass auf der Haut und ich konnte nicht anders, als dabei zuzusehen, wie ein Wassertropfen über seinen Hals bis hinunter zu seiner Brust perlte. Erst als Ashton das Hemd zuknöpfte, gelang es mir, meinen Blick davon zu lösen.

»Gefällt dir, was du siehst?«, fragte er.

Mir klappte die Kinnlade herunter. »Das … nein! Ich …«

»Ach komm, denkst du, mir ist nicht aufgefallen, wie du mich die ganze Zeit anschaust? Wäre ich ein Schokoladenkuchen, hätte ich schon bei meiner Ankunft um mein Leben fürchten müssen.«

Ich konnte nicht glauben, was ich da hörte. Wie peinlich war das denn bitte? Ja okay, ich war seit unserer ersten Begegnung in ihn verschossen. Aber war das wirklich so offensichtlich? Musste er mir das direkt ins Gesicht knallen? Ich hatte schon ziemlich viele demütigende Situationen durchgemacht, aber diese hier übertraf alle. Ich wäre am liebsten im Boden versunken.

Ashton schien das zu gefallen. Er lächelte auf eine fast schon anmaßende Weise und trat näher. Unweigerlich wich ich zurück, bis ich mit dem Rücken gegen die Wand stieß. Ich wollte zur Seite ausweichen, aber Ashton stützte sich mit dem Arm direkt neben meinem Kopf an der Wand ab und versperrte mir dadurch den Fluchtweg. Mit einem Mal war er mir so nah, dass ich die Vanille regelrecht schmecken konnte.

»Das ist jetzt deine Gelegenheit«, raunte er. Etwas Bedrohliches schwang in seinem Tonfall mit, als wollte er mich dazu verführen, etwas Verbotenes anzustellen. Dazu kam diese düstere, kalte Leere in seinen Augen, die mir die Luft zum Atmen nahm. »Immerhin sind wir allein und ich muss tun, was du mir befiehlst. Also?«

»Ich … ich will nichts von dir!«, behauptete ich. Die Hitze schoss mir in die Wangen.

Ashton kam noch näher. Sein Atem legte sich warm in meinen Nacken und ein wohliger Schauer durchfuhr meinen Körper.

»So wirkst du aber nicht«, hauchte er mir ins Ohr.

Ich kämpfte um meine Selbstbeherrschung, stieß Ashton von mir und stolperte von ihm weg ins Zimmer hinein.

»Du … du bist …«, stammelte ich.

»Unwiderstehlich?«, fragte er schelmisch. Das fiese Grinsen auf seinen Lippen funkelte mittlerweile auch in seinen Augen. Er genoss es offensichtlich, mich zu ärgern.

»Ein Arsch bist du!«, schrie ich ihn an. »Ich würde selbst dann nichts mit dir anfangen wollen, wenn du der letzte Mensch auf Erden wärst.«

»Dann bist du also unaufgefordert in mein Zimmer gestolpert, während ich dabei war, mich anzuziehen, weil …?«

»Ich wusste doch nicht, dass du …«, schoss es mit ungewohnt schriller Stimme aus mir heraus, bevor ich abbrach und seufzte. Das hatte doch alles keinen Zweck! Ich war gekommen, um ihm zu erklären, was wirklich passiert war. Aber wahrscheinlich war es naiv zu glauben, dass er nur etwas Zeit gebraucht hatte, um runterzukommen und mir endlich zuzuhören. Wenn ich weiter auf seine bescheuerten Sticheleien einging, würden wir uns nur im Kreis drehen.

»Sorry, das war mein Fehler«, räumte ich mit erhobenen Händen ein.

»Das eben mit der Tür, die du mir gegen den Kopf geschlagen hast, oder die Sache mit meinem verfrühten Ableben?« Das Funkeln in seinen Augen verschwand so plötzlich, als hätte jemand das Licht ausgeknipst. »Oder redest du von der Tatsache, dass unsere Scheißleben durch das Ritual aneinandergekettet sind?« Er klang nicht mehr so amüsiert wie noch ein paar Sekunden zuvor. Auch das dreiste Grinsen auf seinen Lippen war verschwunden. Sein Blick war wieder finster geworden.

Es schien, als würde es für ihn nur zwei Arten geben, sich mit mir zu unterhalten: Entweder neckte er mich oder er machte mir Vorwürfe. Es hatte wohl keinen Zweck zu versuchen, ihm alles zu erklären. Er wollte die Wahrheit gar nicht wissen.

Ich schaute zu Boden und ballte die Hände zu Fäusten. »Du wirst den Vertrag unterschreiben«, sagte ich entschieden. »Du unterschreibst ihn und kehrst zu deinen Leuten zurück. Ich will dich nie wiedersehen, verstanden? Du behältst für dich, dass du gestorben bist und wiederbelebt wurdest. Du wirst so tun, als wäre das alles nie geschehen. Du warst hier, hast die Vertragsbedingungen ausgehandelt, die Seymours waren freundlich zu dir und du bist wieder gegangen. Mehr ist nicht passiert, verstanden?«

»Verstanden«, sagte Ashton mit tonloser Stimme.

Ich nickte und sah auch dann nicht zu ihm auf, als ich losging, um sein Zimmer zu verlassen. Wahrscheinlich hätte ich das tun sollen, denn dann wären wir nicht mit den Schultern zusammengestoßen, was nicht meine Absicht gewesen war, ihm aber so vorkommen musste.

Ich schob mich an ihm vorbei, trat auf den Flur hinaus und zog die Tür hinter mir zu, ohne mich noch einmal umzudrehen. Kaum war sie ins Schloss gefallen, hörte ich ihn wütend brüllen, gefolgt von einem dumpfen Aufschlag, der mich zusammenzucken ließ. Ein pochender Schmerz in meinen Handknöcheln legte die Vermutung nahe, dass er vor Wut mit der Faust gegen die Wand geschlagen hatte.

Ich beobachtete, wie die plötzlich aufgetretenen Rötungen an meinen Fingerknöcheln allmählich verblassten.

Tränen sammelten sich in meinen Augenwinkeln, doch ich blinzelte sie weg und straffte meine Haltung.

»Jetzt bloß nicht wieder heulen«, sagte ich mit erstickter Stimme und schluckte den Kloß hinunter, der sich in meinem Hals gebildet hatte.

Mit etwas Glück würde die Verbindung zwischen uns schwächer werden, wenn er nicht mehr in meiner Nähe war. Wobei unterm Strich wohl eher Ashton der Leittragende sein würde. Schließlich neigte ich dazu, in erschreckender Regelmäßigkeit auf dem Hintern zu landen.

Ihn fortzuschicken, war auf jeden Fall die beste Lösung. Für mich genauso wie für ihn.

Ich atmete tief durch. Mir fiel nur eine Person ein, die mir mehr über den Restutio impertes sagen konnte. Granny hatte mich nicht nur mit der Nase darauf gestoßen, sie selbst war mit diesem Zauber wiederbelebt worden und hätte mich davor warnen können, ihn zu wirken. Wieso hatte sie mir die wichtigen Details verschwiegen? Weil sie nichts mehr davon wusste? Konnte das sein?

Bis zum Abendessen wollte ich nicht warten, also machte ich mich auf den Weg zu ihrem Zimmer. Schon von Weitem sah ich, dass sie in ihrem Schaukelstuhl saß und eingenickt war. Ich ging zu ihr und hockte mich vor sie hin.

»Granny?«, flüsterte ich.

Sie schrak hoch, schaute sich um, und als sie mich entdeckte, wirkte sie zufrieden und beruhigt. »Da bist du ja wieder, Odila.«

»Ja … ich meine, nein. Ich bin es, Emily.«

Sie lächelte flüchtig. »Das weiß ich doch, ich bringe nur gerne mal die Namen durcheinander.«

Ich ließ das so stehen. »Mit dem Ritual ist alles gut gegangen. Mehr oder weniger. Ashton sieht das wohl anders.«

»Ashton?«, hakte sie nach.

»Der Sohn der Goodwins«, erklärte ich verwundert. »Den ich wiederbelebt habe?«

Granny verengte den Blick. »Wir haben einen Goodwin zu Besuch?«

»Aber das weißt du doch. Du hast mir verraten, wie ich den Restutio impertes finde, um ihn wiederzubeleben.«

»Oh, das ist ein gefährlicher Zauber. Sehr aufwendig und streng verboten!« Sie hob mahnend den Finger. »Behalte lieber für dich, dass du ihn gewirkt hast, sonst bekommst du Ärger mit den Wächtern.«

»Ich werde es niemandem verraten, aber wieso hast du mir nichts von den Nebenwirkungen erzählt?«

»Hätte ich das tun sollen?«

»Ach, Granny … Ja, das hättest du.«

»Wie hat es sich angefühlt?«, fragte sie.

Ich legte die Stirn in Falten. »Was meinst du?«

»Einmal eine echte Nekromantin zu sein, Liebes. Wie fühlt sich das an?«

Meine Augen weiteten sich. »Du hast es von Anfang an gewusst, oder? Du wusstest, dass ich die Begabung habe!«

»Natürlich wusste ich das«, erwiderte sie selbstzufrieden.

»Dann hast du mich gar nicht mit Mom verwechselt?«

Sie ging nicht darauf ein. »Jetzt sag schon, wie hat es sich angefühlt?«

»Ich … schätze ganz gut«, gab ich zu. Während des Rituals, nachdem ich meine Angst und damit meine Hemmungen losgeworden war, hatte es sich wirklich gut angefühlt, so viel Macht innezuhaben. Dieser kurze Höhenflug war aber längst wieder vorbei.

»Na siehst du?« Sie lächelte zufrieden. »Ich wusste, dass eine Seymour in dir steckt.«

»Aber was ist mit den Nebenwirkungen?«, hakte ich nach. »Großvater hat dich doch auch mit dem Restutio impertes wiederbelebt. Musstest du alles tun, was er von dir verlangt hat?«

Sie strich mir über die Wange. »Er hätte mir niemals Befehle erteilt, Kleines. Dazu war er zu gutmütig. Wir liebten uns, und von dem Tag an, an dem er mich zurück ins Leben geholt hatte, teilten wir nicht länger nur unsere Herzen. Wir teilten unsere Seelen. Ich spürte seinen Schmerz, er spürte meinen, und wäre er vor seiner Zeit von uns gegangen, wäre ich ihm ohne Reue gefolgt.«

»Wie bitte?«, stieß ich fassungslos aus. »Soll das heißen, dass ich sterben muss, wenn Ashton vor seiner Zeit stirbt und umgekehrt?«

Granny lächelte nur wissend.

Mochte ja sein, dass das total romantisch war, wenn man sich liebte, aber ich wollte mir mit Ashton keine Seele teilen, ich wollte seine Schmerzen nicht spüren und schon gar nicht mit ihm sterben müssen. Es reichte mir schon, dass ich ihm einige Jahrzehnte geopfert hatte, damit er weiterleben konnte.

»Kann man diese Verbindung denn wenigstens aufheben?«, wollte ich wissen.

»Wenn die Umstände anders wären … Aber wieso solltest du das tun? Er ist ein Goodwin, du eine Seymour. Deine Verbindung zu ihm kommt uns allen zugute.«

Darauf lief es wohl hinaus. Ich musste an das denken, was für meine Familie das Beste war. Zumindest erwarteten das alle von mir. Bisher hatte ich wenigstens noch die Ausrede gehabt, talentfrei zu sein. Dank Granny konnte ich das jetzt vergessen. Ich bezweifelte auch, dass sie mir verraten würde, wie ich die Verbindung zu Ashton trennen konnte, selbst wenn sie es wüsste. Ich würde es wohl allein herausfinden müssen.

15

Einen Incubus holt man sich nicht ins Bett

Ich bekam Ashton kein weiteres Mal zu Gesicht. Nachdem ich am nächsten Tag irgendwann vormittags mein Zimmer verlassen hatte, war er bereits abgereist. Mom und Dad hatten sich darauf geeinigt, mir einen Monat Hausarrest aufzubrummen. Sie erlaubten mir nicht einmal, mit Santana zu telefonieren. Ich würde erst am Montag in der Schule erfahren, wie es ihr ergangen war. Es hätte mich nicht gewundert, sie ohne Kopf im Unterricht anzutreffen, weil ihre Mom ihn ihr kurzerhand abgerissen hatte. Ein Auto zu stehlen, auf einem Friedhof zu randalieren, Polizisten an der Nase herumzuführen, ganz zu schweigen von der Wiederbelebung eines Toten – das waren nicht gerade Kavaliersdelikte und ich wusste, dass meine Strafe mehr als milde ausgefallen war. Der Stolz meiner Familie darauf, dass ich mich am Ende doch noch als waschechte Seymour geoutet hatte, überwog.

Nun entsorgte ich in der Küche den zerbrochenen Teller, den ich am Freitagabend gegen die Wand gefeuert hatte. In der Nacht war der Geruch nach überreifer Banane so penetrant gewesen, dass ich die Scherben gleich nach dem Aufstehen zusammengefegt hatte. Ein Wunder, dass in der Zwischenzeit keine Ameisenkolonie die Vorherrschaft in meinem Zimmer übernommen hatte.

Ich schaufelte eine Schüssel Cornflakes im Stehen in mich hinein, dann machte ich mich auf die Suche nach Cedric. Vielleicht konnte ich bei ihm mehr über den Restutio impertes in Erfahrung bringen. Aus Granny bekam ich nichts mehr heraus, Mom würde mir meinen Plan, die Verbindung zu Ashton zu lösen, an der Nasenspitze ablesen, und Tante Sophia hatte als Hexe nicht viel mit Nekromantie am Hut.

Während der Woche war Cedric oft mehrere Tage am Stück unterwegs, um Aufträge zu erledigen, für die nicht die ganze Familie gebraucht wurde, die Sonntage verbrachte er jedoch am liebsten im Ritualzimmer. Das war der erste Ort, an dem ich ihn nach dem Frühstück suchte, und ich hatte Glück. Das Siegel an der Tür war geöffnet und ich stieg die Wendeltreppe nach oben.

Es lag Jahre zurück, dass ich diesen Raum betreten hatte. Das Turmzimmer war so etwas wie Cedrics zweites Zuhause und ich war erschrocken, als ich das Chaos sah, weil er sonst so penibel und reinlich war. Und mir machte er wegen der Unordnung in meinem Zimmer Vorwürfe?

Tageslicht fiel durch ein kleines Dachfenster und malte Streifen aus glitzerndem Staub in die Luft. Es roch nach Tinte und Papier und überall stapelten sich Unmengen alter Bücher, als hätte Cedric versucht, eine Gebirgslandschaft nachzubauen. Fehlten nur noch Miniaturbergsteiger, die den Mount Everbook bestiegen, ein bisschen Kunstschnee und die Illusion wäre perfekt gewesen.

In der Mitte des Raumes stand ein Lesepult, auf dem das Familiengrimoire ruhte. Nicht die verbotene Variante aus dem Keller, sondern die offizielle, mit kaum weniger gefährlichen, aber nicht ganz so moralisch fragwürdigen Zaubern.

Cedric stand an einem zugemüllten Schreibtisch, sammelte ein paar Notizen zusammen und las abwechselnd in drei aufgeschlagenen Büchern. Er hatte gar nicht bemerkt, dass ich den Raum betreten hatte, also ließ ich ihn erst einmal in Ruhe und näherte mich dem Grimoire. Vielleicht würde ich dort meine Antworten finden.

Das Buch war fast so groß wie die dunkle Ausgabe und mindestens genauso alt. Die aufgeschlagene Seite zeigte einen Zauber, der es ermöglichte, mit Toten zu sprechen, deren Seele bereits ins Jenseits übergetreten war. Ich streckte meine Hand danach aus, zog sie aber erschrocken zurück, als sich die Seiten von selbst umblätterten und das Grimoire so schwungvoll zuklappte, dass es mich wohl einen Finger gekostet hätte, wäre ich näher dran gewesen.

Konnte es sein, dass meine Vorfahren noch immer sauer auf mich waren? Ich hatte noch keine Gelegenheit gehabt, jemandem zu erzählen, dass ich die Seiten aus dem schwarzen Grimoire gerissen und beim Ritual in Flammen gesetzt hatte. Und ich hätte es auch am liebsten für mich behalten. Ein Monat Hausarrest reichte als Bestrafung für den Verlust eines jahrhundertealten Zaubers bei Weitem nicht aus.

»Huch, Emily!«, stellte Cedric fest. »Wie lange bist du schon hier?«

»Nicht lange.«

»Einen Moment noch, ich bin gleich bei dir.« Er widmete sich wieder seinen Notizen. Sie nahmen ihn so in Beschlag, dass er von dem bissigen Verhalten des Grimoires nichts mitbekommen hatte.

Ich schaute mich weiter um. »Ist das da hinten ein Bett?«, fragte ich mit dem Blick auf eine Matratze gerichtet, die in einer Ecke des Raumes lag – gut versteckt hinter weiteren Bücherstapeln.

»Manchmal wird es sehr spät«, meinte er nur. »Komm, ich zeige dir, was ich bisher habe.«

Mir fiel wieder ein, dass er mich gebeten hatte, mit ihm gemeinsam einen Zauber zu schreiben. Das war es wohl, was ihn an einem Sonntagvormittag so beschäftigte.

»Eigentlich geht es mir um den Restutio impertes«, sagte ich.

»Ach ja?« Er legte seine Notizen beiseite und war ganz hellhörig. »Weißt du was? Lassen wir das mit dem Schreiben des Zaubers. Das hat auch noch Zeit. Ich war schon immer vom schwarzen Grimoire fasziniert. Natürlich hätte ich es nie gewagt, einen Zauber daraus zu wirken … Aber ich würde nur zu gern den Geheimnissen des Restutio auf den Grund gehen. Wer hat ihn verfasst? Auf welchen Mächten beruht er? Und wie konntest ausgerechnet du ihn wirken? Sorry, Schwesterherz.«

»Schon okay …« Eigentlich hatte ich ihn mit Fragen löchern wollen. Anscheinend wusste er nichts über das Ritual. Also konnte er mir wohl auch nicht sagen, wie ich die Verbindung zu Ashton loswurde.

»Was hältst du davon, wenn wir den Zauber gemeinsam nachschlagen?«, schlug Cedric vor.

»Du meinst, im schwarzen Grimoire?« Nicht nur, dass ich keinerlei Drang verspürte, noch einmal in die Gruft zu gehen und mich mit meinen Ahnen anzulegen, Cedric und ich konnten auch keinen Zauber nachschlagen, der längst in Rauch aufgegangen war.

»Ja, wo denn sonst?«, sagte er lachend.

»Ehrlich gesagt«, begann ich, traute mich aber nicht, meine Schuld einzugestehen, und entschied mich im letzten Moment dagegen. »Ich bin noch total platt wegen gestern. Das wollte ich dir nur sagen. Ist es okay für dich, wenn wir das verschieben?«

»Klar«, sagte er. »Solange wir unseren Ausflug zum schwarzen Grimoire bald nachholen. Versprochen?«

»Sicher.«

»Ich nehme dich beim Wort«, nagelte er mich darauf fest.

»Okay, dann lass ich dich mal weitermachen mit … was auch immer du gerade austüftelst.« Ich deutete auf seine Notizen und Bücher, dann ließ ich ihn wieder allein.

Das war ja echt super gelaufen. Statt Antworten zu finden, würde ich zugeben müssen, den Restutio aus Versehen vernichtet zu haben, sobald Cedric darauf bestand, dass ich mein Versprechen einlöste. Vielleicht hatte ich aber auch Glück und meine Vorfahren würden mich gleich beim Betreten der Gruft ins Jenseits befördern. Dann bliebe es mir erspart, Cedrics Gesicht zu sehen, wenn er feststellen musste, dass zwei Seiten aus dem schwarzen Grimoire fehlten.

Der Tag verging wie im Flug. Ich hatte mich die meiste Zeit in der Bibliothek verkrochen, auf eigene Faust nach Informationen über das Aufheben von Flüchen gesucht, war jedoch erfolglos geblieben.

In der Nacht bekam ich dann kaum ein Auge zu. Der Gedanke, für den Rest meines Lebens an Ashton gefesselt zu sein, ließ mich einfach nicht in Ruhe. Er musste mich wirklich hassen, so wie er mich bei unserer letzten Begegnung angeschaut hatte, und ich wollte an niemanden gefesselt sein, der mich hasste. Erst recht an niemanden, der sich über meine Schwärmerei für ihn lustig gemacht hatte.

Unruhig wälzte ich mich im Bett hin und her, zog die Decke über den Kopf und warf mich zur Seite. Es war einfach zu viel passiert. Dass mich Santana mit dieser Boosterzauberlüge ausgetrickst hatte, war ganz schön heftig. Andererseits wusste ich dadurch, dass ich doch eine Nekromantin war. Zumindest ließ es sich nicht leugnen, auch wenn ich keinen Unterschied spürte. Ich kniff die Augen fest zusammen und horchte in mich hinein. Irgendwo dort drin mussten diese Kräfte ruhen, die sich jahrelang so geschickt vor mir versteckt hatten. Und tatsächlich, wenn ich an die Gefühle dachte, die ich während des Rituals gehabt hatte, spürte ich etwas ganz Ähnliches in meinem Inneren. Etwas Heftiges, Brodelndes, das mein Herz schneller schlagen ließ, als würde sich eine riesige Welle auf mich zubewegen und drohen, mich mit einem Schlag wegzuspülen. Ich riss die Augen auf, starrte an die Decke und atmete mehrmals tief durch. Es war wohl das Beste, wenn ich solche Experimente bleiben ließ. Am Ende erweckte ich noch versehentlich die Toten im Kellergewölbe zum Leben und durfte es dann ausbaden, dass meine Vorfahren aus Rache für das beschädigte Grimoire durch die Gänge wanderten.

Ich vergrub mich unter meinem Kissen und versuchte, den Kopf freizubekommen. Irgendwann musste ich dann doch eingeschlafen sein, denn spät in der Nacht schreckte ich auf.

Es war stockfinster. Ich hatte das Gefühl, gefesselt zu sein und nicht richtig atmen zu können, was ich mir damit erklärte, dass ich mich wohl wieder in meiner Bettdecke verwickelt hatte. Als mein Bett aber ohne mein Zutun knarzte, sich etwas Schweres auf meiner Brust vorbeugte und zwei glimmend rote Augen vor mir auftauchten, wurde ich eines Besseren belehrt. Mein Puls begann augenblicklich zu rasen.

Ein Traum!, schoss es mir sofort durch den Kopf. Das musste ein Albtraum sein, denn das, was auf mir kauerte, mich fest in mein Laken drückte und mir seinen fauligen Atem ins Gesicht blies, war ein verflixter Incubus – geformt aus bösen Gedanken, manifestiert durch Angst und nur durch sie am Leben gehalten. Ich hatte diese Dinger schon auf unzähligen Bildern gesehen. Es waren haarlose, menschenähnliche Wesen, mit langen Reißzähnen, Teufelshörnern und schuppiger Haut. Fast körperlos, als würden sie bloß aus Schatten bestehen, gewannen sie nur dann an Substanz, wenn sie ihren Opfern genügend Angst einflößen konnten.

Und pure Angst ergriff nun auch von mir Besitz. Panik stieg in mir auf, mein Atem ging schneller und ich fühlte mich wie gelähmt, als sich der Incubus noch weiter vorbeugte und an mir schnüffelte wie ein Hund an einem Knochen. Er roch meine Angst, die ich unmöglich abschütteln konnte. Ich wollte um Hilfe schreien, doch kein Ton kam über meine Lippen. Mir fiel wieder ein, dass Incubi ihren Opfern die Stimme stahlen, bevor sie ihnen auch das Leben nahmen.

Dass ich nicht wirklich träumte, war mir längst klar. Dieses Monster saß tatsächlich auf mir und es gab niemanden, der mir helfen konnte. Niemanden, außer mir selbst. Ich wollte mich befreien, doch der Incubus hielt mich fest, und je mehr ich mich wehrte, desto enger schraubten sich seine Klauen um meine Arme.

Mittlerweile hatten sich meine Augen an die Dunkelheit gewöhnt und ich konnte deutlich die Konturen des Incubus erkennen, wie er auf meiner Brust hockte, sein Maul aufriss und seine lange, schleimige Zunge ausrollte. Noch einmal versuchte ich freizukommen, wehrte mich aus Leibeskräften und warf mich schließlich zur Seite. Der Incubus stürzte von meinem Bett, fauchte wie eine wütende Raubkatze und schoss gleich wieder auf mich zu.

Ich reagierte, ohne nachzudenken, packte meine Bettdecke und warf sie ihm über den Kopf. Dann verpasste ich ihm einen Tritt, der ihn von mir wegstolpern ließ und mich in einem Purzelbaum auf den Boden beförderte.

Meine Brust brannte von dem tonlosen Schrei, den ich von mir gegeben hatte, mein Atem hetzte. Der Incubus stolperte blind durch mein Zimmer und scheiterte daran, sich die Decke vom Kopf zu ziehen. Mit dem Bett zwischen ihm und mir fühlte ich mich ein wenig sicherer. Dass es außerdem ziemlich lächerlich aussah, wie dieses Monster hilflos durch die Gegend torkelte, milderte meine Angst zusätzlich ab, was den Incubus schwächte. Seine Beine wirkten bereits leicht durchsichtig.

Ich wollte mich aufrappeln und zur Tür hechten, als mein Blick auf eine Linie aus Grabesstaub fiel, die sich über meinen Fußboden zog und unter dem Bett verschwand. Mir war sofort klar, worum es sich dabei handelte. Wirklich glauben wollte ich es aber nicht. Eilig robbte ich näher heran und beseitigte damit meine Zweifel: Jemand hatte einen Beschwörungskreis unter mein Bett gezeichnet. Der Incubus war nicht zufällig bei mir aufgetaucht. Er war gerufen worden! Obwohl ich den Beweis direkt anstarrte, kam es mir dennoch unwirklich vor.

Das wütende Zischen und Knurren der Bestie brachte mich zum Handeln. Ich streckte den Arm aus, verwischte das Symbol und konnte unter dem Bett hindurch sehen, wie der Incubus laut kreischend seine Substanz verlor, zu fliehenden Schatten wurde, während die Bettdecke durch ihn hindurch zu Boden sackte.

Ich blieb noch einen Moment lang bäuchlings liegen und rührte mich nicht. Mein Puls raste noch immer, ich war trotz tiefschwarzer Nacht hellwach und versuchte, meine Gedanken zu ordnen.

Dieses Mistvieh hätte mich umgebracht! Und das nicht auf eine schöne Weise – falls es denn eine schöne Art zu sterben gab.

Jemand hatte versucht, mich umzubringen. Nur wer? Ashton? Unmöglich. Damit hätte er sich dank der Verbindung zwischen uns selbst getötet. Mal ganz abgesehen davon, dass ich ihm zwar vieles zutraute, aber nicht das.

Ich rappelte mich auf und kam stolpernd auf die Füße. Das ergab doch alles keinen Sinn! Ich hatte keine Feinde. Wer sollte mir nach dem Leben trachten? Mir fiel niemand ein. Aber Grabesstaub sammelte sich nun mal nicht zufällig in Form eines Beschwörungskreises unter einem Bett.

Dass ich Opfer eines Mordanschlags geworden war, machte mir fast noch mehr Angst als der Incubus. Ich rannte zur Tür, riss sie auf und lief zum Schlafzimmer meiner Eltern.

»Mom? Dad?«, rief ich mit krächzender Stimme. Ich klopfte und stieß die Tür auf, ohne eine Antwort abzuwarten.

»Emily?«, fragte Mom verschlafen.

Dad richtete sich auf und knipste das Licht an. »Du bist kreidebleich! Was ist denn los?«

»Jemand …« Meine Stimme war noch ganz rau. Ich räusperte mich und deutete in den Gang. »Jemand hat versucht, mich umzubringen!«

Mom riss die Augen auf, sprang aus dem Bett und kam sofort zu mir gelaufen. Sie packte mich und strich mir das Haar aus der Stirn. »Du bist ja ganz aufgelöst. Erzähl mir genau, was passiert ist.«

Auch Dad war aufgestanden und zu mir gekommen. Ich blickte von ihm zu Mom und kämpfte gegen das Chaos in meinem Kopf. »Es war ein Incubus. Er … jemand hat ihn beschworen.«

»Was?«, fragte Mom bestürzt.

»Unter meinem Bett war ein Beschwörungskreis.«

Mom ließ mich stehen und lief zu meinem Zimmer.

Dad legte mir den Arm um die Schultern. »Du zitterst immer noch«, stellte er fest.

Wir folgten Mom und kamen dabei an Mandys Zimmer vorbei, die den Kopf in den Gang streckte. Mit ihrer pinken Schlafmaske, die sie sich in die Stirn geschoben hatte, blinzelte sie uns an. »Was soll denn der Lärm?«, maulte sie.

Mom schaltete das Licht an und schaute sich in meinem Zimmer um. Anschließend hockte sie sich hin und warf einen Blick unter mein Bett. »Tut mir leid Emily, aber hier ist kein Ritualkreis.«

»Natürlich nicht, ich habe ihn ja auch weggewischt.«

Sie schaute zu mir auf. »Du hattest bestimmt nur einen Albtraum. Die letzten Tage waren sehr turbulent und wir konnten noch gar nicht in Ruhe reden. Darüber, dass du deine Kräfte entdeckt hast und warum sie so tief in dir verborgen waren. Du hast sie nicht ohne Grund vor dir selbst und vor uns allen verschlossen. Wahrscheinlich hing das mit Ängsten zusammen, die du nun nach und nach überwindest. Versagensängste vielleicht?«

»Was willst du damit andeuten?«, fragte ich.

Mom stand auf und trat zu mir. »Du hast nicht nur deine Kräfte entfesselt, sondern auch deine Ängste freigelegt. Bis du sie völlig überwunden hast, manifestieren sie sich in Albträumen.«

Glaubte sie wirklich, dass ich einen Albtraum nicht von einem echten Incubus unterscheiden konnte? Ich war doch kein Kleinkind mehr, das zu Mom und Dad rannte, wenn es mal schlecht geschlafen hatte.

»Das ist einfach nicht wahr«, beharrte ich und deutete auf das Bett. »Man sieht doch noch den Grabesstaub!«

Mittlerweile stand Dad nicht mehr allein im Türrahmen. Auch Tante Sophia und Mandy schauten sich in meinem Zimmer um.

»Ich sehe hier einfach nur Schmutz«, erwiderte Mom.

Mandy stieß ein hohles Lachen aus. »Wenn du schon nicht schlafen kannst, solltest du die Zeit nutzen und hier aufräumen. Aber mach dabei nicht noch mehr Lärm. Manche Leute brauchen ihren Schönheitsschlaf.«

»Stimmt, du hast das ganz besonders nötig«, giftete ich sie an, riss mich aber gleich wieder zusammen und wandte mich Mom zu. »Ich habe den Beschwörungskreis gesehen, das musst du mir glauben!«

»Ich will dir doch glauben, Liebes«, versicherte sie mir. »Aber wer sollte es auf dein Leben abgesehen haben? Und wer hätte die Möglichkeit, einen Beschwörungskreis unter dein Bett zu streuen? Glaubst du, dass dich einer von uns umbringen will? Einer aus deiner eigenen Familie? Niemand sonst hätte die Chance dazu gehabt.«

Ich schaute zu Tante Sophia, die mit verschränkten Armen und hochgezogener Braue neben Dad stand. Erschreckenderweise traute ich ihr alles zu. Selbst einen Mord, wenn er ihr einen Vorteil einbrachte. Auch Mandy war nicht gerade ein Fan von mir. Aber sie steckte bestimmt nicht dahinter. Wozu auch? Das ergab wirklich keinen Sinn. Es sei denn …

»Ashton …«, murmelte ich.

Mom packte meine Arme. »Emily, du steigerst dich da in etwas hinein. Der junge Goodwin ist nicht dumm. Er weiß, dass er sich durch die Verbindung zwischen euch selbst das Leben nehmen würde.«

»Das ist mir schon klar. Aber was, wenn jemand *ihn* umbringen will? Was, wenn sein Tod auf dem Friedhof gar kein Unfall war?« Allmählich löste sich der Knoten in meinem Kopf.

»Tzzz«, zischte Sophia und machte auf dem Absatz kehrt. »So einen Stuss höre ich mir nicht länger an.«

Dad schaute ihr flüchtig nach. »Es müsste trotzdem einer von uns gewesen sein«, sagte er. »Glaubst du, dass dir jemand aus diesem Haus etwas antun würde? Und was hätten wir davon, wenn ein Goodwin in unserer Obhut stirbt? Emily, denkst du nicht, dass es vielleicht doch nur ein böser Traum gewesen sein könnte?«

»Nein ich … ich weiß nicht«, sagte ich nachdenklich.

»Es war ein Traum«, beharrte Mom und strich mir über die Wange. »Nur ein böser Albtraum, weiter nichts.«

Das war kein Traum gewesen. Dabei wünschte ich mir, mich zu irren, denn ich wollte genauso wenig wahrhaben, dass mich einer aus meiner Familie ermorden wollte, wie Mom und Dad es glauben konnten.

»Morgen nach der Schule räumen wir dein Zimmer auf«, schlug Mom vor. »Wir misten gemeinsam aus und bringen alles auf Vordermann. Du wirst schon sehen, wenn es hier ordentlich und sauber ist, schläfst du auch besser.«

»Okay …«, murmelte ich.

Mom nickte das ab und machte sich mit Dad auf den Weg aus meinem Zimmer, doch an der Tür stießen sie mit Cedric zusammen.

»Alles in Ordnung?«, fragte er.

»Nur ein Albtraum«, sagte Mom.

»Versuch zu schlafen, Liebes«, bat mich Dad.

Als würde ich jetzt auch nur ein Auge zubekommen. Wer sagte mir denn, dass der Täter nicht noch einmal zuschlagen würde? Wer auch immer es gewesen war … Schließlich wusste nur meine Familie von meiner besonderen Verbindung mit Ashton – und Santanas Mom. Aber Mirabell wäre zu so etwas nicht fähig. Oder doch? Vielleicht jemand aus ihrem Hexenzirkel? Ich war völlig aufgelöst und wusste nicht mehr, was ich noch glauben sollte und vor allem, wem ich trauen konnte.

Cedric schaute unseren Eltern nach, dann wandte er sich mir zu. »Albtraum also?«

»Ich … nein, es … ach, keine Ahnung.« Ich rieb nervös die Hände.

Cedric betrat mein Zimmer und breitete die Arme aus. »Wie wäre es mit einer Alles-wieder-gut-Umarmung von deinem großen Bruder?«, bot er an.

Ich lachte flüchtig. »Ich glaube, aus dem Alter bin ich raus.«

Er wackelte mit den Brauen, schaute mich auffordernd an und winkte mich mit den Fingern zu sich. Ich seufzte, ergab mich aber meinem Schicksal und trat näher, sodass er mich an sich drücken konnte.

»So ist es gleich viel besser, oder?«

Ich hütete mich davor, das offen zuzugeben, aber ja, seine Umarmung fühlte sich gut an. Cedric war nun mal schon immer wie ein Beschützer für mich gewesen. Wahrscheinlich würde ich mich auch in zwanzig oder dreißig Jahren noch sicher bei ihm aufgehoben fühlen.

»Soll ich auch noch ein bisschen bei dir bleiben, damit du wieder einschlafen kannst?«, fragte er und tätschelte mir den Kopf. Es war offensichtlich, dass er mich aufziehen wollte.

»Haha.« Ich stieß ihn von mir.

»Du musst dich dann allerdings mit dem Boden begnügen. Ich kriege das Bett«, sagte er und grinste.

»Jetzt hau schon ab!«, forderte ich ihn auf und schob ihn aus meinem Zimmer. Halbherzig wehrte er sich dagegen.

»Du hast aber nicht vor Angst ins Bett gepinkelt, oder?«, neckte er mich weiter.

Ich gab ihm einen Stoß, sodass er in den Gang stolperte, und schlug die Tür zu. Sofort riss er sie wieder auf und streckte den Kopf ins Zimmer.

»Noch einen Gutenachtkuss auf die Stirn?«, fragte er und zog sich schnell wieder zurück, bevor ich ihm eine Kopfnuss verpassen konnte.

Zumindest eines hatte er erreicht: Meine Angst war völlig verflogen.

Am nächsten Morgen waren meine Augenringe so heftig, dass ich gut als Waschbär durchgegangen wäre. Ich spielte mit dem Gedanken, mir ein Kissen mit zur Schule zu nehmen, denn ich würde garantiert im Unterricht einschlafen.

Nachdem ich eiskalt geduscht hatte, packte ich meinen Schulkram zusammen und lief nach unten. Im Speisesaal hatte sich bereits die ganze Familie versammelt und alle frühstückten, als wäre nie etwas geschehen.

»Guten Morgen«, begrüßte mich Mom, die gerade aufgestanden war. Sie drückte mir einen flüchtigen Kuss auf die Stirn, lief zur Anrichte und füllte den leeren Brotkorb mit frischen Brötchen. »Dein Dad war heute Morgen beim Bäcker, setz dich ruhig schon mal.«

»Hast du noch etwas schlafen können?«, fragte Dad.

»Oder hat sich noch ein Incubus über dich hergemacht?«, höhnte Mandy.

»Dagegen gibt es Cremes«, meinte Tante Sophia und ließ beiläufig ihren Zeigefinger vor ihrem Gesicht kreisen. »Du kannst dir gern einen Tiegel bei mir abholen.«

Mom stellte den Brotkorb auf den Tisch und ich nahm mir ein Milchbrötchen.

»Nettes Angebot«, wandte ich mich an Sophia. »Aber meine Augenringe und ich leben in einer friedlichen Co-Existenz. Außerdem bin ich spät dran. Danke für die Brötchen, Dad.«

Ich legte ihm eine Hand auf die Schulter und er tätschelte sie liebevoll.

»Nichts du danken«, sagte er.

Dad war ganz sicher nicht der Täter. Er würde immer zu mir stehen. Da war ich mir sicher. Mal ganz abgesehen davon, dass er als Normalsterblicher gar nicht dazu fähig gewesen wäre, ohne Hilfe einen Incubus zu beschwören. Aber was war mit Mom? Mit Cedric? Ich traute es ihnen nicht wirklich zu, aber ich konnte genauso wenig daran glauben, dass es nur ein Albtraum gewesen war.

»Nach der Schule kommst du sofort wieder heim«, erinnerte mich Mom an meinen Hausarrest. »Es gibt einiges, worüber wir dich aufklären müssen, damit du deine neu erwachten Kräfte auch richtig einsetzen kannst. Du hast nicht die geringste Ahnung, was dir bisher alles entgangen ist.«

Na toll, wahrscheinlich durfte ich künftig noch mehr Magiekram lernen, Zaubersprüche büffeln und bis zum Abwinken Rituale üben.

»Versprochen«, sagte ich und lief zur Haustür. Auf halbem Weg blieb ich stehen und schaute an mir herunter. Ich stand in Socken in der Vorhalle und seufzte. Bei meiner Schusseligkeit hätte ich irgendwann auch meinen Kopf vergessen, wenn er nicht angewachsen wäre. Ich machte auf dem Absatz kehrt, stopfte mir das Milchbrötchen in den Mund und lief zur Garage. Dort türmte sich ein ganzer Haufen meiner Schuhe gleich neben der Tür. Mom war nämlich ganz und gar nicht begeistert, wenn ich Friedhofserde ins Haus schleppte, also zog ich meine Schuhe oft schon in der Garage aus. Ich schnappte mir ein paar Sneakers, klopfte den Dreck von der Sohle und schlüpfte hinein. Gerade als ich mich wieder aufrichtete, fiel mein Blick auf den angebrochenen Salzsack, der nach wie vor etwas abseits in einer Ecke lag, als wäre er für seine Schandtaten verbannt worden.

Was, wenn das alles tatsächlich von Anfang an ein abgekartetes Spiel gewesen war und Ashton an jenem Abend sterben sollte? Dann hätte der Täter nichts dem Zufall überlassen. Mein Unvermögen, etwas fehlerfrei hinzubekommen, war zwar vorhersehbar, hatte aber üblicherweise keine Todesopfer zur Folge. Der Täter musste den Unfall eingefädelt haben.

Ich lief zum Salzsack, drehte ihn zur Seite, um mir das Loch anzusehen – und traute meinen Augen kaum. Dort war kein Loch im eigentlichen Sinne, denn der Stoff war nicht gerissen, sondern zweifelsohne aufgeschnitten worden. Ich hatte schon genug Krimis gelesen, um den Unterschied zwischen Materialermüdung und einem scharfen Schnitt zu kennen.

Also hatte ich recht. Es war kein Unfall gewesen. Jemand hatte mich reingelegt, mich benutzt, um Ashtons Tod zu inszenieren und mir die Schuld in die Schuhe schieben zu können!

Meine Gedanken überschlugen sich. Ich konnte mir einfach nicht erklären, warum das jemand tun würde. Jemand aus meiner eigenen Familie! Aber wer? Mein Blick glitt zurück zur Tür. Ich wusste es nicht. Nur eines war mir klar: Ich durfte ihnen meine Entdeckung nicht zeigen. Nicht, wenn wirklich jemand von ihnen die Verantwortung trug.

16

Wer kam eigentlich auf den Namen *Dead Horse Beach*?

Ich war zu früh aufgebrochen, um direkt zur Schule zu gehen und Santana auf dem Weg dorthin zu treffen. Daher entschloss ich mich, sie zu Hause abzuholen. Keine zwanzig Minuten später stand ich mit einem flauen Gefühl in der Magengegend vor ihrer Haustür und zögerte. Die ganze Aktion mit Ashtons Wiederbelebung war auf meinem Mist gewachsen und es wäre richtig, Mirabell das zu erklären und mich zu entschuldigen. Aber diese Frau machte mir ein wenig Angst. Oder auch ein wenig mehr. Sie wirkte zwar in ihrer bunten Kleidung und mit ihrer chaotischen Art nicht sehr bedrohlich, aber das machte sie nicht zu einer weniger gefährlichen Hexe – gerade weil sie eher harmlos wirkte, war sie vielleicht sogar gefährlicher als Tante Sophia.

Ich atmete tief durch, straffte mich und kramte meinen ganzen Mut zusammen. Ich hatte einen Incubus überlebt, ich würde auch Mirabells Schimpftirade überstehen, also hob ich die Hand. Doch noch bevor ich anklopfen konnte, wurde die Tür aufgerissen und ich wich einen Schritt zurück. Mirabell stand mit wirrem Haar, rosa Schürze und neongelbem Blümchenkleid vor mir.

»Ich will nichts hören!«, blaffte sie mich an, als ich gerade den Mund öffnen wollte.

»Bitte, ich will nur …«, flehte ich.

»Nein danke!«, schnitt sie mir das Wort ab. »Du hast schon genug gesagt und getan. Ich hoffe, deine Familie hat dich nicht ungeschoren davonkommen lassen. Was du dir dabei gedacht hast, will ich gar nicht erst wissen. Eine Entschuldigung kannst du dir auch sparen. Nichts entschuldigt die Gefahr, in die du meine Tochter gebracht hast.«

»Ich verstehe«, sagte ich leise und mit gesenktem Blick. Es würde wohl eine Weile dauern, bis sie mir verzeihen konnte.

»Ich denke nicht, dass du das verstehst«, entgegnete sie in schneidendem Tonfall. »In dir steckt doch mehr von den Seymours, als ich es vermutet hatte. Und das sagt mir, dass ich meine Tochter nur schützen kann, indem ich sie von dir fernhalte. Ich will dich hier nie wiedersehen, verstanden?«

Bestürzt riss ich den Kopf hoch. »Aber …«

Mirabells Blick war unbarmherzig. So wütend hatte ich sie noch nie erlebt. »Haben wir uns verstanden?«, wiederholte sie.

Ich schaute an ihr vorbei, weil Santana aufgetaucht war. Sie sah ungefähr so mitgenommen aus, wie ich mich fühlte, und hob zögernd die Hand, um Hallo zu sagen.

Mirabell bemerkte meinen Blick und wandte sich um. Sie seufzte. »Fünf Minuten, um euch zu verabschieden. Keine Sekunde länger!« Mit diesen Worten stapfte sie davon. Santana schaute ihr nach, dann kam sie zu mir gelaufen.

»Was tust du hier?«, fragte sie mit gesenkter Stimme.

»Ich wollte dich zur Schule abholen. Verdammt, ist deine Mom wütend. Hast du viel Ärger bekommen?«

»Jede Menge«, sagte sie. »Einen Monat Zauberverbot, eine Woche lang keine Schule. Sie überlegt sogar, mich auf eine Schule in der Zwischenwelt zu schicken. Ich darf nicht mal die Raumfalte verlassen. Mom sagt, ich brauche eine Auszeit. Auch von dir …«

»Aber das meint sie doch nicht ernst, oder? Also, dass wir uns nie wiedersehen dürfen.«

Santana hob die Schultern. »Im Moment schon. Aber bestimmt beruhigt sie sich wieder. Ich hoffe es mal.«

In ihrem Rücken sah ich, wie uns Mirabell mit Adleraugen beobachtete. Wahrscheinlich zählte sie die Sekunden, bis unsere fünf Minuten abgelaufen waren.

»Hör zu, die Zeit läuft uns davon«, begann ich.

Santana schaute mich fragend an und ich legte ohne Umschweife los. Ich erzählte ihr von dem Incubus, dem aufgeschnittenen Salzsack und meinen Vermutungen, auch dass ein Mitglied meiner Familie für den Mord an Ashton verantwortlich sein könnte.

»Und du bist dir absolut sicher, dass der Incubus kein Albtraum war?«, hakte sie nach. »Weil … na ja, du hast viel zu verarbeiten. Du weißt jetzt endlich, dass du doch eine Nekromantin bist, und du hast diesen Goodwintypen an dich gebunden, und wenn ich ehrlich bin, hat er nicht gerade den Eindruck gemacht, als wäre er der Traum aller Schwiegermütter.«

»Ich bin mir sicher.« Wieso fragten mich das alle? »Genauso sicher, wie ich weiß, dass ich gerade vor dir stehe.«

»Heilige Scheiße, das kann echt nicht wahr sein! Du musst mit irgendjemandem darüber reden. Am besten …« Sie wandte sich um, doch ich hielt sie am Arm fest. »Was ist?«

»Ich weiß nicht, ob wir deiner Mom vertrauen können.«

Santana lachte. »Das ist nicht dein Ernst, oder? Sie ist echt sauer auf dich, aber ein Incubus? Das wäre ein bisschen übertrieben, oder?«

»Deine Mom zu verdächtigen, ist genauso verrückt, wie mir vorzustellen, dass es Cedric war. Oder Mandy. Oder Tante Sophia.« Allein bei dem Gedanken fühlte es sich an, als würde der Incubus wieder auf meiner Brust hocken. »Es gibt nur eine Person, die wissen kann, wer Ashton tot sehen will. Und das ist Ashton.« Ich überlegte kurz. »Mal abgesehen vom Mörder. Der weiß natürlich auch Bescheid.«

»Es war ganz bestimmt ein Außenstehender«, versicherte mir Santana. »Wer weiß, wen Ashton sich zum Feind gemacht hat.«

Ich hob eine Braue. »Du meinst, so wie wir Seymours die Erzfeinde der Goodwins sind?«

»Jedenfalls meine ich nicht meine Mom«, wiegelte sie ab.

»Vielleicht eine Hexe aus ihrem Zirkel. Aber egal, ich muss mit Ashton reden. Zumindest muss ich ihm sagen, dass es jemand auf ihn abgesehen hat. Der Täter hört bestimmt nicht auf, nur weil es ihm beim dritten Mordversuch langweilig wird.«

»Hast du Ashtons Nummer oder so?«

»Klar, ich folge ihm auf Instagram und bin sein größter TikTok-Fan«, höhnte ich. Da ich selbst kein Handy besaß, war ich nicht einmal auf die Idee gekommen, ihn nach seiner Nummer zu fragen.

»Die fünf Minuten sind um!«, rief Mirabell.

Santana warf einen gehetzten Blick ins Haus und wandte sich wieder mir zu. »Okay, ich weiß von Mom, dass die Goodwins in Salem wohnen«, erklärte sie mit gesenkter Stimme. »Dort liegt eine Raumfalte. Wir können also direkt von hier dorthin reisen. Ich packe nur noch ein paar Sachen zusammen.«

Ich schüttelte den Kopf. »Diesmal nicht. Du hast schon genug Ärger!«

»Du kannst nicht allein zu den Goodwins gehen.«

»Klar kann ich. Ashton muss tun, was ich ihm sage, also kann mir auch nichts passieren. Und ganz ehrlich, im Moment fühle ich mich zu Hause auch nicht sicherer.«

»Du willst das wirklich durchziehen?«, fragte sie und klang dabei geradezu schockiert. »Weil … na ja, das sind die Goodwins! Eure Todfeinde. Außerdem bist du doch gar nicht darauf vorbereitet, was dich in der Zwischenwelt erwartet. Immerhin wurdest du als Normalsterbliche nicht in alles eingeweiht. Und jetzt willst du echt allein nach Salem reisen? In die Stadt, durch die sich die älteste Raumfalte zieht, die es gibt? Dort leben Dutzende Hexen und was weiß ich noch. Das ist eine ganz andere Welt!«

»Danke, du machst mir echt Mut«, beschwerte ich mich. Ich war mir ganz und gar nicht sicher, ob ich das durchziehen wollte, aber was hatte ich schon für eine Wahl? Mich umbringen zu lassen, klang auch nicht gerade verlockend.

»Ich sage nur, was Sache ist.«

»Es wird bestimmt gut gehen«, beruhigte ich teils auch mich selbst. »Es kann doch sein, dass die Goodwins – genau wie meine Familie – gar nicht in der Zwischenwelt leben. Ihr Haus liegt bestimmt außerhalb der Raumfalte. Ich werde sie schneller finden, als du denkst.«

»Santana?«, drängte Mirabell.

»Einen Moment noch, Mom!« Sie hob die Hand, um mich zu bitten, kurz zu warten. »Ich hole nur schnell was. Bin gleich zurück.« Mit diesen Worten eilte sie zu ihrem Zimmer, sodass ich allein im Hauseingang zurückblieb und Mirabells Blicke ertragen musste, die mich regelrecht durchbohrten. Sie verschränke die Arme vor der Brust und verengte die Augen zu schmalen Schlitzen. Eine eisige Stille breitete sich aus und ich fragte mich, ob Hexen auch Flüche wirken konnten, ohne sie laut auszusprechen. Santanas Mom erweckte jedenfalls den Eindruck, als würde sie mir die Pest anhexen wollen, und ich spürte bereits erste Symptome – falls ein trockener Hals und der unbändige Drang, mich aus dem Staub zu machen, zu den Symptomen dieser Krankheit gehörten.

Ich war erleichtert, als Santana endlich wieder auftauchte.

»Das wird dir helfen.« Sie griff nach meinem Handgelenk, an dem ich unser Freundschaftsarmband trug, und befestigte einen weiteren Anhänger daran – ein Triskill, ein Zeichen mit drei Wirbeln. »Der Anhänger birgt einen Schutzzauber, der verhindert, dass dich jemand aufspüren kann.«

»Das ist genial, danke!« Ich nahm Santana in den Arm und drückte sie fest.

»Pass auf dich auf, okay?«, bat sie mich.

»Versprochen!«

Direkt durch die Raumfalte nach Salem zu reisen, war mir zu riskant. Ich hatte keinerlei Erfahrung und hätte überall landen können. Zum Glück gab es noch die altbewährten Arten der Fortbewegung.

Meine Vorstellung, was als Nächstes kommen würde, war ziemlich einfach: Ich würde in einen Bus nach Salem steigen, vor Ashtons Haustür ankommen, ihm unter die Nase reiben, dass er nicht aufgrund meiner Dummheit gestorben war und es sich daher sparen konnte, mir länger Vorwürfe zu machen. Ach ja, und dass jemand versuchte, uns umzubringen.

Allerdings fuhr kein Bus von Springdale nach Salem. Auch nur in den Nachbarort zu gelangen, erwies sich als Unding und ich bereute es schon bald, mich nicht doch für die Raumfalte entschieden zu haben, Risiko hin oder her.

Erst wartete ich stundenlang am Busbahnhof, dann wurde mir klar, dass der vergilbte Fahrplan, auf den ich mich verlassen hatte, ungefähr so viel Wert war wie Spielgeld beim Juwelier. Nachdem ich endlich einen Bus erwischt hatte, musste ich dreimal umsteigen und war mehrmals kurz davor, mich rettungslos zu verlaufen, bis ich endlich in der nächstgrößeren Stadt ankam. Mich zum Ticketschalter durchzufragen und einen Fahrschein nach Salem zu ergattern, war dann noch mal ein Abenteuer für sich.

Stunden nach meinem Entschluss, Ashton aufzusuchen, saß ich auf einem Gangplatz im Bus nach Salem, und kaum hatten sich die Türen geschlossen, schlief ich tief und fest ein. Ich wachte erst wieder auf, als jemand an meinem Ärmel zupfte.

Verschlafen blinzelte ich.

»Kleines?«, sprach mich die Frau am Fensterplatz an. »Stehst du bitte auf? Ich muss hier aussteigen.«

Ich schaute mich verwirrt um, warf einen Blick nach draußen und sah auf einem Schild den Ortsnamen – Salem. Sofort war ich auf den Beinen, stieß dabei mit dem Knie gegen die heruntergeklappte Ablage, unterdrückte einen Aufschrei und stolperte in den Gang, wo ich geradewegs einen Mann anrempelte.

»Pass doch auf!«, pflaumte er mich an.

»Sorry«, entschuldigte ich mich und hastete nach vorn zum Fahrer, um auszusteigen. Dabei krachte ich in die nächste Person.

»Der Ausstieg ist hinten«, beschwerte sich die Frau und drängte mich in die richtige Richtung. Mir gelang es gerade noch so, mir meine Schultasche zu schnappen, die ich natürlich auf der Gepäckablage vergessen hatte.

Ich war froh, dass ich den engen Bus endlich verlassen konnte und frische Luft in die Lunge bekam. Die Fahrt hatte die ganze Nacht gedauert, es war ein trister Morgen und ich stand auf einem gut besuchten Busbahnhof mitten in einer fremden Stadt. Menschen strömten an mir vorbei, Busse bogen auf den Wendeplatz oder fuhren vor meiner Nase ab und ich hatte keine Ahnung, wohin ich musste.

»Verzeihung?«, fragte ich jemanden, wurde aber ignoriert. »Entschuldigung?«, wendete ich mich an den nächsten Passanten, der so tat, als hätte er mich nicht gehört, während er auf sein Handy starrte. »Können Sie mir sagen, wo die Goodwins wohnen?«

Nun schaute der Mann doch auf, musterte mich aber nur skeptisch. Eine Antwort bekam ich nicht. Ich seufzte und versuchte es bei einer Frau in einem schicken Hosenanzug. »Entschuldigen Sie, kennen Sie die Familie Goodwin? Sie leben wahrscheinlich in einer Villa, vielleicht etwas außerhalb der Stadt.«

Die Frau verzog das Gesicht. »Ich weiß weder etwas von einer Villa noch kenne ich jeden Bewohner Salems mit Namen. Das hier ist kein kleines Dorf.«

»Trotzdem danke«, sagte ich kleinlaut und schaute mich noch einmal um. Gleich neben dem Busbahnhof lag eine vierspurige Straße, dahinter sah man große Gebäudekomplexe. Ich hatte mir Salem anders vorgestellt. Mit kleinen beschaulichen Häusern, vielen Bäumen und netten Einwohnern, die ihre Vorgärten mähten, mir freundlich zunickten und sofort wussten, wen ich meinte, wenn ich den Namen Goodwin erwähnte. Die Seymours kannte in Springdale schließlich auch jeder. Das lag hauptsächlich am nicht gerade unauffälligen Kleidungsstil meiner Verwandten, aber auch an der Tatsache, dass wir mit Abstand die älteste und reichste Familie der Gegend waren. Und wenn die Goodwins ihren Unterhalt ebenfalls mit Nekromantie verdienten und seit jeher unsere Todfeinde waren, lag für mich der Schluss nahe, dass sie einem ebenso alten Geschlecht entsprangen und über ein beachtliches Vermögen verfügten.

Wie es mir gelingen sollte, Ashton in einer so großen Stadt zu finden, in der niemand wusste, wer die Goodwins waren, war mir ein Rätsel. Ich warf mir meine Tasche über die Schulter, zog ein paar Münzen und einen Kaugummi aus der Hosentasche und betrachtete resigniert meine Beute. Mit dem bisschen Kleingeld käme ich nicht einmal zurück nach Hause. Ich hatte also keine andere Wahl, ich musste mich weiter durchfragen und zur Not die Stadt Haus für Haus absuchen, bis ich die Goodwins gefunden hatte. An einem Automaten zog ich mir einen quietschbunt verpackten Schokoriegel, der bestimmt besonders ungesund war, und eine Dose Pepsi. Dann entschied ich mich, erst einmal der Straße zu folgen und die Familiennamen auf den Briefkästen zu lesen. Es hätte ja sein können, dass ich einmal in meinem Leben Glück hatte und durch Zufall gleich einen Volltreffer landete.

Es dauerte nicht lange, bis frei stehende Wohnhäuser die großen Gebäudekomplexe ablösten. Damit wuchs auch die Wahrscheinlichkeit, das richtige Haus zu finden, auf eins zu einer Million. Ich verdrehte innerlich die Augen.

Die Straße war nicht mehr allzu breit, hier und dort standen Bäume und links von mir tauchte ein Strand auf. Ich beobachtete eine Weile die sanften Wellen, die sich in leicht schäumender Gischt verloren und allmählich versickerten. Man konnte nicht behaupten, dass es ein sonderlich schöner Strand war – er war steinig und überall lagen schleimige Algen herum –, aber das stete Rauschen und der Geschmack von Salz auf meinen Lippen hatte eine beruhigende Wirkung auf mich. Es lag Ewigkeiten zurück, dass ich am Meer gewesen war. Allein dafür hatte sich der Ausflug schon gelohnt.

Als ein dicker Klumpen Algen gegen ein paar Felsen schwappte, zog das meine Aufmerksamkeit auf sich. Erst wusste ich nicht, was mir daran so befremdlich vorkam – sowohl Algen als auch Felsen gab es hier zur Genüge –, dann aber begann sich der Algenberg zu bewegen. Ich rümpfte die Nase. Ob das ein Sumpfmonster war? Der glibberige Berg richtete sich auf, Arme und Beine lösten sich daraus, die Algen glitten über schmale Schultern und enthüllten eine junge, überaus hübsche Frau. Also doch kein Monster.

»Hey!«, rief ich ihr zu.

Sie schaute sich erschrocken um und entdeckte mich winkend am Straßenrand. Ihre Augen waren ungewöhnlich groß, ihr Blick fast schon scheu und ihre Haut glitzerte silbrig grün. Inzwischen waren die Algen nicht mehr als solche zu erkennen. Was davon nicht zurück ins Meer geglitten war, hatte sich als braungrünes Haar herausgestellt. Auch das Schimmern ihrer Haut wurde zu glitzernden Wasserperlen. Es musste sich um eine Nixe handeln, die umso menschlicher wurde, je länger sie sich der Luft aussetzte.

Nach dem ersten Schreck tat sie wieder ganz gelassen. Sie strich das Haar zurück, nahm sich ein Handtuch, das über einem der höheren Felsen lag, und wickelte es sich um den Körper.

Ich stieg über den kleinen Zaun, der mich vom Strand trennte, und lief auf sie zu. »Entschuldigung?«, sprach ich sie an.

»Ja, ich war baden, und nein, mir ist das nicht zu kalt«, sagte sie schnippisch und verdrehte die Augen. »Reich mir mal die Kleidung dort drüben.«

Ich tat ihr den Gefallen, woraufhin sie mir ihr Handtuch zuwarf und völlig unbekleidet vor mir stand. »Hochhalten«, forderte sie mich auf und schlüpfte bereits in ihre Klamotten.

»Du bist eine Nixe, oder?«, fragte ich.

Sie lachte. »Eine Nixe? Glaubst du etwa auch an Meerjungfrauen?« Sie riss das Handtuch wieder an sich und lief barfuß in Richtung Straße.

»Weißt du, wo die Goodwins wohnen?«, fragte ich hoffnungsvoll. »Oder wo die Raumfalte von Salem liegt?«

Wieder lachte sie. Diesmal viel freundlicher. »Sag das doch gleich! Bist du eine Hexe?«

»Nein, eine Nor … äh … Nekromantin«, korrigierte ich mich und schloss zu ihr auf. Es war das erste Mal, dass ich mich so bezeichnete. Ich, eine Nekromantin. Es fühlte sich immer noch unwirklich an, und wenn ich ehrlich war, auch falsch. Wer sagte denn, dass ich mit dem Restutio nicht längst alles verschleudert hatte, was an Kräften in mir aufzutreiben war?

»Du bist also wirklich eine Nixe?«

Sie hielt mir ihre flache Hand vor die Nase. »Jetzt halt mir bloß keine Standpauke, weil ich an einem öffentlichen Strand baden war. Mich hat niemand gesehen.«

»Ich habe dich gesehen«, platzte es aus mir heraus. Erst danach wurde mir klar, dass es vielleicht nicht die beste Idee war, die einzige Person zu verärgern, die mir weiterhelfen konnte.

»Das zählt nicht«, meinte sie und winkte ab. »Du gehörst nicht zu den Normalsterblichen. Von denen wäre im Leben niemand darauf gekommen, dass ich eine Nixe bin. Ich könnte direkt vor ihren Augen aus dem Wasser steigen und sie würden das, was sie sehen, als optische Täuschung abtun. Außer Kleinkinder vielleicht, die sind noch nicht ganz so desillusioniert. Aber denen glaubt sowieso keiner ein Wort. Du willst also zu den Goodwins?«

»Genau!« Ich war zugegebenermaßen ziemlich aufgeregt. Nicht nur, weil ich kurz davorstand, Ashton wiederzusehen, den ich nicht gerade freundlich verabschiedet hatte, sondern auch, weil ich mit einer Nixe sprach. Mir war nicht klar gewesen, dass sie genauso waren wie Menschen, so sprachen und redeten wie wir. Ich hatte sie zu meiner Schande für weniger intelligent gehalten – ähnlich wie einen Incubus oder Guhl.

»Dann komm mal mit!«, forderte sie mich auf und eilte so leichtfüßig über die spitzen Steine des Strandes, als würde sie nicht mehr als eine Feder wiegen.

Wir folgten ein Stück der Straße und durchquerten ein kleines Wäldchen.

»Ich weiß, ich sollte besser dort schwimmen, wo mich niemand sehen kann, aber ich liebe das Meer in der Bucht einfach. Die Strömungen sind genial!«

»Von mir erfährt keiner etwas«, versprach ich.

Wir verließen den Wald und vor uns tauchte eine weitere, kleine Bucht auf.

»Dort vorne ist es«, sagte sie und deutete auf eine Parkbank mit Blick aufs Meer. Auf einem Schild stand *Dead Horse Beach*, was mich mehr als stutzig machte. Wer bitte gab einer Bucht einen so seltsamen Namen? Wahrscheinlich jemand, der sich etwas besonders Skurriles ausdenken wollte, um auf die Raumfalte aufmerksam zu machen, die sich hier befand.

Die Bank selbst verriet wenig. Erst als wir näher kamen, sah ich, dass der obere Balken der Lehne genau in der Mitte einen Riss hatte. Auf der Sitzfläche hatte sich eine schwarz-weiße Katze so eingerollt, dass ihre schwarzen Flecken links des Risses lagen und die weißen Flecken rechts.

»Liegt die Katze immer so da?«, fragte ich zweifelnd.

»Immer, wenn es drauf ankommt«, erwiderte die Nixe.

Die Katze wurde wach und schaute zu mir auf. Auch ihr Gesicht war zweigeteilt. Ich konnte mir nicht vorstellen, dass es sich um eine echte Katze handelte. Wahrscheinlich war es eine Illusion.

»Ich gehe voraus.« Die junge Nixe lehnte sich mit dem Rücken gegen die Bank, lächelte mich an und warf sich dann so schwungvoll über die Lehne, dass ich zurückweichen musste, um nicht von ihren Beinen getroffen zu werden. Im ersten Moment sah es aus, als würde sie kopfüber auf der Katze landen, doch schon im nächsten wurde sie von der Raumfalte verschluckt. Die Nixe war verschwunden und die Katze hatte nicht einmal gezuckt.

Ich schaute mich um. Am Strand spielten ein paar Kinder, schenkten der Bank aber keine Aufmerksamkeit. Ansonsten war weit und breit niemand zu sehen, also stellte ich mich ebenfalls mit dem Rücken an die Bank und warf mich darüber hinweg. Kopfüber ertasteten meine Füße festen Boden und geblendet vom grellen Licht stolperte ich einen Schritt voran, geradewegs in die Zwischenwelt hinein.

Sofort strömte eine ganz andere Atmosphäre auf mich ein. Es war um mehrere Grad wärmer, der Himmel war nicht mehr trist und grau, sondern von einem kräftigen Blau, unterbrochen von wenigen flauschigen Wattewolken. Vor mir stand noch immer die Bank, jedoch ohne Katze, und die Bucht war nicht mehr ganz so klein. Sie erstreckte sich bis zum Horizont, wo hohe Felsen in den Himmel ragten. Auf der anderen Straßenseite, wo zuvor nur ein paar Autos vor einer gemähten Wiese geparkt hatten, entdeckte ich mindestens zwei Dutzend schrullige Häuser. Klein und verwinkelt waren sie, mit bunt gestrichenen Holzfassaden, schiefen Türmchen, runden Fenstern und Gärten, in denen es wild wucherte. Überall gab es Kletterpflanzen, riesige Sträucher und Blumen in allen Farben des Regenbogens. Die Luft war erfüllt vom Summen der Insekten und dem Zwitschern ganzer Vogelschwärme.

Die beschaulichen Häuschen quetschten sich teils eng aneinander, als hätte ein Riese sie zusammengeschoben, andere waren von großen Grundstücken umgeben. Schmale, gepflasterte Wege schlängelten sich zwischen ihnen hindurch. Von Asphalt, Autos oder Strommasten fehlte jede Spur, als wäre ich ein paar Hundert Jahre in die Vergangenheit gereist. Wobei ich mir die damalige Zeit nicht halb so bunt und einladend vorstellte.

»Mein Name ist übrigens Mahina«, stellte sich die Nixe vor. Ich hatte gar nicht mitbekommen, dass ich direkt neben ihr gelandet war, so fasziniert war ich von diesem Ort.

»E-Emily«, stotterte ich, während ich den Blick weiter über die

Häuser und engen Gässchen schweifen ließ. »Leben hier viele Menschen?«

»Menschen, Nixen, Nekromanten ... oder zählt ihr Nekromanten euch zu den Menschen?« Sie winkte ab, bevor ich antworten konnte. »Egal. In den Wäldern gibt es noch Waldschrate und Werwölfe. Ein paar Feen auch. Und natürlich Hexen. Sie haben die Zwischenwelt schließlich erschaffen und in den Raumfalten verborgen.«

Ich sah eine ältere Dame, die eines der Häuser verließ. Sie trug ein bodenlanges Leinenkleid, eine Schürze und hatte ihr graues Haar unter einem Kopftuch zusammengebunden. Das bestärkte mein Gefühl, im Mittelalter gelandet zu sein. In der Hand hielt sie einen Korb mit frisch gebackenen Broten, deren Duft bis zu mir auf die andere Straßenseite vordrang. »Ist hier alles so wie ...«

»Wie früher?«, fragte Mahina. »Das hier ist die erste und älteste Raumfalte, die je von Hexen geschaffen wurde. Sie entstand damals, als die ersten Hexenverfolgungen losgingen, und wurde zum Zufluchtsort für unsereins. Deshalb hat sie einen besonderen historischen Stellenwert. Obwohl die Zeit hier drin im Grunde genauso schnell verläuft wie außerhalb, wurde nicht viel verändert und auch nichts erweitert. Es gibt wirklich nur ein paar Gassen und eine Handvoll Wege durch den Wald. Dort liegt auch die älteste magische Schule der Zwischenwelt, falls du Lust auf Sightseeing hast. Das Gebäude ist ein absolutes Highlight!«

Alle Orte der Zwischenwelt, die ich bisher bereist hatte, waren nicht größer als die Lichtung, auf der Santana wohnte. Ich wusste zwar, dass es auch größere Raumfalten gab, aber es mit eigenen Augen zu sehen, war etwas ganz anderes.

»Die Goodwins wohnen dahinten«, sagte Mahina und deutete den Strand entlang, wo ein paar weitere schrullige Häuser nah am Meer standen – keine riesige Villa, wie ich es erwartet hatte.

»Ich muss dann jetzt gehen«, verabschiedete sie sich und als ich mich ihr wieder zuwandte, war sie bereits auf dem Weg zu einer der schmalen Gassen.

»Kannst du mir noch sagen, welches ...«, rief ich, brach aber ab, weil sie bereits außer Hörweite war.

Na ja, ich würde Ashtons Haus schon finden, denn an diesem Ort wusste bestimmt jeder über die Goodwins Bescheid. Schließlich waren sie eine genauso berühmt-berüchtigte Nekromantenfamilie wie wir Seymours. Auch wenn sie offenbar weitaus bescheidener lebten.

17

So kann man doch nicht mit Büchern umgehen!

Ich kam gar nicht in die Verlegenheit, mich zu den Goodwins durchzufragen, denn kaum näherte ich mich den Häusern am Meer, entdeckte ich Ashton auch schon am Strand. Er saß dort auf einem Felsen, tief versunken in ein Buch.

Ein Buch, verdammt noch mal! Hätte er denn nicht wenigstens ein Lesemuffel sein können? Hätte ich ihn nicht mit einem Pornoheftchen hinter einer Mülltonne erwischen können? Wie bitte sollte ich weiter daran festhalten, dass er ein Idiot war, wenn er sich nicht auch wie ein Idiot benahm? Aber nein, dieser verboten heiß aussehende Typ hatte nichts Besseres zu tun, als umspült von Wellen am Strand zu sitzen und zu lesen. Der Wind zupfte an seinem tiefschwarzen Haar, sein Blick war völlig von den Worten gefesselt, seine Augen flogen im raschen Tempo über die Zeilen, und dabei biss er sich auch noch gedankenverloren auf die Unterlippe. Man hätte ein Foto von ihm schießen und es als Cover für einen Schnulzenroman verwenden können.

Ich lief über den Strand auf ihn zu, aber er bemerkte mich erst, als ich vor ihm stehen blieb und mich räusperte. Er schaute auf und im nächsten Augenblick veränderte sich sein Gesichtsausdruck. Ich konnte die Wut beinahe spüren, die in ihm hochkochte.

»O nein!«, stieß er aus, sprang mit einem Satz vom Felsen und machte einen bedrohlich großen Schritt auf mich zu. Das Taschenbuch rollte er zusammen, als wäre es eine Zeitung, und stopfte es sich in die Hosentasche. Mir klappte die Kinnlade herunter. Also doch ein Idiot! Wie konnte man nur so mit einem Buch umgehen?

»Ganz bestimmt nicht!«, knurrte er aufgebracht, packte mich am Ellbogen und zerrte mich zurück zur Straße. »Du verschwindest von hier. Auf der Stelle!«

Ich wollte mich losreißen, aber Ashton ließ es nicht zu. »Hey, das tut weh!«, beschwerte ich mich.

»Glaubst du nicht, dass du genug angerichtet hast?«, fuhr er mich an. »Musst du jetzt auch noch in Salem aufkreuzen? Ich dachte, dass ich dich los bin, nachdem ich euren beschissenen Vertrag unterschrieben habe.« Wir erreichten die Straße und er zerrte mich weiter.

»Lass mich los!«, verlangte ich.

Ashton blieb stehen und löste seine Hand von mir. Die Wut in seinem Blick schien von einer Sekunde auf die andere wie erstickt. Ich glaubte nicht, dass er sie abgelegt hatte, sie wurde bloß von anderen, viel heftigeren Gefühlen niedergedrückt. Gefühle, die ich nicht deuten konnte, weil Ashton sie hinter der Kälte verbarg, die seine Gesichtszüge erstarren ließ.

Er deutete auf die Parkbank. »Verschwinde«, presste er hervor.

Verachtung. Das war es, was in seinem Blick lag. Er verachtete mich mit jeder Faser seines Seins. Und das tat unheimlich weh. Aber noch wusste er nicht, was tatsächlich passiert war. Dementsprechend hatte ich auch nicht vor zu gehen.

»Ich verschwinde ganz bestimmt nicht«, sagte ich. »Hast du eine Ahnung, was ich auf mich genommen habe, um es bis hierher zu schaffen?«

Er schnaubte verächtlich. »Das ist mir so was von egal! Und wenn du dafür fliegende Elefanten beschworen hast.« Er kam näher, so nah, dass sich sein Atem auf meine Haut legte, als er mit leiser, aber umso bedrohlicher Stimme weitersprach. »Halt dich aus meinem Leben raus.«

Es war schwer, seinem Blick standzuhalten. Noch nie zuvor hatte mir ein Mensch so viel Abscheu entgegengebracht, so viel unverblümten Hass, den ich nun wirklich nicht verdient hatte. Was dachte er denn von mir? Dass ich eine Stalkerin war? Dass ich nur nach Salem gereist war, um ihn zu quälen? Ich konnte mir auch Besseres vorstellen, als mich ausgerechnet mit dem Typen abzugeben, der mich vorzugsweise in die Hölle geschickt hätte.

»Mir wäre nichts lieber als das!«, zischte ich.

»Dann sind wir ja einer Meinung.« Er machte auf dem Absatz kehrt und lief zurück zum Strand.

Verdutzt blickte ich ihm nach. »Nein, das sind wir nicht!« Wie konnte er nur so ein Sturkopf sein? Ich schloss zu ihm auf und musste fast rennen, um mit ihm Schritt halten zu können. »Jemand hat versucht, mich umzubringen.«

Ashton zuckte nicht einmal, dafür loderte die Wut in seinen Augen neu auf. »Und da dachtest du, mich als deinen Rächer engagieren zu können, weil ich tun muss, was du von mir verlangst?«

»Nein, ich …« Schon nach der kurzen Strecke war ich fast aus der Puste und fiel allmählich zurück. »Bleib jetzt endlich stehen, verdammt!«

Er hielt so plötzlich inne, als wäre er geradewegs in ein Messer gelaufen, das nun tief in seiner Brust steckte. Sein Körper verkrampfte sich und ich rechnete damit, dass er zu mir herumwirbeln und mich erneut anschreien würde. Aber das tat er nicht. Stattdessen atmete er tief durch – wahrscheinlich, um genau diesen Wutausbruch zu vermeiden. »Ich habe es niemandem gesagt«, erklärte er betont ruhig. »Niemand weiß, dass ich an eine Seymour gefesselt bin, und das soll auch so bleiben. Dass du hier auftauchst und herumplärrst, als wären wir völlig allein, macht es mir nicht leichter.«

»Ich plärre nicht«, erwiderte ich. »Du willst nur nicht zuhören.«

Noch einmal atmete er tief durch. »Dann erzähl«, sagte er, ohne mich anzusehen. Er starrte stur auf den Boden, hatte die Hände zu Fäusten geballt und wartete ungeduldig. Seine ganze Körperhaltung wirkte, als würde ich ihn allein durch meine Gegenwart foltern. War es denn so unerträglich für ihn, auch nur in meiner Nähe zu sein? Er sah jedenfalls unheimlich gequält aus.

»Erträgst du es denn nicht einmal, mich anzuschauen?«, fragte ich leise.

Doch er ging gar nicht darauf ein. »Warum bist du hier?«, fragte er nur.

Also gut, wenn er nicht normal mit mir reden konnte, war das eben so. Im Grunde kam es nur darauf an, dass er mir zuhörte. Er musste mir dabei nicht in die Augen sehen, er musste mich nicht einmal mögen.

»Ich wüsste niemanden, der einen Vorteil davon hätte, mich umzubringen«, begann ich. »Außer den, dass du mit mir sterben würdest.«

Ashton wandte sich mir nun doch zu. Etwas von der Wut in seinem Blick war Unglauben gewichen. »Was soll das heißen?«

»Das soll heißen, es war kein Unfall auf dem Friedhof. Ich trage keine Schuld an deinem Tod. Jemand hat den Salzsack aufgeschlitzt, sodass das Ritual schieflaufen musste. Du solltest sterben. Als ich dich dann zurückgeholt habe, wurde ich zur Zielscheibe, weil unsere Leben miteinander verknüpft sind. Ich habe keine Ahnung, wen du dir zum Feind gemacht hast, aber er oder sie wird bestimmt nicht aufhören, bevor du endgültig tot bist. Und ganz ehrlich? Ich habe keine Lust, mit dir zu sterben.«

Ashton schaute mich bloß schweigend an. Ihm wich weder die Farbe aus dem Gesicht noch wirkte er, als wäre ihm schlagartig bewusst geworden, dass er mich grundlos wie den letzten Dreck behandelt hatte. Stattdessen driftete sein Blick einfach durch mich hindurch.

»Ich muss dem nachgehen«, murmelte er.

Ich hob ungläubig die Brauen. Dem nachgehen? Hallo? Ich hatte ihm gerade verkündet, dass jemand auf seinen Tod aus war, und das war seine Reaktion? Beunruhigt wirkte er jedenfalls nicht. Vielleicht kam es häufiger vor, dass man ihn umbringen wollte. Wenn er auch andere Leute so behandelte wie mich, hätte es mich nicht gewundert.

Ohne weitere Worte zu verlieren, drehte er sich erneut um und ließ mich stehen.

Ich blieb wie vor den Kopf gestoßen zurück und starrte ihm nach. Zumindest eine kleine Entschuldigung hatte ich mir erhofft, nachdem die Wahrheit endlich bei ihm angekommen war. So ein kleines ›Sorry, dass ich dich wie den letzten Dreck behandelt habe‹ hatte noch niemandem geschadet.

»Und was ist mit mir?«, rief ich und schloss wieder zu ihm auf.

Er warf mir einen flüchtigen Blick zu. »Du gehst wieder nach Hause.«

Ich konnte es nicht fassen. »Hast du mir nicht zugehört? Jemand hat versucht, mich umzubringen!«

»Eigentlich hat jemand versucht, *mich* umzubringen«, korrigierte er mich. »Du warst nur Mittel zum Zweck. Aber du bist eine Seymour, deine Familie kann dich beschützen.«

»Offensichtlich nicht, sonst wäre es wohl kaum zu dem Mordanschlag gekommen. Außerdem glauben sie mir nicht.« Ihm das zu sagen, war mir zwar peinlich, aber immer noch besser, als zugeben zu müssen, dass ich meine eigene Familie unter Verdacht hatte.

»Ach ja?«, sagte er abwesend.

»Es war ein Incubus!«, sagte ich. »Unter meinem Bett war ein Beschwörungskreis, den ich wegwischen musste. Jetzt denken alle, dass es nur ein Albtraum war.«

Ashton blieb vor einem der Strandhäuser stehen. Es war ein niedliches Holzhaus. Rot gestrichen, mit weißen Fensterläden und einer Terrasse auf Pfählen, die zum Meer hin zeigte. Das Strohdach und der überbreite Schornstein, der fast ein kleiner Turm hätte sein können, ließen das Haus noch uriger wirken, wodurch endgültig deutlich wurde, dass die Goodwins ganz anders lebten als wir Seymours.

Ashton legte eine Hand auf das Geländer der Terrassentreppe. »So einfach werde ich dich also nicht los, oder?«

»Nein«, antwortete ich schlicht.

Selbst wenn es nur mein Plan gewesen wäre, ihm Bescheid zu geben und wieder zu verschwinden, war ich zu neugierig darauf, die Goodwins kennenzulernen, wenn ich schon mal vor ihrem Haus stand. Mal ganz abgesehen davon, dass ich pleite war und unfähig, direkt durch die Raumfalte nach Springdale zurückzureisen.

»Also gut.« Er seufzte. »Wir sagen meinen Eltern, dass du mich besuchen wolltest. Aber kein Wort davon, dass du diesen Fluch über mich gelegt hast, okay? Bis ich die Sache aufgeklärt habe, kannst du hierbleiben, wo du sicher bist.«

Ich wusste nicht, worüber ich mich mehr wundern sollte. Dass er mir ohne weitere Einwände glaubte und den Schutz seiner Familie anbot, statt sich wie ein Geier darauf zu stürzen, dass mir meine Familie nicht helfen wollte; oder dass er von einem Fluch redete, obwohl ich ihm das Leben gerettet hatte. Ich entschied mich für Letzteres.

»Es ist kein Fluch«, sagte ich.

Ashton musterte mich mit versteinerter Miene. »Für dich vielleicht nicht. Sind wir uns jetzt einig?«

»Kein Wort zu deiner Familie. Ich komme dich nur besuchen.«

Er nickte, um unsere Abmachung zu besiegeln, dann wandte er sich wieder dem Haus zu.

»Warte mal! Warum komme ich dich denn besuchen?« Wir brauchten doch eine gute Ausrede für einen unangekündigten Besuch einer Seymour bei einem Goodwin.

»Na, weil du dich in mich verliebt hast«, sagte er wie selbstverständlich.

Mir schoss die Hitze ins Gesicht. »Ich bin nicht in dich verliebt!«, fuhr ich ihn an, während er bereits die Stufen nach oben nahm. Ich stolperte ihm nach.

Noch nicht ganz oben angekommen, sprang die Terrassentür auf und ein kleiner Junge von höchstens sechs oder sieben Jahren stürzte nach draußen. Eine weiße Staubwolke folgte ihm. In dem Versuch, eine scharfe Kurve zu nehmen, fegte er einen der Terrassenstühle um. Er schlitterte über den Boden, rappelte sich auf und stürmte die Treppe nach unten. Geradewegs zwischen Ashton und mir hindurch.

»Platz da!«, brüllte er und nahm gleich mehrere Stufen auf einmal.

»Irgendwann brichst du dir noch den Hals!«, rief ihm Ashton nach. Der Junge war jedoch längst außer Hörweite.

Ich schaute ihm kurz nach, wandte mich wieder nach vorn und erschrak, als er schon wieder vor uns stand. So schnell hatte er das Haus unmöglich umrunden, durchqueren und wieder auf die Terrasse laufen können.

»Darf ich mal?«, fragte er und drängte sich erneut zwischen uns durch.

Ich wich ihm aus, verlor den Halt und wäre wahrscheinlich geradewegs über das Geländer geflogen und in den Sand geplumpst, wenn Ashton mich nicht am Arm gepackt hätte.

»Ich habe es schon deinem Bruder gesagt!«, rief Ashton dem Kleinen nach und schüttelte genervt den Kopf.

Zwillinge also. Ich hatte mir Ashton bisher nicht als großen Bruder vorgestellt. Keine Ahnung, wie gut ihm diese Rolle stand. So wie ich ihn bisher kennengelernt hatte, war er kein sonderlich angenehmer Zeitgenosse.

»Danke«, sagte ich mit Blick auf seine Hand, die mich noch immer festhielt.

Ashton schnaubte bloß abfällig. »Dir passiert das öfter, oder?«

»Ähm, hin und wieder«, gab ich peinlich berührt zu. Was Anmut und Grazie anging, bekäme ich wohl keine Eins, aber von meiner Note in gutem Benehmen hätte er sich ruhig eine Scheibe abschneiden können.

Sein Blick fiel auf mein Armband. »Schutzzauber?«

»Damit man mich nicht aufspüren kann.«

Er nahm das unkommentiert hin, ließ mich los und hob den umgestürzten Stuhl auf.

Ich rieb mir den Arm. »Dir ist schon klar, dass das wehgetan hat?«

»Hätte es das ernsthaft, wüsste ich es«, erinnerte er mich an unsere seelische Verbindung.

»Wen haben wir denn da?« Eine Frau mittleren Alters war an die Terrassentür getreten. Sie war über und über mit Mehl bedeckt. Ihr ergrautes Haar hatte sie zu einem Dutt zurückgebunden, sie trug ein geblümtes Kleid unter einer Schürze und dicke Wollsocken in abgenutzten Klocks. Ihr Blick war freundlich und offenherzig und ihr Lächeln wirkte ehrlich. Sie erinnerte mich stark an Ashton, bevor er gestorben und so abweisend geworden war.

»Bist du wieder beim Backen, Mom?« Er ging auf sie zu und küsste sie auf die Wange.

»Schön wäre es! Deine Brüder haben Totenbeschwörung mit

Mehl gespielt. Gott weiß, warum ich meinen Beruf für diese beiden Lausebengel an den Nagel gehängt habe. Irgendwann bringen sie mich noch mal ins Grab und dort holen mich dann keine zehn Nekromanten mehr raus. Und jetzt spann mich nicht länger auf die Folter. Wen hast du uns mitgebracht?«

Ashton schaute flüchtig zu mir. Wie lange er wohl geübt hatte, um so viel Missachtung in so einem kurzen Blick unterzubringen?

»Das ist Emily … Seymour«, stellte er mich vor.

Die Augen der Frau weiteten sich. »Oh.«

»Freut mich«, sagte ich verlegen.

»Die Freude ist ganz meinerseits.« Sie kam auf mich zu und ergriff meine Hände. »Eine waschechte Seymour bei uns in Salem. Dass ich das noch erleben darf! Und dann auch noch eine so hübsche. Ashton, du hast mir nichts davon erzählt, dass die Seymours eine so entzückende Tochter haben.« Sie legte mir ihre Hand in den Rücken und schob mich ins Haus. »Ich will dir gegenüber ehrlich sein: Diese ganze Sache mit der Erzfeindschaft unserer Familien haben wir Goodwins nie wirklich ernst genommen. Ohne hier jemandem auf die Füße treten zu wollen, muss ich sagen, dass deine Familie mindestens genauso sehr für ihre Theatralik bekannt ist wie für ihre Nekromantie. Daher habe ich es auch für Humbug gehalten, wegen ein paar Unstimmigkeiten gleich einen Friedensvertrag aufzusetzen. Was sind wir denn? Zwei verfeindete Nationen? Aber jetzt zeigt sich, dass es doch keine schlechte Idee war. Andernfalls hätte ich so ein hübsches Ding wie dich nicht als unseren Gast begrüßen dürfen. Mein Name ist übrigens Issylt. Ich bin das Oberhaupt unserer altehrwürdigen Familie. Also was davon noch übrig ist.« Sie zwinkerte mir zu.

Von innen sah Ashtons Zuhause genauso aus, wie ich es mir von außen vorgestellt hatte. Wir betraten eine kleine urige Küche. In allen Ecken stapelten sich Töpfe, Pfannen und Backformen. Von der Decke hingen getrocknete Kräuter, die Wände waren an mehreren Stellen mit Buntstiften bemalt, die Tapete vergilbt und teils rissig und die abgenutzten Holzdielen zerkratzt.

An einem Tisch saß ein Mann auf einer Eckbank und las Zeitung. *Space & Time Chronicals* lautete der Name, der das Deckblatt in geschwungenen Buchstaben zierte. Ich erinnerte mich, eine alte Ausgabe dieser Zeitung in Großvaters Arbeitszimmer gesehen zu haben.

»Du siehst aus, als hättest du eine anstrengende Reise hinter dir«, meinte Issylt. »Ist dir noch etwas flau im Magen von der Raumfalte? Ashton hat sich als Kind immer übergeben müssen, wenn er eine betreten hat.«

»Mom!«, stieß Ashton aus, aber sie ließ sich nicht beirren.

»Wie ein süßer Wasserspeier sah er dann aus. Nur dass es leider kein Wasser war, das er gespuckt hat.«

»Okay, das reicht jetzt, Mom. Wirklich«, knurrte Ashton.

Issylt ignorierte ihn und zog mich zu sich heran. »Unser lieber Ash ist ein kleiner Grummelkopf, aber lass dich davon nicht irritieren. Er hat ein gutes Herz.«

Ich warf ihm einen kurzen Blick zu. Wie unangenehm ihm das Gerede seiner Mom war, konnte er nicht verbergen. Er war im Türrahmen stehen geblieben, hatte die Arme vor der Brust verschränkt und mied meinen Blick. Grummelkopf passte wirklich gut zu ihm und als solcher war er mir weitaus lieber als dieser Typ, der nur Wut und Herablassung für mich übrig hatte.

»Meinst du nicht auch, Flint?«, fragte Issylt.

Der Mann am Esstisch schlug die nächste Seite des *Chronicals* auf. »Da bin ich ganz bei dir, Schatz«, stimmte er zu. »Erinnerst du dich noch an die Sache mit dem Seepferdchen?«

»O nein, nicht die Geschichte!«, flehte Ashton. Er schob mich durch die beengte Küche in Richtung Treppenhaus.

»Ach, Ash, jetzt sei doch nicht so! Es ist eine ganz bezaubernde Geschichte«, schwor Issylt.

»Ich würde sie gern hören«, sagte ich.

Ashton seufzte und rieb sich die Schläfen. »Ich war ein Kind, okay? Nicht älter als Melcom und Merlin.« Er deutete auf die Terrassentür, durch die seine kleinen Brüder geflohen waren.

»Und weiter?«, fragte ich und schaute mit einem breiten Lächeln zu Mrs Goodwin.

»Er hat am Strand ein Seepferdchen gefunden, brachte es mit, packte es samt ein paar Litern Meerwasser in meine gute Rührschüssel und ging dann in die Stadt, um Futter zu kaufen. Als er wiederkam, schleppte er einen riesigen Sack Pferdefutter an.«

Ich schmunzelte. Das war wirklich eine süße Geschichte, auch wenn ich mir nicht vorstellen konnte, wie aus einem niedlichen kleinen Jungen, der Seepferdchen rettete, so ein verbohrter Sturkopf werden konnte.

»War's das jetzt oder habt ihr noch ein paar peinliche Kindheitserinnerungen von mir, die ihr ausbuddeln wollt?«

»Mir würde noch einiges einfallen«, scherzte seine Mom. »Aber lassen wir doch deine junge Freundin zu Wort kommen. Was führt eine Seymour in unser bescheidenes Haus?«

»Ähm, ich …«, stammelte ich unbeholfen.

»Es geht um einen Fall, über den wir gesprochen hatten, nicht wahr Emily?« Ashton schaute mich auffordernd an.

»Genauso ist es«, stimmte ich zu.

Ein Fall? Waren wir bei der Polizei? Ich hatte keine Ahnung, was das sollte, aber seine Mom schien mit der Erklärung zufrieden zu sein.

»Ich habe meine Rechercheunterlagen oben.« Er deutete zur Treppe. »Kommst du?«

Ich nickte, wandte mich aber noch einmal an seine Eltern, während Ashton bereits nach oben sprintete. »Hat mich gefreut. Wirklich«, versicherte ich ihnen und ging dann ebenfalls zur Treppe.

»Ganz unsererseits!«, rief mir Mrs Goodwin nach. »Und … Flint, was sagt man bei Mädchenbesuch? Tür offen lassen?«

»Du bekommst also nicht häufig Mädchenbesuch?«, schloss ich daraus, als ich Ashton eingeholt hatte.

Er ging jedoch gar nicht erst auf mein Necken ein, sondern packte mich am Arm und zog mich vom Treppengeländer weg.

»Lass es gut sein, Mom!«, rief er nach unten. Dann drängte er mich in ein Zimmer, knallte die Tür zu und warf sich seufzend von innen dagegen.

»Deine Eltern sind sehr nett«, sagte ich schmunzelnd.

Ashton schwieg. Er hatte den Kopf gesenkt, sodass ihm sein pechschwarzes Haar vor den Augen hing. Irgendwie wirkte er … traurig. Nicht mehr peinlich berührt wie noch vor einer Sekunde, nicht wütend, sondern einfach nur verletzt. Es war, als hätte die Wärme seiner Familie dafür gesorgt, dass die Eiseskälte geschmolzen war, die er mir bisher entgegengebracht hatte. Und hinter dieser Kälte war ein Schmerz zum Vorschein gekommen, der so schneidend war, dass es fast körperlich wehtat.

Ich schluckte schwer. In jeder anderen Situation hätte ich ihn behutsam angesprochen und gefragt, ob alles okay war. Aber ich kannte ihn mittlerweile gut genug, um zu wissen, dass ihn das nur wieder wütend gemacht hätte. Was auch immer in ihm vorging, er würde mir ganz bestimmt nicht davon erzählen.

Unschlüssig, was ich tun sollte, schaute ich mich im Zimmer um. Wir befanden uns in einem kleinen, schlicht eingerichteten Raum mit Dachschräge. Neben einem aufgewühlten Bett stand ein Nachttisch, auf dem sich ein paar Bücher stapelten. Hauptsächlich Krimis, Lektüre über Magie und Ritualkunde. An der gegenüberliegenden Wand stand ein Schreibtisch, über dem ein Regalbrett hing, das geradezu überquoll vor zerknickten, vergilbten und teils zerfledderten Büchern.

»Was haben dir die armen Bücher denn getan, dass du sie so misshandelst?«, fragte ich, auch um ihn ein wenig abzulenken.

Ashton schien sein kurzes Tief überwunden zu haben. Die Traurigkeit versank in der kalten Leere seines Blicks, er stieß sich von der Tür ab, zog das Buch aus seiner Hosentasche und warf es achtlos auf den Nachttisch.

»Es sind nur Bücher«, sagte er.

»*Nur* Bücher?«

»Es kommt doch auf den Inhalt an, oder?«

»Na ja …« Im Grunde hatte er zwar recht, aber zeigte man nicht durch einen pfleglichen Umgang mit dem Äußeren, wie wichtig einem der Inhalt war? Ich schaute mich weiter um und mein Blick blieb an einer gerahmten Weltkarte hängen. Im ersten Moment hatte es den Anschein, als wäre sie zerrissen und wieder zusammengesetzt worden. Erst bei näherem Hinsehen wurde mir klar, dass es keine Risse, sondern blasse Linien waren, die sich durch alle Länder und über Grenzen hinweg zogen. Wo die Linien aufeinandertrafen, weiteten sie sich zu Gebieten, in denen Straßen, Gebäude und Orte eingezeichnet waren, die man auf den üblichen Landkarten nicht finden konnte. Überall standen Zahlen, Daten und mir fremde Begriffe. »Sind das Raumfalten?«, fragte ich.

»Ja, schon … Die Karte ist aber ziemlich ungenau«, druckste er herum. Für Small Talk war er wohl nicht geschaffen. »Setz dich«, verlangte er schroff und deutete auf sein Bett.

Ich kam seiner Aufforderung nach, stellte meine Schultasche neben mir ab und versank regelrecht in Ashtons Duft, der noch in der Bettwäsche hing, als wäre er eben erst aufgestanden. Verdammt, wie konnte er nur so unheimlich gut riechen?

Ashton lehnte sich an seinen Schreibtisch und beobachtete mich. Schweigend schaute er mich an, ohne durchblicken zu lassen, was er dachte oder fühlte. Wahrscheinlich fragte er sich, wie er auf die dumme Idee gekommen war, die verrückte Stalkerin mit auf sein Zimmer zu nehmen.

Ich räusperte mich. »Also, was machen wir als Nächstes?«

Ashtons Blick wurde noch abweisender, wenn das überhaupt möglich war. »*Wir* tun gar nichts. Ich will nicht draufgehen, weil es dich erwischt. Also bleibst du hier, wo du sicher bist, und ich kümmere mich um alles.« Er wandte sich seinem Schreibtisch zu, zog die Schublade auf und kramte ein paar Akten daraus hervor, die ich so ähnlich auch bei Cedric in unserem Ritualzimmer gesehen hatte.

»Oh, schönen Dank auch«, erwiderte ich gereizt.

»Sorry, war nicht böse gemeint«, murmelte er, versunken in den Papieren, die er durchblätterte.

Ich konnte nur vermuten, dass diese Entschuldigung wohl das höchste der Gefühle war, die er sich abringen konnte. Und wahrscheinlich hatte er sie mir nur gegönnt, weil er gedanklich gerade ganz woanders war und nicht darauf achtete, sich mir gegenüber besonders gemein und herablassend zu verhalten.

»Ha! Da ist es!« Er schnappte sich einen roten Marker und unterstrich etwas. Dann lief er zu seinem Kleiderschrank.

Ich stand auf und schaute mir die Akten an. Auf mehreren Seiten waren mit Linien verbundene Notizen zu sehen – Namen, Daten, Breiten- und Längengrade sowie Skizzen von Personen und Gegenständen. Wenn Ashton das gezeichnet hatte, war er richtig gut darin. Selbst Cedric konnte nicht so gut mit dem Bleistift umgehen. Ein einziges Wort war rot unterstrichen: *Offenbarung*. Daneben stand *Bruder* mit einem Fragezeichen dahinter. Mir sagte das alles nichts.

»Da ist *was*?«, fragte ich.

»Eine Spur, ein Hinweis. Vielleicht die Antwort«, erklärte Ashton kurz angebunden. »Ich finde es heraus. Meinen Eltern sagen wir …« Er hatte den Schrank geöffnet, schob die Kleiderbügel hin und her und zog schließlich einen Trenchcoat hervor. »Wir sagen, du bist müde und willst dich ausruhen, während ich etwas erledige.«

Von der Ablage über der Kleiderstange nahm er sich einen Schal, knotete ihn um und schlüpfte in einer fließenden Bewegung in den Trenchcoat. In diesem Outfit und mit dem abenteuerlustigen Funkeln in seinen Augen erinnerte er mich ein wenig an eine junge Version von Sherlock Holmes.

»Bleib einfach hier«, sagte er. »Lies ein Buch. Wenn du Hunger hast, zaubert dir Mom bestimmt etwas Leckeres. Aber kein Wort über du weißt schon was.«

»Ich soll also einfach auf dich warten, bis du herausgefunden hast, wer uns umbringen will?«

»Genau.« Er hatte den Türgriff bereits in der Hand.

»Ähm, nein?!«, widersprach ich. Womöglich steckte jemand aus meiner eigenen Familie dahinter, vielleicht auch einer von seinen Leuten. Ich konnte doch nicht einfach untätig herumsitzen. Beim nächsten Mordanschlag hätte ich vielleicht nicht so viel Glück wie bei der Sache mit dem Incubus.

»Ich komme mit dir«, entschied ich.

»Nein, das wirst du nicht.«

»Doch, das werde ich! Ich bleibe nicht hier und hoffe, dass du das geregelt kriegst. Außerdem bin ich ganz gut im Rätsellösen. Ich helfe dir herauszufinden, wer dich umbringen will und mich gleich mit. Zu zweit stoßen wir garantiert schneller auf Antworten.«

Ashton schnaubte. »Hör zu, ich habe keine Zeit zum Babysitten. Dich mitzuschleppen, würde mich nur aufhalten.«

War das sein Ernst? Ich war gerade mal zwei Jahre jünger als er und brauchte keinen bescheuerten Babysitter! »So unfähig bin ich auch wieder nicht. Immerhin habe ich dich wiederbelebt!«

»Schrei doch noch lauter«, knurrte er.

»Du wirst mich mitnehmen!«, beharrte ich.

Er grummelte und schloss für einen Moment die Augen – wahrscheinlich um die Wut abkühlen zu lassen, die bei meinen Worten in ihm aufgelodert war. »Wie du willst.«

Mit einem Ruck zog er die Tür auf und deutete in einer ausholenden Geste in den Flur. »Nach dir.«

Das konnte ja heiter werden.

18

New York, New York

»Ihr geht nach New York?«, fragte Mrs Goodwin, als wir die Küche betraten. Wie sie darauf kam, wusste ich nicht. Keiner von uns hatte bisher ein Wort gesagt. Ich war mir sogar ziemlich sicher, dass Ashton vorhatte, mich den Rest des Tages mit Schweigen zu strafen.

Ashtons Vater saß noch immer am Tisch und wälzte den *Chronical*. Die Zwillinge waren zurück, krabbelten auf allen vieren über den Boden und kehrten unter der Aufsicht ihrer Mom das Mehl zusammen.

»Nur ein paar Dinge besorgen«, meinte Ashton und drückte ihr einen Abschiedskuss auf die Wange. Dass er zu ihr so herzlich war, ließ sich für mich nur schwer mit dem Bild vereinbaren, das ich mir bisher von ihm gemacht hatte.

»Gut, aber pass auf dich auf. Und besuch Lyvin, wenn du schon mal dort bist.«

»Das habe ich vor«, versicherte er ihr.

»Darf ich mitkommen?«, fragte einer der Jungs. Ob Melcom oder Merlin konnte ich nicht sagen. Die beiden glichen sich wie ein Ei dem anderen.

»Dafür bist du noch zu jung«, meinte Ashton und zerzauste ihm liebesvoll das Haar. Dabei legte sich ein betrübtes Lächeln auf seine Lippen, verschwand aber gleich darauf wieder.

»Aber sie darf mit!«, beschwerte sich der Kleine und deutete auf mich.

Ashton warf mir einen giftigen Blick zu. »Sie ist ja auch ein paar Jahre älter als du, Merlin.«

»Das ist so gemein!« Der Junge zog eine Schnute und verschränkte die Arme vor der Brust.

»Bevor du hier nicht Ordnung geschaffen hast, wirst du nirgendwo hingehen«, erinnerte ihn seine Mom.

Mr Goodwin senkte die Zeitung. »Jetzt weiß ich, an wen du mich erinnerst«, meinte er an mich gerichtet. »Issylt, weißt du noch, diese zauberhafte kleine Jazz-Bar in Brooklyn? Da war diese Sängerin. Zierlich, Haut wie Schokolade und eine Stimme wie die einer Sirene. Einfach bezaubernd. Jeden Dienstag und Donnerstag war ihr Auftritt. Wie war gleich noch ihr Name? Jedenfalls, Ashton, sind deine Mom und ich … es muss vor rund zwanzig Jahren gewesen sein. Oder waren es fünfzehn? Nein, achtzehn, mehr oder weniger … Jedenfalls –«

»Dad«, unterbrach Ashton ihn. »Erzähl uns das doch ein anderes Mal, bitte.«

»Ich wollte nur anmerken, dass deine Freundin Ähnlichkeit mit dieser begabten jungen Frau hat. Es ist der Körperbau, denke ich. Sie ist ähnlich zierlich. Kannst du auch singen, Emily?«

»Ich … nein …« Das konnte ich wirklich nicht und meine Haut sah auch nicht aus wie Schokolade, sondern eher wie ein Butterbrot. Außerdem war ich nicht zierlich, sondern flach und irgendwie kantig.

Mrs Goodwin lachte. »Nur weil sie Ähnlichkeit mit einer Sängerin hat, muss sie noch lange nicht singen können, Flint.«

»Es hätte ja sein können«, meinte er schulterzuckend und verschwand wieder hinter dem *Chronical.*

Ashton seufzte und deutete den Flur entlang auf die Haustür. »Hier entlang«, sagte er und führte mich durch den Vordereingang nach draußen.

»Wenn Dad mal angefangen hat zu reden, hört er nicht mehr auf«, murmelte er, ohne mich anzuschauen.

Vom Meer her wehte eine kühle Brise, er schlug seinen Mantelkragen hoch und steuerte mit großen Schritten auf die Raumfalte zu, ohne mich eines Blickes zu würdigen. Dass ihm seine Familie peinlich war, konnte man kaum übersehen.

Ich folgte ihm. »Um einen Trottel zu zitieren, mit dem ich vor Kurzem etwas zu tun hatte: Deine Familie muss dir nicht peinlich sein. Ich finde sie ganz lustig.«

Ein unwillkürliches Lächeln huschte über seine Lippen. Das stand ihm gut. Viel besser als dieser grimmige Gesichtsausdruck, der gleich darauf zurückkehrte.

»Wie kommen wir denn nach New York?«, fragte ich und schaute mich ein letztes Mal um. Ashtons Heimatort war wirklich etwas Besonderes. Man fühlte sich wie in einem mittelalterlichen Dörfchen. Nur, dass hier bestimmt niemand für den Verdacht, eine Hexe zu sein, auf dem Scheiterhaufen landete.

»Über die Raumfalte natürlich. Oder wolltest du laufen?«

Wir hatten mittlerweile die Parkbank erreicht, die ich unsicher anstarrte. Natürlich reiste Ashton mithilfe von Raumfalten. Ich hätte mir nur gewünscht, dass seine Antwort anders ausgefallen wäre.

»Nein, ich … ich bin nur noch nie ohne Auto am Rand einer Raumfalte entlanggereist.«

»Am Ereignishorizont«, verbesserte er mich.

Ich erinnerte mich wage, das Wort schon mal von Cedric gehört zu haben, um den Rand einer Raumfalte zu bezeichnen. »Ja, meine ich doch.«

»Warst du denn schon mal in New York?«, hakte er nach.

»Bisher noch nicht«, gestand ich. »Mom wollte mich mal mitnehmen, als ich zwölf war. Daraus wurde aber nichts.« Es wäre wohl nicht die beste Idee, ihm zu erzählen, dass ich nie sonderlich viel mit Magie, Nekromantie und der Zwischenwelt am Hut gehabt hatte – nicht gerade die idealen Voraussetzungen, um Ashton in den New Yorker Abschnitt der Zwischenwelt zu begleiten. Aber ich blieb dabei, dass es immer noch besser war, ihn zu begleiten, als zu warten und zu hoffen, dass er alles allein regelte.

Ashton verengte den Blick. »Warst du denn schon in irgendeinem anderen größeren Abschnitt der Zwischenwelt?«

»Außer diesem hier?«, fragte ich.

Er stieß ein spöttisches Lachen aus. »Salem ist winzig.«

Ich fühlte mich zurückversetzt zu Jessica Millers Übernachtungsparty vor zwei Jahren, auf der bei einem Wahrheit-oder-Pflicht-Spiel herausgekommen war, dass ich noch keinen Jungen geküsst hatte. Der Unterschied zu damals war, dass ich mir keine Raumfalte schnappen und hinter der Turnhalle mit ihr rumknutschen konnte, um nachzuholen, was ich verpasst hatte und es dann den Rest des Schuljahres zu bereuen.

Ashton verdrehte genervt die Augen. »Gib mir deine Hand«, forderte er mich auf.

Zögernd griff ich zu, und kaum hatte ich das getan, zog er mich zu sich heran und umfasste mich mit beiden Armen. »Gut festhalten«, sagte er, nah an meinem Ohr. Sein Atem kitzelte dabei an den Härchen in meinem Nacken und ein Schauer durchfuhr meinen Körper.

Mir blieb nicht die Zeit, dagegen zu protestieren, von ihm festgehalten zu werden, denn schon warf er sich rücklings durch die Raumfalte. Das grelle Licht erfasste mich, aber zum ersten Mal spürte ich keine Übelkeit in mir aufsteigen.

Ich hatte das Bild der Landkarte in Ashtons Zimmer vor Augen. Die eingezeichneten Falten, die sich über Staaten und Kontinente hinwegzogen und die vielen unterschiedlichen Teile der Zwischenwelt miteinander verbanden. Ob Ashton sie alle kannte? Ob er mit einem Sprung überall hinreisen konnte, wo er wollte? Nach China, nach Europa, bis ans andere Ende der Welt?

Cedric tat das. Das wusste ich. Er kam viel herum, war oft unterwegs und erledigte irgendwelche Aufträge. Ich hatte ihn nie gefragt, was er da eigentlich tat, weil ich längst damit abgeschlossen hatte, jemals ein Teil dieser Welt zu sein. Für eine Normalsterbliche war das einfach nicht vorgesehen. Für eine Nekromantin hingegen schon. Nun sprang ich kopfüber in eines dieser Abenteuer hinein, von denen ich bisher nichts hatte wissen wollen. Und es fühlte sich verdammt gut an.

Ich landete auf den Füßen und stolperte, doch Ashton hielt mich fest, sodass ich nicht fallen konnte.

»Alles gut?«, fragte er beinahe schon einfühlsam. Vielleicht taute er doch langsam auf und unter der Oberfläche aus Abneigung und Vorwürfen kam ein ganz akzeptabler Kerl zum Vorschein.

»Du musst jetzt nicht kotzen, oder?«, setzte er nach und zerstörte damit das Bild wieder, das ich mir mühsam von ihm aufzubauen versuchte.

»Wie bitte?« Ich riss den Kopf zu ihm herum, stockte aber, als ich sah, wo wir gelandet waren.

New York.

Nicht irgendein New York, nicht irgendwo oder irgendwann. Wir befanden uns in dem New Yorker Abschnitt der Zwischenwelt, der auch auf Grannys Fotos zu sehen war. Und damit meinte ich nicht denselben Ort nur fünfzig Jahre später. Ich hatte tatsächlich den Eindruck, als wären wir in eins der Fotos hineingesprungen und in der Vergangenheit gelandet.

Es herrschte Hochbetrieb, Dutzende Leute liefen an uns vorbei: Männer in Anzügen, mit Hüten und Gehstöcken, Frauen in wallenden Kleidern. Auf der Straße fuhren keine Autos, sondern diese schwarzen, geschlossenen Postkutschen, wie man sie aus Filmen kannte, die um die Jahrhundertwende spielten.

An diesem Ort herrschte zweifelsohne eine andere Zeit. Wir waren mindestens einhundert, vielleicht sogar einhundertfünfzig Jahre zurückgereist. Aber wie zum Teufel konnte das sein?

»Kommst du?«, drängte Ashton. Er war sichtlich genervt von meiner Trödelei.

Ich hätte ihm gern eine passende Antwort serviert, aber dafür war ich zu sehr von dem gefesselt, was ich sah. Dass er sich mit Trenchcoat und Schal gekleidet hatte, um diesen Ort zu besuchen, wunderte mich nun nicht mehr. Er fügte sich damit perfekt in das Bild, das sich vor meinen Augen auftat.

Wir schoben uns durch die Menge, wobei ich mich nach wie vor fasziniert umschaute. Es gab keine Neonschilder, keine blinkenden Lichter, Werbetafeln oder Litfaßsäulen. Die Beleuchtung bestand aus elegant geschwungenen schwarzen Straßenlaternen und mitten auf dem Gehweg reihten sich Verkaufsstände dicht an dicht. Dort boten Händler alles an, was man sich nur vorstellen konnte, von Zaubertränken bis hin zu Hotdogs.

Mein Blick driftete zu den Häuserfassaden, die den Anschein erweckten, als wären so viele Gebäude wie möglich auf unheimlich wenig Platz zusammengequetscht worden. Teils wirkten die Häuser gestaucht, teils waren sie übereinandergestapelt – manchmal sogar große Gebäude auf viel kleinere. An vielen Fassaden hingen Anbauten wie Balkone, die zu urigen kleinen Hütten umgebaut worden waren. Es war ein einziges Wirrwarr aus unzähligen Häusern auf engstem Raum und dennoch herrschte der Charme von New York zur Jahrhundertwende vor. Das lag vor allem an den zahllosen Stuckverzierungen an Türen, Fenster- und Dachgiebeln sowie den vielen Säulen und steinernen Figuren an den Fassaden.

Als eine dieser geflügelten Figuren den Kopf nach mir umdrehte, bekam ich einen Riesenschreck. Ich stolperte rückwärts und krachte gegen einen Mann, der mich anfauchte und dabei fingerlange Fangzähne entblößte. Seine blasssilbrige Haut ließ keinen Zweifel daran, dass ich es mit einem waschechten Vampir zu tun hatte.

»Pass auf, wo du hintrittst, Göre!«, sagte er drohend.

»Tut mir leid!«, entschuldigte ich mich mit erhobenen Händen.

Ashton packte mich am Arm und zerrte mich weiter. »Wir sind kaum zwei Minuten hier und du legst dich schon mit einem Vampir an!«, blaffte er, ohne mich dabei eines Blickes zu würdigen.

»Musst du mich ständig hinter dir herzerren?«, knurrte ich ungehalten und befreite mich aus seinem Griff. »Am Ende denken noch alle, ich wäre deine Geisel.«

»Dabei ist es doch umgekehrt«, entgegnete er.

»Haha.« Ich verdrehte die Augen so stark, dass es mich nicht gewundert hätte, wenn sie unter der Stirn stecken geblieben wären. »Du hältst dich wohl für besonders witzig …«, murmelte ich, während ich von einer Gruppe junger Frauen abgelenkt wurde, die an uns vorbeilief.

Jede von ihnen war atemberaubend schön, mit Haut wie Alabaster und wallendem Haar. Ihre Augen wirkten wie mit Edelsteinen besetzt und ihr Gang war so federnd, dass ich mir nicht sicher war, ob sie in Wirklichkeit schwebten. Sie trugen bodenlange, ausladende

Kleider in zarten Pastellfarben. Fein gewebte Spitze umhüllte ihre zierlichen Hände, in denen sie Einkaufstaschen, Körbe und Schirme aus derselben Spitze hielten. Sie unterhielten sich miteinander, kicherten und scherzten. Ihre Stimmen klangen wie ein betörender Gesang, sodass ich mich nicht darauf konzentrieren konnte, was sie sagten. Sie hätten von Wertpapieren, Hundehaufen oder den Vor- und Nachteilen kabelloser Rasenmäher reden können, ich hätte ihnen dennoch voller Faszination und Bewunderung gelauscht.

»Man starrt Sirenen nicht an«, tadelte mich Ashton. »Wenn du nicht aufpasst, passiert dir dasselbe wie diesen Trotteln.« Er deutete auf ein paar Leute, die den Sirenen wie in Trance hinterhertorkelten. Als die Frauen ein Geschäft betraten und ihre Verfolger zurückblieben, wirkten sie kurz verwirrt und zerstreuten sich dann schnell in alle Richtungen.

Läden gab es an diesem Ort viele. Neben den Ständen auf der Straße sah ich zahlreiche Schaufenster voller Bücher und Zauberutensilien, aber auch Alltagsgegenstände wie Kleidung und Haushaltswaren. Nichts davon wirkte wie aus dem 21. Jahrhundert.

Ich schaute an mir herunter. In meiner Jeans und dem Sweatshirt mit der Aufschrift »Keep calm and eat Pizza« fühlte ich mich völlig fehl am Platz. Ashton hätte mich ruhig vorwarnen können. Aber wenn es nach ihm ginge, wäre ich ja nicht einmal mitgekommen.

Schwer seufzend wandte ich mich wieder der Straße zu und stellte fest, dass Ashton weit und breit nicht zu sehen war. Ich hatte ihn verloren, und das ausgerechnet an einem Ort wie diesem. Vielleicht hätte ich mich besser nicht darüber beschweren sollen, dass er dazu neigte, mich ständig durch die Gegend zu zerren. Offenbar war ich darauf angewiesen, dass mich jemand wie ein Kleinkind an der Hand hielt, damit ich nicht verloren ging.

Aber wie weit konnte Ashton schon gekommen sein? Ich schob

mich durch die Menge, stellte mich immer wieder auf die Zehenspitzen, um nach ihm Ausschau zu halten, und wusste bald schon nicht mehr, woher ich kam und wohin ich wollte.

»Mist«, zischte ich.

So etwas konnte nur mir passieren! Erst tönte ich groß herum, dass er meine Hilfe brauchen würde, dann verfranzte ich mich hoffnungslos keine zehn Minuten, nachdem wir in New York gelandet waren.

Ich drehte mich einmal um mich selbst und bekam allmählich Panik. Als mich jemand am Arm packte und zu sich herumzerrte, machte mein Herz einen Satz, und ich hätte beinahe laut aufgeschrien, bis ich erkannte, dass es Ashton und kein gemeingefährlicher Attentäter war, der es auf mich abgesehen hatte.

»Alles okay?«, fragte er. Er war kurzatmig und musterte mich von oben bis unten. Ich hätte erwartet, dass er ausrasten und mir Vorwürfe machen würde, aber das Gegenteil war der Fall. Er hatte mich wohl gesucht und schien ernsthaft besorgt zu sein.

Zumindest war das mein erster Gedanke, dann fiel mir wieder ein, was er in seinem Zimmer gesagt hatte. Er wollte nicht krepieren, nur weil es mich erwischte.

»Ich kann auf mich aufpassen«, sagte ich und befreite mich von ihm. »Du segnest schon nicht das Zeitliche, nur weil ich mal stehen bleibe und mir ein paar Schaufenster anschaue.«

»Es ging mir auch nicht um …« Er brach ab und schüttelte resigniert den Kopf. »Ach, was soll's. Bleib einfach in meiner Nähe, okay? Wir sind nicht zum Shoppen hier. Die Zeit läuft in dieser Raumfalte langsamer als in der Außenwelt und wir haben keine Kompensatoren dabei. Also kein Trödeln. Was dir hier wie eine Stunde vorkommt, sind tatsächlich drei.« Er deutete auf eine hohe Säule in der Mitte einer Weggabelung. Auf mehreren altmodischen

Ziffernblättern liefen Zeiger in verschiedenen Geschwindigkeiten. Die darunter eingravierten Ortsnamen konnte ich aus dieser Entfernung nur schwer lesen. Ich erkannte lediglich New York, Los Angeles und Bangkok.

»Hier herrscht also wirklich eine andere Zeit?«, fragte ich.

»Siehst du doch.« Ashton lief weiter und ich schloss dicht zu ihm auf. Noch einmal wollte ich nicht verloren gehen.

»Aber wie kann das sein?«

Er warf mir einen abschätzigen Blick zu. »Ist die Frage ernst gemeint?«

»Vergiss es einfach«, sagte ich.

Er seufzte. »Beim Erschaffen einer Falte wird der Raum gedehnt und mit ihm die Zeit. Stell dir vor, die Welt würde aus einer Gummioberfläche bestehen. Dieses Gummi ist das Raum-Zeit-Gefüge. Wenn du an einer Stelle mit Gewalt eine Falte in die Oberfläche drückst, dehnt sich das Gummi zwangsläufig. Verstanden? Je größer die Falte, desto größer die Dehnung und desto langsamer läuft die Zeit. Ich habe keine Ahnung, wie das bei euch Seymours ist, aber überall in der Zwischenwelt gehört das zum Grundschulwissen.«

»Okay, das ergibt Sinn«, sagte ich, weil es bestimmt nicht so gut angekommen wäre, ihn zu bitten, mir das noch einmal zu erklären, damit ich es wirklich glauben konnte.

Ich hatte zwar gewusst, dass die Falten, in denen die Zwischenwelt lag, durch eine Raum-Zeit-Krümmung entstanden, mich aber nie damit beschäftigt, was das tatsächlich bedeutete. Von meiner Familie hatte es auch niemand für nötig gehalten, mich darüber aufzuklären. Wieso auch? Einer Normalersterblichen von den richtig coolen Dingen zu erzählen, hätte alles nur komplizierter gemacht. Bis vor Kurzem war ich kein offizieller Teil dieser magischen Welt und wahrscheinlich hatte mich niemand unnötig neugierig machen wollen.

»Wo gehen wir überhaupt hin?«, fragte ich.

»Zum Antiquariat. Ich muss etwas recherchieren.«

»Über die Offenbarung?«, hakte ich nach.

»Musst du immer so schreien?«, fuhr er mich an. »Ich glaube, die Gruppe Zauberer dort hinten hat dich noch nicht gehört.«

»Ich habe nicht geschrien«, protestierte ich.

»Dann liegt es an deiner Stimme. Die ist irgendwie durchdringend und schrill.« Er setzte seinen Weg durch die überfüllte Straße fort, sodass ich kaum hinterherkam.

»Und deine Stimme ist …«, rief ich ihm nach.

»Gib's ihm, Kleine!«, feuerte mich eine Frau neben mir an.

Ich schloss zu Ashton auf. »Deine Stimme –«

»Pst!«, unterbrach er mich, legte mir den Finger auf die Lippen und schaute sich gehetzt um.

Mein Herz schlug augenblicklich schneller. Wurden wir verfolgt? Hatte ich vielleicht doch zu laut gesprochen? Jeder um uns herum hätte ein Attentäter sein können und ich hatte plötzlich das Gefühl, von unzähligen Blicken durchbohrt zu werden. Hatte es dieser hochgewachsene Anzugträger, der aussah wie eine lebende Leiche, auf uns abgesehen? Oder die Verkäuferin an dem Gemüsestand, die mich so kritisch musterte? Oder dieser kleine Kerl, der sich hinter dem Reifrock einer Dame versteckte und uns beobachtete? Es kam mir plötzlich vor, als hätte sich ganz New York gegen uns verschworen.

»Nein, alles gut«, sagte Ashton und löste den Finger von meinem Mund. In seinen Augen funkelte es schelmisch. »Da war so ein unerträgliches Klingeln in meinem Ohr, aber das kam wohl nur von deinem Gezeter.«

Ich starrte ihn ungläubig an. »Soll das ein Witz sein?«

Er schmunzelte schief und wandte sich zum Gehen. »Komm jetzt, zum Antiquariat geht es hier entlang.«

19

Kann mich bitte jemand in diesem Antiquariat begraben? Danke!

Das Antiquariat lag in einer ruhigen Seitenstraße. Über der Tür hing ein Glöckchen, das leise bimmelte, als wir eintraten. Im Inneren war es düster und staubig. Nur wenig Licht fiel durch das fast komplett zugestellte Schaufenster. Die Bücher waren dort nicht hübsch arrangiert, sondern stapelten sich kreuz und quer. Von außen hatte es im ersten Moment wie eine Büchertapete auf mich gewirkt. Auf jedem freien Zentimeter waren so viele Folianten wie möglich untergebracht.

Der mir vertraute Geruch nach Tinte und Papier hing in der Luft und erinnerte mich an Großvater. Von der Decke baumelte eine nackte, verrußte und überaus antik wirkende Glühbirne. Sie tauchte alles in ein schummriges Licht. Hinter den unzähligen Bergen aus Büchern, die vom Boden bis zur gut drei Meter hohen Decke hinaufreichten, war kein einziges Regal zu erkennen. Sie verschwanden schlichtweg im Büchergebirge. Aber ich war mir sicher, dass es Regale geben musste, denn ohne stützendes Gerüst wären die Stapel wohl bei der erstbesten Berührung umgekippt – spätestens wenn jemand eine der Leitern benutzt hätte, die hier und dort dagegengelehnt waren.

Und weil alles so eng beieinanderstand, hätte ein einstürzender Turm eine Lawine ausgelöst, unter der Ashton und ich begraben worden wären. Ich konnte mir zwar schlimmere Tode vorstellen, als unter unzähligen Büchern zu enden, war aber dennoch nicht sonderlich scharf darauf.

»Ich komme gleich!«, trällerte eine Frauenstimme von irgendwo hinter den Büchern.

Links von uns waren einige alte, in Leder gebundene Schinken nicht ganz so hoch aufgestapelt. Erst bei näherem Betrachten erkannte ich, dass sie sich an eine Verkaufstheke schmiegten. Teils lagen sie auch darauf und ließen nur an wenigen Stellen das dunkle Holz der Tischplatte durchblitzen. Den ausschlaggebenden Hinweis, dass es sich tatsächlich um eine Verkaufstheke handelte, gab die antiquierte Kasse inmitten der Bücher.

»Am besten du fasst nichts an«, riet mir Ashton.

Ich verzog das Gesicht und hob fragend Hände und Schultern. Wofür hielt er mich, ein menschgewordenes Trampeltier? Andererseits läge er damit gar nicht mal so weit daneben. Dabei war er doch derjenige, der seine sadistische Ader gern an unschuldigen Büchern ausließ. Von mir hatten sie nichts zu befürchten.

Hinter einem der Regale kam eine junge Frau zum Vorschein. Sie hatte ihr dunkelbraunes Haar zu einem losen Knoten hochgesteckt und trug eine Hornbrille, die aussah, als wäre sie ihr drei Nummern zu groß. Dennoch passte sie perfekt zu ihrem schmalen Gesicht, der kleinen Stupsnase und den unzähligen Sommersprossen. Hinter dem Glas wirkten ihre grünen Augen riesig und leuchtend. Ihr Kleid erinnerte an ein Hausmädchen aus dem 19. Jahrhundert. Es war dunkelblau, aus einfachem Stoff, ohne Verzierungen, aber gut zwanzig Zentimeter zu kurz, sodass ihre hochgeschnittenen Lederstiefel darunter hervorlugten. An einem Gürtel um ihre Hüfte baumelte ein goldener Anhänger. Eine Art Taschenuhr aus unzähligen Zahnrädern. Ähnliche Uhren hatte ich auch schon bei anderen Leuten in New York gesehen und nicht zuletzt auf Grannys Kommode.

Ob das einer dieser Kompensatoren war, von denen Ashton gesprochen hatte? Diese Uhr hatte jedenfalls etwas Magisches an sich. Es kam mir vor, als würde ich ihr Ticken immer lauter hören, je länger ich sie anschaute, und mir fiel auf, dass der Zeiger jede dritte Sekunde ins Stocken geriet. Ein paar Zahnräder setzten sich in Bewegung, der Zeiger zitterte, als würde er gegen eine unsichtbare Kraft ankämpfen, verlor diesen Kampf schließlich und sprang eine Sekunde zurück. Dann tickte er wieder normal weiter.

»Ich glaub es nicht! Ash? Du hier?« Die Frau war völlig aus dem Häuschen und eilte auf Ashton zu. Dabei stieß sie gegen eine Leiter.

»Ach du …« Sie versuchte, nach der Leiter zu greifen, bekam sie aber nicht zu fassen. Sie stürzte geradewegs auf uns zu, ich duckte mich und hob schützend die Arme über den Kopf, doch Ashton fing sie mit Leichtigkeit ab.

Während ich mich wieder aufrichtete, stellte er die Leiter zurück – und hätte sie beinahe erneut umgeworfen, weil sich ihm die junge Frau so stürmisch um den Hals warf, dass er Mühe hatte, das Gleichgewicht zu halten.

»Ich hatte eine schreckliche Vision, Ash!« Sie schob ihn von sich und musterte ihn, als müsste sie prüfen, ob er wirklich in einem Stück vor ihr stand. Ungeniert tastete sie sein Gesicht ab, kniff ihm in die Wange und zog an seinen Haaren.

Ashton wirkte genauso genervt und frustriert wie zuvor bei seinen Eltern. »Lass das!«, maulte er mit versteinerter Miene.

Doch sie ließ sich nicht beirren. »Du warst auf einem Friedhof und bist in Flammen aufgegangen!«

Mir wurde heiß und kalt zugleich. War diese Frau eine Hellseherin?

»Aber dir geht es gut, oder?«, fragte sie. »Du wirkst etwas blass. Isst du auch genug?«

»Du benimmst dich wie Mom«, beschwerte er sich.

Sie stemmte die Fäuste in die Seiten. »Man wird sich ja wohl noch Sorgen machen dürfen! Besonders um dich. Du stürzt dich doch von einer Katastrophe in die nächste.«

Ashton ging nicht darauf ein. Stattdessen deutete er mit dem Kinn auf mich. »Lyvin, das hier ist Emily. Eine … Bekannte von mir. Emily, dass hier ist Lyvin. Meine Schwester.«

Seine Schwester also. Bei näherem Hinsehen war die Familienähnlichkeit kaum zu leugnen. Lyvin und Ashton hatten fast die gleiche Augenfarbe und ähnliche Gesichtszüge.

»Freut mich«, sagte ich und streckte Lyvin die Hand entgegen. »Emily Seymour.«

Lyvin wirkte überrascht. »Seymour?« Sie nahm meine Hand. »Die kleine Schwester von Cedric?«

»Du kennst ihn?«

Sie lachte auf. »Er lässt sich hier zwar nie blicken, wegen der Familienfehde und so. Aber klar, jeder kennt Cedric Seymour! Er ist quasi so etwas wie eine lebende Legende.«

»Übertreib mal nicht«, grummelte Ashton.

Lyvin schmunzelte und verpasste ihm einen neckenden Stoß gegen die Schulter. »Achte nicht auf mein kleines Brüderchen. Ash ist nur eifersüchtig.«

»Eifersüchtig?«, hakte ich nach.

»Das ist Schwachsinn«, wehrte er ab. »Lyvin will mich nur aufziehen.«

»Wenn du es sagst …«, höhnte sie. »Und jetzt erzähl mal. Was führt dich in mein bescheidenes Bücherwunderland?«

»Recherche«, erwiderte er knapp. »Emily und ich sind an einer Sache dran. Wir brauchen Informationen über eine Offenbarung. Eventuell im Zusammenhang mit Geschwistern, Brüdern oder einem Bruder. Etwas in der Art. Ein Fluch vielleicht oder eine Prophezeiung. Ich weiß es nicht genau.«

Lyvin hob eine Braue. »Offenbarung? Mehr habt ihr nicht? Das kann alles und nichts bedeuten.«

»Das ist mir klar, aber wer außer dir könnte herausfinden, worum es sich dabei handelt? Ich bin mir sicher, dass sich irgendwo in diesem Chaos etwas darüber finden lässt.«

»Chaos?« Lyvin wirkte bestürzt. »In meinem Antiquariat herrscht strickte Ordnung. Jedes Buch, jede Schriftrolle, jede einzelne Notiz, die ihren Weg hierher gefunden hat, wurde von mir analysiert, kategorisiert und fein säuberlich einsortiert. Kommt mit!« Sie machte auf dem Absatz kehrt und stolzierte mit großen Schritten voran.

Wir folgten ihr durch die Bücherberge. Ein paar davon wirkten so bedrohlich hoch und schief, als würden sie jeden Moment umkippen. Manche Bücher standen hochkant, andere waren mit dem Buchschnitt nach vorn einsortiert. Ich konnte mir beim besten Willen nicht vorstellen, dass es hier irgendein durchschaubares System gab. Wenn die Titel wenigstens alphabetisch oder nach Themen sortiert gewesen wären. Aber auch das war nicht der Fall. Ich sah Kochbücher neben Klassikern, Fibeln über Kräuterkunde unter einem Haufen aus Kinderbüchern, gruselig wirkende Sammelbände der Nekromantie in einer Reihe mit blumiger Poesie.

Beeindruckend war es allemal, aber logisch sortiert? Hätte man mir den Auftrag gegeben, ein bestimmtes Buch zu finden, wäre es wohl eine Lebensaufgabe geworden – wobei ich nichts dagegen gehabt hätte, den Rest meines Lebens in diesem Antiquariat zu verbringen. Es gab hier mit Sicherheit unglaubliche Schätze zu entdecken. Lyvin übte einen absoluten Traumjob aus. Ob sie wohl eine Hilfskraft suchte? Ich hätte mich auf der Stelle freiwillig gemeldet.

Hinter einer Art Torbogen aus Büchern stand ein Tisch, auf dem einige Schriftrollen ausgebreitet und mit benutzten Teetassen beschwert worden waren. Lyvin sammelte die Tassen eilig ein, fegte dabei eine vom Tisch und wollte sie mit dem Fuß fangen, was ihr natürlich nicht gelang. Sie trat die Tasse bloß von sich und Ashton musste einen Hechtsprung machen, um sie knapp vor dem Boden aufzufangen.

Lyvin atmete erleichtert auf. »Zum Glück. Das ist meine drittliebste Teetasse.«

»Spülst du die auch mal?«, fragte er.

»Natürlich nicht! Eine gute Tasse braucht eine anständige Patina, um den Geschmack des frisch aufgebrühten Tees zu untermalen.«

»Mit anderen Worten, du bist zu faul zum Spülen«, unterstellte er ihr.

»Niemals!«, widersprach Lyvin, entriss ihm ihre drittliebste Tasse und stellte sie mit den anderen auf einem Teewagen ab. »Was darf ich euch anbieten? Grüntee, Kräutertee? Plätzchen?«

»Nein danke, wir …«, begann Ashton, wurde aber vom erschreckend lauten Knurren meines Magens unterbrochen. Er und Lyvin schauten mich an, als hätte ich gerade einen Braunbären aus meiner Jackentasche gezogen.

»Bedien dich«, bot sie mir an und deutete auf einen Teller voll verführerisch aussehendem Gebäck. Mir lief das Wasser im Mund zusammen. »Und du, setz dich. Ich hole dir alles, was ich habe.«

Ashton sank auf den Stuhl, während Lyvin bereits zielsicher zu einem der Bücherregale eilte.

»Offenbarung, öffnen, Verhüllungszauber«, murmelte sie und stieg eine Leiter hinauf, die dabei bedrohlich wackelte. Sie zog ein Buch aus einem Stapel, den sie damit beinahe zum Einsturz gebracht hätte.

»Ich mag deine Schwester«, sagte ich. »Sie wirkt etwas chaotisch, aber ich glaube, sie beherrscht dieses Chaos ganz gut.«

»Das muss sie auch, sonst wäre sie haltlos verloren.«

Lyvin sprang von der Leiter, zog ein paar Schriftrollen aus einer Lücke zwischen den Büchern hervor und huschte dann zum nächsten verdeckten Regal. »Offenbarung, Apokalypse, Zukunftsvisionen«, murmelte sie, legte ab, was sie bereits eingesammelt hatte, und kroch bis zum Hinterteil in einen Bücherberg hinein.

Ich wandte mich dem Teller mit dem Gebäck zu, schob mir gleich zwei Vanilleplätzchen mit Marmeladenfüllung in den Mund und verliebte mich auf Anhieb in den Cronut, der darunter zum Vorschein gekommen war.

»Lässt du mir auch etwas übrig oder hast du vor, das Gebäck samt Teller zu verspeisen?«, fragte Ashton.

»Vielleifft«, mampfte ich.

Auf einem Unterteller sammelte ich ein paar weniger verführerische Plätzchen zusammen und wandte mich Ashton zu.

Wie er so am Tisch saß, mit einem sanften, kaum merklichen Lächeln auf den Lippen – nicht so unterkühlt und abweisend wie noch kurz zuvor –, war er fast wieder der Ashton, mit dem ich vor ein paar Tagen in unserer Küche zusammengestoßen war. Ich war mir bloß nicht sicher, welches nun sein wahres Ich war. Der fiese Idiot oder der freundliche Junge, den ich dort sitzen sah.

Ich stellte ihm den Teller vor die Nase.

»Danke«, sagte er mit leiser, rauer Stimme. Sein Blick wanderte gedankenverloren zu den Plätzchen und das Lächeln auf seinen Lippen erstarb, als hätte es sich nur versehentlich dorthin verlaufen.

Er wirkte wieder so traurig wie in dem kurzen Moment in seinem Zimmer. Ihm war bestimmt nicht klar, dass ich das bemerkte und dass sich ein Klumpen Mitgefühl in meiner Magengegend zusammenschnürte. Dabei wusste ich nicht einmal, was ihn so verloren und verletzt wirken ließ. Doch ich wäre sicher der letzte Mensch auf Erden, mit dem er seine Gedanken teilen würde.

Und dennoch überkam mich der Drang, ihn aufzuheitern. Sein Anblick war aber auch kaum auszuhalten. Wie ein geschlagener Welpe sah er aus, was es mir nicht gerade leicht machte, sauer auf ihn zu sein. Dabei hatte ich allen Grund dazu.

Ich griff nach dem Cronut und legte ihn kurz entschlossen auf die langweiligen Haferplätzchen, die ich für ihn ausgesucht hatte. Und tatsächlich kehrte das sanfte Lächeln auf seine Lippen zurück. Mir fiel ein Stein vom Herzen. Gleichzeitig ärgerte ich mich über mich selbst. Die ganze Zeit schon behandelte er mich wie eine lästige Zecke, und kaum zeigten seine Mundwinkel mal nach unten, opferte ich meinen Cronut für ihn. Eigentlich hatte er das gar nicht verdient.

Lyvin kam zurück und wäre beinahe in mich hineingelaufen. Sie trug so viele Bücher, lose Blätter und Schriftrollen mit sich, dass sie nichts sehen konnte.

Ashton zog gerade noch rechtzeitig den Teller mit den Plätzchen weg, bevor sie unter Lyvins Ausbeute begraben werden konnten.

»Das ist die erste Fuhre«, schnaufte sie. »Darunter sind Zauber, Rituale, alte Legenden. Alles, was auch nur im Entferntesten mit einer Offenbarung zu tun hat. Es wäre einfacher, wenn wir es eingrenzen könnten. Hast du sonst nichts für mich? Den Namen des Bruders, oder so?«

Ashton warf mir einen flüchtigen Blick zu. »Nein, nichts.«

Es war offensichtlich, dass es etwas gab, von dem ich nichts wissen sollte. Aber wieso? Wir saßen doch im selben Boot. Er hätte keine Geheimnisse vor mir haben müssen. Andererseits verschwieg ich ihm auch, dass ich meine Familie verdächtigte.

»Mach mir aber keinen Knick in die Buchrücken oder Eselsohren in die Seiten«, warnte Lyvin ihn mit erhobenem Zeigefinger. »Ich weiß, wie du mit deinen Büchern umgehst.«

»Ich pass schon auf«, versprach er, nahm sich das erstbeste Exemplar vom Stapel und schlug es auf.

»Dann nehme ich mir diese Hälfte vor«, sagte ich und wollte ein paar der Bücher zu mir heranziehen.

Ashton stoppte mich, indem er seine flache Hand auf den Bücherstapel knallte. Vor Schreck fuhr ich zusammen.

»Nicht nötig«, sagte er unterkühlt. »Du weißt nicht, wonach du suchen musst.«

»Und was mache ich dann hier?« Immerhin ging es auch um mein Leben und ich war mitgekommen, weil wir das Rätsel zu zweit schneller lösen konnten. Nicht um ihm Plätzchen zu reichen.

»Das frage ich mich auch«, sagte er, bereits vertieft in das Buch, das er sich vorgenommen hatte.

»Habe ich was nicht mitbekommen?«, fragte Lyvin. »Wann bitte ist mein kleiner Bruder zu so einem Mistkerl mutiert?«

Ashton schaute verwundert auf und ich verschränkte die Arme vor der Brust. »Keine Ahnung, aber so benimmt er sich mir gegenüber schon die ganze Zeit.« Es tat gut, dass auch mal jemand auf meiner Seite stand.

»Ich bin allein schneller, okay?«, verteidigte er sich. Auch Lyvin verschränkte die Arme vor der Brust und bedachte Ashton mit einem strafenden Blick. Es war nicht zu übersehen, dass er sich in die Ecke gedrängt fühlte. »Ich wollte nicht … Außerdem hat sie …« Begleitet von einem unartikulierten Fluch raufte er sich durch die Haare. »Vergesst es einfach!« Er widmete sich wieder dem Buch und gab sich große Mühe, uns zu ignorieren.

Lyvin wandte sich mir zu. »Weißt du was? Wenn er sich nicht helfen lassen will, soll er doch zusehen, wie er allein zurechtkommt.

Wir beide können uns auch anderweitig beschäftigen. Wie wäre es mit ein bisschen Sightseeing?«

Das klang fantastisch! Mit Ashton war ich durch die Straßen gehetzt und hatte mir kaum etwas ansehen können. Aber war es auch eine gute Idee, auf eigene Faust loszuziehen, solange wir nicht wussten, wer es auf Ashton und damit auch auf mich abgesehen hatte? Unsicher schaute ich zu ihm.

Wenn er ein Problem damit gehabt hätte, wäre das die Gelegenheit gewesen, Einspruch zu erheben. Doch er ließ die Augen schweigend über die Buchseite wandern und blätterte um.

»Gerne«, stimmte ich Lyvins Vorschlag zu.

»Dann ist es beschlossene Sache«, sagte sie und hakte sich bei mir ein. »Was möchtest du zuerst sehen? Die Feengasse oder die Einkaufsmeile? Ashton, schrei einfach, wenn du Hilfe brauchst.«

»Ich komme zurecht«, sagte er. »Verhaltet ihr euch nur unauffällig.«

»Das haben wir nicht vor.« Lyvin zwinkerte mir zu und ich schmunzelte.

20

Vampire beißt man nicht

Nachdem wir das Antiquariat verlassen hatten, warf ich noch einmal einen unsicheren Blick zurück zur Eingangstür. Es fühlte sich nicht richtig an, von Ashton getrennt zu sein. Andererseits fühlte es sich auch nicht richtig an, bei ihm zu sein, weil ich mich ausgerechnet an den größten Idioten gefesselt hatte, der mir je begegnet ist.

»Kümmere dich nicht um ihn«, riet mir Lyvin. »Er war schon immer etwas schroff und direkt, aber das ist nicht böse gemeint. Dieser Fall, an dem er dran ist, muss echt verzwickt sein. Wahrscheinlich hat er deshalb seine Manieren vergessen. Du musst wissen, dass Ashton schon immer die Eigenart hatte, sich alle Probleme der Welt auf die eigenen Schultern laden zu wollen. Und wenn er sie dann nicht lösen kann, bringt ihn das zur Weißglut.«

»Was denkst du, ist das für ein Fall?«, fragte ich.

Wenn das, was Ashton unter einem Fall verstand, mit den Aufträgen vergleichbar war, die wir Seymours annahmen, wüsste ich nicht, wie er sich dadurch in so eine Gefahr bringen konnte.

»Na ja, ein Fall eben«, meinte Lyvin. »Wahrscheinlich ein Mordfall.«

Wir nahmen den Weg, den Ashton und ich gekommen waren, bogen auf die breite Straße mit den vielen Geschäften ein und schlenderten an den Verkaufsständen vorbei.

»Ich habe ehrlich gesagt keine Ahnung vom dem, was Ashton so tut«, gestand ich. »Also klärt er Morde auf?«

Lyvin wirkte verwirrt. »Du hast keine Ahnung? Aber du bist doch die kleine Schwester von Cedric Seymour. *Dem* Cedric.«

»Nekromantie war noch nie so mein Ding«, gab ich zu. »Ich bekomme zwar ein bisschen was mit, aber geht es nicht vor allem darum, mit Toten zu sprechen? Also zu fragen, wo sie vor ihrem Ableben die Autoschlüssel hingelegt haben und so? Klärt Cedric auch Morde auf?«

»Klar macht er das!«

»Davon hat er nie etwas erzählt. Wenn ich helfen muss, geht es meistens darum, Geister zu vertreiben.«

Lyvin lachte. »Wer hätte das gedacht! Eine waschechte Seymour, die keine Ahnung von ihren Familiengeschäften hat. Dann erkläre ich dir das mal: Nekromanten sind in der Zwischenwelt so etwas wie Detektive und dein Bruder ist einer der Besten unter ihnen. Ashton leugnet es zwar gern, aber Cedric ist sein großes Vorbild. Und das, obwohl wir Goodwins sind und Cedric ein Seymour.«

Das tat Cedric also, wenn er tagelang verschwunden war? Er klärte Morde auf? Ich hätte mir Nekromanten nie als Detektive vorgestellt, aber logisch war es schon. Schließlich konnten wir mit Toten sprechen. Wer könnte die Wahrheit über ihr Ableben besser in Erfahrung bringen?

»So ist das also«, sagte ich. »Eigentlich klingt das gar nicht so übel.«

»Und wie kommt es, dass du nichts davon weißt?«, fragte Lyvin. »Ich meine, du und Ash, ihr arbeitet doch zusammen an dieser Sache oder nicht?«

»Ehrlich gesagt …« Ich wusste nicht, wie ich das Lyvin erklären sollte, ohne das mit der Wiederbelebung auszuplaudern.

»Topsecret?«, fragte sie.

»So ähnlich.«

»Hat es etwas mit diesem Vertrag zwischen unseren Familien zu tun, dass ihr zusammenarbeiten müsst? Das würde jedenfalls erklären, warum er so angepisst ist. Ashton arbeitet normalerweise allein und das macht er auch sehr gut. Als er noch mit Dad losgezogen ist, haben sich die beiden ständig in die Haare gekriegt. Ashton ist und bleibt ein Einzelgänger.«

»Scheint so …«

Wir kamen an einem Stand mit ausgefallenen Puppen vorbei. *Cursed Dolls & Doll Curses* stand auf einem Schild darüber. Ich sah Voodoopuppen, Marionetten und gruselige Figuren, die Chucky, der Mörderpuppe, Konkurrenz gemacht hätten. Näher ansehen wollte ich mir das lieber nicht. Puppen, die sich bewegten und redeten … mich schauderte, wenn ich nur daran dachte.

Am Stand daneben wurden Pflanzen verkauft, die sich in ihren Töpfen wanden und räkelten, als hätte jemand Tintenfische kopfüber in die Erde gesteckt. Ein Stand mit allerlei Naschereien hatte es mir besonders angetan. Beim Anblick der bunten Zuckerbonbons und Pralinen lief mir das Wasser im Mund zusammen. Da ich mir bei *Bitter and Sweet* – so hieß der Stand – jedoch nicht sicher war, es wirklich mit ganz normalem Süßkram zu tun zu haben, ließ ich lieber die Finger davon.

»Hier geht es zur Feengasse«, sagte Lyvin und deutete auf eine Lücke zwischen den Gebäuden. Wir überquerten die Straße und als ich einen Blick zwischen den Menschenmengen hindurchwerfen konnte, huschte eine Fee an mir vorbei. Neugierig schaute ich ihr nach.

Ich hatte mir Feen kleiner vorgestellt. Ungefähr Daumengroß. Und … na ja … nackt. Oder höchstens mit Blättern bekleidet, wie man es von Peter Pans treuer Gefährtin kannte. Diese hier war jedoch so groß wie mein Unterarm. Sie trug ein Kleid, das nur aus glitzerndem Goldstaub gewebt sein konnte, und hatte schimmernde Libellenflügel.

Wir betraten die Feengasse, in der sich zu beiden Seiten puppenhausgroße Gebäude über drei Ebenen türmten. Ich bewunderte die niedlichen Miniaturvorgärten, die gewundenen Treppen, die sich zwischen den Gebäuden in die Höhe schlängelten, und die vielen kleinen Details – von den Verzierungen an den Fensterläden bis hin zu verschnörkelten Hausnummern und bunt bemalten Briefkästen. Es gab sowohl Wohnhäuser als auch Geschäfte in Augenhöhe, die darauf ausgelegt waren, Kunden in meiner Größe einen guten Blick auf die Waren zu ermöglichen. Zumeist handelte es sich dabei um hübsche Phiolen mit verschiedenen magischen Tinkturen und jede Menge Schmuck. Die Verkaufstheken konnte man mühelos mit dem Arm erreichen und auch den Kopf in den Laden stecken. Sie waren so liebevoll eingerichtet – mit handbemalter Blumentapete, winzigen Möbeln und reichlich glitzernder Deko –, dass ich wahrscheinlich Stunden damit hätte verbringen können, jedes noch so kleine Detail zu bewundern.

Überall schwirrten Feen umher, saßen auf Balkonen, tranken Tee, unterhielten sich oder bedienten die Kundschaft ihrer Läden. Dass sie es glitzernd, farbenfroh und leuchtend mochten, war kaum zu übersehen. Männliche wie weibliche Feen trugen funkelnde Kleidung oder zumindest Schmuck und Haarspangen aus Silber oder Gold, die mit hübschen Edelsteinen besetzt waren.

Ich wollte nach einer Phiole greifen, aber Lyvin hielt mich davon ab. »Ich weiß, es ist verführerisch, aber mit den Tränken der Feen ist es genauso wie mit ihrem Schmuck. Alles sieht hübsch aus und glitzert, hat unterm Strich aber keinen Wert.«

Wir liefen weiter und gelangten zu einer verwinkelten Straße, in der es keine Verkaufsstände auf den Bürgersteigen gab. Nur entzückende kleine Läden mit Stoffen, Mode und Hüten.

Mein Blick blieb an einem Schaufenster hängen, in dem Kleider ausgestellt waren. Auf dem Holzschild über dem Laden stand *Mary's Näherei.* Eines der Kleider faszinierte mich ganz besonders. Es war in verschiedenen Rottönen gehalten, einfach geschnitten und elegant. Der Stoff floss geradezu über die Hüfte der Schaufensterpuppe, die Schultern waren frei, die Ärmel mit Rüschen verziert. Es war wunderschön und mit den Seidenhandschuhen, dem passenden Hut und dem Spitzenschirm sah es wie das perfekte Picknickkleid einer edlen Dame aus dem 19. Jahrhundert aus.

Normalerweise hatte ich mit Mode nicht viel am Hut. Für mich musste es nur bequem und zweckmäßig sein. Aber dieses Kleid? Wow, es war einfach atemberaubend! Ich wäre am liebsten sofort in den Laden gestürmt, um es anzuprobieren. Allerdings herrschte in meinen Hosentaschen gähnende Leere. Wenn Staubflusen keine begehrte Währung in New York waren, musste ich mich wohl damit begnügen, mir das Kleid durch die Schaufensterscheibe anzuschauen.

»Willst du es mal anziehen?«, fragte Lyvin.

»Ich habe gar kein Geld dabei.«

»Das muss doch niemand wissen«, sagte sie und zog mich mit einem ansteckenden Lächeln in den Laden.

Nach allem, was in den letzten Tagen schiefgelaufen war, freute ich mich darauf, diesen ganzen Mist vor der Tür der Näherei zu lassen und einfach nur ein Mädchen zu sein, das mit einer neu gewonnenen Freundin hübsche Kleider anprobierte.

Im Inneren des Ladens roch es nach Blumen, was nicht verwunderlich war, denn in jeder freien Ecke – zwischen stapelweise Stoffballen, bunten Bändern und Spitze – standen Körbe voller Schnittblumen. Auf der Verkaufstheke befand sich neben einer wuchtigen alten Kasse eine Tischglocke, die Lyvin betätigte. Ich schaute mich um und bewunderte die vielen Kleider, die von Schaufensterpuppen getragen überall im Laden aufgestellt waren. Auf den Preisschildern konnte ich neben horrenden Summen auch Ortsnamen lesen. Auf vielen stand New York, auf einigen aber auch London, Berlin, Stockholm, Dublin und an einem Kimono Tokio.

»Einen Moment!«, rief eine Frau vom Hinterzimmer aus. Kurz darauf tauchte eine hochgewachsene ältere Frau in Rüschenbluse und schwarzem Rock auf. Im Arm trug sie einige Stoffballen, die sie auf der Verkaufstheke ablud.

»Was kann ich für die Damen tun?«, fragte sie und rückte ihre schmal geschnittene Brille zurecht.

»Meine Freundin würde gern das Kleid dort anprobieren«, sagte Lyvin und deutete auf das Schaufenster.

Die Frau betrachtete mich über die Brillengläser hinweg und was sie sah, schien ihr nicht zu gefallen. »Dieses Kleid ist nichts für dich. Schaut euch gern um, vielleicht findet ihr etwas Passenderes. Obwohl … ich glaube eher nicht.« Sie machte auf dem Absatz kehrt und verschwand wieder im Hinterzimmer.

»Das nenne ich mal kundenfreundlich«, meinte Lyvin.

Ich betrachtete den Spruch auf meinem Oberteil. »Vielleicht steht sie nicht so auf Pizza«, mutmaßte ich.

»Egal.« Lyvin zuckte mit den Schultern. »Umschauen können wir uns trotzdem.«

Das taten wir dann auch.

Ich hatte geglaubt, dass es kein hübscheres Kleid geben könnte als das im Schaufenster. Doch der ganze Laden war voller wunderschöner Stoffe, Kleider und passender Accessoires. Lyvin und ich konnten uns gar nicht sattsehen. Wir liefen von einem Kleid zum nächsten, wühlten uns durch die Kleiderstangen und präsentierten uns mit Seidenschals, Hüten und Spitzenhandschuhen.

»Den hier musst du anprobieren!«, sagte Lyvin und setzte mir einen Hut mit riesiger Krempe auf. Das Teil war so wuchtig, dass ich kaum darunter hervorlinsen konnte.

»Wer trägt denn freiwillig so einen Hut?«, fragte ich lachend und setzte ihn wieder ab. Tante Sophia hätte ich mir damit hervorragend vorstellen können. Allgemein verstand ich allmählich, warum meine Familie einen so sonderbaren Kleidungsstil hatte. In New York fielen sie damit wahrscheinlich gar nicht auf.

Das Stöbern machte wirklich Spaß, aber das Kleid im Schaufenster ging mir nicht aus dem Kopf. Immer wieder wanderte mein Blick in die Richtung, was Lyvin nicht entging. Sie schaute zur hinteren Tür, die angelehnt war, sodass uns die Verkäuferin zwar hören, aber nicht sehen konnte.

»Weißt du was? Wir riskieren es«, entschied sie.

»Das können wir nicht machen«, flüsterte ich, doch Lyvin war bereits auf dem Weg zum Schaufenster.

»Klar können wir! Was soll sie schon tun, wenn sie uns erwischt? Sie kann uns höchstens aus dem Laden werfen.«

Damit hatte sie zwar recht, mein Herz klopfte mir aber dennoch bis zum Hals, als wir das Kleid gemeinsam von der Schaufensterpuppe nahmen.

»Jetzt schnell zur Umkleidekabine!«, sagte Lyvin und schob ein paar der anderen Puppen so zurecht, dass sie den Blick auf die entkleidete Dame im Schaufenster verstellten.

Ich verschwand in der Kabine, zog den Vorhang zu und schlüpfte aus meinem Sweatshirt. Das Unterkleid aus ungefärbtem Leinen zog ich mir direkt über mein T-Shirt und zupfte den Rock zurecht. In das Kleid selbst zu schlüpfen, war allerdings gar nicht so einfach. Ich fand keinen Reißverschluss, um es zu öffnen, wollte es mir über den Kopf ziehen und blieb in der Mitte stecken.

»Lyvin, ich hänge fest!«, flüsterte ich.

Ich hörte, wie sie den Vorhang aufzog und kicherte.

»Du siehst aus wie eine Roulade!«

Sie zupfte hier und dort am Kleid, ich schlängelte mich durch den Stoff und endlich rutschte er mir über die Schultern.

Als ich wieder etwas sehen konnte, riss ich vor Schreck die Augen auf, denn nicht nur Lyvin stand vor mir, sondern hinter ihr auch die Verkäuferin. Sie hatte die Hände vor der Brust verschränkt und fixierte mich durch schmale Augen.

Lyvin bemerkte meinen Schreck und wirbelte herum. »Es tut uns leid!«, sagte sie rasch.

»Das sollte es auch. Ihr habt vergessen, die Häkchen zu öffnen. Kein Wunder, dass deine Freundin stecken geblieben ist. Lass mich mal schauen.« Sie rückte das Kleid zurecht und drehte mich dem Spiegel zu. »Es sitzt nicht perfekt. Wie gesagt, es ist nicht das richtige Kleid für dich. Zu wenig Oberweite, zu schmale Hüfte.«

Sie zog die Schnürung am Rücken fest, bis sich das Kleid an meine Taille anpasste. Für die Verkäuferin sah es vielleicht so aus, als würde es nicht richtig sitzen, ich erkannte davon aber nichts. Es schmiegte sich an meinen Körper und ließ mich gleich erwachsener wirken. Ich erkannte mich fast nicht wieder.

»Sehr elegant«, sagte die Verkäuferin über meine Schulter hinweg. Sie lockerte mein Haar auf, zwirbelte es geschickt zwischen den Fingern und steckte es mit einer Nadel hoch, die sie sich aus der eigenen Frisur gezogen hatte. »So ist es noch besser.«

»Du siehst fantastisch aus«, meinte Lyvin.

Ich musste zugeben, dass auch mir gefiel, was ich sah. Ich hätte geglaubt, dass das Kleid an mir seine Eleganz verlieren würde. Aber dem war nicht so. Es wirkte noch immer vornehm und anmutig und irgendwie schien das auf mich abzufärben. Trotzdem machte sich ein ungutes Gefühl in mir breit. Es kam mir vor, als würde ich nicht richtig atmen können.

»Es ist jetzt vielleicht ein bisschen eng«, meinte ich und legte mir die Hand auf die Brust.

»Das muss so sein«, sagte die Verkäuferin. »Es könnte sogar noch etwas fester geschnürt werden.« Mit einem Ruck zog sie die Korsage noch enger um meine Rippen.

Mein Atem stockte, ich wollte nach Luft schnappen, doch es gelang mir nicht. So schön das Kleid auch war, in diesem Moment hätte ich es mir am liebsten vom Leib gerissen.

»Da stimmt etwas nicht«, meinte Lyvin besorgt. »Emily, bist du gegen irgendetwas allergisch? Dein Hals wird ganz rot.«

Ich schaute zum Spiegel und tatsächlich – um meine Kehle entstand eine rote Verfärbung. Mir wurde schwarz vor Augen und ich musste mich mit der Hand an der Wand abfangen, um nicht mit dem Kopf voran gegen den Spiegel zu knallen.

Sofort schoss mir der Gedanke durch den Kopf, dass das Kleid vergiftet sein könnte. Doch wie hätte der Mörder, der es auf Ashton und mich abgesehen hatte, wissen können, dass ich in diesen Laden gehen und genau dieses Kleid anziehen würde? Dann erkannte ich, was die Rötung tatsächlich zu bedeuten hatte. Das war kein Ausschlag, keine allergische Reaktion. Es waren Handabdrücke. Als würde mich ein unsichtbarer Angreifer würgen.

»Ashton!«, stieß ich fast tonlos aus. Er war in Gefahr, jemand griff ihn an und ich bekam die Auswirkungen zu spüren. »Wir müssen zu ihm, sofort!«

»Was?«, fragte Lyvin verwirrt.

»Schnell!« Ich raffte den Rock, drängte mich keuchend an der Verkäuferin vorbei und rannte zur Ladentür. Lyvin folgte mir.

»Sofort stehen bleiben!«, rief uns die Verkäuferin nach.

»Ich bringe das Kleid zurück!«, versprach ich und stieß die Tür auf.

»Das ist ein Notfall«, entschuldigte sich Lyvin.

»Ihr wagt es nicht …«, brüllte die Frau hysterisch, doch ich rannte bereits quer über die Straße.

Als wir vor dem Antiquariat ankamen, hetzte mein Atem. Auch Lyvin war völlig aus der Puste. Sie wollte gerade etwas sagen, als aus dem Inneren ein lautes Rumpeln und Poltern zu hören war, als wäre ein Regal umgestürzt.

»Was zum …« Sie stolperte durch die Tür.

Ich eilte ihr nach und erstarrte, als ich die Verwüstung sah. Der ganze Laden war auseinandergenommen worden. Überall flogen Bücher herum, Regale hingen quer in den schmalen Gängen und ihr Inhalt war auf dem Boden verteilt, sodass ein Durchkommen fast unmöglich war.

Lyvin schlug sich die Hände vor den Mund.

Wieder krachte es laut, gefolgt von einem unterdrückten Aufschrei und etwas, das wie ein Fauchen klang.

»Hier entlang«, sagte Lyvin und kletterte über ein umgestürztes Regal.

Es tat mir im Herzen weh, auf die Bücher zu steigen, die teils aufgeschlagen, mit ungeschützten Seiten und geknicktem Rücken vor mir lagen. Sie rutschten unter meinen Füßen weg und ich konnte mehrmals Papier reißen hören.

Der Tisch, an dem Ashton gearbeitet hatte, war umgeworfen worden. Genau wie der Teewagen. Ich erkannte auf Anhieb zwei Eindringlinge. Große Männer in dunkler Kleidung, mit blasssilbriger Haut und rötlich funkelnden Augen. Vampire! Einer von ihnen hatte Ashton am Kragen gepackt und schleuderte ihn quer durch den Raum gegen die Wand. Mir schoss der Schmerz durch den Rücken, als er aufschlug.

Ashton sackte zu Boden. Sein Atem ging schwer und er hatte Mühe, wieder auf die Füße zu kommen. Ich konnte die Würgemale an seinem Hals sehen, die bei mir wahrscheinlich längst verblasst waren.

Lyvin schnappte sich eine Papprolle mit Landkarten und stürmte blindlings auf einen der Vampire zu. »Ihr miesen Dreckskerle habt meinen Laden verwüstet!«, brüllte sie und schlug wild um sich. Der Vampir hob zwar verteidigend den Arm, tat das aber wohl nur instinktiv, denn die Papprolle konnte ihm nicht wirklich etwas anhaben. Das begriff er auch schnell und entriss sie Lyvin, woraufhin sie nach vorn stolperte und der Länge nach hinfiel.

»Verdammt«, krächzte Ashton. Er rieb sich die malträtierte Kehle, stieß sich von der Wand ab und stürmte auf den Vampir zu, der es auf seine Schwester abgesehen hatte. Er verpasste ihm einen Kinnhaken, der ihm zwar mehr zusetzte als die Papprolle, ihn aber auch kaum ins Wanke brachte.

Ashton schüttelte sich die schmerzende Hand. Auch mir pulsierten die Fingerknochen.

Während Ashton den Vampir in Beschlag nahm, wollte ich Lyvin zu Hilfe eilen, sah dann aber, dass sich ihm der zweite Vampir von hinten näherte.

Panisch schaute ich mich um, fand als beste Waffe einen Stuhl und rannte darauf zu. Inzwischen hatte der Vampir Ashton von hinten gepackt und zu Fall gebracht. Bedrohlich baute er sich über ihm auf und bleckte die Zähne. Der andere packte Lyvin am Arm, zog sie auf die Füße und zu sich heran. Sie schrie, wehrte sich, doch der Vampir umfasste ihren Oberkörper mit den Armen und drückte so fest zu, dass ihr die Luft wegblieb.

Ich schnappte mir den Stuhl, rannte zu dem Vampir, der sich über Ashton gebeugt hatte, und schlug ihm das Teil mit aller Kraft auf den Schädel. Der Stuhl zerbrach, dann sackte der Vampir in sich zusammen und kippte zur Seite weg.

Ashton rappelte sich auf, während Lyvin noch immer hilflos im Arm des anderen Vampirs zappelte.

»Lass sofort meine Schwester los!«, sagte er mit bedrohlich gesenkter Stimme.

»Sonst was?«, höhnte der Vampir. Er ließ seine Zähne aufblitzen, beugte sich vor und kam Lyvins Kehle gefährlich nah.

»Verdammt! Sag, was du willst, und ich gebe es dir!«, brüllte Ashton wutentbrannt.

Doch der Vampir kam nicht dazu, seine Bedingungen zu stellen, denn Lyvin rammte ihren Kopf nach hinten, knallte gegen seine Stirn und brachte ihn ins Straucheln. Sein Griff um ihren Oberkörper lockerte sich, sie kam frei und wollte zu Ashton rennen, doch der Vampir erwischte sie am Arm.

Ich schnappte mir ein abgebrochenes Stuhlbein und stürmte auf den Vampir zu.

»Lass sie sofort los!«, rief ich.

Der Vampir hielt mich auf, indem er blitzschnell die Hand nach mir ausstreckte und mich am Ärmel packte. Ich schlug mit dem Stuhlbein auf ihn ein, hatte aber nicht das Gefühl, dass ihn das sonderlich beeindruckte, also tat ich das Einzige, was mir einfiel: Ich ergriff seinen Arm mit beiden Händen und biss herzhaft hinein.

Der Vampir schrie und ließ Lyvin los. Im nächsten Moment war auch schon Ashton bei ihm und rammte ihm sein Knie in die Magengegend. Ächzend sackte der Vampir zu Boden, während ich mir sein bitter schmeckendes Blut von den Lippen wischte.

»Na, wie fühlt es sich an, gebissen zu werden?«, warf ich ihm übermütig entgegen.

Das Adrenalin pulsierte in meinen Adern und sorgte für ein ungeahntes Hochgefühl. Wahrscheinlich hätte ich Todesangst haben müssen, stattdessen fühlte ich mich unglaublich lebendig und hätte mich am liebsten mit einem Dutzend weiterer Vampire angelegt. Nur leider fehlten mir dazu die Stühle. Und die Vampire.

Der Vampir kam nicht zu einer Antwort, denn Lyvin klaubte ein besonders dickes Buch vom Boden auf und zog es ihm über den Schädel, sodass er bewusstlos vornüberkippte.

»So«, sagte sie und klopfte sich imaginären Staub von den Händen. »Das wäre erledigt.«

Stille kehrte ein. Wir starrten auf die Verwüstung und atmeten schwer. Schließlich wanderte Ashtons Blick zu mir. Er musterte mich flüchtig.

»Das … Kleid steht dir«, sagte er, räusperte sich und wandte sich von mir ab.

»Hä?«, war alles, was ich hervorbringen konnte.

Wir hatten gerade zwei Vampire zur Strecke gebracht, Lyvins Antiquariat sah aus wie ein Schlachtfeld und er dachte, das sei der richtige Moment, den Gentleman raushängen zu lassen und mir ein Kompliment zu machen? Ich wurde einfach nicht schlau aus ihm. Er wirkte sogar etwas verunsichert. Er, Ashton Goodwin, die Manifestation der Selbstsicherheit.

Dann fiel es mir wie Schuppen von den Augen. Geradezu geschockt deutete ich auf ihn. »O mein Gott, das war ein Danke!«

»Was?«, fragte er ebenso schockiert. »Wie kommst du darauf?«

»Das war deine verkorkste Art, Danke zu sagen!« Ich konnte nicht anders, als zu lachen. »Kriegst du das Wort nicht über die Lippen? Ist es unter deiner Würde? Soll ich dir auf die Sprünge helfen? Dann sprich mir nach …« Ich holte Luft, merkte aber schnell, dass ich zu weit gegangen war. Ashton wirkte längst nicht mehr unsicher. Ganz im Gegenteil, erneut funkelte die Wut in ihm auf. Kalt und schneidend ruhte sein Blick auf mir.

»Oder, vergiss es einfach«, murmelte ich. »Und … gern geschehen.«

»Hast du gerade wirklich einen Vampir gebissen?«, fragte Lyvin.

»Ja, aber das mache ich nie wieder.« Mir lag der bittere Geschmack noch immer auf der Zunge.

Lyvin wandte sich Ashton zu. »Okay, jetzt raus mit der Sprache: Wer sind diese Kerle und wieso haben sie es auf dich abgesehen?« Sie machte eine kurze Pause und deutete dann auf mich. »Und wieso wusste Emily, dass du in Gefahr bist?«

Ashton und ich wechselten einen kurzen Blick. Mir fiel auf die Schnelle keine Erklärung oder Ausrede ein und ihm schien es genauso zu gehen.

»Es hängt mit einem ungeklärten Mord an einer Nixe zusammen«, sagte Ashton. Er ging zum umgestürzten Tisch und hievte ihn hoch. Dann hob er eins der Bücher auf. »Ich wurde von der Familie gebeten, die Todesumstände zu klären. Doch der Geist der Nixe konnte mir nur zwei Wörter mitteilen: Offenbarung und Bruder. Bevor ich weitere Nachforschungen anstellen konnte, haben mir die Verwandten der Nixe die Aufklärung entzogen und die Seymours beauftragt. Ich dachte, dass ich etwas herausfinden könnte, wenn ich mich auf den Vorschlag mit dem Vertrag zwischen unseren Familien einlasse. Aber so weit kam es nicht.«

»Wollten sie dir nichts verraten?«, hakte Lyvin nach.

»Bevor ich fragen konnte, wurde ich …« Er stockte.

»Getötet«, ergänzte ich mit trockenem Mund und sprach damit aus, was Ashton nicht über die Lippen brachte. Ein Kloß hatte sich in meinem Hals gebildet.

Lyvin riss die Augen auf. »Wie bitte?«

Ashtons Blick haftete wie gebannt am Tisch. Er wirkte wie leer gefegt, als hätte er sämtliche Gefühle, die in ihm aufzulodern drohten, tief in sein Inneres verbannt. »Ich bin an der Sache drangeblieben, weil es nicht der erste Überfall dieser Art war«, erklärte er mit rauer Stimme. Dass sein Tod zur Sprache gekommen war, machte ihm offensichtlich schwer zu schaffen. Deshalb konzentrierte er sich lieber darauf, uns über den Fall aufzuklären. »Es geschieht immer unheimlich schnell, ohne Zeugen, ohne dass Dinge von Wert gestohlen werden. Stattdessen verschwinden meist unnütze Gegenstände, was keinen Sinn ergibt. Schon seit einem Jahr häufen sich diese Vorfälle in der Zwischenwelt, aber erst durch dieses eine Wort muss ich in die Schlusslinie geraten sein: Offenbarung. Ich dachte, die Seymours könnten mir helfen. Das mit der Fehde zwischen unseren Familien habe ich immer für ein Relikt aus der Vergangenheit gehalten. Ich dachte, dass wir das durch den Vertrag und die gemeinsame Aufklärung des Falls aus der Welt schaffen können. Ich habe mich geirrt. Mittlerweile glaube ich, dass die Seymours nicht zufällig mit der Mordermittlung beauftragt wurden. Sie stecken irgendwie mit drin und haben mich mit Absicht zu sich gelockt, um mich auszuschalten. Offenbar weiß ich schon zu viel.« Er schnaubte verächtlich. »Auch wenn ich eigentlich gar keine Ahnung habe. Für einen Mord hat es trotzdem ausgereicht.«

Mir wurde ganz anders, als ich ihn das sagen hörte. Von Anfang an hatte ich nicht wahrhaben wollen, dass eigentlich nur jemand aus meiner Familie infrage kam. Ich hatte Ashton nichts von meinem Verdacht gesagt und nun stellte sich heraus, dass es die ganze Zeit auch seine Vermutung gewesen war.

»Aber du lebst«, sagte Lyvin. Ihre Worte klangen fast wie ein Flehen.

»Weil Emily mich zurückgeholt hat.« Er deutete unwirsch auf mich. »Mit ein paar Nebenwirkungen. Aber ja, ich lebe.«

»Deswegen hast du also gespürt, dass er in Gefahr ist?«

Ich nickte. »Sagt dir der Restutio impertes etwas?«

Lyvin riss die Augen auf. Fassungslos schaute sie von mir zu Ashton und wich dann einen Schritt zurück. Es war nicht zu übersehen, dass ihr der Zauber ein Begriff war. Ich hätte nur nicht damit gerechnet, dass sie so schockiert sein würde.

»Aber das bedeutet …«, stolperte es aus ihr heraus. »Das ist ein Ritual aus dem schwarzen Grimoire der Seymours. Die Goodwins haben lange dafür gekämpft, dass es verboten wird! Und du … sie hat dich …? Glaubst du denn wirklich, dass du ihr vertrauen kannst?«

»Nein«, sagte er kalt.

»W-was soll das heißen?«, fragte ich. »Immerhin habe ich dich wiederbelebt. Der Restutio war nun mal der einzige Weg.«

»Aber wer sagt uns denn, dass das nicht von Anfang an euer Plan war?«, sagte Lyvin und warf mir damit vor, was mir auch schon Ashton unterstellt hatte. »Jetzt, wo Ashton tun muss, was du von ihm verlangst, kannst du ihn zwingen zu schweigen.«

»Aber das habe ich nicht getan, oder?«, verteidigte ich mich.

Ashton sagte nichts dazu. Er wich sogar meinem Blick aus.

Dafür sah mich Lyvin nun auf eine ganz andere Art an. Ich hatte sie in der kurzen Zeit, die wir miteinander verbracht hatten, liebgewonnen. Ich hatte eine Freundin und Vertraute in ihr gesehen, und nun schaute sie mich an, als wäre ich der Feind – genauso wie Ashton, nachdem ich ihn zurückgeholt hatte.

»Außerdem hat auch jemand versucht, mich umzubringen«, fuhr ich fort. »Ob das jemand aus meiner Familie war, wissen wir nicht mit Sicherheit. Es kann jeder gewesen sein, der etwas von Ashtons Besuch bei uns wusste. Auch jemand aus eurer Familie.«

»Von den Goodwins würde niemand so weit gehen«, behauptete Lyvin.

»Aber von den Seymours, oder wie?«

Einer der Vampire stöhnte leise und ersparte den beiden damit eine Antwort.

»Das hier habe ich gefunden«, sagte Ashton und deutete auf die aufgeschlagene Seite des Buches. Darauf zu sehen war die Beschreibung eines alten Ritterordens. *Bruderschaft der Offenbarung*, stand in der Überschrift. Der Text darunter floss um ein Symbol – eine Spinne mit Kreuz auf dem Rücken und kreisförmig ausgestreckten Beinen.

»Diese Bruderschaft war eine Untergruppierung in den Reihen der Kreuzritter. Sie beschäftigte sich mit dem Okkulten und existierte noch lange nach dem Untergang der Kreuzritter. Das ist aber auch schon alles, was es an Informationen über sie gibt.«

»Und woher weißt du, dass die Nixe diese Bruderschaft gemeint hat?«, fragte Lyvin mit angeschlagener Stimme. Sie hatte Ashtons Tod und die Umstände seiner Wiederbelebung wohl noch längst nicht verdaut.

Ashton lief zu einem der Vampire, ging in die Hocke und drehte seine Handfläche nach oben. Darauf tätowiert war eine Kreuzspinne, die der Abbildung im Buch stark ähnelte. »Hätten diese Trottel es einfach auf sich beruhen lassen, wäre ich der Wahrheit wahrscheinlich niemals näher gekommen.«

»Ich rufe die Wächter des Tribunals«, entschied Lyvin. »Wenn wir ihnen alles sagen, was wir wissen –«

»Dafür haben wir zu wenig Beweise«, meinte Ashton.

»Hier liegen zwei bewusstlose Vampire, mein Antiquariat ist verwüstet und mit Sicherheit hat jemand den ganzen Krach gehört. Aller Wahrscheinlichkeit nach sind die Wächter sowieso längst auf dem Weg hierher. Wenn ich sie nicht rufe, mache ich mich nur verdächtig.«

»Dann ruf sie, aber glaub mir, anhand der Indizien werden sie uns kein Wort glauben. Außerdem …« Er schaute zu mir, und Lyvin folgte seinem Blick.

»Der Restutio, ich verstehe«, sagte sie.

Fragend legte ich die Stirn in Falten.

»Wenn herauskommt, dass du den Restutio impertes gewirkt hast, sperren sie dich wahrscheinlich für den Rest deines Lebens weg«, erklärte sie. »Mal ganz abgesehen davon, dass sie verlangen könnten, das Ritual ungeschehen zu machen, was Ashtons Tod zur Folge hätte. Du solltest den Wächtern aus dem Weg gehen. Ihr beide.«

»Dann verschwinden wir am besten, solange es noch geht«, schlug Ashton vor.

»Nach Hause?«, fragte Lyvin.

Ashton schüttelte den Kopf. »Zu offensichtlich.«

»Zu Alessia?«

Er nickte. »Dort sind wir vorerst sicher. Emily, kommst du?«

»Was ist mit dem Kleid?« Ich schaute an mir herunter.

»Ich glaube, das geklaute Kleid ist im Moment deine geringste Sorge«, meinte Lyvin. »Ich sage den Wächtern, dass es ein Raubüberfall war. Das kaufen sie mir hoffentlich ab. Und ihr meldet euch, ja? Ich will wissen, dass es euch gut geht.«

»Das machen wir«, versprach Ashton. »Sag Mom und Dad nichts, okay? Ich will nicht, dass sie wissen, dass ich …«

Sie nickte schwerfällig.

Wir wollten gerade über das umgestürzte Regal klettern, um zum Eingang zu gelangen, als wir aufgebrachte Stimmen vor dem Laden hörten. Eine ganze Traube Schaulustiger hatte sich auf der Straße versammelt.

»Zum Hinterausgang«, schlug Lyvin vor.

Sie führte uns durch weitere Regalreihen, einen Korridor entlang, zu einer unscheinbaren Tür, die auf eine schmale Seitengasse hinausging.

Lyvin strich über Ashtons Arm. »Du passt auf dich auf, Ash, versprochen?«

»Das werde ich und du bist ebenfalls vorsichtig«, erwiderte er. »Wer weiß, ob sie es jetzt nicht auch auf dich abgesehen haben.«

»Ich passe schon auf«, versprach sie und schaute zu mir. »Sei du auch vorsichtig, Emily.«

Ich lächelte unsicher. »Das bin ich.«

21

Zum Karneval trägt man keine Toga

Nicht weit vom Eingang des Antiquariats entfernt, erreichten wir die offene Straße. Wir achteten darauf, nicht von den Schaulustigen bemerkt zu werden, die sich vor dem Laden versammelt hatten, und eilten durch die nachströmende Menge in die entgegengesetzte Richtung.

»Lyvin kommt zurecht?«, fragte ich besorgt.

»Mit Sicherheit«, meinte Ashton.

»Platz da!«, rief eine gebieterische Stimme.

Ashton packte mich am Arm und zog mich zum Straßenrand.

Von dort aus konnte ich drei Männer und zwei Frauen in Uniform mit Silberknöpfen in Doppelreihe, hochgeschlossenen Hemdkragen und Hüten erkennen. An ihren Gürteln führten sie etwas mit sich, das entweder ein Kurzschwert in einer verzierten Schwertscheide war oder ein ungewöhnlich schicker Schlagstock. Auf jeden Fall war ich mir sicher, dass es sich um Wächter des Tribunals handelte.

Der Mann, der vorausging, war jung, vielleicht Mitte zwanzig. Sein Gesicht war kantig, sein Blick schneidend. Die Art, wie er sich bewegte, wie er alles genau registrierte, jedes Detail seiner Umgebung aufzunehmen und zu bewerten schien, ließ mich nicht daran zweifeln, dass er seinen Beruf überaus ernst nahm.

Er bemerkte sogar, dass ich ihn beobachtete, obwohl er von Dutzenden Passanten umgeben war.

Rasch wandte ich mich ab, wir bogen um eine Ecke und ich schaute noch einmal flüchtig über die Schulter. Der Mann war tatsächlich stehen geblieben und hielt nach mir Ausschau.

»Stimmt etwas nicht, Cardeles?«, fragte ihn einer der anderen Wächter.

»Es ist nichts«, sagte er und drehte sich wieder dem Antiquariat zu.

Ein Stein fiel mir vom Herzen. Ich war einfach zu neugierig gewesen. Dass dieser Cardeles den Blick eines Adlers hatte, hätte ja niemand ahnen können. Hoffentlich war ich ihm nicht zu verdächtig vorgekommen.

»Wo gehen wir hin?«, fragte ich.

»Zurück zur Raumfalte, raus aus New York«, erklärte Ashton. »Wir sind hier nicht mehr sicher. Falls wir das überhaupt je waren. Sobald diese Bruderschaft erfährt, dass ihre Attentäter versagt haben, werden sie uns jemand anderen auf den Hals hetzen.« Er schaute zu meinem Armband. »Das Ding funktioniert?«

»Ich denke schon«, sagte ich. »Es ist ein Geschenk von Santana.«

»Die Hexe, verstehe.« Er wirkte nachdenklich. »Arbeitet deine Familie mit Santanas Hexenzirkel zusammen?«

»Ist das ein Verhör?«, fragte ich zurück. »Glaubst du, Santana steckt auch mit drin?«

Ashton antwortete nicht. Er beschleunigte seine Schritte und ich fiel zurück. Wieder einmal musste ich fast rennen, um mit ihm mithalten zu können. Auf der einen Seite konnte ich verstehen, dass er mir noch immer misstraute, auf der anderen Seite war er zu meinem Pech der Einzige, dem *ich* bedenkenlos vertrauen konnte. Ich hätte mir nur gewünscht, das würde auf Gegenseitigkeit beruhen.

Wir liefen an den Verkaufsständen vorbei und schon von Weitem war der Eintrittsort in die New Yorker Raumfalte zu sehen. Beim Betreten der Stadt hatte ich nicht darauf geachtet, aber während wir uns darauf zubewegten, sah ich die Lichtblitze, die im Sekundentakt die Umgebung erhellten und von einem Treppengeländer ausgingen. Während die Menschen auf der rechten Seite die Stufen nach unten nahmen, um in einen Pub zu gelangen, schwangen sie sich auf der linken Seite rücklings über das Geländer und verschwanden in der Raumfalte. Genauso tauchten sie dort auch wieder auf. Es herrschte Hochbetrieb, eine Schlange hatte sich gebildet und wir reihten uns ein.

»Ist hier immer so viel los?«, fragte ich.

»Das ist New York«, antwortete Ashton.

Ich interpretierte das als Ja.

Es ging zügig voran und ich mutmaßte, dass wir New York schon in wenigen Minuten verlassen würden. Hinter uns stand bereits ein gutes Dutzend weiterer Personen an, während vor uns nur noch fünf Leute darauf warteten, an der Reihe zu sein.

Als in meinem Rücken Tumult ausbrach, schaute ich mich um. Jemand drängelte sich vor und ich stellte mich auf die Zehenspitzen, um etwas erkennen zu können. Mein Inneres verkrampfte sich, als ich die Wächter des Tribunals erkannte.

»Aus dem Weg!«, forderte Cardeles und schob sich durch die Menge.

»Mist!«, knurrte Ashton.

Wir mussten ganz schnell von hier verschwinden! Eilig drängten wir uns bis zum Geländer durch und Ashton zog mich zu sich heran. Ohne zu zögern, warf er sich rücklings in die Raumfalte.

Ich sah noch, wie Cardeles einen Hechtsprung machte und den Arm nach mir ausstreckte. Er verfehlte meinen Fuß nur um wenige Zentimeter.

Einen Moment später wurde alles um mich herum weiß. Die Umgebung manifestierte sich neu, ich hörte Geräusche, konnte den Wind spüren und tastete mit den Füßen nach festem Boden. Allerdings bekam ich ihn nur mit den Zehenspitzen zu fassen.

Das gleißende Licht ebbte ab.

Direkt vor mir stand Ashton und schaute mich überrascht an. Warum er so überrascht war, wurde mir klar, als ich das Gleichgewicht verlor. Ich ruderte mit den Armen, doch das verhinderte nicht, dass ich in die Tiefe stürzte und in eiskaltem Wasser versank.

Das Gewicht meines Kleides zerrte an mir, ich schlug panisch um mich, berührte mit den Händen den Boden und realisierte, dass das Wasser gar nicht so tief war wie befürchtet. Ich richtete mich auf, durchbrach die Wasseroberfläche und schnappte nach Luft.

So was konnte nur mir passieren! Beim Durchqueren einer Raumfalte in hüfthohem Wasser zu landen, war zwar harmloser als in einen Vulkan zu fallen oder sich auf einem viel befahrenen Highway wiederzufinden, Spaß machte es dennoch nicht.

Ich wischte mir das triefnasse Haar aus den Augen. Meine hübsche Hochsteckfrisur war ruiniert und das Kleid hatte sich bis in die letzte Faser vollgesogen.

»Alles okay da unten?«, fragte Ashton.

»Ging schon mal besser«, murrte ich.

Ich schaute zu ihm hoch. Er stand auf einer Steinbrücke, bei der die Architekten ein Geländer wohl für überflüssig gehalten hatten. Wieso auch? Wenn man die Raumfalte durchschritt und ein paar Zentimeter zu weit vorn herauskam, fiel man ja nicht sonderlich tief …

Ich hievte meine Ärmel hoch und wrang sie aus, während ich mich umschaute. Nicht weit von mir entfernt waren mehrere Boote an Holzpflöcken befestigt. Links und rechts standen Gebäude nah am Kanal. Die Fassaden waren farbefroh gestrichen, Rundbögen,

Fensterläden und Blumenkästen verliehen ihnen ein mediterranes Aussehen.

»Wo sind wir?«, fragte ich.

Ashton hatte die Brücke verlassen, war über den schmalen Bürgersteig bis zu mir gelaufen und in die Hocke gegangen. Er streckte mir die Hand entgegen.

»Venedig«, sagte er.

Ich nahm seine Hand und verengte den Blick. »Du hast das aber nicht mit Absicht gemacht, oder?«

Ein unschuldiges Lächeln legte sich auf seine Lippen. Ich traute ihm nicht zu, mich mutwillig ins Wasser plumpsen zu lassen, es war aber nicht zu übersehen, dass ihm meine missliche Lage gefiel.

»Komm schon«, forderte er mich auf und zog an meiner Hand.

Das Gewicht des nassen Kleides machte es Ashton nicht leicht, mich aus dem Kanal zu befreien. Ich wollte mithelfen, indem ich meine Füße gegen die Steilwand stemmte, und Ashton packte auch mit der zweiten Hand zu, doch er verlor das Gleichgewicht. Ich klatschte zurück ins Wasser – und Ashton landete neben mir.

Er tauchte kurz unter, war sofort wieder auf den Beinen und schnaubte genervt. »War das jetzt deine Rache?«, fragte er mürrisch.

Ich prustete los. Ashton sah aus wie ein begossener Pudel in seinem tropfenden Trenchcoat und mit den nassen Strähnen, die ihm vor den Augen klebten. Er schaute mich an, als hätte ich ihm einen Kübel Putzwasser über den Kopf gegossen. Bei diesem Anblick konnte ich unmöglich ernst bleiben.

»Das ist nicht lustig«, beschwerte er sich.

»Wenn du wüsstest, *wie* lustig das ist!« Ich lachte und lachte, hielt mir dabei den Bauch und japste, bis mir Ashton einen Schwall Wasser ins Gesicht schaufelte.

Mit weit aufgerissenen Augen starrte ich ihn an. Hatte er das gerade wirklich getan? Er, Ashton Goodwin, der Spaß nicht einmal erkannte, wenn er ihm mitten ins Gesicht sprang?

»Was sollte das denn?«, fragt ich ungläubig und wischte mir übers Gesicht.

Er grinste schief. »Du hast ein wenig hysterisch gewirkt.«

»Na warte!« Ich verpasste ihm meinerseits eine Ladung Wasser und wollte ihm gar nicht erst die Zeit lassen, sich zu rächen. Ohne Pause spritzte ich ihn weiter voll, schrie und lachte, als er es mir gleichtat.

Schon lange hatte ich mich nicht mehr so ausgelassen gefühlt. Mein Herz hüpfte, mein Bauch tat weh vor Lachen und ich bekam kaum noch Luft.

Auch Ashton war wie ausgewechselt. Es war das erste Mal, dass ich ihn laut und ungezwungen lachen hörte. Er ergriff meine Hände und drängte mich gegen die Kanalwand. Ich kam nicht von ihm los und schaute zu ihm auf.

Unsere Blicke trafen sich, eine seltsame Stille legte sich über uns. Ashtons Augen schimmerten wieder Jadegrün, blitzten wie Edelsteine zwischen seinen nassen Strähnen hervor. Wasser perlte ihm über die Haut, tropfte von seiner Nasenspitze auf mein Schlüsselbein und löste einen wohligen Schauer bei mir aus. Unser Lachen ebbte allmählich ab.

Es waren vielleicht nur Sekunden, in denen wir so nah beieinanderstanden, doch es fühlte sich wie eine Ewigkeit an. Er hielt noch immer meine Handgelenke umfasst, unser Atem ging schnell.

Ashton wich meinem Blick aus. »Deine Lippen sind ganz blau«, sagte er in einem Tonfall, der gewollt gleichgültig klang.

Er ließ mich los und wandte sich dem Kanalrand zu. »Die Wächter könnten jeden Moment hier auftauchen. Wir sollten von der Straße runter und aus den nassen Klamotten raus.«

»Denkst du, dass sie herausfinden, wohin wir gereist sind?« Mir war kalt. Ich bibberte und schlang mir die Arme um den Körper.

»Sie haben ihre Methoden«, meinte er. »Komm her, dann helfe ich dir hoch.«

Er bot mir seinen Oberschenkel als Trittstufe an, damit ich mich zum Rand der Kanalwand hochstemmen konnte. Ächzend hievte ich mich auf den schmalen Gehweg und robbte wie ein Walross auf dem Bauch nach vorn. Ashton versuchte, mich an den Füßen vorwärtszuschieben, und plötzlich fühlte ich seine Hand an meinem Hintern. Ich riss erschrocken die Augen auf, mir schoss die Hitze in die Wangen und ich wollte mich lauthals beschweren, als Ashton gequält stöhnte: »Wie viel wiegst du eigentlich?«

»Ist das dein Ernst?«, beschwerte ich mich.

Endlich kam ich auf die Knie, wandte mich um und krabbelte auf ihn zu. Im selben Moment stemmte er sich am Kanalrand hoch. Ich wich gerade noch rechtzeitig nach hinten aus, um nicht von seiner Stirn getroffen zu werden, und wir fanden uns Auge in Auge gegenüber.

»Es wäre leichter gewesen, ein Nilpferd aus dem Kanal zu hieven«, sagte er.

Ich schnaubte angefressen durch die Nase und stieß ihn kurzerhand zurück ins Wasser. Er klatsche ins kalte Nass, tauchte kurz unter und rappelte sich nach Luft schnappend wieder hoch.

»Okay, das habe ich wohl verdient«, gab er zu und strich sich die Haare aus dem Gesicht. Ein flüchtiges Lächeln huschte über seine Lippen. Ein warmes Lächeln, versöhnlich und ehrlich.

Ich verschränkte die Arme vor der Brust. »Das kannst du laut sagen.«

Er zog sich wieder aus dem Wasser. »Ich denke, wir haben jetzt genug Zeit vertrödelt. Kommst du?«

Ich nickte, folgte ihm durch eine schmale Gasse und wrang mir auf dem Weg so viel Wasser wie möglich aus meinem Kleid. Ob ich es in dem Zustand noch zurückgeben konnte? Vielleicht musste es nur getrocknet und gebügelt werden. Der Fischgeruch würde allerdings nicht so leicht wieder rausgehen.

»Ist die Raumfalte von Venedig größer oder kleiner als die in New York?«, fragte ich.

»Größer.«

»Also läuft die Zeit hier …?«

»Noch langsamer«, bestätigte er, was ich mir schon gedacht hatte. Je größer die Falte, desto stärker wurde der Raum gekrümmt und umso langsamer verlief die Zeit, rief ich mir ins Gedächtnis. Eigentlich war es ganz logisch und kein Wunder, dass man den Zeitunterschied in den Raumfalten von Springdale und Salem nicht bemerkte. Dazu waren sie einfach zu klein.

Wir bogen in die nächste schmale Gasse ein und passierten hohe Häuser mit geschlossenen Fensterläden. Wenn ich an Venedig dachte, stellte ich mir Gondeln, haufenweise Touristen und Lärm vor – also das genaue Gegenteil von dem, was sich uns hier bot.

Über uns waren einige Wäscheleinen gespannt. Ashton stieg auf eine Fensterbank, pflückte zwei weiße Tücher von einer der Leinen und warf mir eines davon zu. »Zieh das über«, forderte er mich auf.

Ich hob das Tuch hoch und starrte es ungläubig an. Das war doch ein Bettlaken! Wie sollte ich das anziehen? »Verkleiden wir uns als Gespenster?« Ich senkte den Stoff wieder, hinter dem Ashton in einer perfekt gewickelten Toga zum Vorschein kam. Es fehlte nur noch der Lorbeerkranz, dann hätte er als Julius Cäsar durchgehen können.

Ich wollte mich meinerseits in das Tuch wickeln, warf es mir über die Schulter, drehte mich im Kreis und stolperte, als ich versehentlich auf das am Boden schleifende Ende trat. Nach mehreren Versuchen, in denen mich Ashton amüsiert beobachtete, ohne seine Hilfe anzubieten, gelang es mir, mich einzuwickeln und fast so auszusehen, als wäre das Ergebnis beabsichtigt. Ich strich das Laken glatt, grinste zufrieden und schaute zu Ashton auf.

»Das muss reichen«, sagte er und wandte sich wieder der Straße zu.

Ich warf noch einen letzten Blick zurück. »Vermisst die Tücher niemand?«

»Wahrscheinlich schon, aber glaub mir, den Bewohnern von Venedig ist es lieber, ein paar Togas zu verlieren, als sich ihr Stadtbild ruinieren zu lassen. Touristen sind hier nicht gern gesehen.«

»Lebt Venedig nicht vom Tourismus?«

»In der Außenwelt schon, aber nicht hier.«

Wir hatten die schmalen Seitengassen noch nicht ganz hinter uns gebracht, als Musik und Stimmengewirr an meine Ohren drangen. Schon von Weitem sah ich Bewegungen und bald darauf tauchten wir in eine riesige Menschenmenge ein. Es musste sich um ein Fest handeln, denn die Bewohner des zwischenweltlichen Abschnitts von Venedig zogen singend und tanzend durch die Straße. Bunte Papierschnipsel erfüllten den Himmel. Ebenso bunt wie die Kleider der Leute, die auffallend mit Federn, Blumen und Perlen geschmückt waren.

Viele von ihnen trugen außerdem prachtvolle Hüte und weiße Masken oder Schminke, was sie wie Porzellanpuppen wirken ließ. Überall waren Fächer und Federboas zu sehen. Die wenigsten trugen eine Toga wie Ashton und ich. Mit meinem Kleid wäre ich vermutlich weniger aufgefallen, wobei es nicht ansatzweise so bunt und pompös war wie die Kleidung der Stadtbewohner. Und wahrscheinlich hätten sie den Unterschied zwischen einem New Yorker Kleid des 19. Jahrhunderts und der geschätzt zweihundert Jahre älteren venezianischen Mode doch schnell erkannt.

Ich schreckte zurück, als vor mir eine Stichflamme in die Höhe schoss. Ein Feuerkünstler gab sein Können zum Besten, schluckte eine Fackel und spie die Flamme in die Luft. Ein Stück weiter vorn sah ich einen Jongleur auf einem Seil balancieren, das über den Köpfen der Feiernden gespannt war.

Ich wusste gar nicht, wo ich zuerst hinschauen sollte. Alles war so prachtvoll und überladen, laut, bunt und einfach nur faszinierend. Ein junger Mann in wallendem Kleid ergriff meine Hände, drehte sich mit mir im Kreis und verschwand schon wieder in der Menge, als ich noch nicht einmal ganz zum Stehen gekommen war. Eine Art Polonaise zog an mir vorbei. Eine Frau mit goldverzierter Maske, riesigen Federn auf dem Kopf und rüschenverziertem Gewand streckte mir die Hand entgegen, um mich aufzufordern, mich der Polonaise anzuschließen. Ich griff zu, wurde mitgezogen und warf lachend im Takt der Musik die Beine in die Höhe. Zu tanzen und mich zu drehen, ließ alles von mir abfallen, was mir schwer auf den Schultern lastete. Ich löste mich von der Polonaise, als sie weiterzog, stolperte ein paar Schritte voran und landete lachend in Ashtons Armen.

Sein Blick war so düster, dass man hätte meinen können, wir wären auf einer Beerdigung. Aber so leicht wollte ich mich nicht von ihm herunterziehen lassen. Dazu war ich im Moment zu überschwänglich. Es war einfach zu schön, alles für ein paar Minuten abschütteln zu können. Ihm würde das auch guttun.

»Komm schon!«, forderte ich ihn auf und hielt ihm meine Hand hin. »Mach mit!«

Er schnaubte verächtlich, ließ sich dann aber doch erweichen. Wie ein gekonnter Tänzer wirbelte er mich im Kreis von sich weg, bis unsere Arme gespannt waren. Dann zog er mich mit einem Ruck wieder zu sich heran, ich drehte mich in seinen Arm hinein und er beugte sich über mich, bis seine Lippen ganz nah an meinem Ohr waren.

»Tanzen können wir immer noch, wenn uns niemand mehr verfolgt«, erinnerte er mich mit einem so bedrohlichen Tonfall, dass meine Knie weich wurden. Offenbar amüsierte ihn dieses Fest nicht einmal ansatzweise. »Abgesehen davon tropfst du.«

Dass ich noch immer nass bis auf die Knochen war, hatte ich in dem ganzen Trubel völlig vergessen. Mir war auch nicht mehr kalt. In Venedig war es viel wärmer als in New York. Trotzdem mussten wir aus den nassen Klamotten raus. Eine Erkältung konnte ich mir in unserer Lage wirklich nicht leisten.

»Ist ja okay«, lenkte ich ein. »Lass uns weitergehen.«

»Danke«, knurrte er.

Also kannte er dieses Wort doch. Nach dem Überfall der Vampire hätte ich fast schwören können, es wäre ihm gänzlich unbekannt.

Wir ließen die Festivitäten hinter uns, bogen von der breiten Straße ab und folgten einem Kanal, bis wir an ein rot gestrichenes Haus mit bröckelndem Putz gelangten. Die meisten Fensterläden in verblasstem Grün waren geschlossen, an den zahllosen weißen Balkonen hingen Blumenkästen und neben der Eingangstür war ein einfaches Holzschild angebracht. *Al Fiore*, stand dort in verschnörkelter Schrift.

Ashton wollte die Tür aufstoßen, doch sie gab trotz seiner Bemühungen nicht nach. Sie rührte sich selbst dann nicht, als er sich mit der Schulter dagegen warf. Er schnaubte angefressen und trat einen Schritt zurück. »Komm schon, Alessia, lass mich rein!«, rief er.

Nichts geschah, also schlug er mit der Faust gegen die Tür. »Jetzt sei nicht so!«

»Vielleicht ist niemand zu Hause?«, mutmaßte ich.

»O doch, sie ist da«, knurrte er. »Sie ignoriert mich nur. Alessia, verdammt!«

»*Siamo occupati*«, rief eine trällernde Stimme von innen.

»Es kann doch nicht sein, dass du immer noch sauer bist!« Ashton rieb sich den Nasenrücken. »Jetzt lass mich rein!«

»Wie wäre es mit *bitte*?«, schlug ich vor.

Er seufzte. »Bitte.«

Tatsächlich klackte daraufhin das Schloss, die Klinke wurde nach unten gedrückt und die Tür schwang knarzend auf. Ich folgte Ashton ins Innere und wir betraten einen schmalen Gang. Es war dunkel, staubig und roch nach Zigarettenqualm. Gesenkte Stimmen waren hinter einer angelehnten Tür zu hören und lösten ein mulmiges Gefühl in mir aus. Die Tatsache, dass niemand zu sehen war, der uns geöffnet hatte, machte es nicht besser.

Am Ende des Ganges entdeckte ich einen Empfangstresen. An der Wand dahinter hing ein Schlüsselbrett, was mich auf ein Hotel schließen ließ – ein ziemlich dubioses, heruntergekommenes Hotel, aber ein Hotel.

Am Tresen stand eine Frau. Im Halbdunkel konnte ich kaum mehr als eine Silhouette erkennen. Mit den Armen vor der Brust verschränkt, kam sie auf uns zu. Wut funkelte in ihren Augen, und das nicht im übertragenen Sinne. Sie flackerten tatsächlich in einem feurigen Rot auf, bevor sie die Farbe von poliertem Kirschholz annahmen.

Die Frau war hübsch, ungefähr in Ashtons Alter und trug ein buntes, blumenverziertes Kleid mit vielen Rüschen und goldenen Stickereien. Ihr dunkles, lockiges Haar fiel ihr bis auf die Schultern und ihre Lippen waren in einem kräftigen Rot geschminkt. Mit großen Schritten trat sie auf Ashton zu, holte weit aus und verpasste ihm eine so schallende Ohrfeige, dass auch mir der brennende Schmerz durch die Wange schoss.

»Autsch!«, stieß ich aus.

»Wie kannst du es wagen, hier aufzutauchen?«, fuhr sie ihn in einem starken Akzent an und musterte ihn ausgiebig. »Und dann auch noch in dem Aufzug! Du tropfst mir hier den ganzen Boden voll!«

»Die Anreise war etwas … turbulent«, erklärte Ashton.

Sie drehte sich von ihm weg, verschränkte wieder die Arme vor der Brust und zog eine beleidigte Schnute. »Eigentlich sollte ich dich gleich wieder davonjagen«, sagte sie. »Du hast mich beleidigt, meine Familie und meine Gäste.«

Offenbar war Ashton bei seinem letzten Besuch in diesem Etablissement wirklich jedem auf die Füße getreten, der sich nicht rechtzeitig in Sicherheit gebracht hatte. Mich überraschte das nicht. Freundschaften zu schließen gehörte nun wirklich nicht zu seinen Talenten.

»Es war nicht meine Absicht …«, zwang er sich zu einer halbherzigen Entschuldung.

»Das ist es nie, oder?« Sie schaute noch beleidigter als ohnehin schon, schielte ihn dann aber hämisch an und nickte in meine Richtung. »Wer ist eigentlich dieses hübsche Ding? Muss ich eifersüchtig sein?«

»Das ist niemand«, antwortete er.

»Freut mich, ›Niemand‹«, stellte ich mich angefressen vor.

»Alessia«, erwiderte die junge Frau mit angehobener Braue. »Sag mir Bescheid, wenn ich dich von ihm befreien soll. Ein Wort und ich lasse ihn in Flammen aufgehen.«

»Das wäre wohl nicht so gut«, gab ich zu.

»Aber verdient hätte er es«, sagte sie.

Ashton ging gar nicht erst darauf ein. »Wir haben uns etwas Ärger eingehandelt und brauchen einen sicheren Unterschlupf. Nur für eine Nacht.«

»Dafür bin ich also gut genug? Um dich zu verstecken, wenn du dir mal wieder neue Feinde gemacht hast?« Sie schlenderte zurück zur Theke.

Wir folgten ihr und kamen dabei an der angelehnten Tür vorbei, hinter der die Stimmen zu hören waren. Rasch warf ich einen flüchtigen Blick hinein. Dort befand sich wohl der Speisesaal des Hotels, denn ich sah einige Tische, eine Bar und jede Menge Gäste, die dort saßen und sich unterhielten. Doch nicht jeder von ihnen fügte sich in das Bild, das ich bisher von Venedig hatte. Einige wirkten in ihren Anzügen wie Mafiosi, andere sahen eher wie Cowboys aus und eine Frau war komplett in Moos und Blätter gekleidet. In einer Ecke saß ein riesiger Mann, der sich bücken musste, um nicht mit dem Kopf gegen die Decke zu stoßen.

Ich bemerkte, wie jemand einen Aktenkoffer unter dem Tisch seinem Gegenüber zuschob. Dann verstellte mir ein anderer Gast die Sicht, bedachte mich mit einem bösen Blick und schloss die Tür.

Wohin hatte mich Ashton bloß geführt? Das war doch im Leben kein normales Hotel!

»Jetzt sei nicht so«, bat Ashton.

Nachdem Alessia hinter den Tresen getreten war, beugte sie sich vor, stützte ihr Kinn mit den Händen ab und seufzte schwer. »Wer kann dir schon einen Wunsch abschlagen? Aber verzeihen werde ich dir nicht so schnell. Ein Zimmer, sagst du? Für euch beide zusammen?«

»Ja, das genügt«, bestätigte er.

Sie schielte zu mir. »So ist das also.«

Auch Ashton warf mir einen kurzen Blick zu. »Nicht wirklich.«

»Du schuldest mir etwas«, sagte sie, nahm einen Schlüssel vom Brett und reichte ihn Ashton, der ihn entgegennahm.

»Falls jemand fragt …«

»Habe ich dich nicht gesehen«, ergänzte sie zwinkernd. »Genauso wenig wie deine kleine Freundin.«

Ashton nickte, trat zu mir und deutete auf das Treppenhaus gegenüber der Tür zum Speisesaal. »Wollen wir?«

»Nach dir«, sagte ich und folgte ihm die Treppe nach oben in einen Flur mit nummerierten Zimmertüren.

Ich warf noch einmal einen Blick zurück. »Alessia ist nicht gerade gut auf dich zu sprechen, was?«

»Sie ist ja auch ein Drache«, murrte er grimmig.

Ich ignorierte seinen Tonfall. »Sie war vielleicht etwas hitzköpfig, aber …«

»Sie ist wirklich ein Drache«, fiel er mir ins Wort und blieb vor einer der Türen stehen. »Drachen sind sehr nachtragend.«

»Im Ernst?«, fragte ich.

»Ja, sind sie«, bestätigte er genervt. Offenbar war er nicht dazu aufgelegt, sich zu unterhalten.

Meine Frage hatte sich eigentlich darauf bezogen, ob es sich bei Alessia tatsächlich um einen waschechten Drachen handelte. Bedeutete das, sie konnte Feuer speien? War der Feuerspucker auf dem Fest womöglich ebenfalls ein Drache? Vielleicht konnte sich Alessia sogar in ein geflügeltes Ungetüm verwandeln. Ich hatte unzählige Fragen, wollte bei Ashtons mieser Stimmung aber erst einmal mit etwas Harmlosem anfangen.

»Warum nur ein Zimmer?«, fragte ich deshalb, während er bereits aufschloss.

Er drehte den Schlüssel, ein Schutzsiegel flammte am Türrahmen auf und ich wich erschrocken zurück. Der Zauber ebbte wieder ab.

»Das hier ist kein normales Hotel, oder?« Welches normale Hotel wurde auch von einem Drachen geführt?

Ashton seufzte. »Kannst du dich mal für eine Frage entscheiden?«

Wir waren offensichtlich wieder an dem Punkt angelangt, an dem er mich nicht ausstehen konnte und mit jeder Faser seines Seins zum Ausdruck brachte, wie sehr meine Anwesenheit an seinen Nerven zerrte. Mein Interview über Drachen konnte ich mir wohl abschminken.

»Warum nur ein Zimmer?«, wiederholte ich.

»Wenn du im Nebenzimmer überfallen wirst, kann ich nicht dafür garantieren, dass dein Geschrei mich weckt«, erklärte er.

Ich musste gar nicht wissen, was er bei seinem letzten Besuch in diesem Hotel angestellt hatte, um Alessia derart gegen sich aufzubringen. In seinem Fall reichte es aus, so zu sein, wie er war, um sich Feinde fürs Leben zu schaffen.

»Mach dir keine Sorgen. Wenn ich sterbe, dann ganz leise. Ich will dich ja nicht aus deinem Schönheitsschlaf wecken.«

Ich betrat das Zimmer und schaute mich um. Es war ganz niedlich eingerichtet – mit Blümchentapete, verschnörkelten Holzmöbeln, einem Paravent neben dem Kleiderschrank, hinter dem ich mich unbeobachtet aus den nassen Klamotten schälen konnte, und einem Bett, das für zwei Personen definitiv zu klein war. Ich starrte es eine Weile an, aber davon wurde es auch nicht größer.

Neben mir hatte sich Ashton bereits aus der nassen Toga geschält. Er zog Schal und Trenchcoat aus und begann, sich das Hemd aufzuknöpfen.

»W-was tust du da?«, fragte ich schockiert.

»Mich ausziehen?!« Er tat gerade so, als hätte ich eine ganz besonders dumme Frage gestellt. »Du wirst wohl kaum ein Problem damit haben. Schließlich hast du schon alles von mir gesehen.«

»Das eine Mal hat mir gereicht«, sagte ich und verschwand hinter der Trennwand. »Außerdem habe ich gar nicht hingeguckt!«

Ich wickelte mich aus dem weißen Stoff, schlüpfte aus Kleid und Unterkleid und ließ alles nass zu Boden klatschen. Da sich auch mein Shirt und die Unterwäsche mit Wasser vollgesogen hatten, fragte ich mich, was ich anziehen sollte, nachdem ich alles abgelegt hatte. In dem Moment warf Ashton ein Badetuch über den Rand des Paravents.

»Danke«, murmelte ich.

Ich legte die nassen Sachen über die Trennwand, rubbelte mich so gut es ging trocken und schlang mir das Badetuch um den Körper.

Allmählich machte sich auch bemerkbar, wie erschöpft ich war. Ich hatte kaum etwas gegessen, zu wenig getrunken, mir war von der Reise durch die halbe Welt flau im Magen und mein Körper war übersät von blauen Flecken und Schrammen. Ich wusste nicht einmal, wann und wo ich sie mir zugezogen hatte. Beim Sturz ins Wasser? Beim Kampf gegen die Vampire? Nur den Splitter in meiner Hand konnte ich zuordnen. Den verdankte ich dem Stuhl, den ich zertrümmert hatte. Ich starrte eine Weile darauf.

Es war so viel passiert. Ich hatte noch gar keine Zeit gehabt, das alles zu verarbeiten, und keine Ahnung, ob ich sie mir wirklich nehmen wollte. Innezuhalten und über alles nachzudenken, sorgte nur dafür, dass mir meine verzwickte Lage überdeutlich bewusst wurde.

Ich konnte niemandem vertrauen. Abgesehen von Ashton, der wiederum kein Vertrauen in mich und meine Absichten hatte. Am liebsten wäre ich zu Santana gereist, aber ohne Ashton war ich aufgeschmissen. Im Reisen durch Raumfalten hatte ich einfach zu wenig Übung. Und dann war da noch die Frage, ob ich Santanas Mutter trauen durfte …

Ashton zog meine Kleider vom Paravent. »Ich bringe sie Alessia«, erklärte er. »Sie wird sich darum kümmern. In ein paar Stunden sind sie wieder sauber und trocken.«

»Okay«, murmelte ich leise.

»Am Ende des Flurs ist ein Bad«, fuhr er fort. »Ich gehe duschen und bin gleich wieder zurück.«

»Okay.« Ich sank erschöpft zu Boden und lehnte mich gegen die Wand.

Eine Weile blieb es still. Tränen sammelten sich in meinen Augen und ich schluchzte leise. Ich wollte stark sein, aber im Moment schien alles über mir zusammenzubrechen. Vielleicht lag es daran, dass ich im Kanal noch das Gefühl gehabt hatte, Ashton näherzukommen, vielleicht doch sein Vertrauen oder sogar seine Freundschaft zu gewinnen. Wieso war er danach wieder so abweisend und kalt geworden?

Möglich, dass ich aber auch nur müde war und deshalb so reagierte.

»Ist wirklich alles in Ordnung?«, fragte Ashton.

Ich erschrak, weil ich geglaubt hatte, er sei längst gegangen. Eilig wischte ich mir die Tränen weg und hoffte, dass er mein Schluchzen nicht gehört hatte. Aber wem wollte ich etwas vormachen? Ich war nicht stark genug für das alles. Zumindest war ich nicht so stark wie er, aber er war solche Abenteuer auch gewohnt.

»Nein«, gestand ich mit erstickter Stimme.

»Ich …«, begann er. »Ich gehe duschen.«

Ich nickte, was er natürlich nicht sehen konnte. »Okay.«

Es blieb still. Ashton regte sich nicht. Erst nach ein oder zwei Minuten hörte ich, wie er zur Tür lief, sie öffnete und hinter sich zuzog.

Ich nutzte die Gelegenheit, huschte zum Bett und schlüpfte hinein. Es tat gut, mich ganz fest einzukuscheln, meine Beine anzuziehen und mir die Decke bis zur Nasenspitze zu ziehen. Die Müdigkeit drückte mich fest in das weiche Kissen und meine Augen fielen zu.

22

Sauerstoff ist völlig überbewertet

Als ich die Augen aufschlug, war es dunkel geworden. Ich hatte einen ekligen Fischgeruch in der Nase und meine Haare fühlten sich klebrig an. Es war wohl nicht die beste Idee gewesen, ins Bett zu gehen, bevor ich nicht auch geduscht hatte. Ich roch wie eine Meerjungfrau, und das nicht auf die gute Art und Weise.

Wodurch ich aufgewacht war, bekam ich schnell mit. Im Zimmer waren Geräusche zu hören. Das Rascheln von Stoff, gehetzter Atem und etwas, das wie dumpfe Aufschläge klang. Ich saß sofort aufrecht, schaute mich hektisch um und rechnete mit dem Schlimmsten: Vampire, ein Incubus oder Ashton, der wild mit Alessia herumknutschte.

Nachdem sich meine Augen an die Dunkelheit gewöhnt hatten, erkannte ich, dass der Krach tatsächlich von Ashton kam. Allerdings nicht so, wie ich befürchtet hatte. Er lag mit Shirt und Boxershorts bekleidet schlafend auf dem blanken Fußboden, neben einem Kissen und mit einer Wolldecke, die er sich bis zu den Füßen heruntergestrampelt hatte. Offenbar träumte er, denn er schlug immer wieder mit der Hand auf den Boden und warf den Kopf hin und her.

Ich fand meine Kleidung am Fußteil des Bettes, schlüpfte in mein Unterkleid und lief auf Zehenspitzen zu ihm. Neben Ashton sank ich auf die Knie und streckte zögernd eine Hand nach ihm aus. Er war schweißgebadet und wirkte unheimlich gequält.

»Nein …«, murmelte er leise. »Lass … bitte, ich … fass mich nicht an!«

Vielleicht hatte ich mich geirrt. Vielleicht steckte er das alles doch nicht so einfach weg, wie es den Anschein hatte. Er tat mir jedenfalls unheimlich leid.

»Ashton?«, sprach ich ihn vorsichtig an und berührte seine Schulter. »Ashton, du träumst.«

Er schoss blitzschnell in die Höhe, packte mich, bevor ich reagieren konnte, und stieß mich grob von sich. Ich schlug gegen das Bett und ein heftiger Schmerz schoss mir von der Schulter bis in die Fingerspitzen.

»Aua!«, ächzte ich und griff nach meinem Arm. »Bist du irre?«

Ashton saß angespannt wie ein Raubtier am Boden und starrte mich an. »Was … wieso weckst du mich auch mitten in der Nacht?«, warf er mir vor.

»Du hattest einen Albtraum. Konnte ich ahnen, dass du mich quer durchs Zimmer schleuderst, wenn ich dich anspreche?«

Er entspannte sich etwas. »Gerade du solltest dich nicht an mich heranschleichen.«

»Gerade ich? Was dachtest du denn, stelle ich mit dir an? Denkst du, ich rette dein Leben und reise mit dir quer durch die Welt, um dich dann mit einem Kissen zu ersticken, sobald du schläfst?«

Er zuckte mit den Schultern. »Was weiß ich, wie die Pläne der Seymours aussehen.«

»Jetzt geht das wieder los …« Ich seufzte. »Ich würde doch mit dir sterben! Ich glaub's nicht, dass du mir nach allem immer noch nicht über den Weg traust. Du bist doch derjenige, dem ich diesen ganzen Mist verdanke. Diese Bruderschaft hat es auf dich abgesehen, nicht auf mich! Und hätte ich dich nicht wiederbelebt, wäre ich jetzt in Sicherheit.«

Er schnaubte verächtlich, hielt meinem Blick aber nicht lange stand. »Kann schon sein«, knurrte er. »Kann aber auch sein, dass pure Absicht dahintersteckt. War es denn nicht deine Aufgabe, mich ein wenig zu beschäftigen? Wer sagt mir, dass das nicht immer noch der Fall ist? Du lenkst mich ab, während deine Familie im Verborgenen ihre Pläne vorantreibt und dir im passenden Moment die Anweisung gibt, mir irgendwelche Befehle zu erteilen.«

»So einen bescheuerten Mist habe ich noch nie gehört!« Ich stand auf und rieb mir die schmerzende Schulter. Hätte ich ihn doch einfach weiterschlafen lassen! Immer wenn ich ihm helfen wollte, handelte ich mir nur noch mehr Probleme ein.

Auch Ashton erhob sich. »Ach ja? Für mich klingt das plausibel. Mir war von Anfang an klar, dass die Seymours in der Sache mit drinstecken und du bist nun mal eine Seymour.«

»Wenn du das alles wirklich glaubst, warum hast du mich dann mitgenommen?«

Sein Blick verengte sich. »Weil du es mir befohlen hast, schon vergessen?«

»Du hättest trotzdem sagen können –«

»Hätte ich nicht!«, schrie er mich so wütend an, dass ich erschrocken zurückwich. »Verdammte Scheiße, weißt du eigentlich, was du angerichtet hast?«

»Offensichtlich nicht!«, schrie ich genauso laut zurück. »Ich habe nicht die geringste Ahnung. Ich bin keine Nekromantin! Zumindest war ich bisher keine … Hast du nicht zugehört, als wir am Friedhofseingang auf meine Familie getroffen sind?«

»Nein, das habe ich nicht«, betonte er. »Ich war damit beschäftigt, mir zu überlegen, wie ich meinen Geiselnehmern entkommen kann.«

Geiselnehmer? Er gab sich wirklich die größte Mühe, alles so hinzudrehen, wie es ihm gerade passte.

»Ich weiß nicht, was meine Familie treibt«, erklärte ich. »Ich war noch nie in der Zwischenwelt unterwegs, ich wollte auch nie hierher und erst recht wollte ich keine Verbrecherin werden, die vor den Wächtern des Tribunals fliehen und mit Anschlägen auf ihr Leben rechnen muss. Wenn dir mein Nachname als Beweis dafür reicht, dass ich in eine geheime Verschwörung gegen dich verwickelt bin, dann … dann … weiß ich auch nicht weiter.«

Wut loderte in seinen Augen. »Entweder willst du mich für dumm verkaufen oder du bist selbst dumm wie Stroh.«

»Jetzt halt mal die Luft an, okay? Ich bin vielleicht kein Superhirn, aber wenigstens bin ich nicht so bescheuert, mich mit einem mörderischen Geheimbund anzulegen! *Ich* habe keine Todfeinde, du schon!«

»Emily …«, knurrte er verbissen.

»Vergiss es einfach!«, blockte ich ab.

Ich hielt diese ständigen Streitereien, seine herablassende Art und die ewigen Vorwürfe einfach nicht mehr aus. Frustriert und wütend stürmte ich aus dem Zimmer, schlug die Tür hinter mir zu und warf mich mit dem Rücken dagegen. Ich schloss die Augen und atmete tief durch, um wieder zur Ruhe zu kommen. Doch meine Brust war wie zugeschnürt. Würde das jetzt ewig so weitergehen? Er schleppte mich mit, weil er dazu gezwungen war, behandelte mich wie den letzten Dreck, und immer, wenn sich so etwas wie Freundschaft zwischen uns anbahnte, stieß er mich erst recht von sich.

Ich hörte, wie Ashton an der Klinke ruckelte, und rechnete damit, dass er die Tür aufreißen und mir weitere Vorwürfe machen würde. Doch obwohl nicht abgeschlossen war, blieb sie zu und das Ruckeln hörte auf.

Schlagartig wurde mir bewusst, was ich getan hatte. Ich riss die Tür auf und fand Ashton direkt dahinter kraftlos am Boden kauernd vor. Er japste verzweifelt, seine Augen waren blutunterlaufen und sein ganzer Körper verkrampft.

Ich warf mich auf die Knie. »Atme! Ashton, atme wieder!«

Die Anspannung fiel mit einem Mal von ihm ab. Er nahm einen tiefen, rasselnden Atemzug, kippte vornüber und landete mit der Stirn an meiner Schulter.

Ich war wie erstarrt und wusste nicht, ob er so kurz vor dem Ersticken gewesen war, dass er seine Wut auf mich einfach vergessen hatte, oder ob ihm bloß die Kraft fehlte, auf Abstand zu gehen. Es war mir im Moment auch egal. Ich war einfach nur froh, dass es ihm gut ging. Ich legte meine Hand in seinen Nacken, hielt ihn fest und spürte, wie er zitterte. Seine Tränen tropften auf mein Schlüsselbein und rannen mir über die Haut.

»T-tut mir leid …« Ich biss mir auf die Lippe, um nicht zu schluchzen. Was, wenn ich ins Bad oder nach draußen gegangen wäre und nicht rechtzeitig hätte zurück sein können, um das Schlimmste zu verhindern? Wie hatte ich ihm nur an den Kopf werfen können, dass er die Luft anhalten soll?

Erst jetzt wurde mir richtig bewusst, was es bedeutete, dass er mir gehorchen musste. Wie schrecklich musste das für ihn sein?

Nach ein paar tiefen Atemzügen hatte er sich einigermaßen gefangen und setzte sich auf. Mit zitternder Hand strich er sich über die Augen und entfernte den Tränenschleier von seinen Wimpern. »Vielleicht streichst du diese Redewendung aus deinem Wortschatz«, schlug er mit erstickter Stimme vor.

»Schon passiert«, versicherte ich ihm. »Ist wirklich alles okay?«

Ein müdes Lächeln legte sich auf seine Lippen, sein Blick blieb gesenkt. »Nein«, antwortete er.

Er stand auf und ging zurück ins Zimmer. »Wir sollten erst mal aus dem Flur raus«, schlug er vor und rieb sich die Schläfen. »Wenn du die Tür schließt, greift der Schutzzauber, der uns vor der Außenwelt abschirmt.«

Ich warf einen Blick zu den anderen Zimmern. Falls es auf diesem Stockwerk außer uns noch weitere Gäste gab, hatten sie den Vorfall wohl nicht mitbekommen. Zumindest schaute niemand nach. Ich trat ein, schloss die Tür hinter mir und nahm meinen Mut zusammen. Auch wenn ich unseren Streit auf keinen Fall fortsetzen wollte, wusste ich, dass es längst überfällig war, mich mit Ashton auszusprechen.

»Du hast gesagt, dass ich nicht weiß, was ich angerichtet habe«, begann ich. »Erklärst du es mir?«

Ashton schnaubte bloß abweisend, er wandte sich nicht einmal zu mir um.

»Vielleicht ohne Vorwürfe und Beleidigungen?«, schlug ich vor. »Ich will nämlich nicht streiten. Mir ist schon klar, dass ich Mist gebaut habe und dass es dir schwerfällt, mir zu vertrauen. Aber kannst du einfach mal für eine Weile so tun, als würdest du mir glauben und ganz normal mit mir reden?«

Ashton ballte die Hände zu Fäusten. Ich wusste nicht, ob er wieder wütend werden und mich als dumm beschimpfen würde oder gar nicht mehr mit mir reden wollte. Aber ich hatte es wenigstens versucht.

»Es ist …«, begann er, brach aber wieder ab. Wie schwer es ihm fiel, offen und ehrlich zu sagen, was in ihm vorging, war kaum zu übersehen. Er atmete tief durch die Nase ein und durch den Mund wieder aus, als müsste er genau wie ich erst seinen Mut sammeln. »Alles fühlt sich an wie ein Kampf«, erklärte er schließlich. Seine Stimme bebte leicht. Er hatte mir noch immer den Rücken zugekehrt und wohl auch nicht vor, sich zu mir umzudrehen. »Jeder Atemzug, jede Bewegung. Selbst zu … fühlen. Als würden mein Körper, mein Geist, mein Herz nicht mehr mir gehören. Als wäre alles, was ich bin und was mich ausmacht, in fremden Händen. Ständig kämpfe ich gegen eine unsichtbare Macht an, die über jeden meiner Schritte, jedes Wort und jeden Gedanken bestimmen will. Ob du es wolltest oder nicht, du hast mich zu einer Marionette gemacht. Und nur, weil du nicht ständig an den Fäden ziehst, heißt das nicht, dass ich sie nicht fühle. Ich …« Er hob seine Hände und betrachtete sie, als wären es nicht seine eigenen. Genau wie nach dem Ritual auf dem Friedhof.

So hatte er sich also nach seiner Wiederbelebung gefühlt? Wie eine Puppe ohne freien Willen? So fühlte er sich die ganze Zeit schon?

Mir schnürte sich die Kehle zu und eine erbarmungslose Mischung aus Schuld und Mitgefühl fraß mich schier von innen auf. Es tat weh, mir vorzustellen, wie sehr er leiden musste – wie sehr er meinetwegen litt.

Wenigstens ergab nun alles einen Sinn. Warum sein Gemütszustand ständig zwischen Abweisung und Niedergeschlagenheit wechselte und warum er mir für seine Wiederbelebung nicht dankbar war. Warum es ihm stattdessen leichter fiel, mich zu hassen und mir zu misstrauen.

Was hatte ich bloß getan?

Ich schluckte schwer, suchte nach Worten, wusste aber nicht, was ich sagen oder tun konnte. Ich hatte ihm doch nur helfen wollen …

Tränen sammelten sich in meinen Augenwinkeln. Ich wischte sie weg, doch es wurden immer mehr. So schuldig und machtlos hatte ich mich zuletzt nach seinem Tod gefühlt. Ich schluchzte und vergrub mein Gesicht in den Händen. Verdammt, wieso war ich bloß so nah am Wasser gebaut? Er war es doch, der leiden musste. Er hatte allen Grund zu weinen und doch war ich es, die ihre Tränen nicht zurückhalten konnte.

»Wieso heulst du jetzt?«, fragte er. Er klang verunsichert.

»Ich …« Schniefend versuchte ich, mich zusammenzureißen. »Es tut mir so leid … ich …«

Er seufzte, trat an mich heran und legte seine Arme um mich. Nun brach endgültig alles über mir zusammen und meine Tränen kannten kein Halten mehr.

»Wenn du ein Taschentuch brauchst, warn mich bitte vor«, bat er. »Mein Shirt ist frisch gewaschen.«

Ich schluchzte und lachte zugleich, vergrub mein Gesicht an seiner Brust und nahm mir vor, mich zu beruhigen. »Ich werde dir nie wieder etwas befehlen«, schwor ich. Vielleicht würde dann alles leichter für ihn werden.

»Also kein Atem anhalten mehr?«, fragte er. »Kein ›Mach mit!‹, wenn du Lust hast zu tanzen?«

Ich riss die Augen auf. Daran hatte ich bei meinem übersprudelnden Enthusiasmus auf dem Fest gar keinen Gedanken verschwendet. Er hatte überhaupt nicht tanzen wollen und sich nur mit mir im Kreis gedreht, weil er es musste.

»Du hast so recht, ich bin einfach nur dumm«, gestand ich.

»Das bist du nicht«, widersprach er. »Ich habe das nur gesagt, um … na ja, um dir wehzutun, weil …«

»Weil ich dir auch wehgetan habe.« Ich löste mich von ihm.

Seine Hände lagen noch an meinen Armen und er schaute mich lange an. »Weil ich dich mag«, sagte er zögernd, fast schon verunsichert.

»Du …?«

»Also …« Er schaute sich um, als würde eine passende Erklärung irgendwo im Raum herumliegen. »Was ich damit meine … du bist ganz nett.«

Ich war verwirrt. »Aha …«

Mit belegter Stimme fuhr er fort. »Als herausgekommen ist, dass du dich nur mit mir gutgestellt hast, weil du mich ablenken solltest, war ich wütend. Auf dich, auf deine Familie, aber vor allem auf mich selbst, weil ich den Seymours trotz meines Verdachts vertraut habe. Ich habe das an dir ausgelassen und das war nicht in Ordnung. Du bist nicht dumm. Das wollte ich damit nur sagen.«

»D-danke?«, stammelte ich.

Was hier gerade ablief, erschloss sich mir nicht ganz. Hatte er wirklich gesagt, dass er mich mochte? So unbeholfen hatte ich ihn noch nie erlebt. Obwohl … als er im Antiquariat meinte, dass mir mein Kleid stehen würde, war es ganz ähnlich gewesen. Dass ein paar mehr oder weniger freundliche Worte jemanden wie ihn derart aus dem Konzept bringen konnten, war irgendwie … süß.

»Jedenfalls …«, fuhr er schon wieder gefasster fort und räusperte sich. »Ich bin mir mittlerweile zu neunundneunzig Prozent sicher, dass du nicht mit deiner Familie und dieser Bruderschaft unter einer Decke steckst.«

»Und was hat deine Meinung geändert?«

»Sie hätten bestimmt keine Heulsuse auf mich angesetzt«, erklärte er geradeheraus, als wäre das keine Beleidigung.

Ich schnappte nach Luft. Ashton schmunzelte nicht einmal, was ein Hinweis darauf gewesen wäre, dass er nur lustig sein wollte. Im Gegenteil, er blieb vollkommen ernst.

Lyvin hatte mich bereits vorgewarnt, dass er eine schroffe und direkte Art an sich hatte, aber das war die Krönung. Was Worte anging, war der sonst so souveräne und selbstbewusste Ashton ziemlich ungeschickt. Und kamen dann auch noch Gefühle ins Spiel, fiel seine unerschütterliche Selbstsicherheit einfach von ihm ab. Ich musste meinen ersten Eindruck von ihm revidieren. Ashton Goodwin war alles andere als perfekt. Er sah gut aus, hatte eine geradezu einschüchternde Ausstrahlung, aber so einfache Dinge, wie sich zu bedanken, ›Ich mag dich‹ zu sagen oder vorher nachzudenken, bevor er jemanden als Heulsuse bezeichnete, stellten ihn vor eine schier unlösbare Aufgabe. Obwohl er natürlich recht hatte. Ich war eine Heulsuse.

»Weißt du was, das trifft sich gut«, sagte ich.

»Ach ja?«

Ich nickte. »Weil ich mir mittlerweile sicher bin, dass du zu neunundneunzig Prozent ein ganz netter Kerl bist und nur zu einem Prozent ein Idiot.«

»Das sind mindestens zwei Prozent«, widersprach er.

Ein sanftes Lächeln legte sich auf seine Lippen, was ihm viel besser stand als dieser mürrische Gesichtsausdruck. Seine Augen strahlten dabei regelrecht, wirkten warm und offen. Unwillkürlich schlug mein Herz schneller. Ich senkte rasch den Blick, wobei mir auffiel, dass seine Hände nicht mehr an meinen Oberarmen lagen. Sie waren bis zu meinen Handgelenken gewandert.

Es war merkwürdig, dass er mich auf diese Weise hielt – und wohl auch nicht seine Absicht –, denn kaum hatte ich es bemerkt, ließ er mich los, trat einen Schritt zurück und räusperte sich.

»Du stinkst nach Fisch«, sagte er.

»Ähm …«

»Vielleicht willst du …?« Er deutete zur Tür.

»Ich gehe duschen!«, kam ich ihm zuvor, schnappte mir das Badetuch und stürmte fluchtartig aus dem Zimmer. Die Hitze war mir bis in die Ohren geschossen.

Er sah unwiderstehlich gut aus, war selbstbewusst und mutig, doch vor allen Dingen war er ein unbeholfener und sturer Idiot. Aber … ich mochte ihn. Vielleicht gerade deswegen.

23

Ganz schön hartnäckig, dieser Wächter

Es war noch früh am Morgen, als ich vor dem Schrankspiegel stand und mich damit abmühte, mein rotes Kleid unter der Toga verschwinden zu lassen.

»Hrrr!«, knurrte ich frustriert und wickelte den Stoff zum wiederholten Male auf.

Ashton kehrte aus dem Bad zurück, schloss die Tür hinter sich und schaute mir amüsiert bei meinen vergeblichen Wickelversuchen zu. Natürlich saß seine Toga wie angegossen und zur Krönung hatte er sich auch noch seinen Schal wie eine Stola über die Schulter gelegt.

»Was ist denn jetzt der Plan?«, fragte ich, um von meiner Misere abzulenken. »Reisen wir zurück nach Salem?«

»Ich will die Bruderschaft nicht zu meiner Familie locken. Es ist zwar riskant, aber wir sollten versuchen, die Pläne dieser Leute aufzudecken. Und ich weiß auch schon, wo wir damit anfangen können.«

»Aha …« Wieder rutschte mir der Stoff von den Schultern. Ich stöhnte frustriert. »Hilfst du mir mal? Es muss doch einen Trick geben, wie man das hinbekommt. Würde es eine Anleitung auf dem Wäscheetikett geben, wäre das alles kein Problem.«

»Ich bezweifle, dass dir eine Anleitung helfen würde.«

»Haha!« Ich versuchte mein Glück erneut und diesmal gelang es mir. Das Ergebnis ließ mich tatsächlich wie eine echte Venezianerin aussehen.

»Tadaa!« Ich breitete stolz die Arme aus – und der Stoff rutschte zu Boden. Genervt ließ ich den Kopf hängen.

»Dann will ich mal nicht so sein«, erbarmte sich Ashton.

Er hob das Tuch auf, stellte sich hinter mich und legte mir einen Zipfel über die Schulter. »Du musst es zweimal um den Körper wickeln«, erklärte er, ganz nah an meinem Ohr. Sein Atem legte sich warm auf meine Haut, die kleinen Härchen in meinem Nacken stellen sich auf und ich versuchte, mir nicht anmerken zu lassen, wie sehr mich das aus der Fassung brachte.

»Siehst du?« Er legte seine Hände an meine Hüfte und schaute mich durch den Spiegel an. »So ist es perfekt.«

Nein, ich sah es nicht. Für mich war nur sein Spiegelbild perfekt. Seine leuchtend grünen Augen, umrahmt von dichten Wimpern, sein pechschwarzes Haar, das ihm in Strähnen vor der Stirn hing, der Schwung seiner Lippen … Ich riss den Kopf zur Seite.

»Sieht super aus«, sagte ich mit belegter Stimme und schlüpfte zwischen Ashton und dem Spiegel hindurch, um auf sicheren Abstand zu gehen.

Wenn es mir nicht gelang, mich zusammenzureißen, hätte diese Bruderschaft bestimmt leichtes Spiel mit uns. Ich war ja kaum in der Lage, einen klaren Gedanken zu fassen, wenn Ashton in meiner Nähe war.

»Können wir dann?«, fragte Ashton.

»Klar!«

Wir gingen die Treppe nach unten, doch ich stockte, als ich eine mir bekannte Stimme hörte. Vielleicht hatte ich mich auch getäuscht, aber sie klang ganz nach diesem Wächter. Cardeles.

Mein Puls begann zu rasen. Ich warf Ashton einen warnenden Blick zu, hob den Zeigefinger an den Mund und nahm die letzten Stufen auf Zehenspitzen, um einen heimlichen Blick um die Ecke zu werfen. Dort stand tatsächlich Cardeles in seiner Wächtertracht am Tresen und unterhielt sich mit Alessia.

»Ich kann Ihnen wirklich nicht weiterhelfen«, hörte ich Alessia sagen. »Wie war Ihr Name noch gleich?« Sie beugte sich vor, um ihren Kopf auf den Händen abzustützen, und klimperte lasziv mit den Wimpern.

»Seth Cardeles«, antwortete er kurz angebunden. »Was ist mit Ihren Gästen? Irgendjemand wird etwas gesehen haben.«

Ich warf einen Blick zur Tür gegenüber. Sie war geschlossen. Ein Schild mit der Aufschrift »Stuff« hing daran und dahinter blieb es ruhig. Das dort am Tag zuvor noch ein Speisesaal mit einer Art Bar und Dutzenden dubios wirkenden Gästen gewesen war, hätte man nicht vermuten können.

Alessia schnurrte wie ein Kätzchen. »Was für ein wohlklingender Name. Seth. Der zergeht geradezu auf der Zunge. Aber das hört einer wie Sie sicher ständig. So ein gut aussehender, junger Mann.«

»Nein, nicht wirklich«, wiegelte er ab. »Kommen wir zurück zu meiner Frage.«

»Leider, leider laufen die Geschäfte nicht sehr gut. Mein bescheidenes Etablissement beherbergt gar keine Gäste und ich habe niemanden gesehen, der auf die Beschreibung passt. Ehrlich gesagt habe ich hier schon lange niemanden mehr gesehen. Ich bin ein sehr einsames Mädchen.« Sie wickelte sich eine Strähne um den Finger und blickte ganz unschuldig zu Cardeles auf. Als sie mich an der Treppe bemerkte, gab sie mir ein unauffälliges Zeichen zu verschwinden. »Aber vielleicht hilft ein Tässchen Kaffee meinem Gedächtnis auf die Sprünge. Sie kennen bestimmt das *Caffè Florian* auf der Piazza San Marco?«

»Ich bin im Dienst«, lehnte er ab.

Wir huschten zur Tür.

»Sie trinken im Dienst also keinen Kaffee?«, fragte Alessia verblüfft.

»Das wollte ich damit nicht sagen«, entgegnete er. Etwas schien ihn zu irritieren und das war nicht Alessias unverblümte Art zu flirten. Er wandte sich der Tür zu und entdeckte uns. »Stehen geblieben!«

Ich stürzte mit so viel Schwung nach draußen, dass ich beinahe mit einem Hechtsprung im Kanal gelandet wäre. Gerade noch rechtzeitig bekam ich die Kurve, schlitterte fast bis zum Rand des Bürgersteigs, fing mich mit der Hand ab und rappelte mich auf.

»Hier entlang!«, rief Ashton und bog in eine Gasse ein.

Ich schloss zu ihm auf.

»Wohin?«, fragte ich panisch.

»Du hast Alessia doch gehört«, antwortete er bloß, was nicht sonderlich hilfreich war.

Ich warf einen Blick zurück. Cardeles war uns dicht auf den Fersen und kam zudem immer näher.

Verdammt, wie schnell der rennen konnte! Mit verbissenem Gesichtsausdruck hetzte er uns nach. Erst die Vampire, dann auch noch dieser Wächter. Und das alles nur, weil ich ihm neugierig nachgeschaut hatte?

Vor uns füllte sich allmählich die Straße. Musik war zu hören. Offenbar dauerte das Fest noch an und gab uns die Möglichkeit, in der Menschenansammlung unterzutauchen, bevor Cardeles uns erreicht hatte.

Um uns herum tanzten die Frauen und Männer in ihrer bunten Rüschenkleidung, in wallenden Röcken und Pluderhosen, mit spitzen Hüten, weißen Masken, Federkranz und breiten Halskrausen. Diesmal nahm ich mir nicht die Zeit, mich umzuschauen. Ich folgte Ashton, schlängelte mich durch die Menge und vermied jeden Blickkontakt, um nicht zum Tanzen aufgefordert zu werden.

Wir überquerten eine Brücke. Rechts von uns erhoben sich Gebäude, links lag das offene Meer. Nach ein paar Metern erreichten wir einen großen Platz, auf dem wohl der Hauptteil des Festes stattfand. Hier tanzten mindestens hundert Venezianer unter den Augen unzähliger Zuschauer eine ausgefallene Choreografie. In Zehnerreihen standen sie auf dem Platz und bewegten sich wie eine einzelne Person. Sie schwangen die Arme, drehten die Röcke und hoben ihre Fächer zur Musik. Ich konnte nicht anders, als kurz innezuhalten, um mir die beeindruckende Show anzusehen.

Ashton ergriff meine Hand und zog mich weiter. Wir ließen die Aufführung hinter uns und eilten auf zwei riesige Steinsäulen zu, die jeweils von einer Feenstatue in venezianischer Kleidung gekrönt wurden. Mit Maske und Federhut, genau wie die Tänzer. Sie streckten sich die Hände entgegen, als würden sie einander festhalten wollen.

»Hier!« Ashton zog mich zu sich, wirbelte auf dem Absatz herum und warf sich nach hinten. Weißes Licht ergriff uns, die Welt schien sich zu drehen und schon im nächsten Augenblick stolperte ich über den Platz, geradewegs zwischen den beiden Säulen hindurch. Nur die Feenstatuen waren verschwunden. Stattdessen stand auf der einen Säule ein Löwe und auf der anderen ein Mann.

Auch der Rest der Umgebung hatte sich verändert. Es gab kein Fest mehr, dafür jede Menge Touristen.

»Sieh mal!«, rief eine Frau und deutete auf uns. Der Mann neben ihr hob sein Handy und fotografierte Ashton und mich in unseren Togas.

»Haben wir ihn abgehängt?«, fragte ich und rang nach Luft.

Auch Ashton war aus der Puste. Er nickte. »Ich bin mir ziemlich sicher.«

Erleichtert schaute ich mich um. Dass wir gerade aus dem Nichts aufgetaucht waren, hatte wohl niemand bemerkt. Unsere altertümliche Kleidung zog dafür viel Aufmerksamkeit auf sich.

»Ist das die Piazza San Marco?«, fragte ich. »Dann ist das da oben bestimmt dieser Marco.« Ich deutete zur Statue auf der hohen Säule.

Ashton beugte sich zu mir. »Ehrlich gesagt habe ich keine Ahnung von Venedig«, gestand er.

Ich warf einen Blick zwischen den Säulen hindurch. Es war schon ziemlich irre, dass es genügte, im richtigen Moment an der richtigen Stelle eine ganz bestimmte Bewegung zu machen, um von diesem touristenüberladenen Platz mitten in ein venezianisches Straßenfest des 16. oder 17. Jahrhunderts zu stolpern.

»Der Wächter wird wieder ein paar Stunden brauchen, um herauszufinden, wohin wir gereist sind«, meinte Ashton. »Und diesmal wird er uns nicht so schnell ausfindig machen, weil wir dann schon längst wieder in der Zwischenwelt sind. Aber bis dahin …«

»Ja?«, fragte ich.

»… werden wir erst einmal frühstücken.«

»Gott sei Dank!«, stieß ich aus. »Ich dachte schon, du wärst so ein Robotertyp, der nur alle paar Tage Astronautennahrung futtert und ein paar Stunden schläft, um seine Akkus aufzuladen.«

»Selbst wenn, würde ich mich nicht auf unsere Aufgabe konzentrieren können, solange dein Magen so laut grummelt.«

Ich legte mir die Hand auf den Bauch. Hörte er das wirklich?

»Komm«, forderte er mich auf. »Wir füttern deinen Bären, bevor er noch lauter wird. Vielleicht servieren sie im *Caffè Florian* Kakao-Bananen-Brot.«

Auch wenn ich das sehr stark bezweifelte, sorgte allein der Gedanke daran schon dafür, dass mir das Wasser im Mund zusammenlief.

Wir schlängelten uns durch die Touristenscharen und bogen um eine Ecke. Links von uns erstreckte sich ein Arkadengang, in dem sich Geschäfte und Cafés aneinanderreihten. Auf dem Platz standen reihenweise Tische und Stühle, die so vollgestopft mit Gästen waren, dass man sie hätte stapeln müssen, um noch mehr unterzubekommen. Ich glaubte kaum, dass wir irgendwo einen freien Tisch finden würden, und liebäugelte schon mit dem Gedanken, es den Tauben gleichzutun und den Touristen so sehr auf die Pelle zu rücken, bis sie sich erbarmten und mir Brotkrümel zuwarfen.

Da entdeckte uns ein Kellner, der vor einem der Cafés stand. Er schien Ashton zu erkennen und hob zum Gruß die Hand. »Ah, da sind ja unsere angekündigten Gäste!« Er deutete auf den Eingang des Cafés. »Prego entra.«

»Wir werden erwartet?«, fragte ich.

»Alessia hat das arrangiert«, erklärte Ashton. »Deswegen hat sie dem Wächter gegenüber das Café erwähnt.«

»Und woher wusste sie …«

»Sie weiß so ziemlich alles«, unterbrach er mich. »Das ist ihr Geschäft.«

»Okay, was genau hat es mit diesem Hotel auf sich?«, fragte ich. Es wäre mir neu, dass es zum täglichen Geschäft eines Hotels gehörte, den Gästen bei der Flucht vor dem Gesetz zu helfen, selbst wenn es von einem Drachen geführt wurde.

Ashton schmunzelte verstohlen. »Was soll es damit auf sich haben? Alessia leitet einen ganz normalen kleinen Familienbetrieb. Nicht mehr und nicht weniger.«

»Offiziell«, schob ich mit angehobenen Brauen nach.

Er nickte. »Genau.«

»Und inoffiziell?«

Ashton beugte sich zu mir vor. »Inoffiziell braucht jeder mal ein gutes Versteck, ein paar Informationen oder Dinge, die man auf legalem Wege nicht so leicht beschaffen kann. Und was wäre dafür besser geeignet als eine Drachenhöhle?« Er deutete auf die Tür.

Der Kellner lief voraus und wir folgten ihm in das schmale Café, vorbei an altertümlichen Holztischen, rot gepolsterten Bänken und goldverzierten Wänden mit wuchtigen Spiegeln und historischen Kunstwerken. Die antike Einrichtung war beeindruckend, auch wenn sie nicht unbedingt meinem Geschmack entsprach.

Mit einer ausholenden Geste bedeutete uns der Kellner, an einem Tisch in der hintersten Ecke Platz zu nehmen. Am liebsten hätte ich ihn direkt gebeten, mir einen Eimer Kaffee und eine Schubkarre voll Essen zu bringen. Ganz egal was.

Ich nahm die Speisekarte zur Hand und überflog das Angebot. »Hätten wir nicht Alessia nach der Bruderschaft fragen können?«

»Das habe ich doch schon längst«, versicherte mir Ashton. Sein Tonfall klang resigniert und abwesend. Ich schaute über die Karte hinweg zu ihm auf. Er hatte den Blick gesenkt, schien ganz in Gedanken zu sein und krampfte dabei seine Hand zusammen, als würde er unbewusst versuchen, seine ganze Anspannung und Frustration zu zerquetschen. »Niemand weiß, was es mit den Überfällen auf sich hat oder wer hinter dieser Bruderschaft steckt. Auch nicht im Untergrund der Zwischenwelt.«

»Wir kommen ihnen schon noch auf die Schliche«, versicherte ich ihm, um ihn etwas aufzubauen.

Ashton nahm das mit einem stummen Lächeln hin. »Weißt du schon, was du bestellen willst?«

Ich wandte mich wieder der Speisekarte zu. Sie war bebildert, was meinen Magen noch mehr knurren ließ, und ich strich mir mit der Zunge über die Lippen.

Ich hörte Ashton leise lachen und schaute zu ihm auf. »Was ist?«, fragte ich, obwohl ich mir denken konnte, was ihn amüsierte. So ausgehungert, wie ich war, musste es aussehen, als würde ich die Speisekarte verschlingen wollen. Ganz abwegig war das nicht. Bei meinem Appetit hätte ich auch ein Stück Pappe gefuttert.

Der Kellner kehrte zurück.

»Wir nehmen eine Auswahl von allem«, wies ihn Ashton an. »Für mich dazu einen schwarzen Kaffee. Und du?«

»Latte«, sagte ich eilig.

Kurze Zeit später standen auf unserem Tisch kleine Küchlein, schokoüberzogene Herzen mit frischen Himbeeren, Vanillemousse, Waffeln und Gebäck in verschiedensten Varianten. Ich musste mich zusammenreißen, um nicht auf den Tisch zu sabbern. Nachdem der Kellner auch die Getränke serviert hatte, stürzte ich mich auf die Köstlichkeiten. Ich verputzte alles, was ich in die Finger bekam, ohne Rücksicht auf Verluste. Vielleicht auch die Speisekarte. Im Nachhinein konnte ich das nicht mehr so genau sagen.

»Und hast du schon eine Idee, was wir als Nächstes machen?«, fragte ich mit vollem Mund, schob noch ein Schokoherz hinterher und spülte es mit einem großen Schluck Latte hinunter.

»Zuerst will ich mir noch einmal den letzten Tatort anschauen«, meinte er.

»Und der ist wo?«

»In Frankreich. Deswegen haben wir die Zwischenwelt von Venedig auch verlassen. Die Raumfalte von New York endet dort. Um weiterreisen zu können, müssen wir eine andere Falte nutzen.«

Ich erinnerte mich an die Landkarte an seiner Wand. Ob er alle

Gabelungen und Kreuzungen der Raumfalten kannte? Er hielt sich bestimmt viel in der Zwischenwelt auf und hatte schon alle möglichen Orte gesehen.

»Frankreich also«, sagte ich und schaute zu ihm auf. »Paris?«

Ashton saß zurückgelehnt auf seinem Stuhl, nippte am Kaffee und schaute mich über den Rand der Tasse an. Sein Teller war leer und unbenutzt.

»Nicht ganz. Es geht nach Marseille«, erklärte er.

Ich schaute von ihm zu seinem Teller und wieder zurück. »Isst du nichts?«, fragte ich.

»Ich warte, bis ich mir gefahrlos etwas nehmen kann. So wie du schlingst, würdest du mich glatt mitverputzen.«

Ich schmunzelte und widmete mich wieder dem Essen. »Könnte passieren«, gab ich zu.

24

Vive la France oder wie man das sagt

Wir gelangten vom *Caffè Florian* direkt in eine abgelegene Seitengasse von Marseille, wo wir erst einmal die Togas ablegten. Ich war unheimlich gespannt darauf, den zwischenweltlichen Abschnitt der Stadt zu sehen, auch wenn mein Hauptaugenmerk auf den Mordermittlungen liegen sollte. Dass ich mal eben nach Frankreich gereist war, um einen mysteriösen Fall aufzuklären, kam mir noch immer unwirklich vor.

»Wie vergeht hier die Zeit?«, fragte ich.

»Nicht so langsam wie in New York oder Venedig«, erklärte Ashton und verstaute seine Toga in einem Blumentopf. »Sie hinkt der Normzeit ungefähr einhundert Jahre hinterher.«

»Um 1920 also?« Ich schaute an mir herunter. »Das wird schon gehen, schätze ich.«

»In Frankreich wird Mode zwar großgeschrieben, aber es spielt keine besondere Rolle, in welches Jahrhundert du passt. Hauptsache modisch.« Er musterte mich flüchtig. »Wichtiger ist den Bewohnern, dass du ihre Sprache sprichst.«

Mir klappte die Kinnlade herunter. »Ich kann aber kein Französisch!«

»Dann tu wenigstens so«, riet er mir mit einem Schulterzucken und lief los.

So tun also ob … Das klappte doch nie im Leben!

Wir verließen die Gasse.

»Merci … Croissant … Attention …«, murmelte ich.

»Vous devez travailler votre prononciation«, sagte Ashton in perfektem Französisch – oder auch nicht. Ich hatte ja keine Ahnung von der Sprache. Wie so ziemlich alles auf Französisch klangen seine Worte nach einem unheimlich romantischen Liebesgeständnis. Es hätte aber auch sein können, dass er mir gerade erklärt hatte, wieso Hunde beim Pokern nach Käse riechen.

»Merci?«, sagte ich zögernd.

Er grinste und wandte sich der Straße zu, während ich mich umschaute. Immerhin war ich noch nie in Marseille gewesen. Schon gar nicht im Marseille der 1920er-Jahre. Was ich sah, war wirklich schön – Kopfsteinpflaster, schmale Straßen, eng aneinandergekuschelte Gebäude, mit so vielen Pflanzkübeln voller duftender Kräuter und Blumen an den Hauseingängen, dass das Durchkommen regelrecht abenteuerlich war. Wir kamen an niedlichen kleinen Cafés und Konditoreien mit bunt gestrichenen Eingangstüren vorbei, sahen kunstvoll bemalte Häuserfassaden und schick gekleidete Frauen in hohen Pumps, mit kugelrunden Filzhüten, Spitzenhandschuhen und Perlenketten um den Hals. Ich fühlte mich ein wenig wie in einem richtig alten Schwarz-Weiß-Film – nur eben in Farbe, mit Ton und hin und wieder Feenflügeln, spitzen Ohren oder einem antiken Kinderwagen, der wie von Geisterhand über den Bürgersteig geschoben wurde. Ich schaute dem Kinderwagen nach. Ob wirklich ein Baby darin lag? Bevor ich etwas erkennen konnte, war er um eine Ecke verschwunden.

Interessant war, dass ich keine Kompensatoren sah. Offenbar zogen es die Bewohner vor, mit ihrer Raumfalte zu altern, was im Umkehrschluss hieß, dass sich die Welt um sie herum, mit allen dortigen Bewohnern, schneller drehte. Dass ihnen das völlig egal war, sah man sofort. Die Straßen wirkten gemächlich und friedlich, als interessierte es niemanden auch nur im Geringsten, wie schnell alle anderen durch ihr Leben hetzten, solange sie nur in Ruhe gelassen wurden. Dass an diesem Ort ein Mord stattgefunden haben soll, konnte ich mir kaum vorstellen.

Wir erreichten eine Querstraße.

»Hier entlang«, sagte Ashton und nickte in Richtung einer schmalen Gasse auf der anderen Straßenseite. Ich wollte direkt loslaufen, doch er hielt mich am Arm zurück. »Eine Sekunde noch.«

In dem Moment blitzte links von uns grelles Licht auf und eine Straßenbahn erschien wie aus dem Nichts. Ich wich erschrocken aus, es bimmelte und die veralteten Wagons rollten an uns vorbei. Sie hielten kurz an einer Haltestelle nicht weit von uns, ein paar Passagiere stiegen aus und ein, dann verschwand die Bahn rechts von uns wieder im Licht der Raumfalte.

»Wo fährt die Straßenbahn denn hin?«, fragte ich. Diese Antiquität rollte mit Sicherheit nicht über die Schienen im Marseille der Jetztzeit.

»In den Pariser Abschnitt der Zwischenwelt«, erklärte Ashton.

Paris, dachte ich, während wir die Schienen überquerten. Marseille war schon unglaublich bezaubernd, wie wunderbar musste es erst sein, nach Paris zu reisen?

Dass ich trödelte, hielt Ashton nicht auf. Er verschwand bereits in der schmalen Gasse und ich musste mich beeilen, um ihn nicht aus den Augen zu verlieren. An der nächsten Ecke blieb er vor einer Treppe zwischen den Gebäuden stehen.

»Ist der Mord hier passiert?«, fragte ich.

Die Häuser in dieser Gegend hatten nur ein paar kleine, hoch gelegene Fenster und wenige Hintereingänge. Nachts war das bestimmt ein gruseliger Ort, an dem man nicht allein unterwegs sein wollte.

Ashton nickte. Sein Blick lag auf den Stufen. »Genau hier. Der Übergang der Seele lief problemlos ab. Gespukt hat es hier nicht.« Er ging in die Hocke und legte seine Hand auf eine Stufe. »Auch wenn man sie noch fühlen kann … aber das ist bei gewaltsamen Toden immer so.«

Ich schaute mich um. »Wurdest du dann vorsorglich mit der Vertreibung der Seele beauftragt?«

»Vorsorglich?«

»Ich meine, warum bist du denn gerufen worden, wenn es nicht darum ging?«

»Das ist typisch Seymour«, knurrte er. »Ihr seht in der Nekromantie nur das Verbannen von rastlosen Seelen. Hin und wieder mal ein paar Jahre schenken oder jemanden zurückholen, um nach der Nummer für ein Bankschließfach zu fragen. Wenn ihr auf einen Geist trefft, kümmert es euch nicht, was ihn an unsere Welt bindet. Ihr vertreibt ihn und sackt die Bezahlung ein.«

»Das war nur eine Frage«, verteidigte ich mich mit erhobenen Händen. Dafür, dass er behauptet hatte, die Feindseligkeiten zwischen unseren Familien für ein Relikt aus vergangenen Tagen zu halten, war seine Meinung von uns nicht sonderlich hoch.

Er stand auf. »Als ich gerufen wurde, war die Leiche noch nicht abtransportiert. Dadurch hatte ich die Möglichkeit, die Seele noch einmal in den Körper zu rufen. So habe ich von *Bruder* und *Offenbarung* erfahren. Vielleicht hat sie die Tätowierung auf der Handfläche eines Täters gesehen. Sie war keine Historikerin, aber laut ihren Eltern waren alte Bräuche und Rituale ein Hobby von ihr.«

»Also kannte sie die Bruderschaft der Offenbarung durch ihr Hobby und hat das Symbol erkannt«, schlussfolgerte ich.

Ashton nickte. »Wahrscheinlich.«

»Denkst du, sie wusste noch mehr?« Es wäre wohl zu viel gewesen, zu hoffen, dass sie uns ein paar Namen nennen konnte, aber es musste einen Grund dafür geben, dass Ashton der Auftrag entzogen worden war.

»Selbst wenn, kann ich ihre Seele nicht zurückrufen, weil es keinen Körper mehr gibt, in den sie fahren kann«, erklärte er. »Aber es gibt eine andere Möglichkeit. Beherrschst du einen Déjà-vu-Zauber?«

Ich schüttelte den Kopf. »Das sagt mir gar nichts.«

»Das sind Zauber, mit denen man vergangene Ereignisse noch einmal erleben kann. Es funktioniert nur mit Geschehnissen, die einen Abdruck hinterlassen. Wie zum Beispiel ein Mord, denn der Eingriff in das Gleichgewicht von Leben und Tod hinterlässt normalerweise Spuren.«

»Deswegen fühlst du die Gegenwart der Verstorbenen noch?«

»Genau. Und wenn du mir deine Kraft leihst, können wir ihre letzten Sekunden noch einmal erleben. Ein Nekromant allein kann den Zauber nicht wirken. Zu zweit sollte es uns gelingen.«

Er streckte mir den Arm entgegen, was mich sofort nervös werden ließ. Ich wich vor ihm zurück und hob abwehrend die Hände. »Das willst du nicht wirklich!«

»Du wolltest doch unbedingt mitkommen, um mir zu helfen«, sagte er. »Das ist jetzt deine Gelegenheit.«

»Aber nicht so!«, beharrte ich. »Nicht mit Nekromantie. Ich habe dir doch gesagt, dass ich das nicht kann. Der Restutio impertes war das erste Ritual, das ich gewirkt habe, und wenn ich daran denke, was ich damit ausgelöst habe, wäre es bestimmt das Beste, wenn ich die Finger von diesen Dingen lasse. Ich meine, was ist, wenn ich versehentlich deine Seele ins Jenseits befördere? Schon wieder.«

Ashton ergriff meine Hände. »Das passiert schon nicht«, versicherte er mir. »Und jetzt schließ die Augen. Lass einfach deine Kräfte fließen.«

Unsicher schaute ich mich um. »Brauchen wir keinen Ritualkreis?«

Ein flüchtiges Lächeln huschte über seine Lippen. »Nein, die sind nur für diejenigen, die ihre Kräfte nicht im Griff haben.«

»Ähm … okay?« Hatte er verdrängt, dass ich zu denjenigen gehörte? So schien es jedenfalls, denn er schloss bereits die Augen und atmete tief durch. Weil ich bestimmt auf dem besten Weg war, ihm alles zu versauen, wenn ich nicht wenigstens versuchte, meinen Beitrag zu leisten, tat ich es ihm gleich. Kurz darauf spürte ich, wie Ashtons Kräfte auf mich übergingen.

Ich hatte das Gegenteil erwartet – dass er mir meine Magie aussaugen würde wie Limo durch einen Strohhalm –, dementsprechend überrascht war ich, als mir stattdessen seine Magie durch den Körper floss. Die Macht eines Nekromanten, getränkt von Leben, fähig, es zu nehmen und zu geben. Es fühlte sich warm an, fast wie Sonnenlicht, das im Takt meines Pulsschlags durch meine Adern strömte.

Seine Kräfte waren ganz anders als meine. Während ich das Gefühl hatte, von einer unbändigen Welle überwältigt zu werden, wenn ich mich auf meine Kräfte einließ, waren seine kontrolliert und von einer Ruhe, die sich auch in den Worten widerspiegelte, die er leise flüsterte. Worte einer mir unbekannten Sprache, die wohl nur die Goodwins beherrschten.

Es fiel mir schwer, Ashton einfach machen zu lassen. Zu faszinierend war seine Magie. Ich fühlte den Drang, sie zu erforschen, statt nur hinzunehmen, dass sich seine Kräfte mit meinen mischten wie Tinte mit Wasser. Ich befürchtete allerdings, dass es ungewollte Nebeneffekte hätte, wenn ich das tat. So wie ich mich kannte, würde ich seine Macht über Leben und Tod versehentlich freisetzen und uns in alte Knacker oder Kleinkinder verwandeln. Für Außenstehende wäre es bestimmt lustig zu sehen, wie zwei Dreijährige in übergroßen Klamotten durch die Straßen von Marseille stapften und sich über einen missglückten Zauber stritten. Ich hätte daran weniger Freude.

Ashton schmunzelte.

»Was ist?«, fragte ich leise.

»Nichts, nur deine Gedanken.«

»Was?«, stieß ich aus. »Du liest –«

»Pst«, ermahnte er mich. »Konzentrier dich weiter auf die Magie. Ich lasse gleich deine Hände los, halte den Zauber aufrecht, öffne die Augen und geh ein paar Schritte zurück.«

Den Zauber aufrechterhalten? Ich hatte zwar das Gefühl, dass sich beim Mischen unserer Kräfte etwas getan hatte – wie bei Wasserfarben, wenn Blau und Gelb ein sattes Grün ergaben –, dass aber bereits ein Zauber in mir ruhte, war mir nicht bewusst gewesen.

Trotzdem versuchte ich, ihn stabil zu halten, und konzentrierte mich dabei auf den Gedanken mit den Farben. Der Zauber war Grün und das sollte er auch bleiben.

Ashton ließ mich los, ich schlug die Augen auf und sah ihn verschwommen vor mir stehen. Offenbar hatten wir durch unsere Magie eine Art Blase zwischen uns erschaffen. Als ich einen Schritt zurücktrat, wuchs sie an und jeder weitere Schritt schloss mehr Umgebung mit ein.

Ich erreichte eine Hauswand. Weiter zurück konnte ich nicht gehen, aber das brauchte ich auch nicht. Die Blase umfasste bereits den Tatort. Die Umgebung darin waberte und wirkte blassgrau, es regnete und war recht dunkel. Als eine Person wie aus dem Nichts in der Blase auftauchte, wusste ich sofort, dass es sich bei ihr um das Opfer handelte.

Die Kleidung der Nixe passte gut in das Frankreich der Zwischenwelt. Sie trug einen langen Wollmantel, hohe Schuhe und eine Mütze, unter der ihre spitzen Ohren hervorlugten. Durch den Regen reagierte ihre Haut, sie schimmerte grünlich und hatte Fischschuppen am äußeren Rand des Gesichts gebildet. Ihr Haar wirkte wie Seetang und in ihren Augen blinzelten zusätzliche Lider. Sie wirkte nervös und schaute sich immer wieder um. Wahrscheinlich ahnte sie, was jeden Moment passieren würde.

Als sie die Treppe erreicht hatte, lösten sich in ihrem Rücken Schatten von den Wänden, wuchsen an und krochen auf sie zu. Das war Schattenmagie! Genau, wie Sophia sie gewirkt hatte. Konnte das ein Zufall sein?

Die Schatten näherten sich der Nixe. Auch wenn ich außerhalb der Blase sicher war, bekam ich es mit der Angst zu tun. Ich wollte sie warnen, ihr zurufen, dass sie in Gefahr war, aber ich wusste, dass sie mich genauso wenig hören konnte wie ich sie.

Aus den Schatten wurden Gestalten. Männer in dunklen Roben. Ihre Gesichter verschwanden unter Kapuzen. Als die Frau sie bemerkte, war es bereits zu spät. Einer von ihnen packte sie an den Armen, der andere bedrohte sie mit einem Messer. Doch sie wehrte sich, strampelte, kratzte den Mann und riss sich los. Dabei verlor sie das Gleichgewicht, stürzte auf die Stufen, schlug mit dem Kopf auf und blieb reglos liegen.

Mein Atem stockte und der Zauber flimmerte unstet, weil ich aufgehört hatte, mich darauf zu konzentrieren. Ich schaute zu Ashton, der offenbar damit zu kämpfen hatte, meine fehlende Kontrolle auszugleichen. Verbissen starrte er auf die Geschehnisse und atmete dabei schwer. Seine angespannten Hände zitterten. Ich wollte ihn nicht im Stich lassen, also schob ich meine Gefühle beiseite und ließ meine Kräfte erneut fließen. Das Bild wurde wieder klarer. Ich sah, wie sich die Männer stritten. Offenbar war es nicht ihre Absicht gewesen, die Frau zu töten. Schließlich beugte sich der Kerl mit dem Messer über sie, schabte ein paar Schuppen von ihrer Haut und sammelte sie in einer Phiole.

Wozu er das tat, verstand ich nicht. Es gab doch sicher leichtere Wege, an die Schuppen einer Nixe zu gelangen. Nett fragen zum Beispiel. Es machte mich wütend, dass die unschuldige Frau wegen des skrupellosen Vorgehens dieser Männer sterben musste. Sie hatte ihnen nichts getan und ihre Beute war es nicht wert, dafür ein Leben zu nehmen.

Jemand berührte meiner Schulter, ich schrie erschrocken auf und der sorgsam gewirkte Zauber zerplatzte wie eine Seifenblase.

Ashton starrte mit weit aufgerissenen Augen an mir vorbei. Ich wirbelte herum, stolperte rückwärts und fand mich Cedric gegenüber. Was zum Teufel hatte mein Bruder hier verloren? Es kam mir vor, als wäre er genauso aus dem Nichts aufgetaucht wie zuvor die Männer in ihren dunklen Roben. Ashton legte seine Hand an meinen Arm, als müsste er mich vor ihm beschützen. Ausgerechnet vor Cedric, der uns auf dem Friedhof vor dem wütenden Geist gerettet hatte. Nach einem kurzen Schreckmoment beruhigte ich mich wieder.

Ein schelmisches Lächeln umspielte Cedrics Lippen. Er hob die Hände und setzte eine Unschuldsmiene auf. »Ich wollte hier niemanden erschrecken«, versicherte er.

»Wie …?«, stammelte ich. »Woher …?«

»Wie ich dich gefunden habe? Was treibt ihr hier überhaupt?« Er schaute sich neugierig um. »Versucht ihr, einen Mord aufzuklären?«

»Deine Schwester hat dir eine Frage gestellt«, erinnerte ihn Ashton unterkühlt. In seinen Worten schwang eine unmissverständliche Drohung mit.

»Eigentlich hat sie nur ein paar zusammenhanglose Wörter gestammelt«, korrigierte Cedric ihn belustigt. Er wandte sich an mich. »Hast du eine Ahnung, was zu Hause los ist? Mom und Dad sind mit den Nerven am Ende, Tante Sophia ist pausenlos damit beschäftigt, Suchzauber zu wirken, und Mandy misst bereits dein Zimmer aus.« Er lachte. »Sie plant wohl, einen begehbaren Kleiderschrank daraus zu machen.«

»Ihr wolltet mir nicht glauben, dass jemand versucht hat, mich umzubringen«, erklärte ich. »Ashton ist der Einzige, der mir zugehört hat, und jetzt versuchen wir …« Ich brach ab, weil Ashton warnend seine Finger in meinen Arm grub. Misstrauisch beäugte er Cedric.

»Wie konntest du mich überhaupt finden?«, fragte ich.

»Ich habe überall meine Kontakte«, erklärte er zwinkernd und deutete dann mit dem Kinn auf Ashton. »Dein Freund wird dir das bestätigen können, nicht wahr, Kleiner? Du greifst bei deinen Untersuchungen doch auch auf die Kontakte deiner Familie zurück.«

Plötzlich schoss Ashton auf Cedric zu. Ich reagierte schnell und legte ihm gerade noch rechtzeitig die Hand auf die Brust, um ihn davon abzuhalten, sich wie ein wildes Tier auf meinen Bruder zu stürzen. Wut funkelte in seinen Augen, sein Körper bebte vor Anspannung und sein Atem ging stoßartig. Vorwurfsvoll schaute ich ihn an. Was hatte er sich dabei gedacht? Wollte er sich tatsächlich auf offener Straße prügeln?

»Woah!« Cedric wich mit erhobenen Händen zurück. »Halte deinen Schoßhund im Zaum, Schwesterherz.«

Ashton knurrte verbissen und ballte die Hände zu Fäusten. Wenn ich ihm nicht im Weg gestanden hätte, wäre es wahrscheinlich schon um Cedrics Nase geschehen. Und Ashton sah aus, als wollte er ihm noch einiges mehr brechen. Dabei hatte Lyvin behauptet, dass er Cedric bewundern würde. Hassen traf es wohl eher.

»Nenn ihn nicht so«, bat ich Cedric.

»Wie? Schoßhund?«, höhnte Cedric. »Oder Kleiner?«

Ashton schnaubte verächtlich.

»Wieso nicht?«, fragte Cedric herausfordernd. »Sag schon, Goodwin! Es entspricht doch wohl der Wahrheit, dass du kaum volljährig bist. Es ist verantwortungslos von deinen Eltern, dich völlig allein an Mordfällen arbeiten zu lassen. Und dann ziehst du auch noch meine Schwester mit rein. Euch hätte sonst was passieren können. Was war das eben, was ihr euch angeschaut habt? Einen Überfall auf eine Nixe? Mit Dieben und Mördern sollten sich zwei Jugendliche wie ihr nicht anlegen. Das ist Sache der Wächter.«

»Es steckt weit mehr dahinter«, sagte ich.

»Selbst wenn, rechtfertigt das nicht, dass ihr an einem Tatort herumpfuscht.« Er schaute zu Ashton. »Ich weiß, dass ihr Goodwins gern mal eure Nase in Mordfälle steckt. Ihr glaubt, es sei eure Berufung, den Ungehörten zu helfen. Aber die Wahrheit ist, dass nur die Wächter für solche Fälle zuständig sind. Du und deine Familie, ihr solltest euch darauf beschränken, Séancen abzuhalten und verlorenen Seelen den Weg ins Jenseits zu zeigen. Wenn ihr euch dafür mit einem Händedruck und einer warmen Mahlzeit bezahlen lassen wollt, ist das eure Sache. Aber halte dich aus den Angelegenheiten der Wächter heraus. Wenn sie die Hilfe eines Nekromanten brauchen, werden sie einen hinzuziehen. Das werde zugegebenermaßen ich sein, aber das gibt dir noch lange nicht das Recht, eigene Nachforschungen anzustellen. Insbesondere, wenn du damit meine Schwester in Gefahr bringst.«

»Sagst du das auch den Familien der Mordopfer, wenn sie dich anflehen, ihnen beizustehen?«, erwiderte Ashton.

»Ich versuche jedenfalls nicht, Profit aus ihrer Trauer zu schlagen«, hielt Cedric dagegen und verschränkte die Arme vor der Brust.

Ashton knurrte angefressen. »Das sagt gerade der Richtige.«

Cedric hob drohend den Zeigefinger. »Wenn du –«

»Es reicht!«, unterbrach ich die beiden. »Ich weiß, ich hätte eine Nachricht hinterlassen sollen. Aber ich hatte auch nicht vor, so lange wegzubleiben. Wir haben herausgefunden –«

»Emily!«, warnte mich Ashton. Dass er meinem Bruder nicht traute, war offensichtlich. Aber irgendjemandem mussten wir vertrauen und wenn sich jemand mit Mordfällen in der Zwischenwelt auskannte, dann Cedric. Von Ashtons Eifersucht würde ich mich bestimmt nicht davon abhalten lassen, ihn um Hilfe zu bitten.

»Schon gut«, sagte ich und wandte mich an Cedric. »Wir haben herausgefunden, dass Ashtons Tod kein Unfall war. Der Anschlag auf mein Leben zielte ebenfalls darauf ab, ihn aus dem Weg zu räumen. Die Täter sind dieselben, die diese Nixe umgebracht haben.«

Das undurchsichtige Lächeln auf Cedrics Lippen erstarb. Er schaute an mir vorbei zu Ashton. »Und du ziehst meine Schwester in diese Sache mit rein?«, warf er ihm vor, wartete die Antwort nicht ab und wandte sich wieder an mich. Er wirkte ernsthaft besorgt. »Geht es dir gut? Du siehst blass und müde aus.«

»Ja, ich –«

»Ach, komm her!« Er zog mich zu sich heran und drückte mich fest. »Du hast bestimmt einiges durchgemacht. Tut mir leid, dass ich dir das Gefühl gegeben habe, nicht mit mir reden zu können. Wenigstens ich hätte dir richtig zuhören müssen. Dafür sind große Brüder doch da.«

»Jetzt bist du ja hier«, sagte ich.

»So ist es«, bestätigte er und löste die Umarmung. »Erzähl mir alles, was ihr wisst. Wenn es wirklich jemand auf euch abgesehen hat, werden wir die Schuldigen finden. Das verspreche ich.«

Ich schaute zu Ashton, der mit jeder Faser ausstrahlte, wie wenig er von Cedric hielt.

»Cedric hat recht«, sagte ich. »Wir brauchen Hilfe, wenn wir die Bruderschaft überführen wollen.«

»Bruderschaft?«, hakte Cedric nach.

Ich nickte, schaute noch einmal zu Ashton, der nur finster zur Seite blickte, aber keine Anstalten machte, mir ins Wort zu fallen. Also begann ich zu erzählen.

25

Und wo steht jetzt der Eiffelturm?

»Es ist das Beste so«, versicherte mir Cedric auf dem Weg zur Raumfalte. Er warf Ashton einen flüchtigen Blick zu. »Für euch beide.«

Er hatte vorgeschlagen, uns zum nächstgelegenen Wächtersitz zu begleiten, und der befand sich in London. Ich war schon gespannt darauf, die Stadt zu sehen – wenn auch meine Angst davor überwog, was mir bei den Wächtern blühte.

»Und du bist dir sicher, dass uns die Wächter nicht in ein dunkles Verlies werfen oder so?«, fragte ich.

Cedric lachte. »Sicher nicht. Sie werden die Umstände berücksichtigen. Klar, es wird zu einer Anhörung kommen, weil du einen verbotenen Zauber gewirkt hast, aber du dachtest bis vor Kurzem noch, dass du gar keine Kräfte besitzt. Das werden sie zu deinen Gunsten auslegen und dich mit einem Tadel davonkommen lassen.«

»Pah!«, stieß Ashton aus.

Cedric hob eine Braue. »Wenn man wie ich öfter mit den Wächtern zusammenarbeitet, weiß man sie und ihre Arbeit zu schätzen.« Er wandte sich Ashton zu. »Dir würde es auch nicht schaden, etwas mehr Vertrauen zu haben. Nicht jeder, der deine Freiheiten einschränkt, ist deswegen gleich dein Feind. Die meisten meinen es nur gut mit dir.«

»Es gibt genug Leute, denen ich vertraue«, versicherte Ashton ihm. »Die Seymours gehören nicht dazu.«

Cedric lächelte. »Dabei könnten wir beide viel voneinander lernen.«

Wir warteten, bis die Straßenbahn vorbeigefahren war, dann überquerten wir die Gleise. Kurz bevor wir die andere Seite erreicht hatten, begann Ashton zu husten und bekam sich gar nicht mehr ein.

»Alles okay?«, fragte Cedric argwöhnisch.

Ashton nickte. »Nur verschluckt«, krächzte er, stützte sich auf den Knien ab und erlitt einen weiteren heftigen Hustenanfall. Sofort kam mir der Gedanke, dass mehr dahinterstecken könnte. Ein Gift? Eine Nachwirkung des Déja-vu-Zaubers? Ich beugte mich zu ihm herunter und berührte seinen Arm.

»Geht es?«, fragte ich.

Er schaute zu mir auf, ergriff meine Hand und rannte los.

»Hey, was soll das?«, blaffte ich ihn an.

»Vertrau mir einfach!«

Wir erreichten die Haltestelle. Die Straßenbahn kündigte bereits ihre Abfahrt an und Ashton drängte mich zur Tür. »Spring auf!«

»Aber …« Ich schaute zu Cedric, der uns dicht auf den Fersen war. Klar vertraute ich Ashton. Genauso, wie ich auch meinem Bruder vertrauen wollte. Ich wusste nicht, was ich tun sollte.

Ashton nahm mir meine Entscheidung ab, indem er mich zu sich zog und mit einem Satz in die offene Tür der Straßenbahn sprang. Er hielt sich an der Haltestange fest, beugte sich nach draußen und deutete eine überzogene Verbeugung in Cedrics Richtung an.

»Der fällt auch jedes Mal auf denselben Trick rein«, höhnte er.

Cedric rannte uns noch ein Stück nach, fiel aber bald zurück und musste schließlich aufgeben.

»Was soll der Mist?«, schimpfte ich und stieß Ashton von mir.

»Du musst nicht gleich handgreiflich werden«, beschwerte er sich.

»*Vertrau mir*«, äffte ich ihn nach und verdrehte die Augen. »Ich sollte auf der Stelle wieder abspringen.«

»Vielleicht nicht unbedingt genau jetzt«, riet er mir.

In diesem Moment erfasste uns die Raumfalte, alles wurde weiß und ich spürte, wie ich den Boden unter den Füßen verlor, als die Straßenbahn einen Looping machte.

Jemand griff nach meiner Hand, und auch ohne etwas sehen zu können, wusste ich, dass es Ashton war. Ich spürte es einfach – seine Nähe, die Vertrautheit zwischen uns. Er zog mich mit sich, raus aus der Straßenbahn, mitten in die Falte von Raum und Zeit hinein.

Als meine Füße wieder Halt fanden, spürte ich weichen Boden, hörte unter meinen stolpernden Schritten Laub rascheln und irgendwo über mir Vögel zwitschern. Die Umgebung manifestierte sich als ein Wald, ich sah etwas großes Dunkles vor mir stehen und knallte mit voller Wucht dagegen.

Taumelnd hielt ich mir die Stirn, während ich hören konnte, wie Ashton ein höhnisches Lachen unterdrückte. Ich war geradewegs gegen einen Baum gerannt, während seine Landung mit Sicherheit um einiges eleganter ausgesehen hatte.

Ich knurrte genervt. »Läuft das jetzt jedes Mal so ab, wenn wir zusammen reisen? Du wirbelst wie ein Akrobat durch die Raumfalte und ich hüpfe dir wie ein Flummi hinterher?«

»Ich bin es nun mal nicht gewohnt, jemanden mitzunehmen«, sagte er. Wenn das eine Entschuldig dafür sein sollte, dass fast die Hälfte unserer Sprünge mit Schrammen und Prellungen meinerseits endeten, war sie nicht sehr gelungen.

Ich rieb mir noch immer die angeschlagene Stirn und schaute mich um. Wir waren mitten im Nirgendwo gelandet, in einem Urwald oder so. Jedenfalls sah es hier nicht so aus, wie ich mir Paris vorgestellt hatte. Von der Straßenbahn und den Schienen war nichts mehr zu sehen.

»Und wo steht jetzt der Eiffelturm?«, fragte ich.

»Wir haben eine Abzweigung genommen, bevor die Bahn Paris erreicht hat«, erklärte Ashton. »So schnell wird uns hier niemand finden.«

»Mit *niemand* meinst du Cedric, oder?«

»Unter anderem.«

»Dir ist schon klar, dass er uns helfen wollte?«

»Und dir ist klar, dass jeder aus deiner Familie auf der Liste der Verdächtigen steht? Dein Bruder ganz oben.«

»Cedric? Niemals!«, widersprach ich. »Er würde mir nichts antun. Ganz abgesehen davon, hat er noch versucht, das Ritual abzubrechen, als die Funken nach dir gegriffen haben. Er wollte dich retten, wie könnte er da dein Mörder sein? Er ist unschuldig!«

Ashton hob die Brauen. »Genauso wie deine Mom, vermute ich?«

»Nur weil sie ab und zu etwas streng ist, ist sie noch lange keine Mörderin!«

»Und deine Granny ist senil, sie wäre gar nicht fähig, einen Mord zu planen.« Er musterte mich wie ein Lehrer, der darauf wartete, dass ich von selbst auf die richtige Antwort kam. Den Gefallen tat ich ihm jedoch nicht. Er konnte lange darauf warten, dass ich jemanden aus meiner Familie beschuldigte.

»Dein Dad ist nicht mal magisch begabt«, fuhr er fort. »Diese Mandy ist zu kindisch und deine Tante wollte viel zu sehr eine Seymour werden, um deine Familie zu verraten. Wenn es nach dir geht, kommt keiner von deinen Leuten infrage, nicht wahr?«

»Kann schon sein«, sagte ich, obwohl das nicht ganz die Wahrheit war. Ich musste immer noch daran denken, dass Sophia Schattenmagie benutzte, genau wie die Männer in den dunklen Roben. Ich hütete mich jedoch davor, Ashton noch mehr Futter zu geben, um meiner Familie die Schuld zuschieben zu können. Außerdem reichte es völlig aus, wenn einer von uns zu Vorverurteilungen neigte. Im Gegensatz zu Ashton hatte ich nicht vor, ohne Beweise mit Anschuldigungen um mich zu schmeißen.

»Wahrscheinlich ist alles nur ein großes Missverständnis«, sagte er. Seine Worte trieften geradezu vor Sarkasmus. »Wollen wir wieder zurückgehen und so tun, als wäre nie etwas geschehen? Die Vampire sind bestimmt schon längst über alle Berge und die Bruderschaft hat auch Besseres zu tun, als uns zu jagen, also was soll's!? Riskieren wir es, gehen wir nach Hause und hoffen das Beste. Es ist ja nur unser Leben, um das es hier geht.«

»Cedric ist kein Mörder«, beharrte ich und schob Ashton beiseite, um einem kleinen Pfad zu folgen, der mich mit etwas Glück aus diesem Urwald führen würde.

»Ich glaube, das kann ich besser beurteilen als du«, rief mir Ashton nach.

»Ach ja!?«, blaffte ich zurück und lief weiter zwischen moosbewachsenen Bäumen hindurch und an wild wucherndem Dickicht vorbei.

Es kam mir vor, als wären wir seit Jahrzehnten die ersten Besucher in diesem Wald. Ranken und dicke Wurzeln zogen sich über den schmalen Pfad, sodass ich meinen Rock hochraffen musste, um nicht ständig hängen zu bleiben.

Es fiel kaum Licht durch das Blätterdach über mir, und wenn ich hinaufschaute, hatte ich das Gefühl, eine ganz eigene Welt zu sehen. Die Bäume waren so riesig, dass sie genug Lebensraum für unzählige Tiere, Insekten und Kletterpflanzen boten. Goldglitzernde Pollen flogen über mich hinweg und leuchteten regelrecht im Licht der wenigen Sonnenstrahlen, denen es gelang, sich durch die Kronen der Bäume zu kämpfen. Ich konnte Eichhörnchen beobachten, wie sie von Ast zu Ast huschten, und sah einen ganzen Schwarm Raben im Geäst sitzen. Mit großen Augen starrten sie uns argwöhnisch an, was ziemlich gruselig wirkte. Wo zum Teufel hatte uns Ashton hingebracht?

Ich blieb stehen und wandte mich ihm zu. Er schloss gerade zu mir auf, ich wollte ihn fragen, wo wir waren, aber dazu ließ er mir nicht die Gelegenheit.

»Sei doch ehrlich«, sagte er. »Du kennst deinen Bruder nicht wirklich. Klar, ihr lebt unter einem Dach, aber weißt du irgendetwas über seinen Alltag? Weißt du etwas über seinen Job oder darüber, was er in der Zwischenwelt treibt? Du hast keine Ahnung von Nekromantie. Das hast du selbst zugegeben. Folglich kennst du Cedric auch nicht so gut wie ich. Glaub mir, ihm ist alles zuzutrauen.«

»Was Lyvin gesagt hat, war kein Scherz, oder? Du bist eifersüchtig auf ihn.«

»Glaubst du wirklich, ich würde mich von Eifersucht beeinflussen lassen, wenn es um mein Leben geht? Ich habe dir gesagt, dass mir die Familie des Opfers den Fall entzogen und an die Seymours übergeben hat. Wieso also hat Cedric so getan, als wüsste er nichts über den Mordfall? Er wollte uns das nur glauben machen, verstehst du? Er steckt definitiv mit drin.«

»Das … glaube ich einfach nicht.« Dabei klangen Ashtons Worte überzeugend. Aber Cedric? Niemals … oder doch? Meine Gedanken begannen zu rasen.

»Du wirst es glauben müssen.«

Ich schüttelte den Kopf. Cedric sollte derjenige gewesen sein, der den Salzsack aufgeschlitzt und mir die Schuld an Ashtons Tod in die Schuhe geschoben hatte? Er hatte den Incubus auf mich gehetzt?

Nein, es musste eine andere Erklärung geben. Ich war mir nur ziemlich sicher, dass Ashton nichts davon hören wollte. Es brachte nichts, weiter darüber zu streiten, also ließ ich es bleiben.

Ich schaute mich um. »Der Wald hier sieht verdächtig nach Steinzeit aus«, sagte ich, um das Thema zu wechseln. »Nicht, dass gleich ein Dinosaurier um die Ecke kommt und uns mit seinem Mittagessen verwechselt.«

»Es gab keine Dinosaurier in der Steinzeit«, korrigierte mich Ashton.

»Na, dann ist ja gut. Ich werde auch lieber von einem Säbelzahntiger gefressen als von einem Tyrannosaurus Rex.«

»Wir sind in Irland«, erklärte er. »Nicht jede Raumfalte zieht sich durch eine Großstadt, und nur weil du mal ein paar Bäume siehst, heißt das nicht gleich, dass wir in der Steinzeit gelandet sind. Die meisten Bewohner der Zwischenwelt bevorzugen das zurückgezogene Leben in der freien Natur, die deshalb auch den Großteil der Zwischenwelt ausmacht. Und der Weg hier ist übrigens ein Wildtierpfad. Wenn wir ihm noch länger folgen, führt er uns wahrscheinlich irgendwann zu einer Wildschweinrotte. Solltest du also nicht vorhaben, dich mit einem wütenden Eber anzulegen, lässt du am besten mich vorgehen.« Er machte auf dem Absatz kehrt und ging den Weg wieder zurück, den wir gekommen waren.

»Das hättest du auch früher sagen können«, beschwerte ich mich.

Irland also? Ich hatte in den letzten zwei Tagen mehr Länder gesehen als während all meiner Schulausflüge und Urlaube zuvor. Hauptsächlich hing das damit zusammen, dass die Seymours unter Urlaub verstanden, eine Friedhofsgruft zu erforschen oder die Villa von angesammelten Restpräsenzen unzähliger Geister zu befreien – eine Art Frühjahrsputz der Nekromantie.

»Und wer lebt alles in dieser Raumfalte?«, fragte ich.

Da ich nun wusste, dass wir noch in der Zwischenwelt waren, schaute ich mich noch genauer um. Doch bis auf diese gruseligen Raben und ein paar seltsame Käfer im Unterholz konnte ich nichts Ungewöhnliches entdecken.

»Alle möglichen Wesen«, antwortete Ashton. »Naturgeister hauptsächlich, Dryaden, Elfen, Kobolde, ein paar Trolle und Nymphen. Alle, die sich in der ausgeschlachteten Natur der Außenwelt nicht mehr wohlfühlen. Wenn du mal still sein würdest, bekämen wir auch ein paar Bewohner zu Gesicht.«

»Ich bin doch –«

Ashton blieb abrupt stehen und wandte sich mir zu. Ich wäre beinahe in ihn hineingelaufen. Er legte mir einen Finger auf den Mund, regte sich nicht und atmete ruhig. Ich tat es ihm gleich.

Während wir so nah beieinanderstanden und das Pochen unserer Herzen das lauteste Geräusch war, fiel mir auf, dass seine Augen im schummrigen Licht des Waldes genauso grün und satt wirkten wie das Moos an den Bäumen. Und je länger ich ihn anschaute, desto mehr goldene Einschläge kamen im schimmernd dunklen Grün zum Vorschein.

Ashton tat immer abweisend und kühl, aber ich wusste, dass er das in Wirklichkeit nicht war. Seine Augen konnten nicht lügen. Sie leuchteten regelrecht vor Wärme und in diesem Moment kam es mir vor, als leuchteten sie nur für mich.

Mein Herz schlug schneller, als er sich zu mir beugte. Sein Finger rutschte allmählich von meinen Lippen, seine Hand glitt über meine Wange, und als er gerade seinen Mund leicht öffnete und alles in mir schrie: *Verdammt, er will mich küssen!*, huschte etwas Kleines, Funkelndes an uns vorbei.

Um uns herum wirbelten mit einem Mal Dutzende Lichter, kaum so groß wie meine Handfläche. Erst bei genauerem Hinsehen erkannte ich, dass es sich um winzige Gestalten mit Flügeln handelte. Das mussten Elfen sein. Ihre kleinen Körper strahlten so hell, dass ich nicht einmal erkennen konnte, ob sie Kleidung trugen oder völlig nackt waren.

Sie wirkten neugierig, umschwirrten uns und kamen meinem Gesicht dabei so nah, dass mich ihr Licht blendete und ich überall rote Tupfer sah.

Ashton tippte mich an und deutete auf einen von Efeu überwucherten Baum. Ich wusste erst nicht, was er mir zeigen wollte, bis mir klar wurde, dass ich keine Rinde zwischen den Efeublättern hindurchblitzen sah, sondern die Haut einer Dryade. Sie schlug die Augen auf, lächelte mich an und hob die Hand, um sich ihren Finger auf die Lippen zu legen, wie es Ashton zuvor bei mir getan hatte. Dann schloss sie die Augen wieder und verschmolz mit dem Baum in ihrem Rücken.

Ashton hielt mir seine Hand hin, ich ergriff sie und er führte mich tiefer in den Wald hinein, wo uns abseits des Pfades noch viel mehr Waldbewohner begegneten. Überall um uns herum waren Bewegungen auszumachen. Ich musste aufpassen, wo ich hintrat, weil die Pflanzen ihre Wurzeln und Ranken unter meinen Füßen wegzogen. Ich sah die Konturen kniehoher Gestalten, versteckt in hohlen Bäumen und dichten Hecken, Dryaden lösten sich aus der Rinde von Bäumen und schauten uns nach, körperlose Wesen schwebten wie schimmernde Nebelfetzen über unsere Köpfe hinweg. Der ganze Wald war lebendig, atmete, flüsterte und beobachtete uns durch unzählige Augen.

Wir näherten uns einem Bachlauf und schon von Weitem konnte ich über das Rauschen des Wassers hinweg ein Lachen hören.

Ashton schob die Äste einer Hecke beiseite und eröffnete mir damit den Blick auf eine atemberaubend schöne Lichtung. Von hohen

Felsen stürzte ein Wasserfall in die Tiefe und brach sich auf moosbewachsenen Steinen, die sich überall aus dem glasklaren Bach erhoben. Glitzernd im Goldschein der Sonne bahnte sich das Wasser seinen Weg vorbei an einem Meer aus Blüten, Farnen und majestätischen Bäumen.

Nahe dem Wasserfall saßen ein paar Wassernymphen auf den Steinen, lachten und sprachen in einer Sprache miteinander, die dem Lied des Windes im Blätterdach der Bäume zum Verwechseln ähnlich klang.

Ich hatte geglaubt, diesmal ganz leise gewesen zu sein, doch die Nymphen wurden hellhörig, schauten sich um und warfen sich schließlich ins Wasser, wo sie zu Tropfen zerplatzten und mit dem Bachlauf verschmolzen.

»War ich zu laut?«, flüsterte ich Ashton zu.

»Nymphen hören jedes menschliche Atmen, selbst auf große Entfernung. Mehr als einen kurzen Blick wirst du nie auf sie erhaschen können. Sogar hier in der Zwischenwelt, wo wir keine Gefahr für sie darstellen.«

Ich war erleichtert, das zu hören, wandte mich wieder dem Wald zu und schrie erschrocken auf, weil mir eine mauergleiche Männerbrust die Sicht versperrte. Ich stolperte rückwärts und verjagte dabei alles, was sich zuvor aus seinem Versteck gewagt hatte. Über mir flatterten die Vögel davon, die Elfen erloschen und huschten ins Unterholz, lebendig gewordene Pflanzen und Baumstämme erstarrten wieder zu regloser Vegetation.

Ein riesiger Kerl stand vor mir. Mindestens drei Köpfe größer als ich und doppelt so breit. Er war so behaart, dass es schon an Fell grenzte, hatte ein ziegenähnliches Gesicht, flatterige Hängeohren, riesige, gedrehte Hörner auf dem Kopf und Hufe statt Füßen.

Ein Faun. Ganz eindeutig.

»Das war jetzt allerdings ein bisschen laut«, sagte Ashton trocken. Offenbar war er vom plötzlichen Auftauchen des Faunes weder überrascht noch beunruhigt, während mein Atem stoßartig ging und mein Herz in der Brust rebellierte.

Wieso musste in der Zwischenwelt auch alles so viel größer sein, als ich es mir anhand von Bildern vorgestellt hatte? Allein diese Hörner … Kein Wunder, dass der Faun eine Nackenmuskulatur hatte, die jeden Bodybuilder neidisch gemacht hätte. Schließlich trug er permanent ein immenses Gewicht mit sich herum.

Der Faun wandte sich Ashton zu und senkte auf respektvolle Weise den Kopf. »Ash Goodwin«, grüßte er ihn mit einer dunklen, melodischen Stimme. »Du bringst eine Fremde in meinen Wald?«

»Es ging nicht anders«, entschuldigte sich Ashton. »Emily, darf ich dir Kieron vorstellen? Er ist der Herr dieses Waldes.«

Der Faun wandte sich mir zu und nickte erneut auf höfliche Weise. Die Aura, die ihn umgab, war wirklich einschüchternd. Es war fast, als könnte ich sie greifen.

»Junge Lady. Ich habe dich hoffentlich nicht allzu sehr erschreckt.«

»Äh, nein … ich …«, stammelte ich unbeholfen.

»Dann ist ja gut«, sagte er und wandte sich wieder an Ashton. »Ich vermute, du suchst mich nicht grundlos auf?«

»Ich brauche deine Hilfe«, bestätigte Ashton.

»Ich verstehe, folgt mir bitte.« Mit diesen Worten wandte sich Kieron zum Gehen.

26

Kein Grund gleich zum Mörder zu werden

Ich hatte keine Ahnung, wie und wo Faune wohnten. Alles, was ich über sie wusste, hatte ich aus einem Buch, in dem sie als quirlige, kleine Ziegenmenschen mit Panflöte dargestellt waren. Auf Kieron traf das nicht gerade zu.

Er führte uns tiefer in den Wald, folgte dabei jedoch keinen vorgegebenen Pfaden und orientierte sich auch nicht an anderen für mich ersichtlichen Wegweisern. Ohne Hilfe würde ich den Rückweg bestimmt nicht finden.

Als wir bereits so tief ins Unterholz vorgedrungen waren, dass es selbst der Sonne nicht mehr gelang, die dichten Baumkronen zu durchdringen, ergriff mich ein mulmiges Gefühl. Es hätte stockdunkel sein müssen. Stattdessen wirkte alles um uns herum wie in grünliches Licht getaucht. Hier und dort knackste es im Dickicht. Eine Eule folgte uns mit ihrem Blick, Schatten schienen sich zu bewegen und Kieron war nur noch als schemenhafte Gruselgestalt zu erkennen. Auf irgendwelche unheimlichen Schatten hätte ich im Moment lieber verzichtet. Immerhin hatte ich kurz zuvor beobachten müssen, wie sich solche Schatten in Männer verwandelt und eine unschuldige Frau umgebracht hatten.

»Kein Grund, Panik zu schieben«, meinte Ashton beiläufig.

»Panik?«, fragte ich. »Wie kommst du darauf?«

Wahrscheinlich las er es mir von der Nasenspitze ab. Ich versuchte zwar, mir nichts anmerken zu lassen, konnte meine Nervosität aber nicht einfach abstellen.

»Faune sind friedfertig und Kieron ist schon lange ein guter Freund meiner Familie«, versicherte er mir.

»Ich habe keine Angst«, beharrte ich mit ungewohnt schriller Stimme, was nicht sehr überzeugend klang.

Ashton schaute nach unten, ich folgte seinem Blick und merkte erst dadurch, dass ich mich wie ein kleines Kind an seinem Ärmel festhielt. Ich musste ganz unbewusst danach gegriffen haben. Die Hitze schoss mir in die Wangen und ich ließ ihn sofort los.

»Ein bisschen vielleicht doch …«, gab ich peinlich berührt zu.

»Das ist schon okay«, sagte er. »Jeder von uns hat mal Angst. Selbst die Mutigsten.«

»Du hältst mich für mutig?« Mir huschte ein Lächeln über die Lippen.

Ashton musterte mich flüchtig. »Ich bin schon größeren Angsthasen begegnet.«

»Und du?«, fragte ich herausfordernd. »Hat der heldenhafte Nekromant Ashton Goodwin auch manchmal Angst?«

»Als du mich mit dem Messer bedroht hast, war mir schon etwas flau im Magen. Man weiß ja nie, wozu eine Seymour fähig ist. Ich dachte, du bringst mich um, und na ja, ich hatte offenbar recht.« Er schmunzelte.

»Du hättest nicht versuchen sollen, mir mein Essen abzuluchsen. Wenn es darum geht, verstehe ich keinen Spaß.«

»Das weiß ich jetzt auch«, sagte er und hielt mir seine Hand hin. »Komm, Häschen!«

Ich war wie erstarrt. Wollte er wirklich … Händchen halten? Wie ein frisch verliebtes Grundschulpärchen? Zögerlich hob ich den Arm. »Moment mal! Häschen? Ich bin kein Angsthase!«, beschwerte ich mich.

»Ich weiß«, sagte er, schnappte meine Hand und zog mich mit sich.

Mit hochrotem Kopf stolperte ich hinter ihm her. Bei dem Gefühlschaos, das er in mir ausgelöst hatte, gab es gar keinen Raum mehr für Angst. Höchstens die Angst davor, dass ich sein Verhalten mir gegenüber falsch interpretierte. Er hatte gesagt, dass er mich mochte, aber was hieß das schon? Und selbst wenn er mich bei unserer ersten Begegnung sympathisch gefunden hatte: Empfand er nach allem, was geschehen war, immer noch so? Ich war mir nicht sicher, ob er unseretwegen nach meiner Hand gegriffen hatte oder einfach nur, weil ich ihm zu sehr trödelte. Immerhin waren wir etwas zurückgefallen und es wäre bestimmt nicht gut, Kieron in diesem dichten Urwald aus den Augen zu verlieren.

Nachdem Ashton nun das Tempo vorgab, holten wir den Faun schnell ein. Kieron schob ein paar tief hängende Äste beiseite und verschwand dahinter. Wir folgten ihm.

Eine Lichtung tat sich vor uns auf, Ashton ließ meine Hand wieder los und ich schaute mich um. In der Mitte der Lichtung stand ein merkwürdiges Gebilde aus Baum und Haus. Es war unmöglich zu sagen, wo die mächtige Eiche aufhörte und das Haus anfing.

Dicke Wurzeln wanden sich um die Holzfassade, Wände, Balken und Fenster waren schief angebracht, wirkten gequetscht und quollen regelrecht zwischen den Wurzeln hervor. Es gab eine Art Dachterrasse mit einem Geländer, bei dem man nicht erkennen konnte, ob es aus Holz gefertigt worden war oder aus den Ästen der Eiche bestand. Das Dach, oder was man davon erkennen konnte, war von Moos überwuchert und an ein paar Stellen wuchsen Zweige aus den Fenstern der oberen Etage oder direkt durch die Hauswand.

Ich legte den Kopf in den Nacken und sah weiter oben am Stamm des Baumes Hohlräume, in denen Fensterrahmen und Vorhänge zu erkennen waren. Ein Ast erinnerte stark an ein Kaminrohr, ein anderer hätte ein kleiner Turm sein können.

Kieron lief zu einer Tür, die schief in den Angeln hing und knarzte, als er sie aufzog. Wir folgten ihm ins Innere und ich schaute mich neugierig um. Es gab keine geraden Wände oder klaren Linien. Alles wirkte, als wäre es auf natürliche Art gewachsen. Selbst die Möbel und der Aufgang zur Treppe, die hinauf in den Stamm des Baumes führte.

»Geht es wieder um die ungewöhnlichen Bewegungen?«, fragte Kieron auf dem Weg zur Treppe.

»So ist es«, bestätigte Ashton. »Ich habe herausgefunden, dass sich die Angreifer durch Schatten bewegen. Außerdem bin ich zwei von ihnen begegnet. Die Männer trugen Tätowierungen auf den Handflächen, die höchstwahrscheinlich aus Schattenmagie geformt waren.« Er wandte sich mir zu. »Kommst du?«

Ich war noch dabei, mich staunend umzusehen. Schon für mich wirkte alles in diesem Haus gedrungen und klein. Dass sich Kieron, der im Vergleich zu mir ein Gigant war, hier wohlfühlte, ging mir nicht in den Kopf. Es gab eine beengte Kochnische, und die geblümten Tassen, die auf einem krummen Regalbrett standen, müssten in Kierons Händen wie Puppengeschirr aussehen. Die Vorstellung, wie er auf einem der schmalen Stühle saß und mit abgespreiztem kleinen Finger an einer dieser Tassen nippte, brachte mich zum Schmunzeln und ließ Kieron gleich etwas weniger bedrohlich wirken.

Ich folgte ihm und Ashton die Treppe hinauf. »Was meinst du damit, dass die Tattoos aus Schattenmagie geformt waren?«, wollte ich von Ashton wissen.

»Weißt du, wie Schattenmagie funktioniert?«, fragte er zurück.

Ich nickte. Zumindest ein Mal konnte ich so tun, als hätte ich den Durchblick. Dabei war mir diese Art zu reisen völlig neu gewesen.

»Wenn die Leute den Teilschatten, den sie aufnehmen, als Spinne formen, dient er ihnen auch als Erkennungsmerkmal. Sie können ihn nutzen, um von ihren Auftraggebern identifiziert zu werden, was bedeutet, dass die Organisation wahrscheinlich größer ist, als uns lieb sein kann. Zudem löst sich der Schatten nach einer Weile auf, sodass wir die Beteiligten nicht durch ihre Tätowierungen überführen können.«

Es wäre auch zu einfach gewesen, bloß die Handflächen aller Verdächtiger nach Tattoos abzusuchen, um die Täter zu überführen. Vielleicht legte sich Ashton das aber auch nur so zurecht, weil Cedric keine Spinne auf der Hand gehabt hatte.

Wir gingen weiter nach oben. Die schiefen, steilen Stufen wanden sich innerhalb des Stamms um einen Holzstrunk mit mehreren Hohlräumen, in denen sich Vögel eingenistet hatten. Ich hörte das Fiepen von Nestlingen, wollte einen Blick in eines der Löcher wagen und schrak zurück, als eine Amsel auf mich zuschoss und mir lauthals zu verstehen gab, von ihren Jungen fernzubleiben.

»Du legst dich auch mit jedem an, oder?«, zog mich Ashton auf.

»Mir ist zu Ohren gekommen, dass es in der Zwischenzeit noch weitere Vorfälle gab«, sagte Kieron.

»Zwei weitere Überfälle«, bestätigte Ashton.

»Und du kennst Ort und Zeit?«

»Klar«, bestätigte er und gab einen Schwall an Zahlen von sich, bei denen es sich vermutlich um Längen- und Breitengrade handelte. Dass er sie auswendig herunterbeten konnte, beeindruckte mich. Ich konnte mir nicht einmal die Telefonnummer meiner Familie merken.

»Kieron weiß also von den Überfällen?«, fragte ich.

»Er war es, der mir geraten hat, in Erfahrung zu bringen, wie die Täter so plötzlich auftauchen und ungesehen verschwinden können«, erklärte Ashton.

Kieron trat durch eine Tür, die als solche nur schwer zu erkennen war. Sie wirkte eher wie ein Spalt zwischen zwei Auswüchsen des Baumes. »Lasst uns keine Zeit verlieren«, schlug er vor. »Wir wissen nicht, wie lange ihr hier sicher seid.«

»Werden wir verfolgt?«, fragte Ashton.

»Ich beobachte das schon eine Weile«, bestätigte er.

»Wie kann er uns beobachtet haben?«, fragte ich mit gesenkter Stimme.

Der Raum, den wir betraten, war von Licht geflutet, das durch die Decke fiel. Wobei Decke vielleicht nicht ganz passte. Über uns bogen sich die Wände aufeinander zu und gingen in Äste über. Die Sonne brach durch Blätter und Zweige und ich sah ein paar Eichhörnchen, Mäuse und weitere Vogelnester.

In der Mitte des Raumes, unmittelbar vor einem abgenutzten Ritualkreis, dessen Zweck ich nicht erkennen konnte, wuchs ein krummer Tisch aus dem Boden. Darauf stapelten sich einige ungefärbte Stoffbahnen. Ich hatte keine Ahnung, wozu sie dienen sollten. Wie ein Nähzimmer sah der Raum jedenfalls nicht aus. Es gab weder eine Nähmaschine noch ein Spinnrad oder auch nur Nadel und Faden.

»Wenn sich jemand mit den Bewegungen durch Raumfalten auskennt, dann Kieron«, meinte Ashton. »Er ist mit der Zwischenwelt tief verwurzelt. Ähnlich wie die alte Eiche mit diesem Haus. Er spürt die Strömungen und Schwankungen im Gefüge von Raum und Zeit. Deswegen sind wir hier. Er kann uns helfen, die Bruderschaft aufzuspüren.«

Kieron ließ seine Hand über die Stoffballen wandern. Er berührte keine davon, dennoch schien der Stoff auf ihn zu reagieren. Wo er seine Finger entlangführte, flammten die Fäden auf.

»Seit du das erste Mal mit dieser Angelegenheit zu mir gekommen bist, lasse ich die ungewöhnlichen Bewegungen im Raum-Zeit-Gefüge nicht mehr aus den Augen«, erklärte Kieron, während er ganz auf die Stoffe konzentriert war. »Zuletzt haben sie sich um euch gesammelt, was mir erst bewusst wurde, als ich deine Gegenwart in meinem Wald gespürt habe, Ash. Wer auch immer euch verfolgt, ist bereits ganz in der Nähe.«

»Cedric?«, fragte ich unsicher.

»Ich weiß nicht, wer es ist, aber jemand hat meinen Wald kurz nach euch betreten.« Er schaute von den Stoffen auf. »Keine Sorge, vorerst seid ihr sicher. Diesen Ort findet niemand so schnell.«

Er nahm einen der Stoffe, der mit einem besonders hellen Leuchten auf seine Nähe reagiert hatte, und betastete ihn mit beiden Händen. »Das hier ist es«, sagte er. »Geht bitte etwas auf Abstand.«

Ashton trat zurück, um den Ritualkreis freizumachen. Mir war er wie ein vergessenes Überbleibsel eines alten Zaubers vorgekommen, doch offenbar erfüllte er noch einen Zweck. Ich wich zurück, als die abgenutzten Linien und Kreise unter meinen Füßen zu flimmern begannen.

Kieron schwang den Stoff in die Höhe, der sich über dem Ritualkreis ausbreitete und sanft zu Boden sank. Im ersten Moment sah er nur wie eine faltige Tischdecke aus, doch je länger ich ihn betrachtete, desto mehr kam mir das Muster der Falten bekannt vor.

»Das ist …«, murmelte ich, brach aber ab, als das Leuchten des Ritualkreises die Fasern des Stoffes tränkte, bis Wörter, feine Linien und Formen erschienen. »Eine Landkarte«, ergänzte ich und schaute zu Ashton. »Die Raumfalten, oder?«

»Ein Teil davon«, bestätigte er.

»Westeuropa zur Zeit des Mordanschlags«, erklärte Kieron. »Frankreich, Deutschland, ein Teil von Spanien und Italien.« Er umrundete den Stoff und bewegte erneut seine Hände darüber. Sowohl der Stoff als auch das Licht des Ritualkreises reagierten auf ihn. Während sich der Stoff sanft zu bewegen begann, als wäre irgendwo ein Fenster offen und würde für einen leichten Luftzug sorgen, flammte das Licht immer wieder auf und pulsierte entlang der Stofffalten.

Ich beobachtete das Ganze und begann allmählich zu begreifen. »Alles bewegt sich. Die Welt, die Falten, sie stehen nicht still.«

»Die Welt ist im steten Wandel«, bestätigte Kieron.

Ich ging in die Hocke. »Und das Licht sind Personen, die durch die Falten reisen?«

Kieron nickte. Er war hochkonzentriert, sein Blick huschte über den Stoff, als würde er etwas ganz Bestimmtes suchen.

Ich musterte die Karte ebenfalls und fand Marseille. Im Verhältnis zum Rest der Karte war die Stadt nur ein kleiner Punkt, durch den sich eine der Falten zog, doch kaum hatte ich sie entdeckt, versank sie für den Bruchteil einer Sekunde im Schatten.

»Das ist es«, sagte Kieron.

Ich konnte nur vermuten, dass der Schatten den Zeitpunkt des Mordes markiert hatte. Im ersten Moment war mir nicht klar, wie uns das helfen konnte. Dann aber sah ich, dass der Schatten immer noch da war. Er flitzte entlang einer Raumfalte in Richtung Italien und verschwand am Rand des Stoffes.

Kieron reagierte schnell. Er zog den Stoff mit einer schwungvollen Bewegung vom Ritualkreis, warf ihn über den Tisch und breitete an seiner Stelle ein anderes Tuch aus. Sofort zeichneten sich Linien und Orte auf den Stoff, wieder blitzte Licht entlang der Falten und wieder bemerkte ich den Schatten, der sich einen Weg über die Landkarte bahnte. Und er blieb nicht der einzige. Ich sah erst drei, dann fünf, bald ein Dutzend dieser Schatten.

Kieron zog den neuen Stoff wieder beiseite und warf ein anderes Tuch in den Kreis. Diesmal war der Stoff so fein gewebt, dass er in unzählige Falten fiel. Offenbar zeigte er die ganze Welt mit all ihren Raumfalten. Überall huschten Schatten umher. Es mussten mindestens fünfzig oder mehr sein. Wenn das alles Mitglieder der Bruderschaft waren, die sich mithilfe des Schattenzaubers durch die Welt bewegten, hatte wir es mit einem weitaus größeren Problem zu tun als nur mit ein paar Vampiren und Dieben auf Abwegen.

Mir fiel schnell auf, dass sich die Schatten immer wieder an einem bestimmten Ort sammelten.

»New York«, sagte Ashton.

Kieron zog den Stoff weg und legte einen gröberen aus, der nur eine einzige Falte warf. Straßen und Gebäude zeichneten sich darin ab. Ich ging näher heran. Die Karte zeigte jedes einzelne Gebäude in der Raumfalte von New York, die Feengasse, *Mary's Näherei*, *Cursed Dolls & Doll Curses* und auch das Antiquariat. Von einem Gebäude in einer Seitenstraße gingen die Schatten aus.

»Dort!«, sagte Ashton. »Wir müssen sofort aufbrechen.«

Kieron atmete tief durch und entspannte seine Haltung. Licht und Schatten ebbten ab, die Magie des Ritualkreises verblasste und auch die Karte von New York verschwand.

Ich stand auf. »Du willst dorthin?«

»Aber natürlich«, sagte Ashton, als gäbe es keinen Grund zu zögern. Er deutete auf den ausgebreiteten Stoff. »Das wird das Hauptquartier der Bruderschaft sein, dort finden wir die Verantwortlichen.«

»Das ist erst recht ein Grund, uns davon fernzuhalten«, beharrte ich. »Als du das letzte Mal mit diesen Leuten zusammengestoßen bist, hätten sie dich fast umgebracht.«

Ashton verengte den Blick. »Als ich das letzte Mal mit einem von ihnen zusammengestoßen bin, hatte er dich überzeugt, ihm blind zu folgen.«

»Du kannst gar nicht wissen, ob –«

»Du bleibst hier!«, fiel er mir ins Wort. »Hier bist du sicher und stehst mir nicht im Weg. Ich werde allein nach New York gehen.«

»Du hast gar keine Beweise dafür, dass Cedric mit diesen Leuten zusammenarbeitet!«, schrie ich, meine Stimme überschlug sich fast.

»Genau deswegen muss ich dorthin«, beharrte er. »Ich muss Beweise finden.«

»Es ist vielleicht an der Zeit, deine bisherigen Erkenntnisse mit den Wächtern des Tribunals zu teilen«, mischte sich Kieron ein.

»Ha!«, stieß ich aus. »Genau das hat Cedric auch gesagt.«

Ashton warf mir einen giftigen Blick zu.

»Ich mein ja nur …«, murrte ich.

Er wandte sich an Kieron. »Noch haben wir nicht genug in der Hand. Mit Schattenmagie zu reisen, wird zwar nicht gern gesehen, ist aber auch nicht verboten. Außerdem wissen wir immer noch nicht, warum es diese Leute auf die Schuppen der Nixe abgesehen hatten. Auch bei den anderen Überfällen wurden eher ungewöhnliche als wertvolle Dinge gestohlen: die Haare einer Nymphe, Feenstaub, die Kristallkugel einer Seherin …«

Ich überlegte. »Das klingt, als würde jemand die Zutaten für ein Ritual zusammensuchen und dafür über Leichen gehen.«

»Nur sind das keine Zutaten, die irgendeinen höheren Zweck erfüllen könnten«, meinte Ashton. »Jeder weiß, dass Feenstaub bloß glitzert. Der winzige Funke Magie, den er enthält, ist für nichts zu gebrauchen. Genauso wenig wie die Schuppen einer Nixe.«

Für mich war das ein Beweis mehr, dass Cedric nichts damit zu tun haben konnte. Er wusste, wie wertlos das ganze Zeug war.

»Wir sollten wirklich …«, begann ich.

»Nein«, unterbrach mich Ashton erneut. »Wenn ich damit zu den Wächtern gehe, werden sie mir nicht zuhören und die Sache mit meiner ermor–« Er stockte.

Kieron und ich wechselten einen kurzen Blick. Der Faun wirkte besorgt.

»Wo bist du da reingeraten, Ash?«

Ashton schüttelte den Kopf. »Ich kann die Wächter nicht einschalten. Ich muss selbst herausfinden, wer verantwortlich ist, nur so kann ich alles ungeschehen machen. Es ist das Beste, wenn du bei Kieron bleibst, Em.«

Ohne eine Antwort abzuwarten, verließ er den Raum. Ich wollte ihm folgen, doch Kieron hielt mich sanft am Arm zurück.

»Was ist passiert?«, fragte er.

»Diese Bruderschaft hat ihn umgebracht«, erklärte ich mit belegter Stimme. »Sie wollten verhindern, dass er ihnen auf die Schliche kommt, also haben sie ihn aus dem Weg geräumt. Ich habe ihn wiederbelebt und jetzt ist er an mich gebunden.«

»Du bist eine Seymour, nicht wahr? Emily Seymour? Du sagtest, Cedric ist dein Bruder.«

Ich nickte.

»Dann hast du Ash mit dem Restutio zurückgeholt?«

»Woher …?« Offenbar kannte so ziemlich jeder die dunkelsten Abgründe der Seymours, inklusive dem Restutio impertes – außer mir.

Kieron musterte mich. »Um sich aus dem Bann zu lösen, gibt es nur einen mir bekannten Weg. Ashton müsste ebenfalls davon wissen.«

»Er kennt einen Weg?« Warum hatte er mir das nicht gesagt? Also vertraute er mir immer noch nicht. Der Gedanke schnürte mir die

Kehle zu. Ich hatte geglaubt, dass wir längst über diesen Punkt hinweg wären.

»Er muss seinen Tod rächen«, erklärte Kieron. »Nur wenn er das Leben desjenigen nimmt, der ihn getötet hat, löst er die Verbindung.«

Ich riss die Augen auf. Ashton glaubte, dass Cedric für seinen Tod verantwortlich war! Er wollte meinen Bruder umbringen? Panisch stürzte ich aus dem Raum.

»Ashton!«, rief ich und rannte die Treppe hinunter.

Er war bereits an der Haustür.

»Bleib stehen!«, verlangte ich.

Ashton hielt abrupt inne, die Hand lag schon auf der Klinke. Seine Miene verfinsterte sich.

»Das ... das sollte kein Befehl sein«, entschuldigte ich mich. Ich war so schnell nach unten gestürzt, dass ich erst einmal tief Luft holen musste. »Kannst du mir bitte sagen, was du vorhast?«

Er zog seine Hand von der Tür weg, wandte sich mir jedoch nicht zu. »Das weißt du doch genau. Ich werde nach New York zurückkehren und herausfinden, was hinter den Machenschaften der Bruderschaft steckt. Es muss Hinweise geben und die werde ich finden.«

»Und dann?«, hakte ich nach.

»Dann werde ich tun, was nötig ist«, sagte er fest entschlossen.

Ich schüttelte den Kopf. »Aber du bist doch kein Mörder!«

Ashton schaute mich nicht an. Das musste er nicht, denn ich erkannte auch so, wie angespannt er war.

»Wenn ich mich entscheiden muss zwischen dem, was ich jetzt bin, und dem, was ich sein werde, wenn ich getötet habe ...«

»Es gibt mit Sicherheit einen anderen Weg.«

»Den gibt es nicht, glaub mir.« Seine Stimme klang rau und angeschlagen.

»Aber …« Mein Blick glitt zu Boden. Wollte er das wirklich tun? Würde er so weit gehen?

»Darf ich mich wieder bewegen?«, presste er hervor.

Erschrocken schaute ich zu ihm auf. »Klar! Entschuldige, ich … es war wirklich keine Absicht.« Wenigstens hatte ich ihm diesmal nicht befohlen, die Luft anzuhalten.

Ashton wandte sich zu mir um, schaute mich aber nicht an. Er wich meinem Blick regelrecht aus, als befürchtete er, Zweifel an seiner Entscheidung zulassen zu müssen, wenn er mir in die Augen schaute. Zögernd kam er näher. »Wenn ich das beenden will, muss ich den Schuldigen stellen«, erklärte er gefasst. »Ich kann nicht zu den Wächtern gehen und mir damit vielleicht die einzige Chance verbauen, wieder ich selbst zu werden.«

»Du wirst aber nicht du selbst, sondern zum Mörder. Ich kann nicht zulassen –«

»Willst du es mir verbieten?«, fragte er bitter.

»Ashton, sieh mich …« Ich biss mir auf die Zunge. »Kannst du mich bitte ansehen?«

Widerwillig hob er den Blick und zeigte mir damit die wutgetränkte Kälte, die in ihm tobte. Aber nicht nur das. Hinter dem Schmerz und der Verbitterung verbarg sich noch etwas anderes. Scham. Er schämte sich dafür, den Entschluss gefasst zu haben, meinen Bruder zu töten. Es war offensichtlich, wie sehr dieser Schritt allem widersprach, was ihn ausmachte. Und doch schien er keinen anderen Weg zu sehen.

»Ich will dir gar nichts verbieten«, presste ich hervor und trat auf ihn zu. Trotz der Tatsache, dass er mir kaum in die Augen schauen konnte, schien nichts an seiner Entscheidung rütteln zu können. Allein der Gedanke, ihn an dieses Vorhaben zu verlieren, machte mir unheimlich Angst. Egal, wie abweisend und kalt er oft tat, ich wusste, dass er ein gutes Herz hatte. Er durfte nicht zum Mörder werden. Und doch sah ich nicht den leisesten Zweifel in seiner ungerührten Miene.

»Du wirst mir einen Befehl geben müssen, wenn du mich aufhalten willst«, sagte er geradezu drohend.

»Das kann ich nicht«, beharrte ich. »Ich will, dass du aus freien Stücken –«

»Ich habe keine Wahl!«, unterbrach er mich. »Wenn du nicht wärst, hätte ich bereits in Marseille …«

Ich riss die Augen auf. »Du hättest was? Cedric getötet? Dass er etwas mit dieser Bruderschaft zu tun hat, ist doch noch gar nicht bewiesen!«

Ashton zuckte nicht einmal. Meine Worte prallten einfach von ihm ab. Er wollte einen Schuldigen und er glaubte, ihn in Cedric gefunden zu haben. »Für dich vielleicht nicht, für mich liegen die Fakten klar auf der Hand. Es kann nur Cedric gewesen sein. Du musst dich also entscheiden. Entweder, du hältst dein Versprechen oder du raubst mir endgültig meinen freien Willen und nimmst mir den einzigen Ausweg, der mir noch bleibt.«

Ich konnte kaum glauben, dass er mir dieses Ultimatum stellte. So oder so würde ich verlieren.

»Du hast keine Ahnung, was du da vorhast«, sagte ich mit bebender Stimme. »Du willst, dass wieder alles so wird, wie es war? Das wird es nicht! Nichts wird wieder wie zuvor. Jemandem das Leben zu nehmen, wird dich verändern. Ich weiß es, weil ich auch nicht mehr dieselbe bin.«

Ashtons kalte Miene schmolz vor meinen Augen. »Du bist keine Mörderin«, widersprach er, streckte die Hand nach mir aus, senkte sie aber wieder, bevor er mich berühren konnte.

Nun war ich es, die ihn nicht mehr anschauen konnte. Auch wenn der Vorfall auf dem Friedhof eingefädelt worden war, hatte ich Ashtons Tod verursacht. Ich hatte den Salzsack weggeschleppt und das Loch darin nicht bemerkt. Dieses Gefühl der Schuld war nicht verschwunden. Es hatte sich tief in mein Inneres gefressen und sich dort zu einem schmerzhaften Klumpen zusammengezogen.

»Es hat sich aber so angefühlt und glaub mir, das willst du nicht den Rest deines Lebens mit dir herumschleppen müssen.«

»Wenn ich das durchziehe, bekommst du auch deine verlorenen Jahre zurück«, versuchte er zu argumentieren. Glaubte er wirklich, das würde einen Unterschied für mich machen?

»Ich will sie gar nicht zurück!«, sagte ich etwas lauter als beabsichtigt. »Nicht um diesen Preis«, setzte ich nach.

Ashton straffte seine Haltung, als würde er sich auf einen erbarmungslosen Fausthieb vorbereiten müssen. »Also wirst du mir befehlen, es nicht zu tun«, sagte er bitter.

»Nein, ich bitte dich darum«, widersprach ich. »Ich flehe dich an, wenn es sein muss!«

»Dann flehst du mich an, mein Leben aufzugeben, um das eines Mörders zu verschonen.« Seine Stimme klang brüchig. Ich konnte sehen, wie sehr es ihm zuwider war, sein Vorhaben infrage stellen zu müssen. Rache zu nehmen, war sein Rettungsschirm gewesen, den er nun durch mich zu verlieren drohte. Natürlich gefiel ihm das nicht, aber ich konnte nicht anders. Ich musste ihn überzeugen!

»Hättest du mich getötet?«, fragte ich. Ashton legte die Stirn in Falten, also erklärte ich: »Als du noch dachtest, dass ich die Schuldige bin, hättest du mich umgebracht, um den Fluch zu brechen?«

»Das ist einer der Gründe, warum der Restutio verboten ist. Es ist nicht möglich, den Fluch zu brechen, wenn man unter der Kontrolle seines Mörders steht. Man würde sich selbst töten. Ich hätte dich nicht töten können.«

»Aber wenn es möglich gewesen wäre, hättest du es dann getan?«, hakte ich nach.

»Ich …« Er schaute an mir vorbei ins Leere.

»Du hättest die Falsche umgebracht, weil sich erst später herausgestellt hat, dass ich nicht für deinen Tod verantwortlich bin, sondern nur für den Anschlag benutzt wurde. Du wärst zum Mörder geworden, und das völlig umsonst. Und jetzt hast du dasselbe mit Cedric vor. Du willst blind diesen Ort in New York stürmen und Rache nehmen, noch bevor wir wirklich wissen, was diese Bruderschaft plant.«

»Ich hätte dich nicht getötet«, sagte er und schaute mich wieder an. In seinem Blick lag eine so tiefsitzende Traurigkeit, dass es mich schmerzhaft durchzuckte. Es war, als hätte ihn alle Hoffnung verlassen, weil er einsehen musste, dass er sein Vorhaben nicht blindlings durchziehen konnte. Aber da war auch etwas anderes, das ich bisher nicht gesehen hatte. Vielleicht eine neu gewonnene Vertrautheit zwischen uns? Es war schwer zu sagen.

»Dann solltest du das auch niemand anderem antun«, bat ich.

Ashton lächelte trübe. »Also gut. Wir finden erst heraus, was die Bruderschaft plant, dann sehen wir weiter.«

»Okay …«, murmelte ich erleichtert, aber auch niedergeschlagen.

Ashton legte seine Hand unter mein Kinn und hob es an. Sein Lächeln war breiter und wärmer geworden. Es hatte seine Augen erreicht und jedes Gefühl der Scham vertrieben. »Du bist ganz schön beharrlich, Em.«

»Em? So hast du mich vorhin schon einmal genannt«, sagte ich.

Verunsicherung huschte über sein Gesicht. Er zog seine Hand von mir weg und ließ sie in der Hosentasche verschwinden. »Das ist doch die Kurzform für Emily, oder?«

Ich schmunzelte. »So hat mich noch nie jemand genannt.«

»Gefällt es dir nicht?« Ein kaum merkliches Anzeichen von Nervosität schwang in seiner Stimme mit.

»Doch!«, gab ich zu. Em … Selbst Santana nannte mich Emily.

»Dann nenne ich dich ab jetzt so«, entschied er. »Das ist kürzer. Du weißt schon.«

Auch mir schlich sich ein Lächeln auf die Lippen. Kürzer also … Man will ja keine Zeit mit umständlich langen Vornamen verschwenden. Emily hat immerhin drei Silben, eine mehr als Ashton. Aus meinem Lächeln wurde ein breites Grinsen. »Einverstanden … Ash.«

27

Wer hätte nicht gern einen Baum auf dem Küchentisch?

Kieron wollte uns nicht gehen lassen, bevor wir uns nicht gestärkt hatten. Er stand in der Küche am Herd und brutzelte Eier in einer gusseisernen Pfanne, während ich am Esstisch saß und versuchte, mich zusammenzureißen, weil es so unheimlich lecker roch. Ob Kieron die Eier aus den Nestern im Treppenhaus hatte? Der Gedanke, wieder von einer wütenden Vogelmutter angegriffen zu werden, weil ich ihre Eier zum Mittag verspeiste, gefiel mir gar nicht.

Ich schaute zu Ashton, der am Fenster stand und gedankenversunken die Lichtung beobachtete. Ich konnte mir gut vorstellen, dass er bereits bereute, sein Vorhaben verworfen zu haben. Aber Rache konnte nie der richtige Weg sein. Sie sorgte nur für noch mehr Probleme.

Kieron stellte die Pfanne auf den Tisch. »Dass du Cedric Seymours kleine Schwester bist, ist wirklich eine positive Überraschung.«

Ashton kam zu uns und ich deutete auf ihn. »Ash hat das auch schon gesagt. Was genau meint ihr damit?«

»Es ranken sich allerlei Gerüchte um die kleine Schwester des besten Nekromanten unserer Zeit«, erklärte Kieron und schob zwei Spiegeleier auf meinen Teller.

»Gerüchte?«

Ashton setzte sich und nahm sich eine Scheibe Brot. »Jeder weiß, dass Odila Seymour zwei Kinder hat«, erklärte Ashton. »Cedric, den nun wirklich jeder kennt, und eine Tochter, die nie jemand zu Gesicht bekommt. Es ging schnell die Vermutung um, dass du nach deinem Vater kommst.«

»Also dass du keine Nekromantin bist«, ergänzte Ashton und zupfte an seinem Brot. Wirklich Appetit schien er nicht zu haben.

»Das beantwortet aber nicht meine Frage. Ich meine, es steht mir ja nicht auf die Stirn geschrieben, dass ich Magie beherrsche.«

»Nicht auf der Stirn, nein«, bestätigte Kieron. Er nahm mir gegenüber Platz. »Aber man merkt es dir an. Man spürt, dass eine große Macht in dir schlummert.«

Ich schmunzelte. »So groß kann sie ja nicht sein, sonst hätte meine Mom längst Wind davon bekommen und bestimmt nicht mit mir und meiner glorreichen Zukunft als Nekromantin abgeschlossen.« Ich widmete mich einem der Spiegeleier und schaute dann zu Ashton. »Isst du nichts? Diesmal musst du nicht befürchten, dass ich dir die Hand abbeiße.«

Er zupfte weiter am Brot. »Es schmeckt nicht mehr.«

»Das Brot?«, fragte ich verwirrt. War es alt oder schimmelig? Kieron schien das nicht zu stören, er hatte seines bereits aufgegessen.

»Nein, ich meine, dass nichts mehr schmeckt, seit … du weißt schon.« Er lächelte verkrampft. »Das Gute ist, dass ich auch keinen Hunger mehr verspüre. So hat alles seine Vor- und Nachteile, nicht?«

Ich zwang mich, sein Lächeln zu erwidern, wusste aber nicht, was ich hätte sagen sollen. Alle Worte, die mir in den Sinn kamen, klangen in meinen Ohren falsch. Dieser Restutio-Zauber brachte immer mehr Abgründe zutage, was mir zeigte, dass ich Ashtons Situation nicht wirklich nachempfinden konnte, sosehr ich es auch versuchte. Trotzdem bereute ich es nicht, ihn davon abgehalten zu haben, auf

Rachefeldzug zu gehen. Ich blieb dabei, dass es einen anderen Weg geben musste.

Kieron seufzte schwer. »Das liegt an dem schwebenden Zustand zwischen Leben und Tod. Wenn ein Mensch kurz davorsteht zu sterben, beginnt der Körper, kraftraubende Funktionen einzustellen. Nahrung aufzunehmen kostet viel Energie, also verspürt man keinen Hunger mehr. Aber du stirbst nicht, Ash. Auch wenn dein Gehirn durch deine aktuelle Situation verwirrt ist und die falschen Signale aussendet. Essen musst du trotzdem.«

Ashton biss pflichtgetreu vom Brot ab, woraufhin Kieron zufrieden nickte und sich wieder an mich wandte. »Es ist eine Frage der Übung«, erklärte er, aber ich hing gedanklich noch zu sehr an Ashton, um Kieron auf Anhieb meine Aufmerksamkeit zu schenken. Er wartete ab, bis ich zu ihm schaute, dann fuhr er fort: »Je mehr du deine eigenen Kräfte zu beherrschen lernst, desto mehr spürst du den Funken der Magie, der in allem ruht. Schau her.«

Zwischen uns stand eine hübsche Holzschale mit verschiedenen Nüssen darin. Kieron nahm sich eine Walnuss und legte sie in die Mitte des Tisches. »Ash?«

»Ich halte das für keine gute Idee«, meinte Ashton.

Kieron ließ sich aber nicht beirren, also seufzte Ashton und hielt mir seine Hand hin.

»Was habt ihr vor?«, fragte ich.

»Du musst lernen, deine Kräfte zu fühlen und zu verstehen, wenn du sie gezielt einsetzen willst«, erklärte Kieron. »Magie steckt in allem und jedem. Sie pulsiert durch deine Adern, durch den Tisch, durch diese Walnuss. Wenn du das erst einmal verstanden hast, wirst du sie überall erkennen können.«

Unsicher starrte ich auf die Nuss. »Ich weiß nur nicht, ob ich das will.«

»Wer sollte das nicht wollen?«, fragte Ashton und hielt mir noch einmal seine Hand hin.

Ich zögerte noch immer. »Ich habe deine Kräfte gespürt, als wir zusammen den Déja-vu-Zauber gewirkt haben. Sie sind ruhig und kontrolliert. Meine sind das genaue Gegenteil. Wenn ich sie unter Kontrolle bringen will, wird es bestimmt nur noch schlimmer. Ich glaube nicht, dass es eine gute Idee ist, so etwas auf die Welt loszulassen. Besonders dann, wenn ich damit über Leben und Tod entscheiden kann. Ich bin bisher gut damit gefahren, keine Nekromantin zu sein. Vielleicht sollte ich es dabei belassen.«

»Wie lange denkst du schon so?«, fragte Kieron.

»Keine Ahnung, ich weiß ja erst seit Kurzem, dass ich die Kräfte meiner Familie geerbt habe. Also … eine Woche?«

»Ich denke, dass das schon viel länger in dir brodelt«, widersprach er. »Du scheinst diese Unsicherheit deinen eigenen Kräften gegenüber schon sehr früh entwickelt und die ganze Zeit mit dir herumgeschleppt zu haben. Du hast einfach einen Deckel auf den Topf mit kochendem Wasser gesetzt und gehofft, dass es von allein abkühlt. Aber diese Kräfte sind ein Teil von dir. Ob du sie willst oder nicht. Sie zu verleugnen, wird sie nicht bändigen. Ganz im Gegenteil. Der Topf kocht über und das kann böse enden.«

Ich schaute von ihm zu Ashton und ergriff widerstrebend die Hand, die er mir entgegenstreckte. Schließlich wollte ich nicht dafür verantwortlich sein, dass plötzlich eine Armee aus Untoten vor meiner Tür stand, nur weil meine überkochenden Kräfte auf Abwege geraten waren.

»Und was soll ich jetzt tun?«, fragte ich.

»Konzentrier dich auf deine Kräfte, wie in der Gasse in Marseille«, forderte mich Ashton auf. »Konzentrier dich auf ihr Licht oder ihre Farbe oder auch nur auf das Gefühl. Was dir eher liegt.«

Ich schloss die Augen. »Es sind Farben«, sagte ich und versuchte, ihren Fluss wahrzunehmen. Ich sah vor meinem inneren Auge, wie sie durch meinen Körper strömten. Aufgeschäumtes Blau wie das sturmgepeitschte Meer. Unbändig, unkontrollierbar. Und dann war da Ashton. Sonnenschein, Wärme an einem milden Sommertag. Dabei hätte ich seine Kräfte irgendwo zwischen brodelndem Rot und Ascheschwarz eingestuft, so verschlossen und kalt, wie er sich oft gab. Aber das war er nicht. Nicht wirklich. Er war das Licht, das durch die Sturmwolken brach und die See zur Ruhe brachte.

Ich atmete tief durch und schlug die Augen wieder auf. Alles um mich herum wirkte ganz anders als zuvor, die Farben waren intensiver, waberten, flossen durch die Möbel, den Boden, die Wurzeln, auch durch Kieron, der mir gegenübersaß, in einem satten Grün, das wie feinste Ranken auf alles um ihn herum übergriff, alles zum Erblühen brachte, Blätter und Wurzeln bildete.

Ob sich so ein Drogenrausch anfühlte? Es hieß doch immer, dass man dann alle Farben intensiver sah, sie fühlen und sogar schmecken konnte. Kein Wunder, dass jeder gern Magie beherrschen würde. Wenn man sich wirklich darauf einließ, war sie wie ein überwältigender Trip, ganz ohne den Absturz danach und die Gefahr zu sterben.

»Du denkst jetzt nicht wirklich an Drogen, oder?«, fragte Ashton.

»Hör auf, meine Gedanken zu lesen, wenn wir das tun«, zischte ich.

»Ich kann nichts dafür, sie brüllen viel zu laut, um sie zu ignorieren.«

»Konzentrier dich auf die Walnuss«, forderte mich Kieron auf. »Spürst du den Funken, der in ihr ruht? Das Leben, das darauf wartet, zu erwachen? Nur ein Nekromant kann so tief in die Wurzeln aller Magie vordringen, um diesen Funken zu erspüren.«

Ich schaute zur Nuss und tatsächlich sah ich es. Wie ein Wirbel aus Magie und Leben. Ein Funke, der darauf wartete zu zünden.

»Lass es aufflammen«, sagte Kieron. »Lass deine Kräfte fließen, misch die Farben, lass etwas Neues entstehen.«

Ich atmete aus und mit meinem Atem verließ mich meine Kraft. Sie strömte auf die Nuss zu. Ich konnte sie sehen, fühlen und lenken, als wären es meine Arme. Ich kontrollierte das stürmische Meer.

Der Funken stob auf, das Licht brach aus der Nuss, die Schale zerplatzte und ein junger Trieb schoss in die Höhe. Das neu entstehende Leben brachte alle Farben um mich herum zum Strahlen. Es fühlte sich gut an, richtig. Es war unglaublich schön. Blätter entstanden, fächerten auf, aus einem grashalmdünnen Trieb wurde ein Stamm, die Rinde verdickte sich, neue Äste wuchsen, Wurzeln krochen über den Tisch.

Ich sprang auf, als eine der Wurzeln mein Knie berührte, und verlor dabei Ashtons Hand. Mit einem Mal explodierten die Farben um mich herum, sie verwirbelten und wurden zu einem undefinierbaren Gemisch. Ihre klare leuchtende Schönheit versank im Chaos. Und der Baum wuchs weiter. Er überwucherte den Tisch, stieg bis hinauf zur Decke und zwang mich zurückzuweichen.

»Wie stoppe ich das?«, fragte ich panisch.

Auch Ashton und Kieron mussten auf Abstand gehen. Zwischen den vielen Ästen und Blättern konnte ich sie bald nicht mehr sehen. Plötzlich stand Ashton neben mir, packte meine Hände und drehte mich zu sich um. »Welche Farbe?«, fragte er.

»B-blau.«

Er lächelte flüchtig. »Schließ die Augen, konzentrier dich auf das Blau. Schau nicht auf die anderen Farben, sieh nur den blauen Strom, das Meer, die Wellen. Blende alles andere aus.«

»Okay.«

»Hörst du das Tropfen?«

Ich legte die Stirn in Falten. Was meinte er damit?

»Wie ein undichter Wasserhahn. Tropf … tropf … stetig, langsam.«

Ich atmete durch. *Tropfen … Wassertropfen.* Allmählich beruhigte ich mich, spürte meine Kräfte wieder und fühlte, wie sie sich aus allem um mich herum zurückzogen. Stetig wie tropfendes Wasser.

»Siehst du? Das war doch gar nicht so schwer.«

»Nicht so schwer?«, stieß ich schrill aus. »Da steht ein verdammter Baum auf dem Tisch!« Ich deutete auf den Walnussbaum, dessen Stamm gut einen halben Meter Durchmesser hatte. Noch ein oder zwei Minuten und es hätte Walnüsse geregnet.

»Der gefällt mir«, sagte Kieron. »Ich denke, das lasse ich so.«

Ich stutzte. »Aber der Tisch …?«

»Es war längst überfällig, dass ich etwas umdekoriere.«

»Ihr hättet mich nicht dazu anstiften sollen. Ich habe doch gesagt, dass ich meine Kräfte nicht kontrollieren kann. Der Baum hätte einen von uns zerquetschen können!«

»Was glaubst du, wie die Eiche entstanden ist, in der wir stehen?«, fragte Kieron und schaute zu Ashton.

»Du hast …«, stammelte ich.

»Es ist damals vielleicht etwas mit mir durchgegangen«, sagte Ashton entschuldigend. »Denkst du, dass ich meine Kräfte immer so gut im Griff hatte? Hat dir nie jemand aus deiner Familie beigebracht, sie zu fühlen und zu lenken?«

»Wohl eher nicht«, meinte Kieron. »Ich hatte schon das Vergnügen mit den Seymours. Für sie ist Nekromantie wie Mathematik, für dich, Ash, ist sie Kunst. Emily ist eine Künstlerin, die in eine Familie aus Mathematikern geboren wurde. Sie sprechen verschiedene Sprachen und werden einander nie wirklich verstehen. Kein Wunder, dass ihre Talente nicht erkannt und ausreichend gefördert wurden. Sie sind schlichtweg unentdeckt geblieben.«

Meine Familie, so berühmt-berüchtigt die Seyours auch waren, konnte Magie also nicht sehen und spüren, so wie Kieron es mir gezeigt hatte? Auch dass ich eine Künstlerin sein sollte, wollte sich mir nicht wirklich begreiflich machen. Ich konnte nicht mal ein Strichmännchen zeichnen, das als solches zu erkennen war. Ich warf einen Blick hinauf ins Geäst des Walnussbaums. Der Gedanke, dass er eben noch eine Nuss auf dem Tisch gewesen war und nur durch mein Wirken wachsen konnte, war erschreckend, aber auch aufregend. Ich hatte Leben erschaffen. Mit meinen mir eigenen Kräften. Und das ganz ohne Weltuntergangsszenarien. Ich warf einen verstohlenen Blick zur Tür. Noch klopften keine Untoten an. Jedoch wirkte Kieron plötzlich angespannt und schaute zum Fenster.

Ashton war sofort alarmiert. »Stimmt etwas nicht?«, fragte er.

Also doch Untote? Irgendwie war es klar gewesen, dass meine Magieexperimente nicht gut gehen konnten. »Habe ich Mist gebaut?«, fragte ich.

»Nein, das hat nichts mit dir zu tun. Jemand hat die Lichtung betreten«, erklärte Kieron.

»Cedric?«, fragte ich.

Kieron verengte den Blick. »Kein Nekromant. Ein Hexer.«

»Hexer? Ich dachte, die gibt es in Wirklichkeit nicht.« Meines Wissens brachten Hexen nur Mädchen zur Welt. Es gab Magier oder Zauberer – je nachdem, wie sie sich nannten –, aber männliche Hexen?

»Ihr solltet verschwinden«, riet Kieron. »Über die Treppe, hoch in die Eiche.«

Ashton nickte und wir rannten die Stufen hinauf, vorbei an dem Raum mit den Stoffkarten, immer höher in den Baumstamm hinein, bis die Treppe kaum noch als solche zu erkennen war, ich über Äste steigen und mich durch dichtes Blattwerk zwängen musste. Im Erdgeschoss hörte ich, wie an der Tür geklopft wurde. Ashton verschwand irgendwo vor mir zwischen den Zweigen und Blättern, ich schaute mich nach ihm um und fand seine Hand, die er mir entgegenstreckte. Mit seiner Hilfe stieg ich schließlich in die Krone des Baumes. Wir balancierten ein Stück weit über einen Ast und kletterten auf das bemooste Dach, von dem aus wir wieder nach unten steigen konnten, bis wir die Traufe erreicht hatten. Unter uns konnte ich die Lichtung und den Schatten der Person sehen, die an der Eingangstür von Kieron in Empfang genommen worden war.

»Kann ich behilflich sein?«, hörte ich ihn fragen.

»Ich bin auf der Suche nach zwei jungen Ausreißern«, antwortete Cardeles.

Seth Cardeles war also ein Hexer? Ich fragte mich, woher Kieron das wusste. Spürte er die verschiedenen Arten von Magie, so wie ich sie als Farben sah? Aber welche Farbe hatten Hexer, die es doch eigentlich gar nicht geben sollte?

»Treten Sie doch erst einmal ein, dann sehen wir, ob ich den geschätzten Wächtern des Tribunals behilflich sein kann.« Ich hörte die Tür knarzen, als Kieron sie weiter aufschob, gefolgt von Schritten, die im Inneren des Hauses verschwanden. Nachdem Kieron die Tür geschlossen hatte, erhob sich Ashton.

»Jetzt«, forderte er mich auf und sprang mit einem Satz vom Dach.

Ich schaute ihm nach. Das waren gut zwei Meter und er tat gerade so, als wäre es nur ein kleiner Hüpfer. Dass mir eine auch nur ansatzweise so elegante Landung gelang wie ihm, war ausgeschlossen. Ich rutschte vorsichtig bis zum Rand des Daches, drehte mich um und schob meine Füße über die Kante. Ich konnte nur hoffen, dass nicht genau an der Stelle ein Fenster war, denn sonst hätte Cardeles gesehen, wie meine Beine davor herumbaumelten, während ich strampelnd versuchte, irgendwo Halt zu finden.

Ich ertastete etwas Festes und verlagerte mein Gewicht darauf. Unter mir stöhnte Ashton, der wohl meinen Fuß hielt, um mich zu stützen.

»Jetzt mach schon«, ächzte er.

»Du schaust mir jetzt aber nicht unter den Rock, oder?«, fragte ich verbissen.

»Bei den vielen Stofflagen könnte ich sowieso nichts sehen, lass dich einfach fallen.«

Einfach fallen lassen? Das klang für mich nicht nach einer guten Idee. Andererseits gab es nichts, woran ich mich festhalten konnte, um weiter nach unten zu klettern. Loszulassen würde wohl bedeuten, auf dem Hintern zu landen, aber das war immer noch besser, als vom Dach zu baumeln, bis Cardeles wieder nach draußen kam. Ich presste also die Lippen fest zusammen, um nicht aufzuschreien, falls ich ungeschickt aufschlug, ließ los – und landete federnd in Ashtons Armen. Er setzte mich ab und blieb ganz nah vor mir stehen, seine Hand noch an meiner Hüfte, mein Arm um seine Schulter gelegt.

»Du hast recht, so viel wiegst du gar nicht, wenn dein Kleid trocken ist«, meinte er.

»Sag ich doch.«

Er lächelte. »Wollen wir?«

Wie ein Signal, dass wir schleunigst verschwinden sollten, waren im Haus Geräusche zu hören.

»Nichts wie weg«, stimmte ich zu und folgte Ashton über die Lichtung in den dichten Wald hinein.

28

Wenn das mit der Nekromantie nichts wird, kann ich immer noch Einbrecherin werden

Wieder zurück in New York zu sein, und das auch noch in einem Kleid, das ich keine zwei Straßen weiter gestohlen hatte, sorgte bei mir für ein mulmiges Gefühl. Es war nicht lange her, dass wir in Lyvins Antiquariat gegen die Vampire gekämpft hatten. Wahrscheinlich war sogar der Cronut, den ich Ashton überlassen hatte, noch genießbar – falls er nicht im Kampf zertrampelt worden war.

Es dämmerte bereits, die Straßen waren nicht so voll wie bei unserem letzten Besuch und einige Verkäufer an den Ständen räumten bereits ihre Waren zusammen.

»Es wäre super, wenn wir mal einen Ort verlassen könnten, ohne zu fliehen«, meinte ich.

Ashton warf einen Blick zurück zum Eintrittsort der Raumfalte. »Dazu wird es nicht kommen, solange uns dieser Cardeles nachsetzt.«

Damit hatte er wahrscheinlich recht. So hartnäckig, wie er uns verfolgte, wären wir wohl selbst dann nicht sicher, wenn es uns auf den Mond verschlagen würde. Ob Hexer besondere Fähigkeiten hatten, mit denen sie ihre Ziele in den hintersten Ecken der Welt aufspüren konnten? Ich musste unbedingt Santana danach fragen, sobald ich wieder zu Hause war.

Ashton lief voraus.

»Gehen wir zu Lyvin?«, fragte ich. »Sie macht sich sicher Sorgen um dich.«

»Sie wird nur wissen wollen, was wir herausgefunden haben«, wehrte er ab.

»Und wenn du es ihr erzählst, wird sie nicht zulassen, dass wir auf eigene Faust nach Beweisen suchen.«

»So ist es.« Er lief zielstrebig auf eine Seitenstraße zu.

Ich hielt inne. »Und wenn wir …«

Ashton blieb abrupt stehen und wandte sich zu mir um. »Du musst nicht mitkommen, wenn du nicht willst. Wenn du dich bei Lyvin sicherer fühlst …«

»Darum geht es mir gar nicht.« Es war nicht meine Sicherheit, um die ich mich sorgte. Mich im Antiquariat zu verkriechen, während er sich mit der Bruderschaft anlegte, kam gar nicht infrage. Insbesondere, solange er daran festhielt, dass Cedric der Schuldige war.

»Sie macht dir bestimmt keine Vorwürfe.«

Ich verschränkte die Arme vor der Brust. »Und ich lasse dich bestimmt nicht allein.«

Ashton nickte und lief weiter. »Wir stürmen dort nicht blindlings rein«, erklärte er. »Erst einmal beobachten wir das Gebäude. Wenn die Luft rein ist, schauen wir uns um. Mehr nicht. Okay?«

»Okay«, stimmte ich zu. Allerdings wäre mir wohler gewesen, wenn es sich nicht um ein Hinterhaus in einer abgelegenen Seitenstraße gehandelt hätte. Die Observierung eines netten Cafés auf der Hauptstraße wäre bestimmt viel angenehmer gewesen.

»Es ist schon ein Anfang, wenn wir herausfinden, wem das Gebäude gehört«, meinte Ashton und bog in die Seitenstraße ab.

Ich ging noch einmal sicher, dass uns niemand beobachtete, dann folgte ich ihm. Das Laternenlicht der Hauptstraße drang nicht weit in die schmale Gasse vor. Schatten verschluckten Mülltonnen und

Feuerleitern, hier und dort sah ich verrammelte Fenster oder auch den Hintereingang eines Ladens.

»Und du machst so etwas öfter?«, fragte ich.

»Hin und wieder. Man kann ja nicht darauf bauen, dass einem die Verstorbenen alle Fragen beantworten.«

Das war wohl einer der Gründe, warum in meiner Familie niemand Fragen stellte. Sie lösten Probleme mit spukenden Geistern, indem sie sie einfach loswurden. Bisher hatte ich ihr Vorgehen nie angezweifelt, weil ich es zum einen nicht anders kannte und zum anderen kein großes Interesse an der Nekromantie gehabt hatte. Mittlerweile verstand ich Ashtons Standpunkt gut. Er gab sich viel Mühe, um den Toten zu helfen, Erlösung zu finden, während die Seymours sie einfach wegfegten. Es war aber nicht nur das. In der Dämmerung durch eine einsame Gasse New Yorks zu schleichen, mit der Gefahr im Nacken, erwischt zu werden, war genauso beängstigend wie aufregend. Das Adrenalin schoss durch meine Adern, ich war so aufmerksam wie selten zuvor, achtete auf jedes Geräusch und jede Bewegung in den Schatten. Es war ein ähnliches Hochgefühl wie beim Aufspüren des schwarzen Grimoires. Es machte einfach Lust auf mehr und ich musste aufpassen, nicht zu übermütig zu werden.

Vor uns waren Schritte zu hören und mein Herz machte einen Satz. Ashton schob mich unter eine Metalltreppe, wo wir uns hinter einer Mülltonne verstecken konnten.

Ich ging in die Hocke.

Zwei Gestalten in dunklen Roben liefen unmittelbar an uns vorbei. In ihrer Aufmachung sahen sie den Männern, die die Nixe in Marseille auf dem Gewissen hatten, zum Verwechseln ähnlich. Ich hielt die Luft an.

»Dem sind eindeutig seine Kompetenzen zu Kopf gestiegen«, sagte einer der beiden in abfälligem Tonfall.

Ich wagte es nicht aufzuschauen, sodass ich die Gesichter der Männer nicht sehen konnte, dafür aber ihre Hände. Ihre Haut war nicht silbrig blass wie die von Vampiren, ich erkannte jedoch das Spinnentattoo, also gehörten sie der Bruderschaft an.

»Ein weit verbreitetes Problem unter Hexen«, sagte der andere Mann.

Hexen? Konnte es sein, dass Cardeles in der Sache mit drinsteckte? Er war die einzige männliche Hexe, die ich kannte. Jagte er uns deswegen so unnachgiebig?

Nachdem die Männer um eine Ecke gebogen waren, stand Ashton auf. »Weiter«, flüsterte er und schlich die Gasse entlang.

»Die haben doch von einem Hexer gesprochen, oder?«

Ashton lugte um eine Ecke. »Kann schon sein, vielleicht hat der eine aber auch nur gemeint, dass so ein Problem generell bei Hexen verbreitet ist, was nicht heißt, dass der andere von einer männlichen Hexe gesprochen hat.«

Er ging weiter, während ich noch grübelte. Ashtons Vermutung konnte durchaus stimmen. Immerhin hatten wir nur einen Fetzen des Gesprächs mitbekommen und wussten nicht einmal, ob die Männer von einem Mitglied der Bruderschaft geredet hatten. Ebenso gut hätte es um ihre letzte Pizzabestellung gehen können.

»Die Luft ist rein!«, rief mir Ashton mit gesenkter Stimme zu.

Ich schloss zu ihm auf. Er stand an der Fassade einer heruntergekommenen Lagerhalle und spähte durch ein verstaubtes Fenster.

»Es ist niemand im Gebäude, aber dort hinten steht ein Tisch mit Unterlagen und daneben einige Kisten, in die wir einen Blick werfen sollten. Wir steigen ein, schauen uns um und verschwinden wieder, ohne Spuren zu hinterlassen, okay?«

Ich schaute in die Richtung, aus der wir gekommen waren. »Dann aber schnell. Die Männer könnten jeden Moment zurückkommen.«

Ashton lief zur Tür, rüttelte vergebens am Griff und ging dann in die Hocke, um das Schloss zu prüfen. »Ich könnte es rosten lassen und aufbrechen, aber das würde nicht unbemerkt bleiben. Hast du eine Haarspange für mich?« Er hielt mir eine Hand hin.

»Ähm, nein … Sehe ich aus, als hätte ich Spangen im Haar?«

Er musterte mich flüchtig. »Keine Ahnung, ich dachte, ihr Frauen habt so etwas immer dabei.«

»In Filmen vielleicht. Warte, lass mich meine Handtasche prüfen.« Ich legte eine rhetorische Pause ein. »Ach stimmt ja, ich habe gar keine dabei.«

»In einem Film hätte ich einen Dietrich parat.«

»Oder du würdest das Schloss mit Kaugummi und einer Büroklammer aufsprengen.« Wobei das auch nicht spurlos geblieben wäre. Ich schaute mich um und stellte fest, dass eines der hochgelegenen Fenster angekippt war. Ich deutete mit dem Daumen darauf. »Wie wäre es, wenn wir einfach durch das offene Fenster klettern?«

Ashton erhob sich. »Gute Idee. Ich habe nämlich auch keinen Kaugummi dabei.«

»Aber eine Büroklammer?«, fragte ich.

Ashton schmunzelte. Er lief zum Fenster und verschränkte seine Finger, um mir eine Steighilfe anzubieten. »Du zuerst.«

Genauso hatte ich mir das vorgestellt. Ich würde durch das Fenster klettern, und kaum wäre ich im Inneren dieser Halle, kämen die Männer zurück und ich säße in der Falle. Allerdings fiel mir auch keine Alternative ein.

»Also gut«, sagte ich und raffte meinen Rock. Schon mehr als einmal hatte ich bereut, meine Jeans gegen das Kleid getauscht zu haben. Es war weder geeignet, um damit baden zu gehen, noch kam ich mit so viel Stoff um die Hüfte bequem durch einen dichten Wald, ganz zu schweigen von einem Fensterspalt in zwei Metern Höhe.

Ich stieg auf Ashtons Handinnenflächen, stützte mich an der Wand ab und er hievte mich hoch.

»Kommst du dran?«, fragte er.

»Ja.« Ich musste den Bauch einziehen, um durch den schmalen Schlitz zu passen. Damit war klar, dass Ashton dort niemals durchgepasst hätte.

»Geh zur Tür, ich mache dir auf«, wies ich ihn an.

»Okay.«

Einen Moment lang baumelte ich kopfüber im Fenster, unter mir kahler Betonboden, meine Beine noch außerhalb der Halle. Dann gelang es mir, ein Knie hinterherzuziehen. Ich drehte mich umständlich um, rutschte an der Wand entlang nach unten und sprang das letzte Stück ab. In meinem Kopf spielte sich währenddessen der Soundtrack von *Mission: Impossible* ab.

Ich schaute zum Fenster hinauf. Elegant hatte das bestimmt nicht ausgehen und es gehörte auch nicht gerade zu den hohen Künsten versierter Einbrecher, durch ein offenes Fenster zu steigen, aber ich war dennoch Stolz auf mich. Für jemanden, der im Sportunterricht als Letztes ins Team gewählt wurde, war das eine Meisterleistung gewesen. Zufrieden mit mir selbst stemmte ich die Arme in die Seiten und schaute mich um.

Es war still, düster und staubig. Neben dem Tisch und den Kisten gab es eine Metalltreppe, die zu einer Tür im ersten Stockwerk führte. Den geheimen Treffpunkt einer jahrhundertealten Bruderschaft hatte ich mir anders vorgestellt. Immerhin waren diese Leute früher mit den Kreuzrittern verbündet gewesen. Wäre ein Kellergewölbe in einer Burg mit Fackeln, Wappen und Ritterrüstungen an den Wänden nicht angebrachter gewesen? Das hätte auch viel besser zu ihren Roben gepasst.

Nachdem ich sicher war, dass niemand mein Eindringen bemerkt hatte, lief ich zur Eingangstür und drückte die Klinke nach unten. Mein Inneres verkrampfte sich. Ich rüttelte mehrmals an der Tür, aber nichts geschah.

»Verschlossen«, zischte ich. Das war ja klar gewesen.

»Kein Problem«, hörte ich Ashton sagen. »Schau du dich um, ich suche einen anderen Eingang.«

Kein Problem?

»Du hast leicht reden!«, murrte ich. »Du steckst ja nicht in dieser Halle fest.« Ohne Ashtons Steighilfe käme ich nicht mehr an das Fenster heran.

»Ich komme zu dir, versprochen!«

Okay, ich musste mich beruhigen. Ich atmete tief durch und trat einen Schritt zurück. Wenn es einen anderen Weg in die Halle gab, würde Ashton ihn finden. Bis dahin war ich allein mit den Beweisen, die nur darauf warteten, gefunden zu werden. Beweise, die diese Bruderschaft und ihre Machenschaften hoffentlich auffliegen lassen würden und mit etwas Glück auch klarstellten, dass Cedric unschuldig war.

Ich lief zum Tisch und schaute mir die Papiere an, die sich darauf stapelten. Es waren Bestellformulare. Ich sah Namen und Adressen, konnte aber nichts damit anfangen. Als Nächstes öffnete ich eine der Kisten. Sie war mit Phiolen gefüllt, wie ich sie in der Feengasse gesehen hatte. Die Flüssigkeit darin funkelte, und wenn ich sie schüttelte, begann sie zu leuchten. Es handelte sich wohl um typische Feenmagie, die keinen wirklichen Effekt hatte, wie ich mittlerweile wusste. Auch in der zweiten Kiste fand ich nichts Illegales. Bloß Anhänger aus Rosenholz mit der Rune für Gold eingeritzt. Als ich einen in die Hand nahm, begann er zu vibrieren und leise zu summen. Wahrscheinlich war er genauso nutzlos wie die Feenmagie. Er reagierte auf Wertsachen in unmittelbarer Nähe, in meinem Fall auf die Zierknöpfe an meinem Kleid, führte den Besitzer aber garantiert nicht zu unsäglichem Reichtum wie vergrabenen Piratenschätzen oder Ähnlichem.

Allmählich fragte ich mich, ob diese Bruderschaft der Offenbarung nichts weiter war als ein Geschenkeshop, der unnützen Plunder anbot.

Ein Geräusch ließ mich aufhorchen. Es kam von außerhalb der Halle, sofort dachte ich an die Männer, die womöglich gerade zurückkehrten. Mein Herz schlug schneller, ich schaute mich hektisch um und entschied mich, zwischen den Kisten in Deckung zu gehen. Eilig zog ich ein paar von ihnen nach vorn, quetschte mich dahinter und rückte sie so weit wie möglich zu mir heran.

Die Klinke wurde nach unten gedrückt, ich bemerkte, dass die Kiste mit den Anhängern noch offen stand, schloss sie rasch und zog den Kopf ein. Schon hörte ich Schritte.

»Ist das euer Ernst?«, fragte eine mir vertraute Stimme.

Cedric!

Ich schlug mir die Hände vor den Mund, mein Herz raste und meine Gedanken überschlugen sich. Das konnte nicht sein, Cedric war niemals ein Teil dieser Verschwörung! Das würde er mir nicht antun.

Vielleicht war er uns nur gefolgt? Oder hatte er die Bruderschaft infiltriert, um sie genauso auffliegen zu lassen, wie wir es vorhatten?

»Das wird heute noch erledigt«, versprach jemand. Die Stimme klang nach einem der Männer, die die Lagerhalle kurz zuvor verlassen hatten.

»Es hätte gestern schon raus sein sollen«, giftete ihn Cedric an.

Ein Andenkenladen, betete ich mir vor. Es musste sich bei der Halle um das Lager eines Andenkenladens handeln, von dem Cedric Teilhaber war. Aber hätte ich das nicht wissen müssen? Klar, ich hatte mich nie damit beschäftigt, was er tagtäglich trieb. Wenn meine Familie aber neben der Nekromantie Andenken verkaufte, wäre das selbst mir nicht entgangen.

»Wir kümmern uns um das Zeug«, beharrte der Mann mit fester Stimme. »Kümmere du dich um deinen Part. Was ist mit diesem Goodwin, den du ausschalten solltest?«

Mein Atem stockte. Ashton hatte tatsächlich recht gehabt? Cedric war … Ich wollte diesen Gedanken gar nicht erst zu Ende denken.

»Der Mistkerl ist mir auf die Schliche gekommen«, sagte Cedric. »Keine Ahnung, was er sich zusammengereimt hat, aber auf die nette Tour komme ich nicht weiter.«

»Als ob du jemals nett gewesen wärst«, meinte einer der Männer unmittelbar in meiner Nähe.

Die Kiste direkt vor mir bewegte sich, ich riss erschrocken die Augen auf, konnte aber nichts tun, als der Mann sie wegzog und die Sicht auf mich freimachte. Cedric bemerkte mich sofort.

Ein hämisches Grinsen flog über seine Lippen. »Na, was sagt man denn dazu? Es war gar nicht nötig, euch aufzuspüren. Ihr springt uns auch freiwillig ins Netz.«

Ich stand auf. »Was hat das hier zu bedeuten?«, wollte ich wissen. »Was hast du mit dieser Bruderschaft zu tun? Bitte sag mir, dass du nicht für den Anschlag auf Ashtons Leben verantwortlich bist!«

Cedric stieß den Mann mit der Kiste beiseite und packte mich so fest am Arm, dass es wehtat. »Die Frage kannst du dir selbst beantworten«, sagte er und zerrte mich zwischen den Kisten hervor. Dann wandte er sich an die Männer. »Sucht den Goodwinjungen. Der schleicht hier mit Sicherheit irgendwo herum.«

Ich versuchte, mich loszureißen. »Warum tust du das?«, brüllte ich Cedric an.

Er zerrte mich näher zu sich. Sein diabolisches Grinsen wurde noch breiter, in seinen Augen funkelte es bedrohlich. »Weil ich es kann.«

Ich erkannte ihn nicht wieder. Die Art, wie er sprach, seine Mimik, nichts daran erinnerte mich an den immerzu fröhlichen, leicht versnobten, etwas zu eitlen Cedric, mit dem ich aufgewachsen war. Hatte er sich die ganze Zeit über verstellt? Hatte er sich so sehr verändert, dass er ein Fremder für mich geworden war?

Die beiden Männer schwärmten aus. Der eine suchte die Halle ab, der andere lief zur Tür. Cedric zog mich auf die Metalltreppe zu.

»Du tust mir weh!«, beschwerte ich mich.

Er stieß mich von sich, sodass ich unsanft auf den Treppenstufen landete. Mit einem fiesen Grinsen beugte er sich zu mir herunter. »Warte erst mal ab, bis wir entschieden haben, auf welchem Weg wir dich loswerden. Bei dem ganzen Ärger, den du uns gemacht hast, hast du dir einen besonders schmerzhaften Tod verdient.«

Ich war zu schockiert, um etwas zu erwidern. In seinen Augen lag nicht der geringste Anflug von Gnade oder Mitgefühl seiner kleinen Schwester gegenüber. Er war ein Monster und ich hatte ihn auch noch verteidigt.

Ich kannte meinen Bruder gar nicht.

»Hoch mit dir«, drängte er. »Die Treppe rauf.«

Meine Beine fühlten sich an wie Blei. Ich war nicht fähig, ihm zu gehorchen. Ich wollte auch nicht tun, was er von mir verlangte. Am liebsten hätte ich mich auf ihn gestürzt und ihm das Gesicht zerkratzt, aber auch dazu war ich nicht in der Lage. Der Schock, dass ausgerechnet er der Verräter war, lähmte mich zu sehr.

Cedric schnaubte genervt, packte mein Haar und zerrte mich daran auf die Füße. Ich schrie vor Schmerzen.

»Rauf da, habe ich gesagt!«, brüllte er ungeduldig.

Ich stolperte die Stufen nach oben.

»Was habt ihr mit dem Zeug in den Kisten vor?«, fragte ich.

»Darauf bist du noch nicht selbst gekommen? Ich wusste ja, dass du eine tollpatschige, kleine Versagerin bist, aber für so dumm hatte ich dich nicht gehalten.«

Oben angekommen, griff er nach der Klinke. In diesem Moment flog die Tür auf, knallte ihm gegen den Kopf und ließ ihn zurückstolpern. Er schlug mit dem Rücken gegen das Geländer und wäre beinahe in die Tiefe gestürzt.

Ashton ergriff meine Hand und zog mich hinter sich. »Alles in Ordnung?«, fragte er.

»Nein, nichts ist in Ordnung.«

Er wandte sich Cedric zu. »Es war so klar, dass du dahintersteckst.«

»Dabei habe ich mir solche Mühe gegeben, mich mit dir gutzustellen«, höhnte Cedric. Er blinzelte, weil ihm die Tür eine Platzwunde zugefügt hatte und Blut in sein Auge lief. »Und jetzt sei ein braver Junge und gib auf. Gegen mich hast du keine Chance. Mach es dir also nicht unnötig schwer.«

»Dass der große Cedric Seymour allen anderen überlegen ist, glaubst auch nur du.« Ashton hielt seine Hände nach vorn. Entschlossenheit zeichnete sich in seiner Miene ab, sein ganzer Körper war mit einem Mal zum Zerreißen gespannt, seine gespreizten Finger und sein ganzer Arm bebten. Cedric machte einen Schritt auf ihn zu, knickte aber mit dem Fuß weg, weil das Gitter unter ihm zu rosten begann und einbrach. Auch das Geländer und die Treppenstufen alterten binnen Sekunden. Das Metall knarzte, Schrauben lösten sich aus ihrer Verankerung und Cedric musste mit den Armen rudern, um nicht zu fallen.

Die Treppe schwanke, er stolperte rückwärts, fing sich am Handlauf, der jedoch zwischen seinen Fingern zerbröselte.

Erschrocken riss er die Augen auf. Es gab einen Ruck, Cedric stürzte nach vorn, packte Ashton im letzten Moment am Kragen und zerrte ihn mit sich in die Tiefe. Schreiend schlugen sie zwischen den Trümmern der Treppe auf.

Ein heftiger Schmerz, der mir durch den Rücken schoss, zwang mich in die Knie. Staub war aufgewirbelt worden und nahm mir die Sicht. Panisch versuchte ich, etwas zu erkennen, dann hörte ich Ashton stöhnen. Der Staub legte sich allmählich und ich sah, wie er sich mühsam aufrappelte. Gleich neben ihm lag Cedric und regte sich nicht. Der Mann, der die Lagerhalle abgesucht hatte, kam herbeigeeilt.

»Ash, hinter dir!«, rief ich und schaute zu dem Mann. »Wag es nicht, näher zu kommen, oder ich mache mit dir das, was er mit der Treppe getan hat!«

Tatsächlich wirkte meine Drohung. Der Mann blieb verunsichert stehen. Ich hatte meine Kräfte zwar nicht annähernd so gut unter Kontrolle wie Ashton, aber das musste der Kerl ja nicht wissen.

Ich schaute nach den Stufen. Ein paar hingen noch schief in der Verankerung. Ich schluckte, stand auf und fischte mit dem Fuß nach einer von ihnen. Fest an die Wand gepresst und mit wild pochendem Herzen tat ich den ersten Schritt. Die Stufe ächzte unter meinem Gewicht, hielt aber stand. Erst als ich mit den Zehenspitzen nach der nächsten tastete, gab sie mit einem Ruck nach. Ich sprang auf die Stufe darunter, auch die gab nach und mir blieb nichts anderes übrig, als so schnell wie möglich von Stufe zu Stufe zu hetzen, während sie hinter mir eine nach der anderen abstürzten. Am Boden angelangt hatte ich noch so viel Schwung, dass ich mehrere Schritte weiterstolperte – direkt in die Arme des Mannes hinein, den ich wohl weniger eingeschüchtert hatte, als mir lieb gewesen wäre.

Er packte meine Handgelenke und hielt mich fest. »Hier ist Endstation«, verkündete er und schaute zu Ashton und Cedric.

Während Cedric noch immer am Boden lag, sich mittlerweile aber bewegte, war Ashton schon wieder auf den Beinen. Er hielt etwas in seiner Hand, eine Metallstange des Treppengeländers. Seine Finger schlossen sich fest darum, sein unerbittlicher Blick lag auf Cedric.

Mein Inneres verkrampfte sich. »Nein!«, schrie ich und mühte mich ab, zu ihm zu gelangen. »Tu das nicht.«

Egal, was Cedric getan hatte und was sein Tod an der Verbindung zwischen Ashton und mir ändern würde, es durfte nicht sein, dass Ashton ihn erschlug. Nicht, während er wehrlos am Boden lag. Nicht auf diese Weise.

Ashton durfte nicht zum Mörder werden und ich wollte meinen Bruder nicht verlieren.

Auch wenn ich das Gefühl hatte, dass es dafür längst zu spät war.

Der Mann, der mich festhielt, verdrehte mir schmerzhaft den Arm auf den Rücken. »Lass die Stange fallen oder ich schwöre dir, dass ich deiner kleinen Freundin hier den Arm von der Schulter reiße!«

Ashton wandte sich uns zu. Ich hatte ihn schon wütend erlebt, aber der Hass, der gerade in seinen Augen loderte, übertraf alles Vorangegangene. Eine unsägliche Kälte brannte darin, schnitt sich tief in mein Inneres und verursachte mir körperliche Schmerzen. Er war so versessen darauf, Cedrics Leben und damit dem Fluch ein Ende zu setzen, dass er anscheinend gar nicht mitbekommen hatte, wie ich dem Mann in die Arme gelaufen war. Erst als sich unsere Blicke trafen, schmolz seine kalte Miene und er kam wieder zur Besinnung. Er lockerte den Griff um die Stange, sie rutschte ihm aus der Hand, doch noch bevor sie zu Boden fiel, stand Cedric in seinem Rücken, packte die Stange und drückte sie ihm fest gegen die Kehle. Ashtons Augen weiteten sich, panisch rang er nach Luft.

Ich spürte den Druck an meinem Hals und hatte das Gefühl, selbst ersticken zu müssen.

»Lass uns das jetzt ein für alle Mal beenden«, zischte Cedric verbissen und drückte fester zu.

Ashton versuchte verzweifelt, die Stange von sich zu drücken, sein Atem stockte genauso wie meiner. Verschwommene Tupfer mischten sich in das Bild vor meinen Augen.

»Lass ihn los!«, presste ich mit erstickter Stimme hervor. Ich bekam eine Hand frei und warf mich nach vorn.

»Stopf ihr endlich das Maul!«, verlangte Cedric.

In meinen Ohren rauschte es, mein Herz schlug mir bis zum Hals und ich konnte nur noch daran denken, was mir Kieron über meine Kräfte beigebracht hatte. Mit reiner Körperkraft kam ich nicht frei, aber ich hatte diese Macht in mir. Ich musste sie nur nutzen, also konzentrierte ich mich ganz auf die Magie.

Alle Farben um mich herum begannen zu leuchten, alles war erfüllt von einer eigenen, unverwechselbaren Energie, von Leben und Magie. Ich spürte sie, fühlte sie, wurde ein Teil von ihr, wenn ich mich darauf einließ.

Ich konzentrierte mich ganz auf Cedric.

Er wusste erst nicht, wie ihm geschah. Seine Augen weiteten sich, er lockerte den festen Griff um die Eisenstange und ließ sie schließlich fallen. Benommen stolperte er rückwärts und starrte auf seine Hände.

Ashton sank zu Boden und rang gierig nach Luft.

Graue Strähnen zogen sich durch Cedrics Haar. Falten zeichneten seine Haut.

Ich konnte selbst kaum glauben, dass ich das tat. Ich hatte meine Kräfte einfach fließen lassen und sie gehorchten mir.

Ein heftiger Schmerz zuckte mir durch den Arm bis in die Schulter, als mich der Mann, der mich gepackt hielt, in die Knie zwang. Ich konnte nicht anders, als von Cedric abzulassen.

Er senkte die Hände wieder und schaute zu mir. »Netter Versuch, Schwesterherz«, höhnte er. »Was dachtest du, wie lange du mich damit aus der Fassung bringen kannst? Schon vergessen, dass ich der weitaus überlegenere Nekromant bin?« Er atmete tief durch und straffte seine Haltung, als würde er meine Magie einfach von sich abschütteln. Die grauen Strähnen färbten sich wieder blond, die Falten verschwanden.

Für Ashton hatte ich nur ein paar Atemzüge herausschlagen können, denn er war noch zu geschwächt, um sich zu wehren, als ihn Cedric am Schopf packte und hochzerrte. »Wo waren wir stehen geblieben?«, fragte er.

»Keine Bewegung!«, rief jemand.

Ich riss den Kopf zur Tür herum. Gleich mehrere Wächter stürmten mit Schlagstöcken bewaffnet die Lagerhalle. Angeführt wurden sie von Seth Cardeles.

»Loslassen und zurücktreten!«, verlangte er.

Cedric und sein Handlanger taten, was von ihnen verlangt wurde. Sie ließen von uns ab, hoben die Hände und traten zurück. Ich kauerte auf allen vieren am Boden, Ashton sank auf die Knie und holte tief Luft.

»Wir haben diese zwei Einbrecher auf frischer Tat ertappt«, behauptete Cedric und deutete auf Ashton.

Seth schaute sich im Raum um, dann kam er näher. »Und vorsorglich habt ihr ihnen ein paar Attentäter auf den Hals gehetzt, die sie im Antiquariat ausschalten sollten?«

»Damit haben wir nichts zu tun«, erwiderte Cedric.

»Er lügt!«, schrie ich.

»Das ist mir schon klar«, meinte Cardeles. Er warf mir einen flüchtigen Blick zu. Seinen Schlagstock hatte er wieder am Gürtel befestigt. »Du bist unverletzt?«

»J-ja.«

Er wandte sich an Ashton. »Und du?«

»Geht schon«, krächzte er.

»Die Halle sollte leer stehen. Wir werden alles beschlagnahmen.« Seine Männer beschäftigten sich bereits mit den Kisten.

»Ihr werdet hier nichts Verbotenes finden«, erklärte Cedric. Er war die Ruhe selbst. Wieso auch nicht, es handelte sich ja nur um wertloses Zeug. In dem Moment ging mir ein Licht auf.

»Sie verkaufen die Sachen an die Außenwelt!«, sprach ich laut aus, was ich noch gar nicht richtig zu Ende gedacht hatte. Aber genau so war es! Ich hatte die Lieferadressen gelesen, mir aber nichts dabei gedacht. Erst nach und nach begriff ich, was es damit auf sich hatte. Einige dieser Orte lagen bestimmt in keiner Raumfalte. Auch wenn ich davon lange nicht so viel Ahnung hatte wie Ashton, war ich mir ganz sicher.

»Nichts Illegales also?«, wiederholte Cardeles und hob die Brauen.

Cedric seufzte frustriert. Einer der Wächter packte ihn am Arm und führte ihn ab.

»Das ist noch nicht zu Ende«, drohte er.

»Ja, ja …« Cardeles verdrehte die Augen. »Solche Sprüche kannst du dir sparen. Wir kriegen dich schon allein für den Verkauf in die Außenwelt dran. Selbst wenn es uns nicht gelingt, dir und deiner Organisation die zahlreichen Überfälle und Morde nachzuweisen, wirst du ganz bestimmt kein Tageslicht mehr sehen.«

Cardeles war also längst über alles im Bilde?

Während Cedric abgeführt wurde, kam er zu mir und ging auf ein Knie. »Du zitterst«, stellte er fest, zog seine Jacke aus und warf sie schwungvoll über meine Schultern. »Besser so?«

Ich nickte und schlüpfte in die Ärmel. Dass ich zitterte, war mir nicht aufgefallen. Kalt war mir jedenfalls nicht. Es war wohl das Adrenalin, das noch durch meine Adern rauschte.

Cardeles reichte mir die Hand. Ich griff zögernd zu und ließ mir von ihm aufhelfen. Bei jeder unserer flüchtigen Begegnungen hatte er auf mich wie ein Raubvogel auf der Jagd gewirkt, doch bedrohlich kam er mir nicht mehr vor. Ein warmherziges Lächeln lag auf seinen Lippen und seine schmalen dunklen Augen machten einen offenen und ehrlichen Eindruck.

Ashton zog sich aus eigener Kraft auf die Füße.

»Das war ein spannendes Katz-und-Maus-Spiel«, sagte Cardeles. »Schön, dass wir einander am Ende doch noch gegenüberstehen.«

»Woher …?«, fragte ich.

»Mal von Lyvin abgesehen, die schon immer eine schlechte Lügnerin war, verdankt ihr diesen Zugriff eurem Freund Kieron. Er hat das einzig Richtige getan und mir alles erzählt. Wenigstens einer, der den Wächtern vertraut.«

Ich schaute zu Ashton, der meinen Blick jedoch mied.

»Wir sind verhaftet, oder?«, fragte ich.

»Habt ihr denn vor, wieder abzuhauen?«

Ich schüttelte den Kopf.

»Dann werden Handschellen wohl nicht nötig sein.« Er wandte sich seinen Kollegen zu. »Miller, Roberts, sichert die Beweise. Alle anderen: Abrücken zum Hauptquartier. Ihr beiden kommt mit uns.« Er legte mir die Hand in den Rücken und führte mich aus der Halle.

29

Dieser Pflanzenmörder ist eigentlich ganz okay

Das Hauptquartier des Tribunals lag nur wenige Straßen entfernt. Auf dem Weg dorthin zog Cedric alle Blicke auf sich. Man sah in der Raumfalte von New York wohl nicht alle Tage, wie jemand in Handschellen abgeführt und von zwei Wächtern eskortiert wurde – schon gar nicht so ein bekanntes Gesicht wie das von Cedric Seymour.

Mein Bruder war ein Krimineller … Wirklich glauben konnte ich es noch immer nicht. Ein bitteres Gefühl hatte sich in mir breitgemacht, ich war kaum fähig, ihn auch nur anzuschauen.

Ashton hatte es ja gesagt, alles hatte dafürgesprochen, dass Cedric der Schuldige war und trotzdem … Ich hätte darauf wetten können, dass es ganz anders ausgehen würde. Weil es einfach nicht sein konnte. Weil *er* es nicht sein konnte. Und doch wurde er nun in Handschellen abgeführt.

Wenigstens hatte man Ashton und mir keine Handschellen angelegt. Bei dem Gedanken schaute ich zu ihm. Sein Blick war stur auf den Boden gerichtet, seine Stimmung schwankte irgendwo zwischen niedergeschlagen und wütend, was ich der Tatsache zuschrieb, dass ich ihm die Chance verbaut hatte, den Fluch zu brechen. Er würde keine weitere Gelegenheit haben, Cedric zu töten, und ich war froh darüber. Er sah das offenbar anders.

»Wir finden einen anderen Weg«, versprach ich ihm mit belegter Stimme.

»Ihr solltet euch in nächster Zeit lieber darauf konzentrieren, einen Weg aus dem Schlamassel zu finden, in den ihr geraten seid«, mischte sich Cardeles ein.

»Es ist ja nicht so, als hätten wir uns freiwillig mit dieser Bruderschaft angelegt«, meinte ich.

Wenn ich Ashton nicht zurückgeholt hätte, wäre ich bestimmt nicht mit Cedrics geheimen Geschäften in Berührung gekommen.

»Mich müsst ihr nicht überzeugen«, sagte Cardeles. »Ich bewundere euch sogar für euren Mut. Es ist das Tribunal, um das ihr euch sorgen müsst.« Er deutete mit einem Kopfnicken nach vorn, wo sich zwischen den Häuserfassaden ein mattschwarzes Gebäude aufgetan hatte. Es bestand fast nur aus Fenstern und Säulen. Mit gut einem Dutzend Stockwerken war es höher als die umliegenden Häuser, dafür allerdings kaum vier Meter breit.

Ich legte den Kopf in den Nacken und schaute hinauf zum Dach, wo ein halbrundes, riesiges Buntglasfenster zu sehen war. Darunter stand in goldenen Lettern *Tribunal* über den Worten »*Lex inter mundos*«. Ich zählte noch einmal nach und kam auf insgesamt dreizehn Stockwerke.

Cedric bekam es wohl mit der Angst zu tun, denn er wehrte sich, als wir uns dem Gebäude näherten. Cardeles wurde aufmerksam, legte die Hand an seinen Schlagstock und brachte durch eine Schiebebewegung mit dem Daumen eine schmale Klinge zum Vorschein. Offenbar handelte es sich bei der Waffe der Wächter sowohl um ein Kurzschwert als auch einen Schlagstock.

Da sich Cedric nicht von den Wächtern losreißen konnte und die magieunterdrückenden Handschellen ihr Übriges taten, entspannte sich Cardeles wieder und ließ die Klinge zurück in die Scheide gleiten.

Er bemerkte meinen Blick und tätschelte seine Waffe. »Einer der Vorteile, wenn man Wächter ist. Ihr könnt froh sein, dass ich den Catscrap nicht gegen euch einsetzen musste.«

Ich lächelte müde. Zu mehr war ich einfach nicht fähig nach allem, was geschehen war.

Wir nahmen die Stufen zum Haupteingang und betraten ein gigantisches, fast leer stehendes Foyer. Der schwarze Steinboden, durchzogen von grün schimmernden Adern, gab mir das Gefühl, über flüssigen Teer zu laufen. In der Mitte des Raumes befand sich ein Empfangstresen, hinter dem eine junge Frau stand. Sie war ähnlich gekleidet wie die Wächter, unterschied sich von ihnen nur durch einen bodenlangen Umhang.

Zu allen Seiten führten Durchgänge in endlos wirkende Korridore mit unzähligen Türen, nur unterbrochen von vereinsamten Sitzbänken.

»Von außen wirkt es nicht ganz so groß, oder?« Ich nickte Ashton zu, doch er drehte sich nur schweigend von mir weg. Mir versetzte das einen Stich. Er war wohl ziemlich sauer auf mich.

Cardeles und seine Leute meldeten ihre Rückkehr an, indem sie an einer historisch wirkenden Stechuhr gleich neben der Eingangstür Karten abstempelten. Mit dem unscheinbaren Klicken der Uhr wurde ein Rattern hinter den Wänden ausgelöst, das mich an den Mechanismus in Großvaters Bibliothek erinnerte. Wie eine Welle zog sich das Rattern, Knarzen und Ticken durch die Wände bis zu den Korridoren, wo mit einem lauten Klacken mehrere Türen entriegelt wurden. Wie ich vermutete, handelte es sich dabei um die jeweiligen Büroräume der Wächter.

»Der Urlaub ist schon vorbei?«, fragte die Frau am Empfang an Cardeles gerichtet. Ihre Stimme hatte etwas Beruhigendes an sich, sie war melodisch und sanft.

»Wenn es mal Urlaub gewesen wäre«, antwortete er.

»Ich habe mir gleich gedacht, dass du etwas ganz anderes im Schilde führst. Urlaub ist das letzte Wort, das man mit dir in Verbindung bringen würde. Wen hast du uns denn mitgebracht?« Sie musterte Cedric. »Ist das nicht der junge Seymour?«

»Das ist alles ein Missverständnis«, behauptete Cedric. »Ich will sofort mit dem Vorgesetzten dieses übermotivierten Wächters sprechen.«

»Das wirst du früh genug«, sagte Cardeles und deutete mit dem Kinn auf einen der Korridore. »Führt ihn und seine Handlanger zum Verhör.«

Die Wächter führten die drei weg und ich schaute Cedric nach. Was wohl aus ihm werden würde? Wie würden Mom und Dad reagieren, wenn sie erfuhren, was er getan hatte?

»Und ihr beiden?« Die Frau kam auf mich zu und legte ihre Hand an meinen Arm. Ich schaute zu ihr auf und erstarrte. Ihre Augen wirkten wie die glitzernde Wasseroberfläche eines tiefen Sees. Ich versank regelrecht darin und vergaß alles um mich herum. Sie lächelte sanft und einnehmend.

»Wir … wir wollten nichts …«, stammelte ich.

»Davon gehe ich aus«, sagte sie.

Sie war eine Sirene, ich war mir ganz sicher. Hätte sie mich nach allen Gesetzesverstößen gefragt, die ich in der letzten Zeit begangen hatte, wäre mir nicht eine Sekunde lang der Gedanke gekommen, ihr etwas zu verschweigen. Eine Sirene brauchte dazu nicht mal einen Wahrheitszauber.

»Ihr seht müde aus«, meinte sie. »Am besten, ihr setzt euch und ich bringe euch einen warmen Tee. Was sagt ihr dazu?«

In dem Moment ging in unserem Rücken die Tür auf und Lyvin betrat das Foyer. Sie war außer Atem und wirkte aufgewühlt. Erst als sie Ashton lebendig und wohlauf entdeckte, seufzte sie erleichtert und entspannte sich.

»Gott sei Dank!« Sie ging mit ausgebreiteten Armen auf ihn zu und zog ihn zu sich heran, was sich Ashton nur widerwillig gefallen ließ. »Es geht überall das Gerücht um, dass Cedric verhaftet wurde. Cedric Seymour, der Anführer einer Schmugglerbande?! Wer hätte das für möglich gehalten?« Sie schob Ashton von sich und schaute zu mir. »Und dir geht es auch gut?«

»Nicht wirklich«, gestand ich.

»Das wundert mich nicht. Er ist immerhin dein Bruder.« Sie strich Ashton über den Kopf, woraufhin er vor ihr zurückwich. »Herrgott, es geht mir gut, okay?«, zischte er wütend und wandte sich Cardeles zu. »Können wir das hier jetzt hinter uns bringen?«

»Sicher doch«, sagte er. »Ich habe auch Besseres zu tun, als ein paar ausgebüxte Teenies zu betreuen.«

»Ha!«, höhnte die Empfangsdame. »Gib doch zu, dass dieser Fall dein Highlight des Jahres ist. Du hast die beiden aufgrund einer Ahnung quer durch die Zwischenwelt verfolgt, und so wie ich das mitbekommen habe, haben sie dich ganz schön an der Nase herumgeführt.«

»Das war keine Ahnung, das war ein begründeter Verdacht«, widersprach er. »Und an der Nase herumgeführt wurde ich von niemandem.« Sein Blick ging zu Lyvin, die beleidigt wirkte und die Augen verdrehte.

»Konnte ja niemand ahnen, dass ausgerechnet du bei mir auftauchst«, murrte sie.

»Ihr kennt euch?«, fragte ich.

»Flüchtig«, meinte Lyvin und musterte Cardeles, als würde sie sich davon überzeugen müssen, ihn nicht verwechselt zu haben.

»Das nächste Mal rückst du gleich mit der Wahrheit heraus«, sagte er zu ihr.

»Das nächste Mal nimmst du mich nicht so in die Mangel«, konterte sie. »Und wehe, wenn du Ash vor das Tribunal zitierst. Er hat nichts Falsches getan.«

»Das sehen wir dann noch«, wiegelte Cardeles ab. »Und jetzt folgt mir. Es müssen einige Formulare ausgefüllt und ein paar Fragen beantwortet werden.«

Er wandte sich einem der Korridore zu und ging voraus. Das mulmige Gefühl in meiner Magengegend wuchs allmählich zu einer ausgewachsenen Angst heran. Ich hätte zu gern gewusst, was er alles von Lyvin und Kieron erfahren hatte, bevor er uns mit Fragen durchlöchern würde. Was, wenn Lyvin am Ende recht behielt und das Tribunal den Restutio rückgängig machen würde? Ich wollte gar nicht erst daran denken.

»Was ist mit dem Tee?«, rief uns die Empfangsdame nach.

»Später vielleicht, Myrria«, antworte Cardeles, ohne sich ihr zuzuwenden. Er deutete auf eine Bank. »Setzt euch, ich kümmere mich um den Papierkram.« Mit den Worten verschwand er in seinem Büro.

»Ich werde Mom und Dad kontaktieren«, entschied Lyvin. »Soll ich auch deine Eltern anrufen? Es wird ohnehin nicht lange dauern, bis die Gerüchte zu ihnen vordringen. Spätestens, wenn es morgen im *Space & Time Chronical* steht, weiß es die ganze Zwischenwelt.«

Ich konnte mir die Schlagzeile sehr gut vorstellen: *Skandal! Cedric Seymour verhaftet und abgeführt.* Der Artikel wäre bestimmt nichts für das Familienalbum.

»Okay«, stimmte ich mit ungewohnt rauer Stimme zu und schlang mir die Arme um den Körper.

»Also gut«, sagte Lyvin. »Wartet einfach hier, am Empfang gibt es bestimmt ein Telefon.«

Sie lief zurück zum Foyer und ich schaute ihr nach.

Erdrückende Stille legte sich über uns und schnürte sich um meine Brust. Ich konnte nur vermuten, dass mein Adrenalinschub allmählich nachließ, denn ich fühlte mich ganz und gar nicht gut.

»Ich hätte es schon in Marseille beenden müssen«, sagte Ashton verbissen. Sein Blick verlor sich in der Ferne. Er klang wütend und frustriert.

»Ihn töten, meinst du«, fügte ich bitter hinzu.

»Ich …« Er brach ab, verengte die Augen und ballte seine Hände zu Fäusten.

»Wir finden einen anderen Weg, okay?«, versprach ich erneut.

Er schnaubte nur verächtlich und mied meinen Blick.

Unsicher, wie ich ihn erreichen könnte, berührte ich seinen Arm. »Ash …«, begann ich.

Ashton stieß meine Hand grob von sich und ich wich zurück. Er war nicht nur unheimlich wütend, seine Augen waren auch gerötet und Verzweiflung spiegelte sich darin wider.

»Es hätte längst schon vorbei sein können!«, brüllte er mich plötzlich an.

»Er ist mein Bruder«, erinnerte ich ihn mit belegter Stimme. Die Worte wären mir beinahe im Halse stecken geblieben, als würde mein Verstand gegen mein Herz arbeiten. Ich konnte die Tatsache, dass Cedric für alles verantwortlich war, nicht leugnen und doch sträubte ich mich gegen diese unumstößliche Wahrheit. Dass Ashton wütend auf mich war, weil ich nicht zulassen wollte, dass er Cedric das Leben nahm, tat zusätzlich weh.

»Er hat mich getötet, verdammt noch mal! Er hätte dir dasselbe angetan … Em, er wollte dich …!« Seine Stimme brach weg, er trat einen Schritt auf mich zu und ich glaubte, dass er mich packen und wachrütteln wollte. Stattdessen zögerte er kurz, dann ergriff er meinen Ärmel – nicht meine Hand oder meinen Arm, nur meinen Ärmel, als würde er es nicht wagen, mich direkt anzufassen. Sein Blick war auf den Boden zwischen uns gerichtet und der sonst so unerschütterliche, selbstbewusste Ashton hatte mit einem Mal etwas fast schon Scheues an sich.

»Ich kann damit weiterleben, nicht mehr ich selbst zu sein«, erklärte er kaum hörbar. Ein leichtes Zittern lag in seiner Stimme. Erst nach einer kurzen Pause schaute er zu mir auf. »Aber wenn er dir etwas angetan hätte, nur weil ich darauf bestanden habe, es allein mit ihm aufzunehmen …«

Mein Herz machte einen Satz. »Aber das hat er nicht.«

Ashtons Finger vergruben sich tiefer im Stoff meines Ärmels. Sanft zog er mich zu sich, ich stolperte einen Schritt nach vorn, er packte mich und drückte mich fest an sich. So fest, dass mir der Atem stockte und ich das Gefühl hatte, er würde mich gar nicht mehr loslassen wollen. Ich wusste nicht, wie mir geschah, war aber auch nicht fähig, ihn zu fragen, was in ihm vor sich ging. Es tat zu gut, ihn so nah bei mir zu wissen, von ihm gehalten zu werden, die Wärme seines Körpers zu meiner werden zu lassen und zu spüren, wie er sich allmählich entspannte. Der Moment hätte ewig andauern können.

»Ich will, dass du mir etwas befiehlst«, bat er.

Erschrocken riss ich die Augen auf.

Ashton schlang die Arme noch fester um mich. »Befiehl mir, dich nie wieder im Stich zu lassen«, raunte er ganz nah an meinem Ohr.

»Aber … das hast du doch gar nicht!«

»O doch.« Er schob mich von sich und war noch immer nicht fähig, mir in die Augen zu sehen. Bittere Wut ließ seine Miene zu Stein erstarren – Wut auf sich selbst, nicht auf mich, wie mir in dem Moment klar wurde. Er war die ganze Zeit über gar nicht sauer gewesen, weil ich ihn vom Töten abgehalten hatte. Es ging ihm einzig und allein darum, dass er sich schuldig fühlte.

»Ich hätte dich nicht allein in dieses Lagerhaus gehen lassen dürfen. Ich hätte dich gar nicht erst mitnehmen dürfen! Von Anfang an nicht.«

»Ich … bin kein Seepferdchen«, sagte ich.

Ashton legte die Stirn in Falten. »Was?«

»Du musst mich nicht beschützen und auch nicht retten«, erklärte ich. »Ich treffe meine eigenen Entscheidungen, und wenn ich mich in Schwierigkeiten bringe, dann ist das nicht deine Schuld.«

»Du hattest doch keine Ahnung, worauf du dich einlässt«, widersprach er mir.

»Du doch auch nicht«, erinnerte ich ihn. Niemand hätte ahnen können, dass hinter dem Überfall in Marseille ein Schmugglerring steckte, der auch noch von Cedric angeführt wurde.

»Ich hätte es wissen müssen«, beharrte er und wieder funkelten seine Augen vor Wut.

»Wieso bist du so?«, fragte ich.

»Was meinst du?«

»Wieso bist du wütend auf dich selbst? Wieso lädst du die Probleme der ganzen Welt auf deine Schultern und versuchst, sie auf eigene Faust zu lösen?«

»Ich … das mache ich nicht«, stritt er ab.

»Du merkst es wahrscheinlich gar nicht mehr, aber genauso ist es. Du fühlst dich für alles und jeden verantwortlich, und wenn mal etwas schiefgeht, gibst du dir die Schuld. Du kannst doch nicht immer alles allein schaffen, jeder braucht mal Hilfe. Jeder macht Fehler und es ist okay, wenn dann andere einspringen und dich unterstützen.«

Ein trübes Lächeln huschte über seine Lippen. »Du müsstest mich mittlerweile gut genug kennen und wissen, warum ich allein arbeite.«

»Nein, das weiß ich nicht«, widersprach ich.

»Ich kann nicht gut mit Menschen, Em. Das sollte dir doch klar sein, nachdem du gezwungen warst, dich mit mir abzumühen.«

Mein erster Impuls war, ihm zu widersprechen, aber er hatte recht. Immer wieder waren wir aneinandergeraten, immer wieder hatte er gemeine Dinge gesagt und oft war ihm das nicht einmal bewusst gewesen. Dazu kam, dass er unheimlich hohe Ansprüche an sich selbst stellte, und wenn er das Gefühl hatte, versagt zu haben, ließ ihn seine Wut darüber unnahbar und abweisend wirken. Ich konnte mir gut vorstellen, dass er dadurch schon viele Menschen vor den Kopf gestoßen hatte. Ich wäre ja selbst am liebsten davongelaufen, wenn uns die Umstände nicht aneinandergekettet hätten.

»Du bist ein Idiot«, bestätigte ich. »Aber du …« Ich stockte und Ashton schaute mich fragend an. »Du … bist mein Idiot.«

Ashton schmunzelte. »Bin ich das?«

Ich nickte.

Bei allem, was seit unserer ersten Begegnung Schlimmes passiert war, hätte ich mir wünschen müssen, die Zeit zurückzudrehen und von vorn beginnen zu können. Aber ich war froh. Froh, dass uns das Schicksal zusammengeführt hatte und ich gezwungen war, ihn kennenzulernen – den wahren Ashton, den Idioten, der so mutig und so unerschrocken war. Der kein größeres Herz hätte haben können, obwohl er oft mürrisch und stur wirkte.

Sein Schmunzeln wurde zu einem breiten Lächeln, er trat auf mich zu und strich mir mit den Fingern über die Wange. Ein wohliger Schauer zog sich durch meinen ganzen Körper. Mit wild pochendem Herzen schaute ich zu ihm auf und er kam mir so nah, dass sich unsere Lippen beinahe berührten.

Neben uns räusperte sich jemand.

Ich schrak zurück und spürte, wie mir die Hitze in die Wangen schoss. Cardeles war aus seinem Büro getreten.

»Du zuerst«, sagte er und deutete auf Ashton. Mit einem Nicken in Richtung seines Büros gab er zu verstehen, dass Ashton eintreten solle.

Wir hätten unsere Zeit wohl besser dazu genutzt, unsere Geschichten abzugleichen. Dafür war es jetzt zu spät.

Ashton warf mir noch einen flüchtigen Blick zu, dann verschwand er durch die Tür und Cardeles folgte ihm.

Ich sank auf die Bank und hoffte das Beste. Es dauerte eine gefühlte Ewigkeit, bis Ashton zurückkehrte. Sofort war ich auf den Füßen.

»Was hast du …?«

»Jetzt du«, unterbrach mich Cardeles.

Schuldbewusst und mit gesenktem Blick schlurfte ich ins Büro. Es fühlte sich an, als wäre ich auf dem Weg zum Galgen. Cardeles legte mir eine Hand in den Rücken, führte mich durch die Tür und schloss sie hinter mir.

»Der Restutio impertes also?«, fragte er.

Ich zuckte zusammen. Wenigstens musste ich mich jetzt nicht mehr fragen, ob er über alle Details Bescheid wusste.

»Ashton darf nicht sterben!«, stieß ich aus und biss mir auf die Lippen. »Er … er trägt keine Schuld und …«

»Für wen hältst du mich?«, fragte Cardeles.

Er umrundete den Schreibtisch und ich schaute mich flüchtig um. Ein wirklich großes Büro hatte er nicht. Es gab nicht einmal ein Fenster, nur zwei Stühle, den Tisch, kahle Wände und eine vertrocknete Zimmerpflanze in einer Ecke.

»Für einen Pflanzenmörder?«, sagte ich mit Blick auf die tote Palme.

Cardeles lachte. Er nahm einen Wasserkrug von einem Serviertablett und begann, eines der Gläser zu füllen.

»Für einen Hexer«, setzte ich nach. Warum ich ausgerechnet das sagte, wusste ich nicht. Es war mir in den Sinn gekommen und einfach über meine Lippen gestolpert. Dafür erkannte ich sofort, dass es ein Fehler gewesen war, denn Cardeles erstarrte mitten in der Bewegung.

Gerade noch rechtzeitig gewann er seine Selbstkontrolle zurück und setzte den Krug ab, bevor das Wasser über den Rand des Glases schwappen konnte. »Der Faun, nicht wahr? Er hat es dir verraten.«

Ich nickte.

Cardeles reichte mir das Glas und ich nahm einen großen Schluck. Erst dadurch merkte ich, wie ausgetrocknet ich war.

»Es gibt nicht viele, die ein derart feines Gespür für Magie haben. Dass Kieron dazugehört, war mir in dem Moment klar, als er mir die Tür geöffnet hat.«

»Ich wollte nicht …«, sagte ich kleinlaut. »Das soll keine Erpressung sein oder so.«

»Behalte diese Sache einfach für dich«, sagte er gefasst und deutete auf seinen Schreibtisch. Dort lag auf einem Stapel Papiere ein Formular, auf dem ich etwas von Zeugenaussage lesen konnte. »Schreib auf, was passiert ist.«

Ich setzte mich, er reichte mir einen Stift und ich legte los. Schweigend schaute mir Cardeles zu, bis ich die Seite vollgeschrieben hatte und den Stift beiseitelegte.

»Gut«, sagte er und stand auf. »Ihr könnt vorerst gehen, du und dein Freund.«

»Was?«, fragte ich ungläubig. Irgendwie hatte ich damit gerechnet, genau wie Cedric eingesperrt zu werden.

Cardeles umrundete den Schreibtisch und ging zur Tür. Ich erhob mich. »Das ist aber nicht wegen der Sache, die ich von Kieron weiß, oder?«

Er lachte kurz auf. »Ich lasse mich weder erpressen noch bestechen. Ganz egal, was jemand glaubt, gegen mich in der Hand zu haben, bei mir läuft alles strikt nach Vorschrift.«

Er öffnete die Tür und deutete nach draußen. Im Korridor warteten Ashton und Lyvin.

»Ihr habt beide Hausarrest, bis die Angelegenheit geklärt ist«, sagte er auch an Ashton gerichtet, dann wandte er sich an mich. »Deine Eltern sind auf dem Weg?«

»Das sind sie«, bestätigte Lyvin.

»Ich brauche noch ein paar Unterschriften von ihnen, weil du noch minderjährig bist, dann steht es dir frei zu gehen. Euch beiden. In Anbetracht der Umstände könnt ihr mit einem milden Urteil rechnen.«

»Danke!«, stieß ich freudestrahlend aus.

»Schon gut. Kommt das nächste Mal nur gleich zu mir, wenn ihr in solche Schwierigkeiten geratet.« Er sah Ashton auffordernd an.

»Das werden wir«, versprach er widerwillig.

Cardeles wandte sich wieder mir zu. »Und was du vorhin gesagt hast …«

»Das mit dem Pflanzenmörder?«, fragte ich verschwörerisch.

Lyvin wirkte verwirrt.

»Genau«, bestätigte er. »Das muss niemand wissen. Haben wir uns verstanden?«

»Sicher.« Ich nickte.

»Dann mache ich alles so weit fertig.« Er verschwand in seinem Büro und ich sank erschöpft auf die Bank. Ein Stein war mir vom Herzen gefallen. Auch wenn ich mich nicht gerade darauf freute, das Ganze noch einmal mit meinen Eltern durchzukauen, musste ich wenigstens nicht mehr um Ashtons Leben fürchten.

30

Tote Jungs küsst man nicht

Ashton und ich saßen auf der Bank vor Cardeles' Büro und starrten Löcher in die Luft. Lyvin lief vor uns auf und ab, knetete nervös ihre Hände und warf immer wieder einen Blick zum Empfang.

Zu warten, bis meine Eltern kamen, um mich abzuholen, fühlte sich an, als hätte ich etwas ausgefressen und müsste vor dem Büro des Rektors schmoren. Ich bekam nicht oft Ärger in der Schule, weil ich eher unauffällig war, kein Handy besaß, mit dem ich mich im Unterricht heimlich beschäftigen konnte, und bis auf Santana auch kaum Freunde hatte. Einmal hatte ich ihr unter der Bank einen Zettel zugeschoben, in ein paar anderen Fällen war ich beim Lesen erwischt worden. Wenn meine Mom dann in einem wallenden Kleid, mit hohem Kragen und halblangem Umhang aufgetaucht war, hatte das als Strafe schon völlig genügt. Dank ihrer unpassenden Outfits war ich jedes Mal im Boden versunken und hatte geglaubt, sie würde das mit Absicht tun, um mich vor den anderen zu blamieren. Nun wusste ich, dass der absurde Modegeschmack meiner Familie in der Zwischenwelt völlig normal war.

Ich schaute flüchtig zu Ashton, der meinen Blick mit einem Lächeln erwiderte.

»Übrigens …«, begann er.

»Ja?«, fragte ich.

»Du solltest dir ein paar gute Zauber zurechtlegen, in die du deine Magie packen kannst, wenn du dich mal verteidigen musst. Es war schon ziemlich heftig, was du mit Cedric angestellt hast.«

»Oh … ja, ich wusste nicht, was ich machen soll.«

»Und deshalb hast du dir gedacht, dass es eine gute Idee ist, deine Kräfte zu entfesseln und einfach mal zu schauen, was passiert?«

Ich zuckte mit den Schultern. »Es ist ja zum Glück gut gegangen, oder?«

Ashton lehnte sich auf der Bank zurück. »Es hat zumindest den Richtigen getroffen.«

»Dich freut das wahrscheinlich. Du konntest Cedric ja noch nie leiden.«

»Das ist nicht wahr«, widersprach er. »Es ist … schwierig.«

»Inwiefern?«

Ashton seufzte. »Er ist ein sehr guter Nekromant und das weiß jeder. Aber er ist nicht der Beste und auch nicht unfehlbar. Trotzdem wird sofort nach ihm verlangt, wenn ein Nekromant gebraucht wird. Ich kann gar nicht mehr zählen, wie oft die Rede davon war, ihn hinzuzuziehen, wenn ich mal bei einem Fall ins Stocken geraten bin. Immer heißt es: ›Rufen wir doch Cedric Seymour, der löst das Rätsel sofort.‹ Das nervt …«

»Das hat sich dann jetzt erledigt«, meinte ich. So schnell würde Cedric wohl nicht mehr an der Aufklärung irgendwelcher Verbrechen beteiligt sein.

»Ja, leider.«

»Leider?«

Ein verkrampftes Lächeln zeichnete sich auf seinen Lippen ab. »Ich glaube, insgeheim hatte ich gehofft, dass ich mich irre.« Sein Blick ging gedankenversunken ins Leere.

Also bewunderte er Cedric wirklich? Und ausgerechnet sein Vorbild hatte ihn umgebracht. Das musste ihn heftig ins Straucheln gebracht haben. Ich sah ihm an, wie sehr ihn die ganze Sache zerriss, wie schwer es ihm fiel, die Gefühle zu sortieren, die das alles in ihm ausgelöst hatten. Er tat mir unheimlich leid.

Schritte waren zu hören. Lyvin stockte in ihrer Bewegung, Ashton und ich sprangen auf. Es waren jedoch nicht unsere Eltern, die das Foyer betraten. Aus einem der anderen Korridore wurde Cedric in Handschellen abgeführt. Offenbar war das Verhör beendet. Gut eine Stunde hatte es gedauert.

»Ihr könnt nichts davon beweisen! Gar nichts!«, brüllte er und wehrte sich gegen die beiden Wächter.

So aufgebracht hatte ich ihn noch nie erlebt. Sein Kopf war hochrot angelaufen, sein sonst so gepflegtes Haar stand wild zu allen Seiten weg. Er schimpfte und schrie, warf sich immer wieder gegen die Hände, die ihn hielten, und musste mit Gewalt am Empfangstresen vorbeigezerrt und zu einem anderen Korridor bugsiert werden.

Mir wurde bei dem Anblick ganz anders. Ich hatte mit eigenen Augen miterlebt, was er getan und vorgehabt hatte, wollte es aber dennoch nicht glauben.

Ashton schnaubte verächtlich. Die Enttäuschung stand ihm ins Gesicht geschrieben.

»Cedric Seymour, ein Mörder …«, murmelte Lyvin. »Nie im Leben hätte ich mir das träumen lassen.«

»Er war schon immer skrupellos«, behauptete Ashton.

Ich versuchte gar nicht erst, ihm zu widersprechen. Es war sicher leichter für ihn, Cedric so zu sehen. Zudem waren mir die Argumente ausgegangen, und zu mutmaßen, dass Cedric da irgendwie hineingeraten war, anfänglich vielleicht gar nichts Verbotenes tun wollte, dann aber den Sinn für Recht und Unrecht verloren hatte, änderte auch nichts an den Tatsachen.

»Was wird jetzt mit ihm passieren?«, fragte ich.

»Das wird das Tribunal entscheiden«, sagte Cardeles in meinem Rücken. Er war unbemerkt aus seinem Büro getreten. In der Hand hielt er einen Stapel Papiere.

»Höchstwahrscheinlich werden sie ihn wegsperren«, meinte Lyvin. »Es gibt Raumfalten, die genau für solche Zwecke ausgelegt sind. Magische Siegel verhindern ein Entkommen. Wer einmal dort gelandet ist …«

»Mom!«, hörte ich Cedric rufen.

Ich schaute zum Eingang, wo meine Eltern aufgetaucht waren. Dad wirkte in Jeans und Hemd mindestens genauso fehl am Platz, wie ich mich bei meiner ersten Ankunft in New York gefühlt hatte. Mom sah in ihrem schmal geschnittenen schwarzen Kleid Granny auf ihren alten Fotos zum Verwechseln ähnlich.

»Was machen Sie da mit meinem Sohn?«, fuhr Mom die Empfangsdame an.

Dads Blick fiel auf mich. Er musste zweimal hinschauen, weil er mich in meinem Kleid wohl nicht gleich erkannte. »Emily?«

Ich schaute zu Cardeles. Er hatte zwar gesagt, dass wir gehen dürften, aber ein wenig fühlte ich mich dennoch wie eine Gefangene. Cardeles nickte und ich eilte auf Dad zu.

»Wir haben dich überall gesucht, Kleines!« Er nahm mich in den Arm.

»Lassen Sie mich mit meinem Sohn sprechen«, verlangte Mom.

Cardeles verstellte ihr den Weg, sodass sie nicht zu Cedric durchkam. »Ihr Sohn wird einiger schwerwiegender Verbrechen beschuldigt. Vorerst können Sie nicht mit ihm reden.«

Mom wandte sich an mich. »Mit dir ist alles in Ordnung?«, fragte sie.

»Ich kann es nur noch nicht glauben …«, murmelte ich.

Auch Ashtons Eltern trafen ein. Die Spannungen zwischen ihnen und meiner Mom waren fast greifbar. Dad hingegen ließ die alte Familienfehde kalt. Er nickte Mr Goodwin zu, was dieser erwiderte.

Lyvin und Ashton betraten das Foyer. Mrs Goodwin strich Ashton besorgt über den Arm. Sie wirkte traurig, was schnell von Wut abgelöst wurde.

»Der Restutio impertes?«, warf sie Mom vor. »Ist das euer Ernst?«

Also hatten sie es bereits von Lyvin erfahren. Ein Kloß bildete sich in meinem Hals.

»Emily wollte nur helfen«, versicherte ihr Ashton.

»Du warst schon immer zu gut für diese Welt«, meinte sie. Von der freundlichen, offenherzigen Frau, die ich kennengelernt hatte, war nichts mehr zu erkennen. »Die Seymours haben das rücksichtslos ausgenutzt.«

»Wir haben deinen Sohn mit offenen Armen empfangen«, widersprach Mom.

»Und *dein* Sohn hat ihn daraufhin umgebracht!«, giftete sie zurück.

Mom straffte sich. »Das gilt es noch zu beweisen.«

»Diesmal werdet ihr euch nicht so leicht aus der Affäre ziehen können!« Mrs Goodwin baute sich vor Mom auf. »Ich werde dafür sorgen, dass jeder einzelne Seymour für diesen Vorfall bezahlt. Der heutige Tag beschreibt das Ende eures guten Rufs. Das verspreche ich dir!«

Mom musterte sie von oben bis unten. »Als ob ihr verlotterten Goodwins fähig wärt, am wohlverdienten Ruf der Seymours zu rütteln.«

»Meine Damen«, mischte sich Cardeles ein. »Es gibt einige Formulare zu unterschreiben, bevor die beiden hier gehen dürfen. Wenn sie das erledigen würden. Danach können Sie sich nach Belieben die Köpfe einschlagen.«

»Ich will genau wissen, was meinem Sohn vorgeworfen wird!«, verlangte Mom.

Cardeles legte die mitgebrachten Papiere in zwei Stapeln auf den Empfangstresen. »Bitte, lesen Sie selbst!«, sagte er und deutete darauf.

Mom und Mrs Goodwin schauten einander an. So aufgebracht, wie sie waren, wäre ich nicht verwundert gewesen, wenn ihre Blicke Funken gesprüht hätten. Sie traten an den Tresen, zwängten sich nebeneinander und schubsten sich wie zwei zickige Kinder. Erst als sie das Protokoll zu lesen begannen, ließen sie voneinander ab und wurden erschreckend ruhig.

Mrs Goodwin war die Erste, die aufschaute.

»Unterschreiben Sie hier, dass Sie während des auferlegten Hausarrests die Aufsicht über Ihren Sohn übernehmen«, bat Cardeles.

Sie kam der Aufforderung nach und wandte sich dann dem Ausgang zu. »Wir gehen«, entschied sie knapp. »Lyvin, du kommst mit nach Hause.«

Wollte sie sonst gar nichts wissen? Mich nicht fragen, wieso ich das getan hatte? Mir Vorwürfe machen, sodass ich mich verteidigen konnte?

»Ich melde mich«, versprach mir Ashton.

»Komm jetzt!«, zischte Mrs Goodwin ungehalten. Widerwillig folgte er ihr und ich schaute ihm nach.

»Wir finden einen Weg!«, rief ich.

Er wandte sich kein weiteres Mal zu mir um. Wahrscheinlich, weil er sich nicht die Hoffnung machte, dass mein Versprechen wahr werden würde, vielleicht auch, weil er nicht wirklich vorhatte, sich zu melden.

Der Gedanke machte mir Angst.

Nachdem nun alles ans Licht gekommen war, hatte der Vertrag zwischen unseren Familien keine Bedeutung mehr und seine Eltern würden es wohl nicht gutheißen, wenn wir weiter in Kontakt blieben. Aber seit wann kümmerte er sich um das, was andere dachten?

Trotzdem hatte ich Angst. Konnte es sein, dass wir uns nie wiedersehen würden? In meinen Ohren begann es zu rauschen. Panik stieg in mir auf.

Ich schaute zu Mom. Sie hatte das Protokoll zu Ende gelesen, starrte wie benommen auf die Papiere und regte sich nicht. Dad trat zu ihr, legte liebevoll seine Hand auf ihre Schulter und nahm die Unterlagen an sich, um selbst einen Blick darauf zu werfen.

Was, wenn jetzt genau das eintreten würde, wovor sich alle gefürchtet hatten? Ein endgültiger Bruch zwischen den Seymours und den Goodwins könnte die gesamte Zwischenwelt ins Chaos stürzen.

Ich konnte Ashton nicht gehen lassen! Nicht so, nicht auf diese Weise. Kurz entschlossen rannte ich ihm nach.

»Warte!«, rief ich.

Er wirbelte zu mir herum und musste mich auffangen, weil ich ihn sonst ungebremst über den Haufen gerannt hätte.

»Versprich mir, dass wir uns wiedersehen!«, flehte ich ihn an.

Er lächelte. »Hoch und heilig.«

Seine Hand glitt in mein Haar, er beugte sich zu mir und ich zerfloss in seinen Armen wie Butter, als er seine Lippen auf meine legte. Es war bloß eine flüchtige Berührung, die jedoch ausreichte, um meine ganze Welt erzittern zu lassen. Schon eine Sekunde später stolperte er von mir weg. Sein Vater hatte ihn am Arm gepackt und weitergezerrt. Ich hielt Ashtons Hand fest, musste aber einsehen, dass ein Tauziehen um ihn nicht unbedingt angebracht war, also ließ ich ihn los.

Ashtons Mom schirmte ihn mit dem Arm vor mir ab, als müsste sie ihn vor dem Angriff einer wilden Bestie schützen. Sie versuchte, ihn von mir wegzudrehen.

»Jetzt übertreibt mal nicht!«, beschwerte er sich.

»Übertreiben?«, warf sie ihm entgegen. »Du glaubst doch nicht wirklich, dass du etwas für diese Seymour empfindest, oder? Das hast du alles dem Zauber zu verdanken.« Sie drängte ihn zur Tür.

»Em hat nie von mir verlangt …«

»Woher willst du das wissen?«, fiel sie ihm ins Wort. »Sie kann dich zwingen, alles zu vergessen, was du nicht wissen sollst, alles zu fühlen, was sie dir vorschreibt, oder nichts zu fühlen, wenn es ihr in den Kram passt.«

Sein Vater zog die Tür auf, warf mir noch einen letzten Blick zu, der prüfend, aber nicht verurteilend wirkte, dann verließen sie das Gebäude.

Lyvin wandte sich mir im Gehen noch einmal zu. »Ich versuche, mit Mom zu reden«, versprach sie, klang aber nicht sehr zuversichtlich.

Ich schaute ihr nach und starrte auch dann noch auf die Tür, als sie längst hinter ihr zugefallen war. Dad legte seine Hände auf meine Schultern.

»Komm, wir gehen nach Hause«, sagte er.

31

Die Morsezeichen hatte ich glatt vergessen

Wir reisten über die Raumfalte von New York direkt in den Tannenwald von Springdale. Die Sonne ging gerade auf und färbte den morgendlichen Nebel, der in Fetzen zwischen den Bäumen hing, in ein schummriges Rot.

Ich schaute zu der zweigeteilten Tanne in meinem Rücken. Santana schlief wahrscheinlich noch und es wäre wohl nicht angebracht, meine Eltern zu bitten, mich zu ihr zu lassen. Dazu kam, dass Mirabell den Kontakt zwischen uns verboten hatte. Davon würde sie sicher nicht abrücken, nachdem ich von zu Hause weggelaufen war und nicht nur ein Gesetz der Zwischenwelt gebrochen hatte.

»Wie sehr ich diesen Fußweg verabscheue!«, beschwerte sich Mom.

Ich unterdrückte den Impuls, sie darauf hinzuweisen, dass sie besser auf Stöckelschuhe verzichten sollte, wenn sie vorhatte, durch einen Wald zu laufen. Seitdem sie das Protokoll gelesen hatte, war sie still gewesen. Es war mir lieber, sie schimpfte über den Waldweg, als gar nichts zu sagen. Eine pampige Antwort von mir konnte sie bestimmt nicht gebrauchen. Wenn ich schon nicht glauben konnte, dass Cedric ein Mörder war, wie erging es dann erst ihr? Er war immerhin ihr ganzer Stolz gewesen.

Ich sagte also nichts und folgte ihr mit gesenktem Blick. Dass sie mich kaum anschauen konnte, sorgte für einen Kloß in meinem

Hals. Ich trug nicht die Schuld an dem, was Cedric getan hatte, aber ich hatte ihn auffliegen lassen und es kam mir vor, als würde sie mir das übel nehmen.

Dad legte seinen Arm über meine Schultern und drückte mich an sich. »Sie ist froh, dass es dir gut geht«, versicherte er mir. »Das sind wir beide.«

»Ich hätte nie gedacht, dass ausgerechnet er …«, begann ich.

»Das hätte keiner von uns«, meinte Dad.

Wir erreichten die Villa und ich sah schon vom Vorplatz aus, dass überall die Lichter brannten. Offenbar wurde unsere Rückkehr bereits erwartet und tatsächlich öffnete Tante Sophia die Tür, noch bevor wir die Stufen genommen hatten.

Angespannt schaute sie sich um. »Wo ist Cedric?«, fragte sie.

Mom antwortete nicht. Sie schob sich an ihr vorbei ins Haus und wir folgten ihr.

In der Eingangshalle warteten Granny und Mandy. Während Mandy aussah wie gerade aus dem Bett gefallen, mit zottligem Haar, der Schlafmaske auf der Stirn und einem rosa Pyjama mit weißen Wolken und Bären darauf, hatte sich Granny schick gemacht, als hätte sie vor, zu einem Bankett zu gehen. Sie trug Lippenstift und Rouge, eine Pelzboa und gleich mehrere Goldringe mit fetten Edelsteinen an den Fingern. So verwirrt, wie sie immer mal wieder war, glaubte sie vielleicht wirklich, dass sich alle versammelt hatten, um zu einer Party zu gehen.

»Jetzt sag schon!«, verlangte Sophia.

Mom starrte zu Boden. »Erzähl du es ihnen«, bat sie Dad.

»Also gut«, sagte er und begann zu berichten.

Ich hörte kaum zu. Schließlich war ich live dabei gewesen und wusste, was geschehen war. Mir noch einmal anhören zu müssen, was Cedric getan hatte, wollte ich mir lieber ersparen.

Nachdem Dad alles geschildert hatte, folgte ein Moment des Schweigens.

»Ich gehe wieder zu Bett«, verkündete Granny und wandte sich der Treppe zu.

»Seien wir mal ehrlich«, sagte Tante Sophia. »Er war schon immer ziemlich verschlagen.«

»Aber nur halb so klug, wie alle von ihm behauptet haben«, meinte Mandy und gähnte. Sie deutete auf mich. »Immerhin ist er daran gescheitert, eine wie sie loszuwerden.«

»Du nimmst das etwas zu leicht«, sagte Sophia streng. Sie schaute zu Granny, die sich mühsam die Stufen nach oben schleppte. Bisher hatte sie erst ein Drittel der Treppe überwunden. »Wo ist eigentlich Joseph? Ich habe ihn doch geweckt.«

»Cedric hätte sich nie derart die Hände schmutzig gemacht«, meinte Mom.

Sophia hob die Schultern. »Die Beweislage sieht anders aus. Offenbar war er nicht der, für den wir ihn gehalten haben.«

»Noch ist er nicht verurteilt«, hielt Mom dagegen. »Ich schließe nicht aus, dass die Goodwins dahinterstecken. Sie versuchen, ihm etwas anzuhängen.«

»Mom, ich war dabei«, erinnerte ich sie mit tonloser Stimme.

»Du kannst dich irren!«, fuhr sie mich an.

»Aber ich …« Ich wollte es ja selbst nicht glauben und erst recht nicht andere von seiner Schuld überzeugen müssen. Ich wollte nur meinen Bruder zurück.

Dad trat für mich ein. »Emily hat genug durchgemacht«, sagte er.

»Ich sage nur, dass wir nicht alles einfach so als gegeben hinnehmen sollten. Er ist unser Sohn, um Himmels willen! Hast du das schon vergessen?«

»Selbst die Besten können auf Abwege geraten«, meinte Sophia.

»Wichtig ist nur, dass wir jedes Wissen und jede Beteiligung unsererseits abstreiten. Sein Verhalten darf nicht auf die Seymours zurückfallen.«

»Er wurde von seiner eigenen Schwester überführt«, meinte Mom, ohne mich dabei anschauen zu können. »Das spricht dafür, dass er ohne unser Wissen gehandelt hat. Die Goodwins machen jetzt Theater, aber am Ende wird sich das alles von selbst regeln. Unser Ruf ist nicht in Gefahr. Zumindest nicht auf Dauer.«

»Ein paar Aufträge werden wir dennoch verlieren«, mutmaßte Sophia.

»Wie wäre es erst mal mit einem Kaffee?«, schlug Dad vor.

»Das ist eine hervorragende Idee«, stimmte Sophia zu und wandte sich in Richtung Küche.

Sie setzten sich alle in Bewegung, nur ich blieb zurück. Meine Beine fühlten sich an, als wären sie angewurzelt.

»Kommst du?«, fragte Dad.

»Ich würde lieber in mein Zimmer gehen.« Der Gedanke, wieder und wieder durchkauen zu müssen, was geschehen war, sorgte nicht gerade für ein Hochgefühl meinerseits.

»Okay«, stimmte er zu.

Ich lief zur Treppe und ergriff das Geländer, als Mom mich einholte.

»Warte einen Moment«, bat sie und suchte nach Worten. Zögernd legte sie ihre Hand auf meine. »Ich hatte große Angst um dich und ich habe mir Vorwürfe gemacht, weil ich dir nicht glauben wollte. Wie sich herausgestellt hat, hattest du die ganze Zeit über recht. Jemand hatte es auf dich abgesehen. Ich hätte nur nicht gedacht … Ich glaube noch immer nicht, dass …«

»Ich doch auch nicht«, sagte ich heiser.

Mom presste die Lippen zu einer schmalen Linie zusammen,

dann nahm sie mich in den Arm. Tränen sammelten sich in meinen Augenwinkeln.

»Ich bin nur froh, dich wiederzuhaben«, flüsterte sie. »Dass es dir gut geht, ist das Wichtigste. Alles weitere stehen wir gemeinsam durch.«

Sie schob mich von sich und betrachtete mich einen Moment, als müsste sie die Tochter, die vor ein paar Tagen heimlich das Haus verlassen hatte, in dem Mädchen wiederfinden, das gerade vor ihr stand. Ich konnte mir gut vorstellen, was in ihr vor sich ging, denn auch ich hatte das Gefühl, nicht mehr dieselbe zu sein. Dafür war einfach zu viel passiert.

»Dann ruh dich jetzt aus«, schlug sie vor, trat einen Schritt zurück und wandte sich Dad zu. Er hatte auf sie gewartet, nahm sie in den Arm und gemeinsam folgten sie Sophia.

Mandy war ebenfalls stehen geblieben und musterte mich ausgiebig.

»Was ist?«, fuhr ich sie gereizt an. Ich hatte keinen Nerv, mich nach allem auch noch von ihr blöd anmachen zu lassen.

Sie verengte den Blick und hob drohend den Zeigefinger. »Die Sache in der Küche, als mich deine Freundin verhext hat, das vergesse ich nicht so schnell.«

»Und weiter?«

Sie warf einen flüchtigen Blick zu den anderen, dann fuhr sie mit gesenkter Stimme fort. »Ich bin kein Unmensch, deswegen habe ich euch diesen einen Gefallen getan, aber damit endet es auch, verstanden? Wir werden jetzt keine Freundinnen oder so.«

»Wovon redest du?«, fragte ich.

»Du wirst schon sehen«, sagte sie und machte auf dem Absatz kehrt.

Verwundert schaute ich ihr nach. Aus ihr würde ich wohl nie

wirklich schlau werden. Ich nahm die Treppe nach oben, betrat mein Zimmer und hatte den Grund für Mandys Ansprache schnell gefunden – auf meinem Bett lag ein Handy.

War das wirklich von Mandy? Ich nahm es in die Hand und schaltete es ein. Das Hintergrundbild zeigte ein Foto von mir und Santana. Ich lächelte, schaute in die Kontakte und tippte auf ihre Nummer. Santana hob sofort ab.

»Emily, Gott sei Dank!«, rief sie.

»Ist das Handy von dir?«, fragte ich.

»Was denkst du denn? Ich habe in den letzten Tagen an nichts anderes gedacht als daran, dass ich dich einfach anrufen könnte, wenn du ein Handy hättest. Zumindest, wenn du nicht in der Zwischenwelt unterwegs warst. Dort funktionieren die Dinger ja nicht. Warst du in der Zwischenwelt unterwegs? Du musst mir alles erzählen!«

Ich sank an meinem Bett zu Boden. Wieder in meinem Zimmer zu sein, fühlte sich komisch an. Noch immer das New Yorker Kleid zu tragen, war, als hätten sich zwei Welten miteinander vermischt. Die, in der ich nichts von Nekromantie und der Zwischenwelt wissen wollte, in der meine einzige Sorge der nächste Mathetest war und Mandy mein größter Feind, und die Welt, in der ich um mein Leben gefürchtet hatte, meine Kräfte zu einem Teil von mir geworden waren und ich Dinge gesehen hatte, die ich mir nie hätte träumen lassen.

Ich erzählte Santana alles bis ins letzte Detail. »Und dann ist Cedric aufgetaucht …«, sagte ich mit brüchiger Stimme.

»Das habe ich schon gehört«, meinte Santana. Sie klang aufgebracht. »Aber es ist nicht wahr, oder? Die hängen ihm da was an.«

»Ich will es auch nicht glauben.« Ich seufzte schwer. Wahrscheinlich würde ich es auch dann noch nicht wahrhaben wollen, wenn er verurteilt und weggesperrt war. Wenn mich schon die Tatsache nicht überzeugen konnte, dass ich ihm gegenübergestanden hatte, als er Ashton erwürgen wollte, wie hätten mich da andere Beweise überzeugen können?

»Das *kann nicht* sein!«, setzte Santana noch einen obendrauf. »Cedric ist nicht so. Er ist …«

»Ich weiß …«

Wir schwiegen eine Weile.

»Und was passiert jetzt?«, fragte Santana.

Ich erzählte von meinem Hausarrest, von Cedrics bevorstehender Verhandlung und von Ashton. Immer dann, wenn ich Ashtons Namen in den Mund nahm, schlich sich ein unwillkürliches Lächeln auf meine Lippen. Ich konnte nichts dagegen tun. Er hatte mich geküsst und mir war, als könnte ich ihn noch immer schmecken.

Gedankenverloren legte ich mir meine Finger an den Mund.

So sehr es mich auch fertigmachte, was über Cedric ans Licht gekommen war, so groß meine Angst auch vor der Strafe war, die mich im Anschluss an meinen Hausarrest erwarten würde, es genügte ein Gedanke an Ashton und mein Herz schlug höher.

Ich wollte alles daransetzen, den Fluch zu brechen, den er mir verdankte. Erst recht nach dem, was seine Mom gesagt hatte. Mir war klar, dass ich ihm Befehle erteilen konnte und er tun musste, was ich von ihm wollte. Dass es aber so weit ging, dass ich ihn zwingen konnte, Dinge zu vergessen oder zu fühlen, was ich ihm vorgab, hätte ich nicht für möglich gehalten.

Es musste einen Weg geben, den Restutio aufzuheben, und ich würde alles daransetzen, ihn zu finden.

Bevor Santana auflegen musste, weil es bald Zeit für die Schule war, versprach sie, mir dabei zu helfen, auch wenn ihre Mom noch immer auf das Kontaktverbot bestand. Genau wie auch Ashtons Eltern bestimmt kein zweites Mal zulassen würden, dass ich ihr Haus betrat.

Es war zum Verrücktwerden. Jeder, der mir nahestand, stellte sich entweder als Verbrecher heraus oder durfte mich nicht wiedersehen. Als wäre ich verflucht. Und irgendwie war ich das auch, sooft wie ich etwas verbockte.

Vor meinem Zimmer waren Schritte zu hören, also versteckte ich das Handy in der Kramkiste unter meinem Bett. Dabei fiel mein Blick auf den Grabesstaub, den ich bisher noch nicht zusammengefegt hatte. Cedric war schon immer ein großer Fan von Ritual- und Beschwörungszirkeln gewesen. Er hatte ja auch ein unheimliches Talent dafür. Mir aber vorzustellen, dass er sich freiwillig die Hände schmutzig machen würde, fiel mir schwer. Ich verbannte das Bild von ihm, wie er zwischen die Staubflusen und dreckigen Socken unter mein Bett gekrochen war, aus meinem Kopf, schlüpfte aus dem Kleid in einen Schlafanzug und kroch ins Bett.

Es dämmerte, als mich ein kalter Windzug an meinem Hintern weckte. Meine Decke war zu Boden gerutscht – diesmal zum Glück nicht mit mir als Füllung darin. Offenbar hatte ich den ganzen Tag verschlafen. Ich gähnte ausgiebig, stand auf, verhedderte mich dabei jedoch in der Decke und knallte der Länge nach auf den Boden. »Autsch«, stöhnte ich und rappelte mich wieder auf.

Ein paar Dinge würden sich wohl nie ändern.

Ich schlüpfte in die nächstbesten Klamotten, die mir in die Hände fielen, und verließ mein Zimmer. So dunkel und still, wie es im Haus war, schliefen wohl alle, während ich hellwach war.

Wahrscheinlich war das die beste Gelegenheit, weitere Nachforschungen über den Restutio impertes anzustellen. Von meiner Familie erwartete ich nämlich nicht, dass sie mich dabei unterstützen würden.

Ich machte mich auf den Weg zur Bibliothek, kam an Großvaters Arbeitszimmer vorbei und hielt inne. Wie wahrscheinlich war es, dass ich in der Bibliothek eine allgemeingültige und leichtverständliche Anleitung zum Aufheben von Nebenwirkungen verbotener Rituale fand? Das klang zwar nach einem super Titel für ein Buch über Magie, mehr aber auch nicht. Nicht grundlos war ich zu Cedric gegangen, um mir von ihm helfen zu lassen. Ohne ihn würde ich wohl die ganze Bibliothek auf den Kopf stellen müssen und trotzdem erfolglos bleiben.

Was aber, wenn die Lösung ganz nah lag? Wenn im schwarzen Grimoire – vielleicht unmittelbar hinter den herausgerissenen Seiten – geschrieben stand, wie man die Verbindung lösen konnte? Zumindest nachschauen wollte ich, auch wenn der Gedanke, mich ein weiteres Mal mit meinen Vorfahren anzulegen, ganz und gar nicht prickelnd war. Nach allem, was ich in den letzten Tagen erlebt hatte, wollte ich mich von ein paar Geistern aber nicht einschüchtern lassen. Ich betrat das Arbeitszimmer, nahm diesmal die Gaslaterne vom Schreibtisch mit und betrat den Kamin.

Nervös betätigte ich den Mechanismus und fuhr samt der Feuerstelle in die Katakomben hinab. Die Geister meiner Vorfahren rieben sich dort unten wahrscheinlich schon in freudiger Erwartung meiner baldigen Rückkehr die Hände. Andererseits wusste ich, dass Geister zwar unheimlich nachtragend sein konnten, sich das für gewöhnlich aber auf Dinge bezog, die sich zu ihren Lebzeiten abgespielt hatten. Ereignisse, die nach dem Tod geschahen, blieben selten hängen.

Unten angekommen war es still. Kein Geheule aus den Wänden,

keine Nebelschwaden, die durch Risse aus den Särgen aufstiegen. Ich atmete tief durch und lief los.

Nachdem ich an den ersten zwei Sargmulden vorbeigekommen war, ohne mich durch die zähklebrige Restpräsenz irgendwelcher Geister kämpfen zu müssen, fiel die Anspannung von mir ab. Als es dann jedoch gleich neben mir laut und heftig klopfte, schrak ich zusammen. Es klang fast wie der verzweifelte Versuch, eine Wand mit bloßen Fäusten zu durchbrechen. Mein Herz schlug mir bis zum Hals und mein Atem ging schneller.

»Ich will wirklich keinen Ärger!«, schwor ich meinen Vorfahren. »Wenn ihr mich in Ruhe lasst, bin ich ganz schnell wieder weg. Versprochen!«

Es blieb ruhig. Vielleicht hatten meine Worte überzeugender geklungen, als es mir vorgekommen war. Ich lief weiter, stockte jedoch nach nur wenigen Schritten, denn das Klopfen ging wieder los. Diesmal allerdings nicht so stürmisch wie zuvor. Es klang regelmäßig und gezielt. Dreimal schnell hintereinander, dreimal mit einer Pause dazwischen und wieder dreimal schnell, so wie ich es schon mal gehört hatte, kurz bevor ich mit Santana aus den Katakomben geflohen war. Das konnte kein Zufall sein! Kein Geist klopfte SOS in Morsezeichen. Zumindest nicht dass ich wüsste.

»Ist das ein Hilferuf?«, fragte ich.

Das Klopfen hörte auf. Hatte ich mir das nur eingebildet?

»Klopf einmal für Ja.«

Es klopfte. Mein Herz rutschte mir in die Hose.

»Noch mal, bitte?«, fragte ich unsicher.

Wieder klopfte es.

Verdammt, da rief wirklich jemand hinter den Wänden um Hilfe! Oder war das ein Trick? Wollten mich meine Vorfahren nah an einen der Särge locken, um mich hineinzuziehen und nie wieder rauszulassen? Doch ich war viel zu aufgebracht, um lange darüber nachzugrübeln. Ich musste einfach wissen, woher das Klopfen kam.

»Klopf weiter!«, bat ich und suchte eilig die Wände ab. Hinter einem der Särge war es besonders laut. Ich stellte die Laterne auf den Boden, tastete die Wand ab und fand eine kleine Einbuchtung, in die ich nur widerwillig meine Finger steckte. Statt Spinnen und Käfer zu ertasten, wie ich es befürchtet hatte, stießen meine Fingerspitzen auf einen Hebel, den ich nach unten drücken konnte.

Hinter der Wand begann es zu rattern und ich wäre zurückgewichen, wenn mir nicht der Sarg den Weg versperrt hätte. Staub rieselte von der Decke, als sich die Wand teilte und sich wie eine Fahrstuhltür in Zeitlupe aufschob. Durch den aufgewirbelten Dreck war ich gezwungen, meine Augen zu schützen, und musste husten. Erst als es wieder still geworden war, blinzelte ich den Staub von meinen Wimpern und schaute mich um.

Das Licht der Laterne fiel in einen kleinen, fensterlosen Raum. Es fiel auf …

»Cedric?!«, stieß ich aus.

Wie ein lebender Toter stand er vor mir. Leichenblass, mit dunklen Augenringen, rissigen Lippen, staubverklebtem Gesicht und zerzaustem Haar. Ich hätte ihn fast nicht wiedererkannt. Seine Hände waren gefesselt, seine Kleidung sah aus, als säße er bereits seit Wochen in diesem Loch fest. Auch das aufgewühlte Feldbett, die leeren Verpackungen diverser Fertiggerichte, Dutzende Wasserflaschen und nicht zuletzt ein in die Wand geritztes magisches Siegel, das seine Kräfte unterdrückte, ergaben zusammengenommen ein klares Bild von dem, was in diesem verdreckten Kellerloch vorgegangen war. Jemand hatte ihn gefangen gehalten – und das eine erschreckend lange Zeit.

Ich stand wie unter Schock.

»Das wurde aber auch Zeit«, sagte er mit angeschlagener Stimme. Er klang unheimlich geschwächt. Dennoch lächelte er. Sein Anblick schnitt sich tief in mein Inneres.

»Wie …«, entfuhr es mir. »Was …« Ich bekam keinen Satz zustande. In meinem Kopf herrschte pures Chaos. Ich wusste nicht, was ich denken, fühlen oder sagen sollte. Immerhin hatte ich keine vierundzwanzig Stunden zuvor dabei zugesehen, wie er verhaftet und weggesperrt worden war. Das ergab doch keinen Sinn!

»Können wir damit anfangen, dass du mich von den Fesseln befreist?« Er hielt mir seine Hände hin.

»Klar!« Ich spürte, wie er zitterte. Wenn er tatsächlich seit Wochen eingesperrt war, musste er schrecklich gelitten haben. Ganz allein in dieser Zelle, ohne zu wissen, ob ihn jemand finden würde, ohne seine magischen Kräfte, durch die er sich mit Leichtigkeit hätte befreien können. Und wenn es so war, dann hatte ein Doppelgänger seinen Platz eingenommen. Aber wozu? Was steckte wirklich dahinter? Hinter allem, was geschehen war, hinter der Bruderschaft der Offenbarung, den Morden, den Angriffen auf Ashton und mich. Wer zog in Wahrheit die Fäden?

»Emily, ist alles in Ordnung mit dir?«, fragte Cedric besorgt.

Ich schaute zu ihm auf. »Das fragst du mich?« Tränen füllten meine Augen. »Schau dich an, du … du siehst schrecklich aus! Wer hat dir das –«

Cedric riss den Kopf hoch und schaute über meine Schulter hinweg zum Korridor. »Nein!«, stieß er aus.

Ich wirbelte herum, doch noch bevor ich erkennen konnte, was oder wer ihn so erschreckt hatte, spürte ich einen heftigen Schmerz an meiner Schläfe. Das Bild vor meinen Augen verschwamm, das Licht der Laterne blendete mich, rückte schließlich in die Ferne und ließ mich im Dunkeln zurück.

Schritte erklangen, ein Schatten legte sich über mich.

»Lass deine Finger von meiner Schwester!«, hörte ich Cedrics drohende Stimme.

Was folgte, war Stille.

coming soon

»Bist du soweit?«, fragte er.

»Nein, nicht wirklich«, gab ich zu. »Aber verrückt genug, es trotzdem durchzuziehen.«

Er schmunzelte. »Das genügt mir.«

Ich trat neben ihn an das Loch und wir sprangen gemeinsam hinein.

Foto: © privat

JENNIFER ALICE JAGER
wurde 1985 im Saarland geboren. Nach dem Schulabschluss gab sie Zeichenunterricht, stellte ihre Bilder in Galerien aus und zog später für einige Zeit nach Japan, wo sie ihre Leidenschaft für das Schreiben entdeckte. Seit 2014 veröffentlicht sie Bücher für Jugendliche und Erwachsene und hat sich mit ihren erfolgreichen Märchenadaptionen und Fantasyromanen einen Namen gemacht. Bei Ravensburger sind bereits ihre Romantasy-Reihen *Chroniken der Dämmerung* und *Emily Seymour* erschienen.

www.jennifer-alice-jager.de

jennifer_alice_jager